只屬於香港人的死亡遊戲

做金庸的男人

　　不認識我的讀者，初次見面，你們好，我是做金庸的男人。認識我的讀者，想不到會在這裡看到我吧？好久不見。有幸獲邀為默颴的新作《尖東遊戲》撰寫推薦序，有時覺得自己有點不配為別人的故事寫推薦序，因為我並不是什麼大作家，而是個在故事世界堅持和掙扎的時間比較長的「老屎忽」罷了，像我這種人都可以嗎？懷著這種心情，我總是戰戰兢兢地完成寫好推薦序的任務。這已是繼幫助說書人阿域、羊格後第三次寫，希望真的能勾起第一次拿起這本書的讀者的興趣，為這本書的銷售數字貢獻一點成績吧。

　　首先第一個最直觀的感覺是，作者太厲害了。不論我作為編劇、作者還是觀眾的身份去看，都覺得很厲害。因為這是我無法寫出來的故事，每個作者都有擅長的故事類型，而這種鬥智遊戲類的故事是我絕對連碰都不敢碰的。這種故事類型近年因為韓國的《魷魚遊戲》而得到關注，稍早的時候則是《今際之國的有栖》，而前者能爆紅是因為遊戲夠簡單，「易入口」自然能得到大眾的關注，卻被早就看慣這種類型的觀眾批評遊戲內容過於簡單。要看這種鬥智死亡遊戲故事，早就有《賭博默示錄》、《惡魔遊戲》、《欺詐遊戲》、《狂賭之淵》、《噬謊者》、《要聽神明的話》……當中尤其是《噬謊者》，根本是鬥智漫畫的頂峰，我也是看完之後就下定決心不會碰這種題材，因為裡面設計的遊戲不僅特別，更可在既定規則中先想出必勝法和各種可能性，接著反轉幾次把主角逼到絕境，再從讀者沒有想過的思考死角中展示主角反敗為勝的方法。老實說，看完《噬謊者》後就沒法再找到另一個如此出色的鬥智故事。就像未接觸過籃球的孩子看到米高佐敦的表現，卻是自覺自己

4

今生都不會像他出色，所以連籃球都不想玩，只敢乖乖地做個觀眾，我就是這種人。所以每當我看到有作者去寫鬥智類的故事時，都會不自覺被吸引，記得以前連登有個叫《血腥面試》的故事同樣是玩鬥智遊戲，我也很自然地把整個故事讀完。

作為一個編劇，其中一個工作就是分析每種類型的影視作品有什麼元素，把每個元素拆解開來再作對比，才可知道那些作品哪裡有較突出的地方，那是一種機械式的分析。鬥智遊戲類作品的必備元素，包括遊戲設計、人性在極限情況下的表現、幕後機構、出人意表的勝出遊戲方法⋯⋯而《魷魚遊戲》則外加了新的元素：文化。《魷魚遊戲》中的遊戲設計全部與韓國人兒時玩過的遊戲有關，這並不是必須的，卻是一個令韓國本土人更有共鳴，亦可使外國人更加了解韓國兒童遊戲文化的元素。《尖東遊戲》有著一部鬥智遊戲小說必備的條件，再加香港的獨特元素，也就是地鐵站。所以一直讀著的時候也會有種親切感，走在尖沙咀地鐵站內更有獨特的既視感和畫面感：「啊，這裡就是主角要跑來的『疊』。」這種感覺絕對是看外國鬥智遊戲作品感受不到的。

第二點，大概跟我個人或者很多人的共同創傷有關。如果這部作品有朝一日影視化的話，外國觀眾看完也不會有太大感受，但我們這一代土生土長的香港人卻會別有一番體會。文人的作品就是這樣，寫東不代表沒有西，看到參賽者在地鐵站因來不及走避而被殺死，故事的畫面就栩栩如生地在眼前浮現。發生在港鐵內的死亡遊戲，只屬於香港人的死亡遊戲，看著就令人心痛。還有各種似曾相識的情節，比如跑疊遊戲的最後一關到底要到哪個「疊」才可保命？所有參加者都發表自己的偉論分析哪裡才是正確的「疊」，一百個人就有一百個答案，人人都堅持自己的答案，有人是真的想跟人分享自己的見解，也有人是為了騙別人去錯的地方，而就算那個人沒有欺騙的意思，也可以被人認為他是個騙子。結果對問題有幫助嗎？沒

有，大家的討論是無效的，只是陶醉在「自己是對的」的幻想之中。最後去哪個出口還是各自為政，跟沒討論過時一模一樣，只是白白浪費了互相爭吵的時間。沒有人真正為正確答案作出貢獻。

有時我會想，如果我有天突然被抓去參加死亡遊戲，我會是個怎樣的參賽者？伸出手去救人可能讓我也一併受害的話，那一刹那的我到底會不會伸出手呢？沒到那個瞬間，我們也沒法切實地說自己是個好人。但可以肯定，為了生存，有很多人會選擇為惡。要是我沒有某些創傷的話，應該會斷定人類就是醜惡的。可是經歷告訴我，行善的人、為不認識的路人伸出手的人，比我想像中多很多。

我們早就玩過一場「尖東遊戲」，早就有很多參賽者身亡，我們都是生還者，懷著對亡者的愧疚，學懂如何繼續活下去，大概就是留給我們的終身任務。

再次感謝白卷和默颺的邀請，想到六年前作者就讀過我的書，現在就輪到他出書，而我可以寫一下推薦序，實在萬分榮幸，也覺得很奇妙。就讓我們繼續在寫作路上掙扎和堅持下去吧！共勉之！

列車

尖沙咀諾士佛臺，是一個愈夜愈有機的地方，尤其是週五的晚上。各家酒吧早已堆滿一心前來飲酒喝醉、為週末而狂歡的人。但所謂酒入愁腸愁更愁，所以這裡除了有人借醉行歡，同時也有人借酒消愁。

「……真係呢，邊有理由用 WhatsApp 講聲分手就算吖？兩年感情喎！」許德那邊吐出一口苦水，這邊就乾進一口啤酒。正當許德口沫橫飛地申訴著時，我卻偷偷扭一扭手腕，斜睨了手錶一眼。不幸地，這細微的動作剛好被許德看在眼內。許德一手搭在我肩膊上，另一手指著我說：「喂，做咩睇錶啊！你老友我失戀喎，你唔係而家走咁衰仔啊？」

我閉氣以避免吸進許德呼出的一口酒氣，同時苦笑著說：「大佬，唔係唔想陪你，但係而家成十一點幾，聽日我仲要返早啊。最多聽晚再陪你飲啦。」「嘩，你唔好以為我飲醉呀，我冇醉㗎！」許德「啪」一聲拍在桌上，提高嗓門說：「我記得你星期六唔使返工㗎！」「我同事頭先 Send 咗個 Message 嚟話佢唔舒服，所以我應承咗幫佢頂更啊。」我拿出手機，將自己與同事的 Signal 對話放在許德面前。

「頂！一睇就知你同事今晚想玩所以聽日想射波啦！」許德白眼一翻，「你份人真係十幾年都冇變過，成日都懶好人，次次都俾人博懵。」「咩博懵啊，你好我好大家好啫……」我不以為然地笑著說。看著我的笑容，許德卻是一臉怒容，怒氣沖沖地說：「嘩，你又傻仔笑喇，次次話你就笑到傻仔咁！你可以嬲我，反駁吓我㗎嘛，笑咩呢？我都唔明你，成日懶好人做咩呢？最尾咪又係搞著自己！對同事又係咁，對你個 Ex 又

係咁。成頂綠帽笠落你個頭，你仲要祝福人哋咩要搵到真正幸福，你丘比特啊你？仲有啊……」「嚀，唔講 Miko 啊。」一提及前度，我心底總是有種戚戚然的感覺，「我唔好人而家就唔陪你啦！講咁多嘢！唉，廢事你咁多嗲啊，陪你飲多陣啦！」「咁先係㗎嘛，飲啊！」許德見奸計得逞，也就不再多說，爽快地再點了兩支啤酒，然後又開始訴說起他失戀的心事。

諾士佛臺的熱鬧，絲毫讓人不覺夜裡的時間正在變化。可是明天要上早班的我，並沒有半點鬆懈於時間的流動。由於我住南區，一留意到差不多是港鐵尾班車開出的時間，我便二話不說地拉著許德離開。還好，許德早已喝得半醉，所以在半推半就之下，我總算成功把他帶上了的士，讓司機把他送回九龍灣。

「我……仲要……飲多杯！我要……女！好多女！」無奈的是，許德醉得胡言亂語，緊抱著我不願離開，最終在的士旁邊足足糾纏了十分鐘，我才在的士司機的幫助下得以脫身。當許德的的士一去，我便心急如焚地看一看手錶，眼見距離尾班車開出還不到兩分鐘，我只好三步併兩步地跑向港鐵站，希望趕及尾班車。

對於追車，香港人實在有過人的能耐。我只用了一分半鐘就從諾士佛臺跑到最近的港鐵站，然後再用十秒從閘口狂奔到月台，我成功趕上了尾班車。我扶著雙膝，喘著氣坐在得來不易的座位上，內心有著無限的後悔。如果剛才強硬一點跟許德告別、如果剛才直接使勁將許德推上的士，現在自己就不會落得如此狼狽。想到這裡，我不禁想到許德剛才所說的一句：「我都唔明你，成日懶好人做咩呢？最尾咪又係搞著自己！」

確實，今天之所以不能盡興狂歡，是因為自己「懶好人」；今天之所以要跑得大汗淋漓來追尾班車，是因為自己

「懶好人」；今天之所以要跟許德兩個男人度過，沒有女朋友在身旁迎接週末，或者，也是因為自己過去「懶好人」。

　　我知道，其實自己心底根本並不善良。為同事代更，是為了讓自己請假時可以更方便；陪伴許德，是因為他是我唯一一個值得維繫的朋友；祝福前度，是因為這是我能夠給自己最好的下台階。好人，在這黑暗的世代根本就不存在，即使有，也只是像我這種徒具表面的「懶好人」。或者許多人都對我的生存之道嗤之以鼻，可是，既然世界、社會都如此昏暗，當一個徹頭徹尾的好人也只不過增加讓別人佔自己便宜的機會，那倒不如當個半好不壞的小人更好。

　　以上這堆想法，對半醉的我來說實在是負荷太重。為了逃避內心的煩亂，我決定掏出手機，回覆一下訊息打發時間。在 Signal 裡最新收到的訊息，是來自母親：「又話返嚟飲湯，成十二點幾都唔見人！」看到這個訊息，我才想起自己答應過母親，跟許德晚餐後便回家喝湯。為了安撫獨守空房的母親，我馬上回應了一句：「你放碗湯喺枱面啦，我返嚟會叮熱飲。」

　　一想到回到家中不免又要被母親碎唸幾句，此刻已經被酒精弄得頭昏腦脹的我不禁搖頭。疲倦的我現在只想回家安靜地休息，所以我索性將目光從手機上轉開，望向港鐵路線圖上的目的地。這一轉睛，卻讓我發覺了一點不尋常之處。平日，港鐵路線圖通常都會有指示燈作標示，可是我卻留意到現在的路線圖上所有指示燈都熄滅了。

　　是故障嗎？好奇心使然，我決定起步走向旁邊的車卡一看。沒想到，另一卡車廂的路線圖同樣沒有亮起任何的指示燈。不只如此，就連車廂內的黑色顯示屏也在無聲無息中關掉了。若這情況出現在早上，作為機械工程師的我或會用心思考一下背後的原因。可是現在不但已是夜深，再加上體內的酒精

催來倦意，這些理由都叫我不願再作多想，並安分地回到座位上再次拿出手機，打算看看「連登」用作消磨列車穿過隧道回到港島的時間。

「無法連接網絡」

是「連登」App 一打開便彈出的提示。我眉頭一皺，正當我在心裡埋怨著今晚怎麼諸事不順，就聽到旁邊車廂有人大喊了一句：「頂！搞咩啊，過條隧道過成十五分鐘嘅？」我往前方一望，聲音來自一個一頭金髮的男生，他頸項上戴著與他毫不相襯的十字架吊飾。他身邊也站了好幾個跟他一樣，手臂和頸上都有紋身、臉上帶有戾氣的男生，看來似是一群不良青年。「下次叫返煙鏟輝車我哋算啦，港鐵都係唔可靠。」說話的人坐在不良青年群之中，是個頸上戴著粗金鍊、頂著光亮的頭皮，說話中語帶威嚴的中年男人，徹頭徹尾是電影《古惑仔》中大哥級的模樣。「唔可靠都唔係要過十幾分鐘隧道喎，我個女要等埋我返屋企先肯瞓㗎，聽日仲要返早添㗎！」中年男人隔兩個空位旁邊坐著一個中年婦女，身上還穿著酒樓制服，明顯是一名歸心似箭的母親。

聽著他們的對話，我低頭一看手機。我記得尾班車開出的時間是 00:54，而現在時間則是 01:12，證明列車從尖沙咀站進入隧道的時間確實過了十五分鐘多。「過條隧道過咁耐，會唔會有事㗎？」我聽到身邊的一對情侶正在談話，說話的女生顯得有點緊張，似乎他們也聽到那邊車廂裡古惑仔們的對話而擔心。「唔使驚，我去問吓車長咩事啦。」當女生緊張時，正好是男生最佳的表現時機，所以男生牽著女生站了起來，然後走到港鐵每卡車廂都設有的「緊急通話器」前。因著好奇心的驅使，我與其他乘客跟著男生，一同走到通話器前。

男生打開蓋著「緊急通話器」的外殼，然後將那紅色的拉環拉下，並湊到通話器前說：「車長你好啊，我想問吓呢，點

解架車過隧道過咗咁耐嘅？發生咩事啊？」他問的正是車廂裡每個人所關心的。因此乘客們都有意無意地側耳傾聽，並等待車長的回答。當男生語音剛落半晌，通話器便傳來了回應。

回應是一段刺耳的高頻聲音，就像是咪高峰與喇叭太接近時發出的尖銳聲。這段響徹列車的聲音，加上窗外不見盡頭的隧道，兩者都為現在的處境添上了一份詭異的感覺。有一個身穿西裝的男人冷靜地站了起來，對其他乘客說：「情況似乎有啲唔對路，不如我哋直接去搵車長問吓？」車廂中大部分人和我一樣都對目前的情況感到不知所措，所以不少人也在座位上點頭表示同意。於是，西裝男人一馬當先往車頭走去，沿路上不少好事的乘客為了看個究竟而跟著他走，當中也包括了我。

來到車頭，西裝男人先看清楚緊急出口上的指引，然後按照指示，小心翼翼地將手放在門的綠色「推」字上，一手就把門推開。西裝男人走進駕駛室東張西望，而我則和其他好奇的乘客在門外盯著。當西裝男人走了出來，臉上帶著半驚半疑的神色，令在場的乘客不期然地噤聲靜望著他。「做咩事啊？」有耐不住性子的乘客問。「入面⋯⋯冇人。」西裝男人緩緩地吐出了這句話，他的表情似是連自己也不太相信親眼所見。

冇人？我明白這句話的意思，卻不太明白當下的情況。明明列車一直在前進中，怎可能沒有車長？如果沒有車長，這輛列車到底正在往什麼地方不斷前進？就在這時，車廂兩旁的黑暗褪去，熟悉的月台和燈箱再次出現在車窗之外。突然離開了漫長的隧道，令乘客都不約而同地鬆一口氣。可是，這口氣還未呼出一半，不少人已因著窗外的情景而驚訝得倒吸這口氣。

「媽媽，點解我哋會返咗嚟尖沙咀嘅？」一個小女孩天真無邪地回頭問著面色蒼白的母親。小女孩純真的提問，卻為車廂中的乘客增添了躁動不安。因為大家都留意到車廂之外，確

實是十五分鐘前的起點 —— 尖沙咀站的月台。我跟其他搞不懂狀況的乘客一樣打量著窗外的景物，試圖說服自己只是一時看錯了。可是無論是月台上的佈置、扶手電梯的位置、甚至是牆上清楚分明的「尖沙咀」字樣，每一件事物都證明著這就是我們十五分鐘前的所在地。作為一個理性先行的工程師，我也未能解釋到底列車如何在沒有倒轉方向或途經其他車站的情況下，竟然可以回到尖沙咀站。

不安感，正在車廂之間蔓延。乘客們各自就當下的情況交頭接耳，議論紛紛，而獨自乘車的我也開始被身邊的喁喁細語包圍得心亂如麻。正當所有乘客都埋首討論時，列車廣播裡突然冒出了一把女聲：「大家好！」這把女聲開朗而清脆，跟車廂裡本來疑雲密佈的氣氛大相逕庭，因而吸引了所有人的注意力。

「各位乘客，歡迎你哋參與即將開始嘅『尖東遊戲』！」

尖東……遊戲？我腦海中又多添了一個問號。

「同大家介紹一吓自己先，我係『尖東遊戲』嘅主持人墨提斯，喺之後每一關嘅遊戲入面，大家都會聽到我把聲，甚至見到我親身登場喋，係咪好期待呢！」墨提斯的語調高亢興奮，我單聽聲音，腦海中幻想的她是身穿水手服、日本可愛風格的少女形象。「收皮啦，我哋趕住落老蘭啊，開門啦八婆！」一陣兇惡的叫罵聲從後方車廂響起，我回頭一看，原來剛才那群不良青年和光頭大叔已走近車門。其中一個金髮男生率先走到車門前，嘗試用雙手強行把門拉開。可是即使他拉得青筋暴現、臉色轉紅，但車門還是絲毫不動。「燒賣，過返嚟先，睇定啲。」光頭大叔淡定地說了一聲，被稱為「燒賣」的金髮男生便馬上回到他的身邊，更顯光頭大叔領頭人的身份。

「有一個笑話係咁嘅：從前有一個人上咗一班客機，喺佢發夢嘅時候，上帝話佢知，因為佢作惡多端，為咗懲罰佢，所以呢班機將會發生意外而墜毀。呢個人聽完之後，腦筋一轉就同上帝講：『呢班機咁多人，唔好為咗我呢個罪人而犧牲大家啦。』聽完之後，上帝笑咗一笑就話：『傻啦，你知唔知我為咗儲齊呢班機嘅人用咗幾耐時間啊？』笑話講完，而呢一刻大家就同笑話嗰班客機嘅乘客一樣，不過你哋唔係罪人，而係被挑選而嚟到呢個『尖東遊戲』嘅。」墨提斯用清脆的聲音說出以上的話，即使聽起來感覺可愛輕鬆，卻無減我內心的驚訝。因為當我仔細環視車廂一遍時，發現此刻的人數確實比一般尾班車時段的人數都多。從我剛才經過車廂時觀察，每卡車廂差不多座無虛席，這情況的確並不常見。難道這班列車真的就如墨提斯所言，所有人都是被挑選而來的？

「喂，我唔理你哋玩咩遊戲定係電視台啲整蠱節目，而家半夜三更，我淨係想返屋企。仲有啊，我要打電話啊，而家咩信號都收唔到係咩事先！」這次鼓譟的是剛才穿著酒樓制服的中年婦女。「吳秀嫻，唔使心急住喎，聽埋介紹先再問問題啦。」廣播中的墨提斯回應了一句。「你……你點知我個名喋？」吳秀嫻一聽，臉上驟然變色，嘴唇發抖地反問。「我頭先都話，你哋每一位都係被揀選嚟到今次遊戲嘅，我當然識得你哋每一位啦。」墨提斯理所當然地答。而從墨提斯的對答之中，我能夠想像得到，此刻車廂中每個人的一舉一動應該都被監視。這真的是一場電視台舉辦的整蠱真人秀或遊戲節目般簡單嗎？

「點解我哋要玩你嘅遊戲？」一直保持冷靜的光頭大叔在這時開聲提問。「宋一炎你果然做開大佬，問啲嘢都唔同啲呀吓，一吓就問到重點！我哋『尖東遊戲』好簡單，只要你成為最終嘅贏家，我哋機構會滿足你三個願望，名利雙收話都冇咁易！相反，如果輸咗，好可惜，可能就會連命都冇㗎啦！」墨提斯即使提及生死之事，語調依然輕巧逗趣，完全將生死付諸笑語之間。雖然墨提斯説得輕鬆，但一提及生死，列車中的乘客紛紛再起議論，一股不安的氣氛重新罩起。

「見到大家都有傾有講，似乎都好期待我哋嘅遊戲喇！好，而家等我為大家介紹吓我哋第一關嘅比賽，『跑壘遊戲』啦！」墨提斯興奮地在廣播器中宣佈著。同一時間，地鐵中黑色的文字顯示屏亮了起來，並出現了異常搶眼、「跑壘遊戲」四個黃色大字。「跑壘」，據我的認知，是棒球裡的專用術語，難道説這遊戲是跟棒球有關嗎？

「『跑壘』遊戲，基本上係一個非常適合香港人嘅遊戲，因為玩法就係要大家喺地鐵站入面跑。喺遊戲入面，尖沙咀站同尖東站入面嘅某幾個出口就係指定嘅『壘』。參賽者需要

喺限時內跑去大會公佈嘅『壘』，只要完成四次跑壘任務，大家就順利過關，係咪好簡單呢！」墨提斯清晰地解釋說。「咁如果跑唔完會點呢？」剛才負責推開駕駛室門的西裝男人問。「好簡單啫！跑唔到『壘』，即係輸啦。只要每次時間一到，我哋就會派出職員將沿路未跑到『壘』嘅參賽者殺死晒囉！」墨提斯繼續用說笑的口吻回答。而此言一出，車廂中又是一陣躁動。

「好，規則就已經講完晒喇，一陣大家只要用香港人熱愛返工嘅心態，努力喺車站入面跑就 Ok 啦！而家我先為大家宣佈第一個『壘』，就係『J 出口』，亦都係最近 K12 Musee 嘅出口！喺一分鐘之後，列車車門就會打開，到時大家會有七分鐘嘅時間努力跑去目的地嘅！最後提醒大家，唔好諗住偷懶求其搵個地方匿埋就算啊，因為大家身上都已經裝咗 GPS，如果你喺限時之內未到達指定地方，我哋一樣會派職員嚟殺死你㗎！所以，祝大家平平安安，順利贏到遊戲，奸爸爹！」墨提斯以開朗的打氣聲作結，一時間，車廂中變得沉默。

「七分鐘跑去 K12，好似都唔係好難啫？」我之前見過的情侶原來也走到首節車廂中，而發問的是那位女生。「係啊，三分鐘都跑完啦。呢啲肯定係電視真人騷，我哋分分鐘仲有機會上電視添啊！一陣跑嘅時候記得要做好表情管理啊！」男生一邊說，一邊笑著對車門整理著自己的瀏海，看來對當下的情況已不再擔心。而在車廂之中，乘客們對當前的局面眾說紛紜，有人樂得歡喜期待，也有人不勝其煩。

「炎哥，咁我哋點啊？」在我附近的金髮男生問光頭大叔宋一炎。「呢度都唔知咩料，咪搞咁多嘢喇。而家我哋遲晒大到，標哥喺老蘭一定燃過火屎。一陣等架車開門之後，我哋就上返地面搭的士過海啦。」宋一炎摸著自己渾圓的光頭，對遇上今晚這種倒楣事甚為無奈。而站在這幫不良青年旁邊的我聽

了，也覺得宋一炎所言甚是，於是也下定主意，待會兒跟大隊離開。就在乘客們依然七嘴八舌地討論的時候，車廂響起了「嘟嘟嘟……」的聲音。車門，也在這時候打開了。而在車廂內外的廣播也同時傳出墨提斯的聲音：「跑壘遊戲，正式開始！」

「走。」宋一炎一聲令下，同行的九位小弟便跟著他離開列車。我也不甘落後地緊隨著他們的步伐前行，但願能夠早日歸家，否則又要招來母親多幾句的責備。我從月台走上大堂，那裡如意料之中空無一人。我跟著宋一炎等人拍卡出閘並走向 B 出口，而身後不少本來仍然三心兩意的乘客見狀，也當機立斷地跟著我們同行。看來不少人對這個突如其來的「尖東遊戲」並無興趣，一心只想早早歸家。宋一炎就似帶領以色列人出埃及的摩西，帶著過半的乘客走上樓梯，步向出口。

「炎哥，個出口落咗閘啊！」一名先行探路的小弟從出口處的樓梯跑了下來，向宋一炎報告。「而家過晒坐車時間，落閘都正常嘅，整爛佢囉。」宋一炎滿不在意地説。他的小弟聽了馬上點頭，然後又重新跑上了樓梯。這時候，我剛好跟著大隊走到樓梯的位置，我抬頭一看，發現無論 B1 或 B2 出口都已經鎖上了鐵閘。而跟平日不同的是，鐵閘外竟然還有一道鐵門，讓人看不見街上的風景。雖則如此，我看到宋一炎的另一位小弟已經從車站裡搬來了一個滅火筒，似乎準備撞破鐵門。眼見樓梯上兩位小弟站在 B1 出口鐵門前，兩人四手合力將滅火筒抬起，然後同步將滅火筒向前一撞。

「砰」的一聲，鐵閘似乎只有微微凹陷。但同一時間，兩人手持著滅火筒，身體卻止不住地激烈抽搐。在場的所有人都不能理解此刻的情況，大家都只能看著他們不住地發抖，並聽著他們口中的呢喃。而作為機械工程師的我見到二人身上已開始冒煙，加上鐵閘上偶爾出現火花，我馬上發現問題所在並叫

道:「係觸電，佢哋觸電啊，個鐵閘上面有電！」我話語剛罷，兩位小弟的身體已經不勝負荷，連帶著手中的滅火筒一同倒地，看來是沒救了。對於一宗命案在自己面前發生，現場的人都發出了低聲的驚呼，不約而同地退開了幾步，希望跟眼前兩具燒焦的屍體保持距離。可是就在此時，樓下又傳來了一陣驚叫聲……

暴走

　　我順著尖叫聲望去，本來扶手電梯下方堆滿了等待離開出口的乘客，但現在乘客們卻開始跑回去大堂，似乎又有變卦出現。「落返去先。」一聽到下方的叫聲，炎哥當機立斷地回頭，絲毫不管兩位觸電小弟的死活。我眼見前無去路，只好跟著大隊走回頭路。當我從扶手電梯的位置走下來之際，我發現港鐵站大堂兩旁站了接近二十個身穿黑西裝的人，頭上則是戴著不同的頭套。每個頭套都印著不同的樣子，看起來甚像是西方油畫中的人物。而在他們西裝外套上均扣上了一個襟章在左胸前，純銀色的襟章看起來就像一本翻開了的書，在黑色西裝上格外顯眼。除了衣著之外，這些西裝人還手持長刀，並肩挺胸而站，儼然是訓練有素的軍隊。

　　我特別留意到的是，其中一名西裝人的長刀上尚有流淌的血跡。而在那個西裝人身前，躺著一個正在用手按著頸項顫動的中年男人，那人頸上留有一抹刀傷、血從傷口裡汩汩地流個不停。我大致可以從現場的環境推算出，這些西裝人就是墨提斯在列車上提及的「職員」，剛才有人尖叫的原因，大概是目睹中年男人被黑衣職員殺死。

　　在數分鐘前，我在列車聽到「尖東遊戲」的內容時，我的心態尚跟列車上不少人相同，猜想這多半是電視台的整蠱遊戲節目。可是，當我接連看到有人被電死及殺死後，便開始意識到，我現在所經歷的事情，或者沒有我想像中的簡單有趣。或者，這「尖東遊戲」，確實是來真的。換言之若輸掉遊戲，我，真的會死。

我抬頭看到平日用作展示港鐵資訊的電子屏幕，此刻正在倒數並顯示著「04:21」，時間正在倒數。我望著西裝人、倒數計時器、地上的死屍以及前方正在跑動的人們，剎那間，對死亡的恐懼湧現心頭。我開始感到自己的掌心正在冒汗，而雙腿也不由自主地跟著其他人動了起來。我並不想就這樣莫名其妙地死去。我想回家喝到母親的湯。我要生存。

恐懼是會傳染的。一分鐘前氣氛尚算輕鬆的車站，此刻已充斥著緊張感。由於有兩條通道都可以前往尖東站 K12 Musee 出口，所以乘客們開始朝著尖東站的方向跑去。「行快啲啦」、「唔跑就唔好阻住晒啦」的叫聲此起彼落。隨著倒數計時器的時間來到「03:00」，站內的氣氛變得更為緊張，而部分乘客開始鼓譟，甚至互相推撞。我在人群之中，學他人般推開了幾個腳程甚慢的女生，總算來到了連接尖東站的 N4 出口。然而，商場的出口前方有一大堆乘客駐足不前，不知所為何事。於是，我再一次推開好幾個人，也捱了好幾次咒罵，好不容易終於看得見前方的情況。

放眼望去，只見眼前的行人通道上，有不少人都跌倒在地上。有人嘗試勉力站起，可是跑不了兩步便腳步不穩地再次倒下。我看著至少有五十多人步履蹣跚的畫面，細心一看，原來地面塗上了一層油，難怪他們站立不穩。既然地面塗上了油，那麼到旁邊的自動行人道不就好了？當我望向那邊時，我發現上面的人無一不是氣喘吁吁、面紅耳赤，顯然是跑得甚為吃力。「跑個自動行人道都跑到喘晒氣？」我看到他們如此狼狽，不禁出言低聲嘲諷。「乜你睇唔到咩？嗰邊兩條電動行人道都係反方向㗎，而且速度係平時嘅五六倍，真係同喺跑步機上面跑冇乜分別㗎！我今日著高踭鞋點跑啊？最衰對鞋成皮嘢又唔挼得啦……」我旁邊的 OL 插嘴說，同時一臉擔心地看著自己腳下的三寸高踭。

了解過當下的情況後，我開始明白這「跑壘遊戲」並不是想像中單純的比賽跑步般簡單。突然，行人通道中再次響起了墨提斯的聲音：「各位參賽者，比賽時間得返一分鐘咋，大家都要畀心機啊！」此言一出，立即令不少本來猶豫的人衝出油地，一時間，行人通道上又多了三十多個倒下來的人。而我見時間不多，也只好小心翼翼地踏上塗滿油的地面。我的計劃是盡快橫過佈滿油的地面，然後走到自動行人道上。畢竟吃力地跑，也比跑兩步跌一步更有效率。我首先脫下鞋子，以免鞋底黏上了油，然後逐步舉足前行，速度甚慢，但至少能保持平衡。為免阻礙動作，我將外套披在背上並打了個結，為快跑做好準備。我的計劃果然奏效，大概花了十多秒，我就走到跟扶手電梯只差兩步的距離。誰知就在此刻，後方有一股衝力突然襲來，一下子就將我撞倒在地。我憤然回頭一望，只見地上躺著一個一身潮牌的年輕男生，看來他把我推倒後自己也倒下了。男生望見我在凝視著他，不但沒有半分怯色，反而高聲喝罵說：「頂你咩，望咩啊望，行得咁 Q 慢，阻 L 住晒，死埋一邊啦！」聽著這男生惡言相向，我本想出言反駁，可是我一想到比賽時間剩餘不多，於是只好將「亂咁撞，鬼唔望你俾黑衣人斬到一舊舊啊」這句咒罵藏在心中，先專注在比賽之中。

　　可是，因為地上著實太滑，加上我雙手也黏上了油，平日輕而易舉就能站穩此刻都變得極難。最後我花了十多秒才從原地站了起來，好不容易來到牆邊，謹慎地穿上鞋子，然後便跟隨群眾跑上自動行人道。雖然它是逆向及快速移動，但比起在油地上跑步還是相對輕鬆。我走上去沒多久，就已經前進了不少。看著旁邊那些尚在油地上掙扎前行的人，我不禁暗讚自己選擇得宜。路程過了一半，我轉眼來到行人通道的十字路口，只差一段直路便可以接近 K12 Musee 的出口了。我決定重施故技，將鞋子一脫一穿便步過了十字路口的白色地面。生存的希望，就在眼前。我一鼓作氣地前進，或推或撞或左穿右插，終於來到最後一段自動行人道前。

就在這時，整個行人通道明亮的燈光驟然變得暗淡。本來白色的光，變成充滿危險性的紅燈。一時間，整條熟悉的尖東站地下行人道彷彿成了一條通往地獄的通道。「各位參賽者，好可惜，『跑壘遊戲』Round 1 嘅比賽時間到喇，由而家開始，我哋嘅職員將會出發殺死沿路嘅參賽者，所以呢，未到出口又唔想死嘅人好跑快啲喇！為咗幫大家打氣，等我墨提斯為大家送上一首歌打氣啦！呢首就係 Stephy《Fantasy Tale》！咁多位唔使多謝我，畀心機跑啦！」墨提斯的聲音在背景中響起，當她話剛説完，一陣強勁的音樂隨之響起：

「留在彼此的身邊 牽著手再繼續飛 來日願緊緊記住
Fantasy Tale~」

但即使音樂多麼輕快活潑，仍無改行人通道上的凝重氣氛。「啊！！！！」懾人心魄的尖叫聲從行人通道的末端響起。我被叫聲吸引得回過頭去，望見的卻是人間地獄的畫面。一隊二十人的黑衣職員正緩步走進行人通道上，每當他們經過身邊的參賽者，不由分説就是一刀。自動行人道上，一個老伯被周遭狂奔的參賽者一撞，差點跌出自動行人道。只見他的半身無力地掛在扶手帶上，臉容痛苦。此時黑衣職員路過，給予他痛快的一刀。

有年青人高呼叫停跑動中的人，他呼籲大家冷靜，憑參賽者人數之多合力對抗黑衣職員或有一線生機。而尚在跑動的人，一一臉容扭曲、不顧一切地向前狂奔。什麼關愛長者、照顧殘疾人士的倫理道德，此刻已經被死亡的威脅所蒙蔽，更遑論什麼合力反抗。所以不出片刻，那高呼反抗的年青人的叫喊聲猝然而絕，相信已經孤單地死於黑衣職員的刀下。我看見原來炎哥一群人也在自己身後，炎哥為了加快步伐，帶頭將行人道上擋在前方的人一個接一個直接踢開，甚至扔出自動行人道

之外，又或是將前方的人推倒，任由輸送帶將這些倒下的人送到末端。所謂的適者生存，此刻正在活生生上演著。

　　死亡，降臨得如此之快。後方的血腥氣味撲鼻而來。這刺鼻的氣味在我的大腦內敲響了警號。提醒著我，是時候拚命跑起來了。

拯救

　　「救命啊！」一道叫聲響起，只見一個男生在踏出自動行人道時錯失平衡，失足倒地。他的上半身趴在行人道出口的鐵板，雙腳因卡在行人道裡而無法用力站起。他似乎想掙扎站起來，卻屢屢失敗，只露著驚慌的目光，像懇求前方有人可以拉他一把。很快，男生便鎖定了在他一步之遙的我。「救我啊！」他向我求救，同時揮動著手。我下意識想要伸手，卻就在這一剎那看清了男生的臉容 —— 竟然是剛才把我推倒在地，然後惡人先告狀的那位男生。我的手凝在半空，就在這分秒必爭的瞬間，男生已經開始順著自動行人道溜後，沒錯，我討厭這男生，卻沒有討厭到要置他性命於不顧，於是我立刻跑前一步。就在此時，一個披頭散髮的人從後方的人群中急竄而出。我認得這人是曾在列車上發言的吳秀嫻。「唔好阻住我！我仲要返去見我老公同個女㗎！」吳秀嫻一邊尖叫，雙手一如游泳般左右亂撥，從人群中發狂似的擠出來。即使後方有惡霸如炎哥，亦懼了她的氣勢三分，情願讓路以避免遭殃。吳秀嫻彷彿什麼也看不見，臨近出口時更不假思索地踩過跌倒的男生，地上傳來一聲慘叫，接著後方耐不住性子的人也紛紛效法，踩著他的小腿、脊背、頭，血水漸漸滲出。我與男生的距離愈來愈遠，根本觸碰不到彼此，男生絕望的慘叫聲逐漸息微，沒過多久，他的屍首已經被自動行人道送到末端。

　　我望向正朝自己這方向跑來的人們，我知道，現在大家早已為了活命而拋棄一切準則。如果我被人群追上，只要一不小心，恐怕性命堪虞。所以我只好收起好奇心和對那倒地男生的歉意，轉過頭來跑上第二段自動行人道。由於後方的黑衣職員逼近，現時還在跑動的人明顯加快了腳步。但凡有人速度稍慢，後方的人就會一手把對方推倒，然後踐踏其身體而過。所

以在不知不覺間，我已數不清自己到底踏過多少具屍首，或是尚未成屍首的人。可是，我早已豁了出去。因為在場的所有人都在做著相同的事，所以要怪罪，也不應怪到我的頭上。反正，大家都是為了活命而已，何罪之有？

好不容易，我終於跑完了第二段自動行人道，並來到尖東站的閘口。問題是，尖東站閘口跟 K12 Musee 的出口尚有一段距離，但由於這段路上沒有自動行人道，所以我必須要越過一段佈滿油的地面。而我很快便察覺到，有不少參賽者選擇走在港鐵站專為視障人士而設的引導徑，因為它以特別物料鋪成和上面有凹凸紋，摩擦力比一般路面強，所以只要走在上方，就沒那麼容易跌倒。於是我跟著走上引導徑，總算成功到達了 K12 Musee 的出口。我爬上了 K12 Musee 出口前的幾級樓梯，放緩著喘氣的節奏，感受著心臟的跳動。心跳的節奏告訴我，這就是依然活著的確據。我一邊放鬆，一邊放眼望去，現場已有大約三百多人坐在地上，或是倚牆休息，看來這批人就是今場比賽的幸運兒。比起休息，我比較關心比賽的情況。於是我走下幾級樓梯，跟其他好奇的參賽者一同觀察最後一批逃生者的命運。

說時遲那時快，炎哥跟他身後的七位小弟此時已走到最後一段直路。炎哥也是用我剛才的方法，小心翼翼地走在引導徑上。他還將擋在前方的人一一推到旁邊的油地上，而在炎哥的小弟身後是一位貌似上班族的中年男人。走在狹窄的引導徑上並不容易，加上引導徑上也灑上了油，要把它走完也有一定挑戰性。這時，上班族男人一時失足，驚叫著的同時就往旁邊跌出。我看到這裡，心臟也緊張得猛地一跳，意想不到的是，那男人竟然沒有完全掉在油地之上。他被走在前面的人 —— 也就是炎哥其中一位小弟，拉住了他的領帶。這位小弟，我對他的印象不深，因為他除了身形高挑之外，身上既沒有誇張的紋

身，也沒有盤結的肌肉，樣子並不算兇惡。比起炎哥的小弟，他更像是一位路人，可是這時出手救人的竟然是他。

這位小弟咬緊牙關，用力地慢慢把上班族男人拉回引導徑上，他伸出手來，捉住了小弟另一隻的手，身體似乎快要找回平衡。但就在這時，我看見上班族男人的手臂微微一動，一下子就站穩腳步，但手上勁道的反作用力，卻同時將剛才救了他的那一位小弟拉出引導徑。若上班族男人願意稍再等待一秒半秒，那小弟應該就可以把他安全地拉回引導徑上。可是就因為那男人急於求生，竟然就此一手將拯救自己的人從安全境地拉出來。

「耀揚！」說時遲那時快，排在高挑小弟前方的人，也就是在列車上屢次叫囂的金髮小弟燒賣。他赫然回頭，察覺了事情的變化，馬上高叫著跌出引導徑的同伴的名字，同時一腳就將上班族男人踢出引導徑之外。可憐的上班族男人被這重重的一腳踢跌，一下子就滑到本來和他尚有至少十步距離的西裝人跟前，不出片刻就死於亂刀之下。而那被稱為「耀揚」的高挑小弟嘗試在油地上站起，可是才勉強彎著腰站前一步，轉眼又再失足跌倒。為了拯救同伴，燒賣大膽地用一隻腳踏在油地之上，同時向耀揚伸出手。耀揚趁機捉緊了同伴，順利回到引導徑上。

就在這段意外出現之際，黑衣職員已經追到最後這一段路上。不少人為免逼在引導徑上，索性手足並用，拚命地在油地上掙扎前行，或是爬行或是蠕動，但求有一線生機。而燒賣和耀揚因為剛才那一番阻滯，有兩個黑衣職員已經追上了他們。

燒賣面對黑衣職員的接近，臉上毫無懼色，他先是一手將耀揚推向 K12 Musee 的方向，示意由自己去應付黑衣職員。兩位黑衣職員掄起長刀，就向燒賣筆直插去。燒賣從喉頭裡發

出了低沉的吟叫，就似是一頭兇猛的獵犬發出宣戰之聲。他不退反進，靈動地從兩刀之間的空隙中突進。他的雙手同時伸出，五指成箕，捉住了左右兩名黑衣職員的臉龐，然後雙手交錯將兩人的頭顱狠狠地撞了一下。在燒賣出色的身手下，兩名黑衣職員身子軟倒，就此倒地。

這邊的打鬥之精采，吸引了不少已經順利達陣的人駐目觀看，甚至發出了驚訝的叫聲，彷彿在觀賞一場求生電影。但這齣電影，同時存在著許多求生失敗的人。有些在油地上掙扎前進的人，或是在引導徑上來不及逃生的人，臨死之前，他們都眼神堅定地看著前方。看來，在斷氣前的一秒，他們還是奢想會得到站在 K12 Musee 出口前的人伸出援手。但他們沒想過的是，大部分早已獲得安全的人，至今只當自己是觀看比賽的坐上客，對場內有血有肉的生命漠不關心。

而我，算是當中的少數。就在我用雙眼掃視著昏暗車站裡每一個逃命中的人時，我留意到一個女生。「Miko？」我在心裡暗叫一聲。Miko，是我的初戀女友，也是好友許德所說，贈予我一頂「綠帽」的前女友。對我來說，Miko 一直是我心頭上恨不來卻也放不下的人。雖然我倆自分手以來已再沒聯絡，但我對 Miko 仍是念念不忘。也許，這就是所謂的「初戀情意結」，即使結局再不堪，但戀愛過程中的一點一滴仍叫人難忘。所以當我一見是 Miko，內心第一時間出現的想法就是：救人！

此刻，Miko 距離 K12 Musee 的出口還有大約五步的距離，可惜她正走在油地上，所以這五步，變得異常的遙遠。我毫不猶豫地跑下樓梯，並將自己身上的長袖外套脫下，然後握著一邊袖口，同時將另一邊袖口向 Miko 拋出。「捉住個袖啊！」我大喝一聲，而 Miko 先是遲疑了一下，然後才會意接住了我的袖口。我一見她已接穩袖口，便用空出的手扶住旁邊

樓梯的扶手穩定身體，然後準備用力把 Miko 拉近身邊。正當我以為計劃順利的時候，我沒發現，原來有一位黑衣職員已經不知不覺地來到 Miko 身後。

長刀揚起，在墨紅色的燈光下反射著似鮮血般的鋒芒。

求生

刀落。

　　一小束髮絲，斷落在半空之中。而髮絲的主人恰好在我使勁一拉之下，避開了鋒利的刀口。

　　借助滑溜的地面，Miko 倏地被我拉到身前。我拉著 Miko 的手，立即回頭跑到 K12 Musee 的入口處，然後方敢坐下來喘氣休息。「估唔到……會喺呢度撞到你。」經過這九死一生的狀況，我用力地呼吸著，嘗試調適此刻的緊張。這份緊張感有三成來自「跑疊遊戲」，有七成卻是來自身邊的 Miko。「我哋……見過？」沒想到，旁邊的 Miko 問出了這句話。我一聽，深感奇怪地扭頭往旁邊一看。

　　身邊是一個留有韓式空氣瀏海，長曲髮過肩，眼睛不大但頗為靈動的女生，並不是我印象中的 Miko。料想是剛才燈光暗淡，加上這女生的身形、外表與打扮都跟 Miko 有幾分相似，所以我認錯人了。雖然如此，但我始終是救了一個人的性命，這也算是一樁好事。「哦……冇，我意思係，估唔到會喺個咁危險嘅情況度認識到你。」我勉強一笑，嘗試化解尷尬。「係啊，多謝你救咗我。」女生垂頭含羞地淺笑一下，以表謝意。「應該嘅。」我心不在焉地答了一句，然後繼續集中精神打量眼前這位女生。其實細看之下，這女生外表跟 Miko 大概只有五成相似。比起 Miko，這女生看來比較平凡樸素。加上她雙眼經常向下望的神情，給人一種內向的感覺，這又跟 Miko 外向多言的性格甚為不同。

當我尚在回想著 Miko 的容貌時，尖東站裡突然光芒大盛，剛才的暗淡紅燈變回平日的白淨燈光。而一眾黑衣職員則有條不紊地分成兩排，站在 K12 Musee 出口的兩旁列隊。與此同時，墨提斯的聲音再次從四方八面傳出：「Round 1 Ends！恭喜咁多位生還嘅參賽者啊，係咪右諗過原來跑地鐵站都可以咁好玩呢！大家能夠生存到而家，證明大家都有返咁上下啦。而家喺車站入面嘅生還者仲有成三百幾人，大家都要畀心機完成 Round 2，希望去到最後都見到每一位啦！」一聽到遊戲馬上就要開始第二輪比賽，我聽到周圍怨聲載道，似乎所有人都極為不滿這安排。「大家聽實喇，Round 2 嘅『壘』係近尖東嘅 P2 出口。今次路程咁短，就畀兩分鐘你哋跑啦！祝大家落力跑，努力生還！ Fighting！」

墨提斯語音剛落，我發現身邊本來還在休息的人已經急不及待地站起，有人甚至尚未完全站穩便已經一步跑出，爭先恐後地往外奔跑。我看著兩旁的人潮，完全感受到眾人求生意志之強。比賽才剛開始，滑溜的地面上已開始了一輪激烈的爭先戰，不少人為了保住性命，已經開始在油地上你推我撞，導致油地上的人逐一倒下，一片混亂。而我有了上一回合的經驗，深深明白到愈是落後，情況只會愈不利，所以我也不甘後人，步步為營地出發。當我摔倒數次並繞過倒地的人群來到尖東站的大堂時，我留意到前往 P2 出口的路徑其實有兩條，左邊是走剛才的回頭路再轉右前往 P2；而右邊則是從尖東站大堂直達 P2。

單看地圖似乎是右邊的路途比較便捷，正當我要拔腿往右跑時，我感到自己的衣尾被人輕拉了一下。回頭一看，原來是剛才那個貌似 Miko 的女生。我以為她在比賽一開始已經隨著其他人跑去，沒想到她竟然跟在自己身後。我望向女生，而她正伸出手指指向右邊，低聲說了兩句連我都聽不見的話。「你講咩話？」我向女生問。女生呼出了一口氣，明顯是有點緊

張：「我話，行左邊好啲㗎。因為我係喺尖沙咀返工嘅，日日放工都要坐西鐵，所以我好熟呢個站。雖然右邊睇落近啲，不過沿途都係白磚地，所以應該都會有油；相反如果我哋行左邊嘅回頭路，頭先嘅自動行人道就會變咗順方向，亦都即係話有一半嘅路我哋都會行得輕鬆咗，所以應該行左邊會好啲。」

　　女生説話時眼睛一直向地下望去，看似不夠自信。「你講得啱喎，就咁話啦！」我聽了她的解釋，覺得理由充分，馬上就採用了她的建議。女生見我二話不説便相信了她，臉上展現了一個靦腆的微笑。「我叫彭啟昭，你叫我阿昭得喇。」我想到這個死亡遊戲之後還有數個回合，有個人互相照應會比較好，於是便向女生伸出了右手，「之後仲要跑多幾次，知道大家個名會容易啲溝通。」女生見狀，有點慌張地伸出五根指頭握住了我的手，並説：「我叫孫恩欣。」「行啦。」我對孫恩欣緊張但可愛的反應微微一笑，然後便與她一同走向左邊的方向。

31

　　孫恩欣所言非虛，因為左邊的自動行人道並沒有改變方向，所以剛才讓人跑得死去活來的輸送帶，現在卻能助人前進。在自動行人道的末端，一大堆屍首躺在地上。我看見剛才向我求救的男生，此刻他的五官破損、肢體扭曲，若不是看見他身上的潮牌我都認不出他。我和孫恩欣花了三十多秒便來到行人通道的十字路口，準備要轉上另一道自動行人道，出發往P2出口。「各位參賽者，Round 2 嘅比賽時間又夠鐘喇！我哋又型又大隻嘅職員準備由 K12 Musee 出發殺死大家喇！如果你仲未到終點，咁就趁而家跑快兩步啦！」墨提斯的聲音方從廣播中傳出，本來行人通道上尚算有序的人們，一時間又再次慌張起來。有人開始在自動行人道上推撞，導致叫罵聲和慘叫聲不絕；有人見情況不對，改在旁邊的白磚地上跑，卻敵不過地上的油，結果又多了十多個倒在地上的人。

我跟孫恩欣使勁地擠上了自動行人道，並盡全力地保持穩定避免被後方的人推倒。好不容易，我倆總算平安跑過了兩段自動行人道，順利地跑到終點前的安全區。我倆喘著氣並相視一笑，為再次成功存活而感到高興。這時候，我和其他人一致好奇地望向通道上。我留意到穿著黑色西裝的職員已經走到第一段自動行人道中間的位置，並開始手起刀落。而眾人目光的聚焦點，落在油地上勉強地前進著的一家三口。

他們一家牽著手，父母分別站在左右，中間是一個看來只有五歲的小女孩，小心翼翼地在油地上逐步前進。他們的每一步都如履薄冰，假如其中一方快要滑倒，其餘兩人都會盡力攙扶，因此三人步伐雖然緩慢，卻能在油地上保持平衡。可是現在黑衣職員已經迫近，如果他們再保持這樣的速度，只怕他們一家都會被追上；但若然他們加速快跑，隊形一散就會很容易滑倒在地，同樣離不開全滅的命運。

看著這一家人團結而小心的前進，我不禁也為他們捏一把冷汗。雖然他們現在已到了第二道自動行人道的出口旁，可是按他們的速度，被黑衣職員追上的機會甚高。「點算啊？」我身邊的孫恩欣也在留意這個家庭，可聽出她正為他們感到擔心。他們三人也似乎感受到危險經已迫近，所以盡力地高喊著「1、2、1、2」嘗試整齊地加速前進。只不過，他們跟持刀列隊地橫行的黑衣職員距離有減無增。不過五秒，黑衣職員已經來到三人家庭五步之後的距離。我看見一把把冷颼颼的刀，已經蠢蠢欲動地抬起頭來，準備飽嚐一頓嗜血之宴。

就在這時，那位父親突然大喝一聲，放開捉住女兒的手並轉過身去。他不顧一切地撲向黑衣職員們。突如其來的衝擊令他成功撞倒兩名黑衣職員，可是很快又被其他黑衣職員捉起，扔在一旁。「求吓你哋，唔好殺我老婆同個女啊，放過佢哋吖。我個女得五歲咋，我哋連點解無啦啦入咗呢個遊戲都唔知

㗎⋯⋯」那父親勉強地爬到一名黑衣職員身邊，努力地拉著他的褲管。然而回答他求饒的是一把直接穿過他頭顱的刀刃。

聽見父親的呼叫聲，女孩情不自禁地回頭一看。當她看見父親的死狀，馬上就想跑到對方的身邊，可是沒跑半步，就因太緊張而倒地。女孩的母親焦急地想把她拉起來，卻因為女孩緊張地想要站起來，反而增加了拉起她的難度。轉眼間，黑衣職員們已經走到女孩和母親的身後。眼看死亡就要臨在二人身上，我實在不忍目睹這殘酷的畫面，所以把頭低了下來。就在這時，一把叫喊聲從我身邊響起：「叫個女仔坐低，推佢過嚟！」我望向旁邊，喊出這句說話的原來是一個看起來三十出頭，臉上戴著四方眼鏡的斯文男人。

男人的提醒讓不遠處的母親會意，低聲對女孩說了一句話。此時大家都聚精會神地看著戰況，只見女孩坐在油地上，回頭望向她的母親，而母親微笑著向女孩點了點頭，便一手將女孩推向終點的安全區。在女孩的背部離開母親掌心的一刻，一把刀刃由上而下刺穿了母親的背脊。藉著滿佈地面的油，女孩沒有回頭地一下子向前滑去，不知母親已默默為自己犧牲了生命。

可是，當我身邊的孫恩欣正為著女孩脫險而歡喜時，我卻留意到女孩眼前的危機 —— 在油地與終點之間，有一條盲人引導徑。換言之，女孩的滑行將會在到達終點安全區之前就被終止。就如她的生命一樣。

應當

　　我望向女孩正孤單地坐在引導徑上，徬徨的眼睛不住地打轉著，似是在尋找一個可靠的援助。此刻女孩無奈獨坐的畫面，喚起我記憶中的一段往事。我的內心不期然地痛了起來。我不自覺想要伸出手把女孩救回來，但雙腳卻被大腦的理智鎖定，不能動彈半分。

　　女孩的困境，當然不只我一人留意到。我肯定在場每一個在安全區中的人，也知道黑衣職員很快會走到女孩的位置，到時候就是女孩的死期。我跟女孩的距離不過十步之遙。可是，這十步必須踏在油地之上，換言之我一踏出去就有可能不慎滑倒，然後成為刀下亡魂。我相信其他人也是跟我有一樣想法，所以才沒有踏出安全區去拯救那女孩。

　　「點算啊，一定要救佢啊。」孫恩欣在我旁邊緊皺著眉地喃喃自語，十指互扣握緊，正為著女孩的情況而擔心，同時用期盼的眼神望向我。我當然明白她希望我可以出手去解救女孩，可是，在場明明有比我看起來更高更壯的人，他們都尚未出手，證明連他們都沒有信心能夠全身而退地將女孩救回來，那又何況是我？所以，我只能裝作留意不到孫恩欣的暗示，將眼神轉到外面的女孩身上。女孩應該是因為留意到所有安全區內的人注視她的目光，所以發現危險正迫在眉睫。她嘗試在引導徑上爬行前進，可是爬不到兩步，路徑就被兩個頭破血流、不知是活人還是死屍的身體擋住去路。就在這礙事的一刻，黑衣職員已來到女孩的身後。殘留著女孩母親的血的刀鋒再次被舉起。

正當我打算閉上眼睛，「先生，幫我捉實個袖吖唔該。」這句話突然在我耳邊響起，我往左一望，原來說話的是剛才朝女孩母親喊叫的四眼男人。此時他正脫去自己的長袖白色襯衣，露出白皙而瘦削的胸膛。在轉瞬之間，發生了好幾件事：我的掌心裡，放了四眼男人襯衣的其中一邊袖口，在我眼前，赤裸上身的四眼男人飛快地躍出，直接借助油地滑行向女孩的身邊。而他右手裡，正握著他襯衣的另一邊袖口。這時候我才明白，原來男人是希望在拯救女孩後，握著衣袖另一端的我能把他拉回來。四眼男人的滑行速度甚快，在黑衣職員的刀鋒尚未落下之時，他已經橫身伸出一隻手將女孩抱入懷中，把她拉出鬼門關。但二人此刻依然在黑衣職員身前，那名黑衣職員一擊不成，立即又掄起刀準備橫劈。我雙手馬上拉動衣袖，將二人拉扯回來。而在我身旁的孫恩欣見狀，也連忙伸出雙手幫忙拉動衣袖。如此一拉，四眼男人和女孩就在刀鋒劃過之前，身子恰好及時被拉前了半寸，尚算避過一劫。但無奈的是，儘管我和孫恩欣二人合力，但將四眼男人和女孩拉回安全區仍是力有不逮。

　　這時，黑衣職員又準備揮出第二刀。這次他出手凌厲，似是已經預算好即使四眼男人再移前一步，他的刀仍可劈在對方頭上。而我和孫恩欣則出盡全力拉動袖口，希望可以一舉將他們拉回來。就在我力氣快將耗盡的一刻，突然有人從我身後伸出援手。而二人也因為這道助力，如同滑浪一樣，順利地溜進安全區中。我轉身一看，發現出力相助的竟是剛才勇猛打倒過兩個黑衣職員，並與我有過幾面之緣的金髮混混 —— 燒賣。

　　燒賣見我盯著他看，似乎有點介意，嘴裡發出「嘖」的一聲，並說：「望咩啊？我見佢咁夠『吉屎』出去救人，我份人最睇得起嘅夠薑嘅人，所以先幫吓手啫，係咪有咩唔滿意？」我見他反應如此大，心想他始終是個小混混，為免惹來麻煩，我連忙解釋：「唔係，我想講聲唔該啫。」燒賣聽後表情稍為

放鬆，正再要答話，就聽到他背後傳來一把低沉而有威嚴的聲音：「燒賣，唔好咁多嘢。」我偷望身後一眼，說話者是燒賣的大哥炎哥。燒賣聽見炎哥指示，也不多言，沉默地回到炎哥身邊待著。

這時候，孫恩欣已經扶起了女孩，而剛才出手救人的四眼男人則仍舊坐在地上。我見四眼男人臉紅耳赤、氣喘不已，看來雖然他有勇有謀救回了女孩，但剛才九死一生的經歷依然令他驚魂未定。站穩之後，女孩方看見自己的母親已陳屍在不遠處，頓時在孫恩欣的懷內哭了起來，孫恩欣則輕撫女孩的髮絲以示安慰。「頭先唔該晒。」四眼男人回過氣便站起來，對我微微一笑。「應該嘅。」我嘴裡如此說，但想到剛才他迅速地滑了出去，根本沒有時間給我考慮，也沒有拒絕幫忙的機會。「好多嘢本來都係應該嘅，只不過冇人去做。所以你肯做，都值得一句唔該嘅。」四眼男人意味深長地看了我一眼，但我卻不太明白他這番故作高深的話，所以便不再加以理會。

這時候，已經將沿路參賽者殺光的黑衣職員在我們面前橫向列隊，而另一隊黑衣職員也在另一邊的通道出現，井然有序地融入了隊列之中。雖然所有人都身處在安全區之中，但身前站著一群黑衣職員，不免還是有點壓迫感，於是眾人不約而同地後退一步。「大家好啊！嘩，大家都好叻豬喎，今個回合只係死咗四十三人咋，一齊畀啲掌聲自己先啦！既然咁叻，我都冇咩好講喇，嘩嘩聲開始第三回合啦！第三回合嘅『壘』係近文化中心嘅 L6 出口，有啲遠㗎，所以今次畀夠五分鐘大家跑啦！遊戲已經過咗一半，大家繼續畀心機啊！」墨提斯的聲音從廣播中傳出，話音剛落，不少參賽者已經開始跑動，可見其求生意欲之強。一瞬間，留在安全區裡的就只剩下四眼男人、孫恩欣與她懷中的女孩，還有因為孫恩欣未動身而無奈地留在原地上的我。「個女仔似乎跟住你哋好啲，咁就交畀你哋喇。」四眼男人向我點了點頭，穿起自己手上已經佈滿油漬的襯衣。

我本想開口叫他把女孩帶走，可惜我尚未開口，他已緩步離開我們眼前。而我為免在父母雙亡的女孩面前表現出抗拒她的反應，只好無奈地看著四眼男人的背影而去。對於這四眼男人把女孩救了回來卻又不照顧她，更把女孩逕自留給我們照顧的行徑，我心裡當然充滿了不滿。要知道，我跟孫恩欣二人在剛才那一回合中已經歷過九死一生，現在多帶一個小孩就等於多帶一個負累在身上，只要稍有不慎，隨時就會像小女孩的父母一樣雙雙亡命。

當我在煩惱如何處理這新增的重擔時，孫恩欣卻在為女孩擦眼淚，並溫柔地問了她一句：「你叫咩名啊？」女孩一邊抽動鼻子，一邊輕聲地說：「桐桐。」孫恩欣聽了，微笑著說：「桐桐，你可以叫我做恩欣姐姐。你一個留喺呢度好危險㗎，不如你跟我哋走啦。」我在一旁聽了，心裡只望桐桐拒絕孫恩欣，那就省了厚著臉皮去撇下她的功夫。誰知，桐桐毫不猶豫就將手放到孫恩欣的手上，可憐兮兮地點頭。「你放心，頭先呢個好人哥哥救過我，佢好勁㗎，會保護到我哋。」孫恩欣對桐桐溫柔一笑，然後指向我。桐桐半信半疑地看著我，似是猜想著我是否真的如此可靠。聽到自己取得孫恩欣的信任，我嘴角不自覺地上揚。而我也知道這時候已不好說拋下桐桐的話，便索性豪邁一點，一撥瀏海對她說：「係啊，跟住我哋行就冇死㗎啦！」就在這時，地鐵站的廣播響了起來：「各位參賽者，係時候又提吓你哋喇，遊戲時間仲有四分鐘，想安全咁晉級，大家就要跑得落力啲喇！」

一聽到廣播，我和孫恩欣都馬上警覺起來。尤其是看到身邊屍橫遍野，我們更不想成為當中之一。四分鐘，時間並不多，我和孫恩欣都心知是時候出發。我們交換了一個眼神，分別左右牽起桐桐，向著此時方向為順行的自動行人道小心移動。說來奇怪，當我們放輕腳步地從油地走向扶手電梯時，桐桐卻在我們中間走得異常輕鬆。桐桐並沒有刻意在油地上放慢

腳步,甚至有幾步是連行帶跑的,可是,她在油地上並沒有半點腳步不穩的情況。仔細看著桐桐的一舉一動,我突然領悟了箇中原因。我腦內靈光一閃,想到了一個或許可以令我們三人保命的方法。

因為這個突如其來的想法，我拉住了孫恩欣。

「我想去返 K12 Musee。」我認真地對她說。「你意思係⋯⋯去返頭第一回合終點嗰度？咁咪即係離終點遠咗囉？」孫恩欣對我的建議感到意外。「嗯。」我肯定地點一下頭，「因為我諗到一個可以幫我哋三個都安全去到『疊』嘅方法。」孫恩欣先是皺起了眉頭，但不到一秒便放緩了表情，點了點頭地說：「好。」「你信我？」我見孫恩欣尚未聽我解釋原因，就已經首肯，心裡不免有點意外。「你救過我，我信你。」孫恩欣理所當然地說。我聽後不知為何心裡竟然泛起了一陣感動。

感動，是因為在這場你死我活的遊戲中，竟然會有一個萍水相逢的人願意無條件相信自己。可惜時間不多，我並沒有太多時間讓這份感動發酵。我果斷地轉過頭去，帶著孫恩欣和桐桐開始跑向 K12 Musee。距離本關完結只剩下不到四分鐘，我們身處的位置早已沒有其他參賽者，因此，雖然我們要在自動行人道上跑回頭路，但勝在沿路沒有其他人阻撓。我邊跑邊向孫恩欣解釋：「頭先我見到桐桐喺充滿油嘅地下度跑嗰陣，我就已經覺得奇怪，點解佢可以跑得咁暢順呢？」我指著桐桐的鞋續說：「後來我望到佢對鞋，我就明點解喇。因為佢著嘅係專為小朋友而設嘅防滑鞋。我即刻諗起頭先喺第一回合嘅比賽入面，當班黑衣職員追住啲人嚟殺嘅時候，冇一個黑衣職員喺油地上面跣低過。所以我就諗，可能佢哋對鞋都係有專門設計過嘅防滑鞋底。」

一走到 K12 Musee 出口附近，我走向兩個昏倒在地的黑衣職員跟前。「我記得頭先呢兩個人俾人打暈咗，所以先想返

嚟博一博，如果佢哋未醒返就可以試吓攞走佢哋對鞋。」「係喎，如果著咗佢哋對鞋，要喺油地上面跑嘅話會容易好多，咁我哋今次就算冇得行自動行人道一樣夠快。」孫恩欣眼目裡盡現喜色。「嗯，唔好講咁多，除咗呢兩個人對鞋先！」我半蹲下來，開始解開其中一個黑衣職員的鞋帶，桐桐與孫恩欣見狀，也跟著向另一個黑衣職員下手。

當我和孫恩欣把鞋子穿好之後，我們嘗試在油地上跑了兩步，感覺步履穩固，如走平地，由此證明我的推算並沒有錯，黑衣職員們的鞋子果然是防滑的。正當我為自己的估算正確而沾沾自喜，墨提斯的聲音同時從車站的廣播傳出：「比賽時間唔多喇，再唔跑快啲，辛辛苦苦喺頭兩 Round 保住嘅命仔就會冇咗㗎啦！所以，一齊跑、跑、跑啦！」我和孫恩欣心領神會地對望一眼，同時向對方點頭：「走！」然後準備拔腿就跑。

我的步伐只踏出了半分，就感到右手傳來了柔軟而溫暖的觸感。我低頭一看，發現原來是桐桐牽住了我，而她的右手同時牽著孫恩欣。桐桐沒說什麼，只是單純牽著我的手，然後用期盼的眼神看我。 小手的暖意直接傳達到我的心裡，從比賽開始以來，我所感受到的就只有人性的冰冷和世態的炎涼。直到這刻，我的心臟才因為桐桐這隻代表信任的手而感到了一絲暖意。我握緊了桐桐的手，柔聲地對她說了一聲：「出發喇。」桐桐乖巧地點頭，跟著我和孫恩欣前進。

我們現時的路線是經過 L1 出口，沿著這段大直路直接前往 L6 出口。由於選擇這段路的人不多，加上有防滑鞋的幫助，不消一會兒我們已經跑過了一半路程。沿途上，我們也看見不少血跡斑斑的屍體，相信是第一回合時被黑衣職員殺死的參賽者。當我們再向前跑並經過尖沙咀站與行人通道交匯的接駁位置時，沿路上開始多了一些正在地上呻吟叫痛，卻爬不起來的參賽者，相信他們應該是在本回合裡因推撞爭位而受

傷的。若以本回合開始時的局面來看,似乎大部分人都選擇了「從 P2 出口經過尖沙咀站再轉出行人通道」的路徑,換言之,所有參賽者都將會集中在我們前方的區域。想到這裡,我不由自主地提高了警覺,伸出五指做出了一個「暫停」的動作, 孫恩欣和桐桐便一同放慢腳步。

轉眼間,我們已經來到 L3 出口的附近。放眼一看,前方是一個「T」字的路口,只要走過一段直路轉左就是被定為「壘」的 L6 出口。以我們正常的步速計算,我們應該只需要大約三十秒就可以到達「壘」。可是當我看著眼前最後的路段,我卻沒有半點成功在望的感覺。因為在前方等著我們三人的,是一個兇險重重、危機四伏的修羅場。

我看見前方至少有五六十人或爬或躺地擠在油地中央,各人都在揮拳攻擊對方,互不相讓。有人被打得口吐鮮血,但他人仍然拒絕停手;有人欲靜靜爬過油地,卻不幸地被拉進打鬥之中,無奈成為肉搏戰中的一員。我仔細一看,發現有幾個在地上纏鬥的人刻意攔住了自動行人道,將所有想要跑上自動行人道的人都拉進油地上的死鬥中。看來倒在油地中的人因為自覺生存無望,情願將其他有機會生還的人也一併拉進死局之中,作為自己陪葬品。

多年前我曾聽過黃子華棟篤笑中的「魚蛋論」,也就是「當旁邊顧客手上的魚蛋比你多兩粒,你不去要求店家也多給你兩粒魚蛋,而是要求店家減去旁邊顧客手上的兩粒魚蛋。」簡單而言,「魚蛋論」所說的就是香港人大多情願雙輸多於雙贏。而在我眼前的亂局中,沒有人思考如何合作一起渡過難關、走過油地;每個人都只是費力將他人拉進渾水之中,但求自己並非唯一的受害者。

「點算啊？」孫恩欣看著如此殘忍兇狠的情景，不禁緊張地問。而我也感受到桐桐用力地拖住了自己的手，顯示著她內心的害怕。説實話，我也想不通如何闖過眼前的亂陣，可是我知道若然闖不過，我們三人都會葬身此地。我並不想死。所以，我明白通過此地是唯一要達到的結果。我們當前的優勢是三人成行。而合作，是我們可以逃出生天、衝過這場亂局的唯一方法。

「孫恩欣，你抱住桐桐跑上自動行人道，到時候應該有人會想阻攔你哋，我會幫你哋趕走嗰啲人，然後把握機會跑返入嚟。我哋只要過到呢一段路，就好大機會可以安全去到L6。」我冷靜地對孫恩欣説，並將桐桐的手交到她的手上。「咁樣好危險喎。」孫恩欣面有憂色地説。「都要博吓㗎喇。」雖然我內心也對眼前的劣勢擔心不已，但總不能開口叫兩位女生代替自己冒險，所以我還是説服自己負責危險的任務。

42

「我數三聲，我哋就分頭跑！」我輕聲説，而孫恩欣和桐桐則緊張地點了點頭。「三。」孫恩欣已經做好了屈膝起跑的姿勢。「二。」桐桐緊緊握實了孫恩欣的手。「一，跑！」但願，「善有善報」能夠應驗在自己的身上吧。

尋覓

　　我、孫恩欣和桐桐兵分兩路向前方奔去，在自動行人道旁邊纏鬥的人一留意有人跑來，馬上伸出手想要攔住孫恩欣二人。但這人一伸出手，就被我照面踢了一腳，看他白眼一翻，連伸出的手也都軟倒下來了，相信此刻的他腦內必是斗轉星移。我一擊成功，孫恩欣和桐桐立即把握機會跑上自動行人道。正當我想要跟隨她們，卻差點兒失足跌倒在地，我低頭一看，發現地上有兩隻手捉住了我的雙腳，幸好我及時扶著自動行人道旁邊的扶手。這兩隻手來自兩個在地上打滾得渾身是油的男人，兩人早已被身上和腳上的油弄得連站也站不住，只能躺在地上抱緊我的雙腳，阻止著我前進。「你哋想點啊？」我使勁地想掙脫他們的纏繞，但他們在地上更好發力，所以令我束手無策。「想做英雄幫人？邊有咁易？」在左邊的中年大叔喝道，雙手加勁，似乎想要將我拉倒在地。我眼見自己左腳就近自動行人道的扶手帶下方，心生一計，直接將腳移近那裡。中年大叔因為抱實了我的左腳，只能人隨腳動，「啊！」他慘叫一聲，頭部重重地撞到地上，最終失去知覺。我左腳一得自由，隨即打算往右邊那人的面門一踢，誰知那人反應甚快，在我出腳之前竟然雙臂一展，連我踢出一半的左腳也抱實了，使我一時間動彈不得。

　　正當我無計可施，我看見一件東西在我面前橫空飛過，那是一隻粉紫色、印有長髮公主圖案的小鞋子。小鞋子直接打在地上男人的面門上，雖然這一擊並不重，卻使那人稍為走神。我趁著他分心的瞬間，猛地用腳尖踹在他的胸膛上。男人悶哼一聲，一時喘不過氣來，以致雙手的力氣也相應減弱。我連忙脫離了他的纏繞，急步跑上自動行人道。我與抱著桐桐的孫恩

欣在行人道中間匯合，好不容易跑完兩段自動行人道，我們一同步往 L6 出口的安全區。

踏進安全區的一刻，我們三人同時為平安抵達而鬆了一口氣。「頭先佢見到你有危險，諗都唔諗就除咗隻鞋拋過去喇，估唔到佢眼界咁好。」孫恩欣一邊説，一邊笑著輕撫著桐桐的頭髮。桐桐低頭聽著稱讚，光著的腳丫有點不知所措地擱在左腳上。我蹲下來，微笑並凝視著桐桐，對她認真地説了一聲：「多謝你救我啊。」桐桐用兩顆圓溜溜的眼睛天真地看著我，有點害羞地笑了一下。

看著桐桐害羞的模樣，我卻不由自主地感到羞愧。起初，我之所以會救桐桐只不過是機緣巧合。要不是那四眼男人莫名其妙地將外套的袖口塞在我的手中，或者我只不過是目睹桐桐被黑衣職員殺死的觀眾之一。而相較我當時遲疑的出手相助，桐桐這次救我來得更不假思索。五歲的桐桐比起我這成年人，似乎更懂得如何成為一個好人。如果成人的世界也是如此簡單直接，也願意無私地拯救彼此，世界，也許會變得更美好。可惜，現實並非如此。

當墨提斯宣布「第三回合」時間完結時，油地上的人打得更是起勁。每當有人好不容易站了起來，總會被身後的人扯後腿，然後又是一輪亂鬥。沒有人打算互相幫助脱離險境，每個人都只是在拼命地想著如何令自己生存。因此當黑衣職員橫排持刀到來時，油地上不出片刻就多了五十多道亡魂。留在安全區裡的人似乎已經對殺戮場面習以為常，大家都木無表情，冷靜地看著眼前的生命被逐一奪去。而孫恩欣則是少數依然會別過頭不看這殘酷場面的人，她同時用手蓋住了桐桐雙眼，或許是不想讓桐桐純真的心靈被鮮血玷污。大約經過兩分鐘，一切塵埃落定，除了安全區內的參賽者和黑衣職員以外，現場再無其他有生命氣息的事物。

「WOW！犀利啊！嚟到而家仲聽到我把聲嘅咁多位參賽者，恭喜你哋終於都嚟到最後一關喇！只要過埋呢一關，大家唔單止可以保住條命，而且仲會獲得本回合嘅五萬蚊獎金添！所以，大家都要畀心機努力跑喇！」墨提斯的宣佈一出，現場頓時議論紛紛。而我聽到最多人提及的，是墨提斯突然提起的「五萬元獎金」。打從一開始，我跟大家一樣都是莫名其妙被拉進遊戲裡，然後就是為了活命而跑個不停。如今墨提斯突然宣佈比賽有獎金，不免令人增加了少許要勝出遊戲的慾望。

可是這五萬元的討論聲浪尚未下降，墨提斯的聲音又再次從擴音器中傳出：「只不過，呢個時候都要宣佈一個不幸嘅消息畀大家聽。由於大家實在玩得太好，令到留喺而家最後一個回合嘅參賽者比想像中多咗啲。為咗有效咁避免太多人晉級到下個回合，所以喺今個回合入面，遊戲嘅難度將會提升少少。」墨提斯的宣佈再次引起一陣熱切的低聲議論。比起其他參賽者所在意的遊戲難度，我反而留意到墨提斯所提及的「晉級」。回憶過去墨提斯的説話，她曾經提及過這個遊戲的名字為「尖東遊戲」，而「跑壘遊戲」只是它的第一關。而現在她提及「晉級」，難道意思是説即使我成功在這一關生存，之後還需要在「尖東遊戲」中進行更多類似的變態殺戮遊戲？那麼，到底這遊戲的目的是什麼？它的終點又會在哪裡呢？

「第四回合，亦都即係最後一個回合，遊戲時間會有五分鐘。只不過，今次我唔會話畀大家知『壘』嘅位置。咁多位參賽者，你需要自行決定同分析到底邊度先係『壘』同埋停留喺嗰度。停得啱嘅，我真係恭喜你啊，你安全喇！停得唔啱嘅，我唯有希望當我哋啲黑衣職員出嚟捉你嘅時候，你會走得切啦！我講完喇，最後祝大家好運，順利過關攞獎金！」墨提斯的廣播完結，依照過去兩次的經驗，參賽者都會爭先恐後地出發。可是這次，並沒有任何人急著搶先跑出，恐怕是因為大家根本還未決定好要跑到哪裡。

聽了墨提斯的宣佈，我在內心也是一輪咒罵：什麼自行決定分析？什麼「走得切」？到底是哪個混蛋想出如此不負責任的賽制？尖沙咀站加上尖東站如此大，要找到那個唯一安全的出口，比賭馬買中頭馬的機率還要更低。枉我努力生存到最後一輪，而且又費盡心思偷來了兩個黑衣職員的鞋子，到頭來竟然是一場純運氣的比拼，這實在令我感到泄氣。這到底，是什麼狗屁遊戲？

當我尚在灰心失意的時候，我發現身旁有不少參賽者竟然陸續開始起步。毫無方向的我為免落後他人，便牽起桐桐的手，並向孫恩欣打個眼色，帶著她們跟隨大隊，看看大家的目標是什麼。我隨著大隊一路走，同行的人都沒怎麼交談，可是大家都似是心有靈犀地走著一致的方向。本來我都覺得甚為奇怪，可是當我發現同行的人開始停下腳步時，我便明白大家不言而喻地朝向的目標是什麼 —— 在 L6 出口旁邊的地圖。

此刻，大部分參賽者都像欣賞藝術品一樣端詳著地圖。「你覺得邊度係『壘』啊？」孫恩欣低聲地問我，顯然她也是跟我一樣毫無頭緒。為免開口承認自己無能，我只能虛應一句：「我要諗多陣。」始終埋怨賽制亦是無補於事，現在我能夠做的就只有冷靜下來，為自己、孫恩欣和桐桐尋找出路。

當我心情逐漸平靜下來，我回想起墨提斯剛才的一番説話。既然她曾經提及「需要自行決定同分析」，那麼她會否是在暗示這回合的「壘」其實是有跡可尋，而非單純碰運氣？於是我嘗試利用前三關的「壘」來尋找線索。前三回合的「壘」分別是 J、P2 和 L6 出口。我尋找著這三個出口的位置，細心地閱讀著三個出口旁邊的小字，意圖尋找出它們的共通點。可惜的是，我一時三刻想不通箇中的關聯。漸漸地，我開始放空，漫無目的地看著地圖上的三個出口。就是這一秒間的放空，一絲靈感忽然閃現。

我想，我似乎找到這一回合的「壘」了。

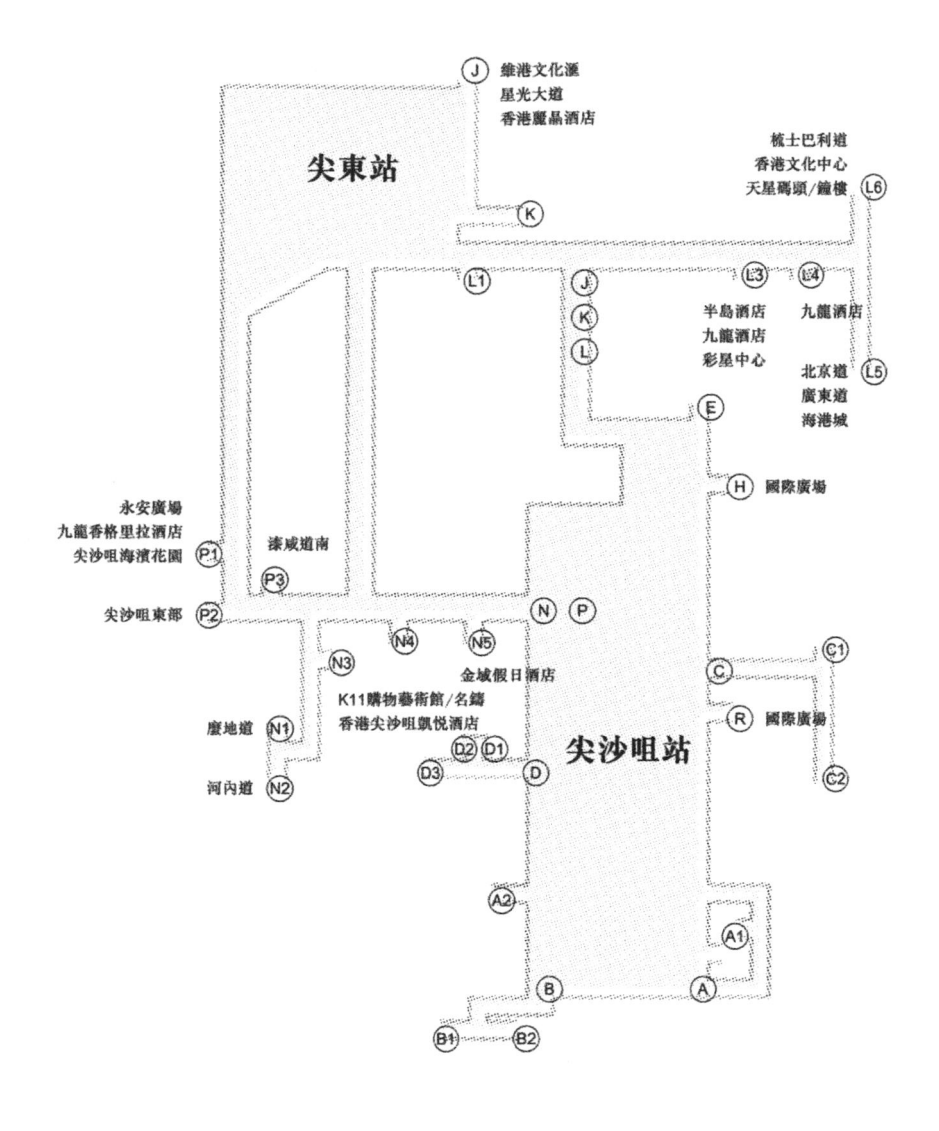

定義

　　就像破解數學中的數列問題，首先要找出題目中的排列規律，難題便能迎刃而解。若要找出三個出口之間的關係，單靠想像並不容易。但就在剛才放空的一秒，我才在地圖上特別留意到，原來前三回合的「壘」都同樣屬於站內各個方位中最盡處的出口。單以地圖的方向來說，J 在最南，P2 在最東，L6 在最西。如果這樣的推論沒有錯，接下來的「壘」應該就會在尖沙咀站最北的出口。也就是 B1 或者 B2 其中一個出口。由於這兩個出口位置極近，所以只要到達 B 出口應該便安全。

　　為免身邊其他人留意到我的發現，即使我心情興奮，但仍然壓低聲量對孫恩欣説：「我搵到個『壘』喺邊喇！」「喺邊啊？」孫恩欣面露喜色地問。「就係喺⋯⋯」正當我打算分享我的驚人發現以逞英雄，人群中突然有人舉高了手並朗聲説出了一句：「大家，我有啲嘢想講。」

　　由於發言者聲音沉穩而響亮，一下便打斷了在場本來沸沸揚揚的氣氛，人們將目光集中在發言者身上。我望向那人，這才發現原來對方就是一開始在列車上主動推開緊急出口的西裝男人。只是現時他的西裝外套已經不知所終，兩邊襯衣衣袖也被捲起，而且本來梳理整齊的頭髮也變得凌亂不堪，顯然都是經歷了三回合遊戲後的痕跡。

　　「經過三個回合嘅比賽，我哋都各自為政，努力等自己可以生存落去，過咗咁耐相信大家都攰㗎喇。既然呢個回合我哋連終點都唔知，不如合作求生，或者呢個先係對大家最好嘅做法。所以，我決定同大家分享我對最後呢一回合嘅『壘』嘅諗法，等大家一齊贏出呢一個回合。」西裝男人大義凜然的發言

加上車站射燈的照射，使他此刻恍如劇集中一夫當關的英雄人物。但在場不少人聽了他的話並沒有太大反應，大家都不發一言，一樣打算先聽聽他的高見。

「前三回合的出口分別係 J、P2 同 L6。佢哋都有一個共通點，就係同樣屬於尖東站嘅出口。所以從呢一點推斷，今個回合嘅『壘』係喺尖東站嘅機會好高。而睇返地圖，對上三次嘅出口都係分佈喺比較極端嘅盡頭位置，如果係咁，暫時仲未去過嘅盡頭，應該就係 N2 出口。所以我嘅結論係，今個回合嘅『壘』就係喺『N2』！」西裝男人一手指著地圖上的 N2 出口，同時惹來群眾的議論。聽了他的說話後，我的掌心正在冒汗，西裝男人的話聽來甚有道理，而且我也未曾想過前三回合的出口都是集中在尖東站這一點。難道真的是我的推測有誤嗎？

當我正在懷疑自己的時候，人群中突然響起了一把聲音：「頭先仲講到想幫人咁，原來係想亂噏 Fake 啲人去錯嘅出口。」西裝男人聽了這話，怒氣沖沖地向人群大喝了一句：「我係好心幫大家，邊個屈我？」一個一頭曲髮的年輕小伙子舉起了手，從人群中走到西裝男人面前說：「係我。」「你憑咩話我亂噏？」西裝男人見是個年輕人，臉上的怒容稍為收斂。「因為你頭先真係亂噏囉，N2 冇可能係今個回合嘅『壘』。」小伙子一臉不屑地說，「根據我睇咗《Liar Game》、《賭博默示錄》咁多年嘅經驗，真相並唔係咁容易發現，反而係隱藏喺最細微嘅地方。大家可以留意吓地圖，前三回合嘅『壘』嗰三個出口旁邊嘅細字，J 出口可以通往三個地方，P2 只可以去到一個，而 L6 亦都可以去到三個地方。如果呢個係一個 Pattern，咁即係話，呢個回合入面嘅『壘』應該都只可以去到一個地方。」「咁我講嘅 N2 咪符合囉！」西裝男人在旁插嘴。

「你咪嘈！」小伙子不滿地朝西裝男人怒目而視，然後續道：「除咗咁表面嘅 Pattern 之外，遊戲嘅另一個暗示係路線。

我哋先由 J 到 P2 畫出一條短斜線，P2 到 L6 就係長斜線，照咁睇，今個回合畫嘅應該亦都係短斜線。如果要從 L6 畫到一條同 J 到 P2 一樣方向同角度嘅斜線，大家會發現，L6 連到去嘅就係 R 出口。而咁啱 R 出口亦都只係可以去到國際廣場一個地方，正正符合埋我頭先提及嘅要求。所以，今個回合嘅『壘』係 R 出口。」小伙子得意洋洋的表情維持不到三秒，人群中有一把女人的聲音叫嚷起來：「收皮啦！以為你有幾勁，原來又係同個西裝友一樣喺度亂噏，兩個男人都廢嘅。」隨著說話聲，一個貌似 OL 的女人從人群中走了出來，又開始發表她對「壘」的意見。這現象一發不可收拾，發表偉論的人愈來愈多，人們也開始從集中聽一個人的解釋，變成了各自爭論著到底誰的解釋方為正確。

　　「各位親愛嘅參賽者，唔好再停喺個地圖前面喇，遊戲時間得返三分半鐘咋，再唔行就趕唔切㗎喇！」墨提斯刻意表現得可愛的聲音從廣播中傳出，暫緩了地圖前的爭論。墨提斯一言驚醒夢中人，大家開始放棄無謂的爭執，匆匆忙忙地走向自己相信的方向。人群四散後，留在地圖前的就只剩幾個尚未想通的人，當中包括了我、孫恩欣和桐桐。「時間無多，雖然我都唔係好肯定，不過我哋都試吓行啦。」眼見參賽者已陸續離開，我心知留在原地也不是辦法。剛才我雖然聽了一大堆見解，但每個解釋都有其破綻，所以我索性向孫恩欣道出自己想按照原定想法到 B 出口一探。「好啊，點都好過留喺度啊。」孫恩欣點頭同意。

　　我們三人穿過連接尖東站和尖沙咀的通道，重新回到了尖沙咀站之中。站內依然有不少人在四處奔跑，查找哪一個才最有機會是本回合的「壘」。但這也不代表能找到答案，所以我還是堅定地帶著二人步向 B 出口。到達 B 出口時，我發現原來也有十多人停留在此地。看見有跟自己想法相同的人，就像小學考試結束後，收卷時看到後方傳來的試卷和自己填了相同的答案，即使不確定答案是否正確，但心還是稍為安定了點。

我嘗試步上扶手電梯，因為 B1 和 B2 出口都是狹窄的樓梯，而樓梯上都已經有黑衣職員和部分參賽者，為免擠迫，我們三人便站到扶手電梯下的位置等待。剛才經過其他出口時，每個出口都有黑衣職員站在旁邊，看來只要遊戲時間一到，他們便會馬上將選擇了錯誤出口的參賽者斬殺。

　　地鐵站內的電子屏幕上面所顯示的時間變成「00：00」。換言之，遊戲時間結束便是屠殺的開始。果然不出片刻，旁邊 A1 和 A2 出口的黑衣職員已掄起了刀，開始斬殺站在那裡的人。車站裡正上演著一幕又一幕的無情追殺，反觀我現在所身處的 B 出口，目前為止也無動靜，難道是代表我選對了嗎？我，成功生還了嗎？不只是我，還有其他站在我附近的參賽者也正在面面相覷，嘗試從彼此的眼神中確認，到底大家是否就是幸運平安的一群。

　　這時候，有顆東西從上方的扶手電梯滾了下來，一直滾到我們這群人中間 —— 是一個鮮血淋漓的人頭。看見這人頭，桐桐率先尖叫起來，但我已無暇照顧她的情緒，一手就把她抱了起來，拉著孫恩欣馬上就跑。不只我們，到處的人都不住地跑動。可是，到底我要跑往哪裡？如果 B 出口並非安全的「壘」，到底哪裡才是？這樣盲目地跑，難道就能安全嗎？

　　人們在我眼前來去如風，鮮血在我身邊揮灑如雨，慘叫如交響樂般演奏著。我抱著桐桐在慌張亂跑的人群中漫無目的地跑動，眼看到處都能去，但你並不知道哪個才是自己要去的地方，這，就是無力感。就在我徬徨無助地望著流動的人群時，背後突然傳來了一把聲音。

　　「跟我嚟，我知道邊度係真正嘅『壘』。」

生門

　　此刻的我正身處在尖沙咀站的月台，當然，身邊還有正坐在座椅上休息的桐桐和孫恩欣。而在我面前站著的是把我們帶進來，或者嚴格來說是救進來的人，也就是先前把桐桐救回來的四眼男人。就是他告訴我這一回合「壘」的真正位置，並將我們帶到月台。就憑現時我們已在月台上待了一分鐘仍未有黑衣職員出現，這裡似乎是真正的「壘」。

　　「點解你會知道呢度係『壘』？」我好奇地問四眼男人。「你有冇睇過棒球比賽？」四眼男人沒有正眼望我，只是一直用腳尖踢著我們座位後的柱子。「喺多啦A夢入面睇過算唔算？」此刻身處安全的地方，我總算有心情說說笑。四眼男人微笑了一下，終於轉過頭說：「喺棒球比賽入面，擊球手需要打中棒球，然後跑過四個壘，咁就為之全壘打。而有趣嘅係，所謂嘅四壘其實就係擊球手本身身處嘅起點。今次呢一回合嘅遊戲叫做『跑壘遊戲』，一聽，我好自然就會將佢同棒球比賽聯想埋一齊。而最後一回合嘅『壘』冇任何提示，我就用返棒球比賽嘅邏輯推算，而咁啱得咁蹺，最後呢一回合嘅『壘』就係第四個壘。四壘就係起點，所以我就諗到要返到嚟月台。為咗確認答案，我都專登喺度等到夠鐘再留多十五秒，肯定呢度安全先上返去搵你哋，救你哋入嚟。」四眼男人的解釋讓人茅塞頓開，而不是滿腹的質疑不安，我立刻相信這就是正確答案。

　　「咁點解你要救我哋嘅？」這是我內心另一個好奇的問題，畢竟在這場冷酷無情的比賽中，對人施以援手並不是常見的事。「話晒呢個小妹妹我都有份救，你哋照顧咗佢咁耐，我都要負返少少責任嘅，所以咪諗住如果搵到你哋，就幫吓你哋囉。」四眼男人托一托眼鏡，不知為何，從他的眼神當中，我

覺得他似是有尚未說盡的話。只不過，大家始終都是陌生人，他不欲說明的話我也不好意思追問。而且從四眼男人兩次出手救人的行為，以及他的計謀，我覺得若將來繼續有比賽，他或會是一個不錯的同伴。所以，此刻先保持良好的關係，對我來說應該是一件好事。

為了避開沉默的尷尬，我將頭別了過去，環顧月台上的情況。此刻月台上的人數並不算少，目測並不少於一百人。但我一想到比賽最初的參加者有接近四百多人，而現時只剩下一百多人，那麼在「跑壘遊戲」死去的就有足足四分之三的參賽者。第一關的遊戲已是如此驚險，如果真如墨提斯所說需要晉級，下一關的煎熬實在難以想像。

「各位已經身處於尖沙咀站月台嘅參賽者，恭喜你哋，我哋第一關嘅『跑壘遊戲』正式完結喇！換言之，你哋咁多位都係第一關嘅勝利者！冇錯，你哋將會得到由我哋機構送出並直接存入你戶口嘅五萬蚊獎金，同埋喺『尖東遊戲』晉級嘅機會啊！」墨提斯的廣播傳出，月台的參賽者大都是喜憂參半的臉色。我相信喜是因為大家都知道自己成功存活下來，但憂的卻是不知道下一關還有什麼難題在前頭等著自己。

「我哋都知道呢一關要大家勞心勞力，絕對係一啲都唔容易嘅。所以呢，為咗令大家可以精精神神，能量爆燈咁參與我哋嘅第二關比賽，聽日將會係大家嘅休息日。你哋可以返到屋企，盡情做你想做嘅嘢。但係，墨提斯我都要提提大家喎，因為喺之後幾關嘅比賽入面，都唔會再有休息日㗎啦，所以呢，如果你有啲咩想做但未做嘅，記得喺聽日做埋喇。順帶一提，唔好諗住去報警或者告我哋喇，我都幾有信心可以話畀大家聽，咁做只係會浪費你寶貴嘅時間！你哋諗吓，時間咁就用咗喺啲冇結果嘅地方，好可惜㗎嘛！提埋大家，瞓覺嘅時候都記得著定一件靚啲嘅睡衣，因為我哋隨時都會將大家帶返嚟比

賽喫！最後，期待下一關同大家再見。」墨提斯的説話可精簡為：把握明天做定身後事。而且，我相信墨提斯的説話並非恐嚇，單憑她背後的機構可以利用港鐵站進行這種規模的殺戮遊戲，就知道是不可能以報警來簡單了事。想到這裡，我不禁無奈地嘆了一口氣。

這時月台上有兩盞白燈迅速掠過。「有車啊！」桐桐在我身邊叫了一聲，指著前方。我抬頭一望，發現月台上的幕門已經打開，一輛沒有乘客的列車。這列車應該是用作把我們帶離比賽場地的，於是我們三人一同走上了列車，並隨意找了個位置坐了下來。

「本列車為荃灣線前往中環的最後一班列車……」地鐵裡響起的再不是墨提斯故作可愛的語調，而是變回平日的機械女聲，聽著這把機械的聲音，我的心情反而較為安定。列車尚未開出，桐桐就已經躺了在我的大腿上，逕自睡著了。「佢應該都劫喇。」孫恩欣憐惜地輕撫著桐桐的臉龐，而我看著桐桐，心裡的感受很複雜，似是難受，又似是無奈。我想，如果桐桐今晚在車站裡跟父母一同死掉，對她來説會否是一個更好的結局？一個五歲的小女孩目睹父母同時慘死，那麼她往後到底要如何活下去呢？她還能相信世間的美善嗎？她還願意在這殘酷的世道裡成長嗎？

想到「活下去」，一件沉沒在我心底的往事忽而又浮現上來。那死亡的影子，那飛濺的血液，那孤獨的背影。對啊，我背負著如此沉重的記憶還不是一直活了下來。想到這裡，我不由得後靠椅背，放鬆整個身體，然後闔上了雙眼。不想了，我已經不想再去想了。無論是那曾經的往事，或是剛過去的遊戲，反正一切都只是像惡夢一樣。無論是好人、壞人、真小人、偽君子、善良卻不敢表達的好人、因為時勢迫於無奈行惡的壞人，或是那些因各種原因而作惡行善的人，大家都只不過

是用著自己最擅長的方式來活下去而已。既然如此，又何必想太多？

「請勿靠近車門。請不要靠近車門。Please stand back from the doors。嘟嘟嘟嘟……」隨著列車廣播響起，車門逐漸關上。我緩緩地呼出了一口氣，感受著出生入死後，此時此刻的安寧。

孤身

「下一站金鐘，乘客可以轉乘南港島線⋯⋯」在列車的廣播聲中，我的意識逐漸被喚醒。此刻的我依然身處在列車之中，桐桐依然躺在我的大腿上。而孫恩欣則睡眼惺忪地看著我，似乎剛才也跟我一樣不敵睡意而稍事休息。我將口袋裡的手機拿了出來，現在是早上六時三十分，跟剛上車的時間相差了五個多小時。整場比賽其實不過大約一小時，那麼中間空出的四個小時到底發生了什麼事情呢？我實在不得而知。只是就目前的情況，我、孫恩欣跟桐桐的座位和坐姿跟上車入睡前也沒有太大差別，我只好猜測基於某些原因，舉辦比賽的機構把我們弄昏了一段時間。畢竟，連突如其來的死亡遊戲都可以舉辦，這個「尖東遊戲」的幕後機構還有什麼是無法做的呢？

56

這時列車靠站，車窗外終於出現了金鐘站的藍色牆壁，而不再是尖沙咀的泥黃色牆身。由此證明，我們確實離開了地獄般的死亡遊戲了。車門緩緩打開，生還的乘客拖著疲乏的身軀下車。不難發現，此刻每個人身上都沾滿了血跡，而且也有大大小小的傷口，因此此時前來趕早班車的乘客都向我們投以奇怪的目光，甚至有人刻意走開幾步，卻沒有人打算上前關心我們這些滿身傷痕的人。看來就算不在遊戲，人類就是傾向獨善其身。

我輕輕喚醒熟睡中的桐桐，而桐桐則惺忪地張開眼看向我，用娃娃似的聲音問：「媽咪呢？」我跟孫恩欣對望了一眼，知道她剛睡醒所以腦袋不靈光，一時間忘了母親已經死於非命。雖然桐桐只是一個我偶然救起的小女孩，可是看著她此刻的模樣，還有想起她以後的人生，我不禁心裡一酸。「不如，你交俾我帶返屋企先，等佢一陣瞓醒精神返，我再送佢去其

他親人度。」孫恩欣對我説。我覺得這安排也不錯，畢竟我一個男人，突然帶一個非親非故的小女孩回家，必定會惹來母親問長問短。而且我本來就不擅長照顧小孩子，所以難得孫恩欣自動請纓，我當然馬上同意了。

我跟她們一同下車，然後走到金鐘站月台的中央。我望了南港島線的扶手電梯一眼，孫恩欣則指著身後的月台説：「我轉港島線。」我明白這是暫別的時候了。不肯定是否因為曾經跟她們在遊戲中出生入死，或是只有在她們面前我才能顯得有一點英雄氣概，此時此刻，我竟然有一點不捨。我心裡總覺得有些話該對她們説，可是一時之間又不知道該如何説起。沒想到，孫恩欣比我早一步開口：「多謝你救咗我。」而同時，她竟認真得向我微微躬身，讓我感受到她由衷的謝意。

其實救起孫恩欣只屬一場誤會，可是我不打算解釋太多，因為這場誤會，是美麗的。「小事啫，應該嘅。」對於許久沒有接受過別人衷心道謝的我，雖然想扮作大方，但表情應該多少有些尷尬。「咁，我同桐桐走喇。」孫恩欣微笑著説。「嗯，再見。」這聲「再見」説出口，我就覺得似乎有點不吉利，畢竟我們下次再見應該就是在「尖東遊戲」第二關了。可是孫恩欣並沒有介意，她只是笑了一笑，便帶著桐桐離開了。然後，我一個人坐上了南港島線的列車，坐早班車的人並不多，我很容易就找到座位休息。跟在「跑壘遊戲」中有孫恩欣的陪伴不同，現在我孑然一身，顯得有點寂寞，為了驅除內心莫名的惆悵，我將注意力轉去打量車廂內的乘客。

我首先注意到的是坐在我對面的人，我記得他是炎哥的小弟之一，耀揚。此刻的他正拿著手機在講話，表情不但沒有在炎哥身邊時候的戾氣，反而有點敦厚，跟他一頭金髮和耳環不太相襯，我不由得好奇，到底是誰在跟他講電話？車廂中的乘客不多，所以只要細耳傾聽，不難聽見耀揚的説話。「婆婆

你仲未瞓啊？哎呀，你唔好等我吖嘛，我大人嚟㗎喇……係啊，今晚？哦……玩夜咗少少啫，唔使擔心喎，冇事冇事，我坐緊地鐵返嚟㗎啦。嗯……嗯，你落街晨運啦，尋晚碗湯放枱面就得，我返嚟就飲……」若果只看耀揚的外表或其跟隨炎哥的模樣，我不會相信眼前這個男人竟然是一個孝順的人。本來我還想繼續聽下去，可惜耀揚在利東站便已下車。耀揚跟他婆婆的對話喚起了我對母親的牽掛，於是我在下車後亦加快了回家的腳步。

母親是個大廈管理員，平日早上八時才外出上班，所以當我回到家時，母親尚在睡牀之上。為免打擾她休息，加上我也身心俱疲，於是隨手用紙條寫下今晚留家晚餐的訊息，便回到房間休息。當我睡醒過來，已是下午二時。睡醒的一刻，我首先感到大腿傳來昨晚狂奔後的酸痛，這全因自己平日疏於運動。為免刺激大腿的酸痛，我繼續保持躺平，然後拿起牀邊的手機。首先看到的是一大堆未接來電，其中一部分是來自公司的。這時候我才想起，今天曾答應過要代同事上班，誰知經歷過一場死亡遊戲之後，我完全將這事拋諸腦後。我馬上打電話到公司道歉和請病假，雖然被上司罵了個狗血淋頭，但還是成功請假了。

結束通話後，我不由反問自己：既然今天之後，我又要再一次回到那個令人隨時喪命的「尖東遊戲」之中，為什麼我還要如此著緊上班的事呢？或者，對香港人來說，上班就是生存的本能，所以我才會視上班比生死更重要。處理完公司的事務之後，我發現另一堆未接來電，是來自我的多年死黨兼損友許德。除了十多通來電之外，他差不多每隔十多分鐘就發來一則短訊，內容大概都是：「你冇事嘛？」、「冇事覆吓我吖！」、「阿昭，係咪瞓緊？報個平安！」看著這些沒頭沒腦的訊息，我不禁心感奇怪，許德為何突然如此關心我？從他的訊息中可見，他似乎是料知我身上發生了一些特別的事，所以才發來

了這一連串的訊息。難道，他知道我昨晚凌晨參加了「尖東遊戲」的事情？

　　我突然記起了墨提斯在「跑壘遊戲」開始前的一句話。「你哋都係被挑選而嚟到呢個『尖東遊戲』嘅。」揀選，這意味著我們會加入「尖東遊戲」並非偶然。如果以墨提斯的飛機笑話作為依據，我之所以會被扯入「尖東遊戲」中，是因為我坐上了那一班從尖沙咀站開出的尾班車，而令我坐上那班尾班車的原因是許德。看著手機上的訊息，加上此刻腦海裡複雜的思緒，我不由撥了一通電話。

　　「喂，許德？不如而家出嚟見個面？」

內幕

　　下午四時，銅鑼灣的咖啡店。當我步入餐廳的時候，許德尚未留意到我已出現，他的表情明顯繃緊。直至我出現在他面前時，他才略為放鬆，並堆起一個平時常見的笑容説：「喂，做乜咁急約我出嚟啊？尋晚仲見我唔夠啊？」「我見你唔夠？似係你想見我多啲喝，打成廿幾個電話，Send 咗五十幾個Message 嚟喝。」我意會到許德正在掩飾什麼，所以便試探一下他。「咁你咁夜返屋企，又冇話聲我聽你返到，做咗十幾年兄弟，擔心你啫。」許德用他作為保險推銷員的伶牙俐齒避重就輕地回應。再這樣跟他消磨下去，可能吃完一整頓飯也問不出個所以然。所以，我決定單刀直入。「你記得我哋十幾年兄弟，咁你又推我去死？」我一邊板起臉，一邊拉起自己的其中一邊衣袖，將傷痕纍纍的手臂展露在許德面前。許德張大了口，一副反應不過來的樣子，支支吾吾地説：「我⋯⋯ 我冇推你去死啊，嗰個人話你去玩遊戲㗎咋⋯⋯」

　　「嗰個人」、「玩遊戲」。看來許德果然是我被扯進「尖東遊戲」的原因。「你最好講清楚啲，如果唔係我哋絕交啦。」想起昨晚的九死一生竟然是因為自己的死黨許德而起，我不禁心中有氣，語氣也變得不太客氣。「喂，講咩絕交啫，你咁好人，邊會⋯⋯」「講。」許德本來還想嬉皮笑臉地打發我，但感受到我少有而不尋常的氣勢後，先是呆了一下，然後便坐直了身子，緩緩嘆氣説：「兩日前，有個人喺 Whatsapp 度搵我，問我識唔識你。我最初以為係啲咩呃錢訊息，但係又好奇想知咩事，所以就答佢我識你。之後，嗰個人話只要我可以令你上到星期五尖沙咀返港島嘅地鐵尾班車，我就可以有五皮嘢酬勞。噂，咁我哋一場朋友，我梗係緊張你啦，所以即刻問清楚點解要令你上尾班車。嗰個人答我，佢哋係一個大型遊戲嘅

機構，需要喺參加者唔知情嘅情況之下俾佢哋參與遊戲，咁先會有真實感。咁我聽佢講得有紋有路咁，而地鐵站話晒係公眾地方，應該都唔會有咩危險嘅，加上仲有成五皮嘢酬勞喎，所以我咪應承咗佢囉。」

「你為咗五皮嘢，就出賣我去一個連咩人搞都唔知嘅遊戲度？」我不可置信地怒視著許德，沒想到這個相識接近十五年的中學死黨會為了區區五萬元就出賣我，更害我差點死於非命。「咩出賣啫？又唔好講到咁嚴重，咁嗰個人話玩遊戲咋嘛，我諗住都係嗰啲電視台拍吓遊戲節目啫，點知會咁大鑊喎！你唔好講到我咁衰啊，我尋晚擔心咗你成晚㗎，如果唔係使乜係咁打畀你啫？仲有啊，就算我今個月搵唔多，嗰五皮嘢我都諗住同你對分㗎，你咪諗到我咁貪錢至得㗎。」面對我的斥責，許德竟然理直氣壯地反駁我，讓我生氣至極。「你知唔知就係因為你呢五皮嘢，我差啲連命都冇埋啊！」我氣憤地拉起另一邊手袖，將自己從「跑壘遊戲」中累積下來的瘀青展露於許德面前。「咁……咁都係少少傷啫，又唔使講到冇命咁嚴重下話？反正而家有咁多錢，最多一陣陪你睇醫生喇。」即使許德看著我手臂上一塊青一塊紫的傷勢有點驚訝，但他仍然將我的激動反應視為小題大做。

許德無情的反應使我對他更為不滿，正當我打算對許德破口大罵時，腦袋裡響起了一句話：「你都就快要返去『尖東遊戲』啦，分分鐘命都冇埋，而家撠爛塊臉絕交又有咩用呢？」確實，以我所認識的許德，他從來都是一個「不能共患難」的人，即使我跟他再多說關於「尖東遊戲」的事，我猜他頂多只會將五萬元悉數歸我便草了了事。但如果我這時候跟許德翻臉，最後不過是令在「尖東遊戲」中死去的自己的葬禮少一個哀悼者。所以，我倒不如忍一時之氣，讓這事和氣收場吧。

我暗暗嘆了一口氣，並在片刻間化解滿腔的怒氣。「你係記得分返一半畀我先好啊。」我擠出一絲笑容，用力地拍了他的右肩一下。許德見我恢復了往日的寬容，頓時笑了起來：「咁咪好囉，我就知你咁好人，冇理由嬲我嘅。嗱，今餐我請當賠罪，之後再過數畀你！」許德將餐單交給我，開懷地叫我點餐，而我也裝作前事不計，一如以往地跟許德說說笑笑。

一個小時就這樣過去，許德說約了客戶，而我見時候不早也該回家吃晚餐，並多陪母親片刻，所以就與他道別。「今晚過數畀你，下次再出嚟飲過啊！」許德邊說邊坐上的士，就此揚長而去。看著許德離去，我心中有一種難以言喻的無奈。我沒有將「尖東遊戲」中的凶險告訴他，更沒有讓他知道我不久後將要再度進入遊戲。這是因為一來覺得說了也於事無補，二來是不想讓許德內疚。我相信他不是為了謀害我而將我送入「尖東遊戲」，而他也是出於關心才不斷致電給我。因此即使我不滿他為了五萬元而把我送進不知名的遊戲裡，我也不想他因無心之失而內疚一生。

如是者，我帶著複雜的心情離開了銅鑼灣，起程乘地鐵回家。我在南港島線月台的幕門前等待列車到來時，有人將手搭在我的肩頭上。「咁啱啊。」一道聲音在我身後響起，從幕門的玻璃反射，我清楚地看到那人的面孔。這是一個我認得卻相當意外在此碰上的人——「尖東遊戲」中的四眼男人。我轉過身去，深知能在這地方碰上他絕非偶然，於是警惕地問：「你專登嚟搵我？」「嗯，尋日見你落車之後行咗落南港島線，所以博吓喺呢度會唔會撞到你囉。」四眼男人微微一笑，似乎對於會遇見我一事早就胸有成竹。「做咩事？」雖說四眼男人昨天兩次出手助人，可是我跟他本來就是陌生人，加上他有一種高深莫測的感覺，令我對他有少許防備之心。「唔使擔心，我今次嚟係想搵你合作嘅。」四眼男人仍然溫柔地說。「合

作？」以四眼男人的機智，應該不需要再多找一個伙伴吧？況且我跟他只屬萍水相逢的陌生人，為什麼他要找我合作？

「冇錯。尋日喺遊戲入面人多口雜，如果俾人發現咗我同你有合作關係會比較麻煩，所以我先要趁今日未入返遊戲之前，同你傾吓關於合作嘅事。」四眼男人認真地望著我，似乎他是真的有意想我成為他的伙伴。「我點解要信你？」雖然我能夠感受他的誠意，可是從昨天「跑壘遊戲」中可見，每個人在求生慾的驅使下紛紛選擇獨善其身，我又如何可以相信眼前這個連名字也不知道的人作為自己的伙伴呢？「你可唔可以借半個鐘畀我，我講個故事畀你聽。」四眼男人凝望著我。其實打從昨天的遊戲開始，我已經覺得四眼男人並不簡單，而且他說話時也似乎甚有保留。雖然我不敢完全相信他，可是我也有興趣聽一下他口中的「合作」，說不定能改變接下來的比賽勝負，於是我便點點頭。

沒想到四眼男人並沒有立刻分享他的故事，反而帶我往上層乘搭列車。大約五分鐘後，我倆便到達了尖沙咀的月台。一出月台，他不停東張西望，然後走到了一根柱子前，再在那裡蹲下，先是「哦」了一聲，然後安靜地端視一輪後就站了起來。對於他一連串的動作，我毫無頭緒。

「你記唔記得呢條柱？」四眼男人問我。「成個站咁多條柱，好難記得。」我無奈地答。「尋日你哋喺『跑壘遊戲』最後一回合跑落月台之後，就係挨住呢條柱坐低休息。」四眼男人解釋。我嘗試回憶，四周的環境似乎與他所說的吻合，但我仍然不明白他的用意。「尋日你哋坐低咗之後，我見到呢條柱上面有兩塊有啲甩甩哋嘅磚，所以靜靜雞咁用力將佢哋踢甩咗。但係你而家過嚟踎低望吓。」四眼男人指著柱子的下方。我按照他的指示蹲下一看，只見柱子雖然殘舊不堪，卻沒有他口中所說的缺了磚塊。我向四眼男人投以疑惑不解的眼神，他微笑

著説：「尋日我哋一開始上咗尾班車，但係最後俾人載返去尖沙咀站，然後先開始『尖東遊戲』㗎嘛？但係問題係，全程完全冇倒車，亦都冇經過其他站，咁到底邊有可能令一架列車可以重回起點呢？」四眼男人的話在此打住，然後就保持微笑望著我，似乎已經解釋完畢。

　　缺失磚塊的柱子，沒有倒車卻能回頭的列車。仔細一想，我突然就明白了。「你嘅意思係，我哋尋晚比賽嘅地點，並唔係尖沙咀站。應該話，唔係真正嘅尖沙咀站……」説到最後，連我自己也覺得太過匪夷所思而收細了聲量。然而四眼男人卻用肯定的眼神凝視著我，點了點頭，並説：「冇錯，呢個都係我嘅睇法。尋晚，我哋所有人都只係喺一個搭建出嚟嘅大型佈景度玩呢個『跑壘遊戲』。但係你諗吓，嗰個站由出閘機、月台設計、廣告板都做到一絲不苟，而且仲可以同地鐵連接，可想而知，遊戲背後嘅組織到底有幾咁財雄勢大。」

　　聽著四眼男人的話，我只能夠不停點頭認同。而四眼男人會踢鬆柱子的磚塊並記住位置，顯然就是有意留下暗號。他的行為彷彿顯示出他對「尖東遊戲」有點頭緒。正所謂「用人不疑，疑人不用」，合作也是同理。既然四眼男人提出要合作，我也不妨將內心的想法大膽地向他提出。於是我望著他問：「其實，你係咪一早就知道有『尖東遊戲』呢樣嘢？」「嗯。」四眼男人直認不諱。這坦白的反應令我安心了點，我再追問：「點解你會知？」四眼男人收起了臉上溫和的笑容。

　　「我老婆，係上年『尖東遊戲』嘅參加者。」

虎穴

　　四眼男人見我反應不過來，於是便隨意一笑，把自己的話接下去：「人類，總係需要由其中一方嘅自我披露開始，先可以建立互信嘅關係。既然係咁，我講吓我嘅故事畀你聽先。」他邊説，邊示意我跟他一同在柱前的座位坐下，開始説起他的故事。

　　四眼男人的名字是杜崇文，是中文大學的副教授，負責教授人類學學科。以三十出頭的年紀來説，他能當上副教授一職絕對是一件了不起的事情。杜崇文跟妻子於兩年前結婚，雖然未有子女，但家中養了兩隻英國短毛貓。杜崇文的妻子也是大學裡的教職員，只不過她主要負責研究的部分。據杜崇文所説，他的妻子比他更聰明敏銳，尤其是對人類學的研究特別有心得。

　　杜崇文一家兩口加兩隻貓的生活相當幸福，直到去年二月的某一天，打破了他們平靜的生活。那天杜崇文如常在家中工作，並等待著與朋友外出的妻子回來。誰知一直等到深夜，妻子依然未歸，而且連一則來電或訊息也沒有，簡直就是音信全無。於是杜崇文致電給兩位與妻子一同外出的朋友，嘗試了解對方的行蹤，誰知這兩位朋友同樣是杳無音訊。這下子，一向冷靜的杜崇文倒真是慌了。他知道至少要在妻子失蹤四十八小時後才能報警立案，無奈之下，他只好暫時放下手上的工作，靜候著妻子的回覆。

　　等待是痛苦而漫長的，杜崇文苦候了三個小時後終於收到了一則來自妻子的訊息。「我平安，返緊嚟屋企，一陣再解釋。」三句短句，簡而精地平復了杜崇文內心的緊張感。雖則

如此，但他也從字裡行間感受到妻子應該遇上了不簡單的事情。

　　大約半個小時後，杜崇文的妻子終於回家。家門一打開，平日能幹獨立的妻子所做的第一件事，就是撲進杜崇文的懷抱中。杜崇文抱著妻子，同時留意到妻子身上滿是灰塵和傷痕，心裡不期然想到妻子是否遇上了什麼意外。「或者你好難相信，不過我頭先真係死過翻生。我頭先，無啦啦捲入咗一場叫做『尖東遊戲』嘅屠殺遊戲入面。」這是妻子坐下來喝了一口暖水之後所說的第一句話。雖然杜崇文明白妻子所說的一字一句，可是卻未能消化「尖東遊戲」、「屠殺遊戲」等詞彙。簡而言之，杜崇文的妻子跟兩位朋友於晚餐後一同坐上了尖沙咀往中環的尾班車，接下來發生的事大致跟我們所經歷的相似。不同的是，杜崇文妻子當時在尖沙咀站內所進行的遊戲是「搶尾巴」。遊戲玩法是所有參加者都要佩戴一條電子尾巴及一條電子手帶，只要在限時內成功保住自己的尾巴，便可以從遊戲中晉級。一旦失去尾巴，電子手帶上的 GPS 便會顯示你的位置，而黑衣職員便會前來把你殺掉。當然，若在黑衣職員找到你前成功搶去他人的尾巴，就能夠保障自己的安全。如果遊戲完結時，參賽者身上有多於一條尾巴，就會有額外獎金。

　　杜崇文妻子向他細說著整場比賽的人性殘酷，比起被黑衣職員殺死的參賽者，其實有更多的死傷都是來自參賽者之間互相搶奪傷害。所以杜崇文妻子在整場遊戲中，也只能跟兩位好友一同左閃右避，但求一席生存之位。可惜在一次衝突中，杜崇文妻子的其中一位好友因被搶去尾巴而死。而另一位好友則身受重傷，所以索性將自己的尾巴轉贈杜崇文妻子，這才使杜崇文妻子得以活命過關。

　　杜崇文聽了，不但訝異於香港竟然會有這種只出現在小說中的殺戮遊戲，更是心疼自己的妻子飽歷折磨。在當刻他能做

的也只有抱緊妻子，並溫柔地説：「點都好啦，你可以平安返到嚟就好。」沒想到説出這話後，妻子卻從他的懷裡抽身，臉色黯然地説：「呢個遊戲仲有晉級制，聽主持人講，我哋所有生存嘅人都一定要晉級。所以，過埋聽日之後，我又要返去個遊戲度。」此話代表她將要再次冒著生命危險，回到她口中的死亡遊戲之中。

　　「唔緊要，我哋即日離開香港，去一個佢捉唔到你返去個遊戲嘅地方。」杜崇文當時如此説，然後立即到網上訂機票。誰知，網上的售票系統顯示他妻子的身份未能購買機票。那一刻杜崇文知道，他要對抗的力量似乎遠超他想像。杜崇文並沒有就此認輸，他決定當天都陪在妻子身邊，一同不踏出家門半步。他甚至將全屋最鋒利的菜刀放在牀邊，一旦有人對妻子不利，他就會不顧一切地動手。當晚二人用過晚餐後便一同躺臥休息，可是彼此都沒有半點睡意。那時候，他的妻子對他説：「比賽完結嘅時候，有參賽者問如果喺比賽入面死咗，會用咩方式通知屋企人。因為佢唔想屋企人牽腸掛肚，情願有個理由俾屋企人死咗條心。而主持人答佢，所有死咗嘅參賽者都會得到一筆參賽費，費用嘅多少視乎生存到第幾回合，並會以意外身亡為由通知家屬，始終香港一年都唔知有幾多單意外死亡嘅個案。所以，如果有一日你收到我意外死亡嘅消息，記得唔需要驚訝。」杜崇文沒有回答妻子，只是將她抱得特別緊。作為一名大學研究者，他一向擅長動腦筋多於説出動人的情話，所以他並不知道自己應該説出怎樣的話才能安慰妻子。他並不想她離去，更不想接受她有可能因為這個荒謬的遊戲而死的事實，但他只能憑著本能用力地將妻子抱緊。兩個人在最深情的擁抱下入睡。

　　當杜崇文一覺醒來，牀上就只剩下他一個人。身旁甚至整齊得找不到有人睡過的痕跡。就這樣，杜崇文的妻子就從他的生活裡消失了。杜崇文一等就是一個月。這個月，他除了每天

定時向妻子發訊息外，也時刻檢查妻子的銀行存摺。既沒有收到妻子「意外身亡」的消息，妻子的戶口也沒有一分一毫的變動。這些證據都使杜崇文相信： 妻子尚在人間。

後來過了三個月，杜崇文開始懷疑到底妻子仍然生還嗎？還是只是她意外身亡的消息尚未傳來？日夜盼候妻子歸家的杜崇文實在等得不耐煩，他下了一個決定 —— 既然妻子沒有回家，就由他去把妻子找回來。於是他每天都刻意乘坐尖沙咀往中環的尾班地鐵，為的就是碰上那一班能夠把他送進「尖東遊戲」的列車，然後在遊戲中生存下去，並把妻子找回來。即使找不到，他也要將「尖東遊戲」的主持人揪出來，打聽妻子的下落。

如是者，杜崇文乘坐尖沙咀往中環尾班車的習慣，足足維持了九個月。直到昨夜，他最期待的畫面終於出現了。

伙伴

「所以，你根本就係一心想入『尖東遊戲』。」我聽完杜崇文的故事後，為他下了一個總結。「當然。呢一年嚟，我試過報警，亦都立咗案，但完全毫無進展。我亦都搵過世界上唔同嘅失蹤人口，發現原來世界各地都有唔少討論區曾經提及過類似『尖東遊戲』呢啲嘅死亡遊戲嘅事。不過通常呢啲嘅分享會俾人當係講笑，又或者好快會俾人 Del Post，根本就查唔到啲咩出嚟。所以唯一嘅方法就只有自己入去個遊戲度，先有可能搵返我老婆，同埋查出到底呢個遊戲係咩一回事。」杜崇文一臉凝重地把話說完。

「咁，你搵我合作又有咩用呢？你醒又醒過我，而我只係想生存，冇你嘅目標咁宏大，我幫唔到你㗎喎。」我這一番說辭，一來是確實不理解杜崇文找上我的原因，二來是聽了他打算挑戰「尖東遊戲」背後機構的目標後，我實在是不敢苟同。要知道，如果「尖東遊戲」的舉辦機構真如杜崇文所說，有財力興建假地鐵站、可以隨意入屋捉人、甚至控制全球的輿論，可見這機構影響力之大。試問我這個升斗市民，又如何力抗這種龐大的機構呢？

我從來都沒有什麼人生目標，能夠有一份穩定職業，保障到自己與母親三餐溫飽，閒時跟損友們吃喝玩樂，這已算是我人生最大的期望。哪怕無故被牽扯進「尖東遊戲」中，我亦對遊戲的終極獎勵毫無興趣。因為我唯一的期望就是生存。只要卑微、平安地一直生存下去，每天都能喝到母親所煲的湯就好了。杜崇文的雄才大略，我恐怕是幫不上忙了。

「你錯喇，你係唯一一個可以幫到我手嘅人。」杜崇文卻在這時候搖了搖頭，「因為，我見到你係『跑壘遊戲』入面唯一會幫人嘅人。」「我諗你搞錯咗啲嘢，其實我都唔算係幫人，好似你嗰次吖，唔係你塞隻袖畀我，我都唔會幫到你，仲有呢……」杜崇文似乎對我有些誤解，至少，我不是他想像中般樂於助人。我，只不過是許德所形容的「懶好人」，也就是視乎情況而扮作好人的偽君子。

「喺我老婆失蹤前嗰一晚，我同佢喺牀上面傾咗陣偈。佢同我講咗好多關於佢參與遊戲嘅事，其中一樣我好深刻，係佢話佢曾經諗過，如果喺成場『搶尾巴』比賽入面大家合力唔互相搶奪尾巴，比賽始終都會有完結嘅時候，或者所有人都可以安全渡過。但係作為人類學研究者，佢亦都知道呢個想法實在太過天真。因為當所有人都以個體出發，只係考慮自己嘅時候，根本冇人會願意冒險作出互不傷害嘅承諾。而確實，人類只要願意團結，其實就可以解決好多事。我老婆話，雖然成場比賽都盡現人性醜態，但係佢之可以生存，全因為佢朋友最後將尾巴送畀佢。證明即使人性再醜陋，仍然會有光輝嘅一面。我相信每個人都有自私嘅時候，但更加重要嘅係，你內心入面仲有冇絲毫嘅善良。

我記得當我去救嗰個小妹妹之前，你就企咗喺我身邊。嗰時你隻手舉起咗，慢慢向前伸緊。我明白嗰一刻根本冇人願意出手，要主動行動係一件好難嘅事。但係至少，你曾經諗過要救佢。而且，我後來刻意將個小妹妹交咗畀你，你大可以唔理佢，但係，你成功保護佢直到最後。以上每一點都可以證明你係一個善良嘅人。所以，我覺得你係值得信任嘅。」杜崇文說出這話時，望向我的雙眼似是帶著光芒。這道眼神使我回憶起，在一年級考試中第一次考獲全級第三名，我興奮地拿著成績表回家，母親看了我的成績表一眼，馬上面露喜色。正當我以為她要因為我的成績而稱讚我，她卻開口說：「昭仔，操行

分有甲，好乖仔喎。老師仲讚你樂於助人，待人友善，媽媽好開心啊，今晚一於斬料加餸。」當時母親表達對我的欣賞的時候，我感到她加許的並不是我對學習的努力或天賦。

自從長大後，「好人」已經失去了被留意的價值。我也逐漸忘記自己曾經當過一個善良的人。或者是因為在社會上，你愈是善良，就等於愈容易被欺負，所以我才會從好人，成為了「懶好人」，將善意變為因時制宜的工具。可是直到現在，當杜崇文——這個認識不到一天的人，用帶有光芒和信任的目光凝視著我的時候，我知道自己被他打動了。

「你想我點幫你？」我問。「雖然我目前都只係知道『搶尾巴』同『跑壘遊戲』呢兩款遊戲，但係我哋大致可以理解『尖東遊戲』嘅性質，算係鬥智鬥力嘅遊戲。雖然我有信心自己嘅智力可以保命，但如果要鬥力，單憑我一人之力未必足以過到關。而喺暫時參賽者眾多嘅情況之下，我相信未至於去到要我哋兩個你死我活嘅階段。如果我哋可以保持低調嘅合作關係，喺遊戲之中會有比較大嘅優勢同埋獲取多啲資訊。我期望中嘅合作，係你盡力幫我過關升級，而我會盡力幫你保命，令你可以喺遊戲中全身而退。」杜崇文解釋。

杜崇文的合作條件確實相當誘人。回想起昨天，若是沒有他的相助，我很大可能已在最後一關選了錯誤的「壘」而死。如果能夠有杜崇文這位能幹的伙伴幫忙，保住性命的機會必然大增。而且從他的語意之中，他並不是期望我跟他共同對抗遊戲組織，變相我的危險也相對地減少，這合作關係似乎利多於弊。

「好，我應承你。」我肯定地點了點頭，突然又想到了另一件事，說：「不過，我哋嘅合作最好加埋孫恩欣同埋桐桐。」

「我無所謂。」杜崇文微微一笑，接著說：「我嘅目標係贏到遊戲，只要可以晉級，多一兩個同伴係好事嚟嘅。」這時候，我又同時想到另一個重要的問題：「如果，去到有一場比賽係要我同你成為敵人，咁又點呢？」「好簡單，你幫我贏，我幫你安全咁輸，呢個應該係對我哋兩個嚟講最好嘅結果。」杜崇文理所當然地說。「嗯，就咁，成交。」我向杜崇文伸出手與他一握，示意這合作關係正式達成。「好啦，我相信喺重返比賽之前嘅最後一日，你應該仲有行程，我唔阻你喇，聽日比賽入面再見啦。」杜崇文這話倒提醒了我要回家用餐，於是我便馬上跟他道別，匆匆坐上地鐵回家。

打開家門，母親的聲音便從廚房裡傳出：「返嚟就啱啦，啱啱好煮好飯，去洗手幫手開枱啦。」我虛應了一聲，便聽話地幫忙。過了不久，桌上已放了三碟熱騰騰的餸菜，而碗內則盛滿了冒著煙的湯。「西洋菜煲豬骨，下火啊，你成日捱夜，食完飯再飲多碗啊。」母親見我望著湯碗，邊說邊開電視機。此刻，電視台正好播放著新聞報導。「今日下晝三點，旺角鬧市一帶發生持刀傷人事件，事件中七人受傷送院，其中兩人身中多刀，情況嚴重。根據警方透露，事件懷疑與三合會成員有關，現已交由有組織罪案及三合會調查科調查⋯⋯」

「嘩，而家周圍都好危險啊，出街都要小心啲啊你。」母親皺著眉頭地說。「殺到埋身，想避都避唔到㗎。」我看著新聞報道，不知為何聯想到昨晚的炎哥一夥。「呢個時勢，社會又亂，周圍都亂，你真係要小心啲，做個好人，唔好得罪人啊。」母親語重心長地說。「你講到咁亂，我唔得罪人，啲人都會嚟搞我㗎啦。」我想起昨晚在『跑壘遊戲』中出手把我推跌再惡言相向的男生。「人善人欺天不欺。人哋點做，你管唔到，最緊要做好自己。」母親搬出了她的千年至理名言。若是平日，我準會對這些說話嗤之以鼻，可是今天，我卻難得地被這些老話勾起一絲的感慨。「如果每個人都胡作非為，社會一

片混亂，得我自己一個做好人又有咩用呢？」我由衷地問。「當有你一個做好人，社會就唔會只得你一個好人。」母親用一句玄之又玄的說話回應我。這句話難以理解程度，就像阿嬌當年所說的「個個都拍拖，唔通個個都想拍拖咩」一樣。於是在餘下的晚餐時間，我都努力地咀嚼母親這句話的涵義，卻依然是不得要領。

晚餐過後，母親如常地收拾餐桌，任由我拿著一碗未喝的湯坐在一旁。直到此刻仔細地注視著母親，我才驟然發現，她兩鬢的白髮原來比我記憶中的多，而且老邁得比我想像中更快，又或者只是我一直以來一廂情願地視她為那個仍然年輕、笑著獨力把我撫養成人的她。若然我在「尖東遊戲」中有何不測，我實在不忍心要她擔心，思索一番後，我再度開口：「我嚟緊要出 Trip，唔知嗰邊要搞幾多日。可能幾日就返，又可能要耐少少。」「咁正？記得買手信畀我喎。」母親笑了笑，繼續收拾餐桌。「嗯。」我心情沉重地應了一聲，並勉力堆出一個笑容說：「出 Trip 返嚟嗰日我打畀你，你煲定湯畀我得唔得啊？」「得啦，腐竹煲豬骨啦，你最鍾意，畀心機出 Trip 啦。」母親開玩笑地拍打了我一下，然後便走進廚房洗碗。還好她頭也不回地走進了廚房，否則就會看到我臉上那兩行強忍不住的淚水。

晚上十一時，母親已經就寢，而我則在睡牀上放空思緒。在漆黑的房間中，我回想自己二十八年的人生，想到一些成就，也想到一些未竟之事，然後我又想起了昨晚「跑壘遊戲」中的片段。我想起昨晚那個救不了的男生在我面前死去、被人踐踏的屍身；想起桐桐孤身坐在盲人引導徑上，我卻遲豫著要不要救她的情境；想起孫恩欣一臉認真，躬身向我道謝的場面；想起自己牽著桐桐，一直在站內奔跑的緊張。

我確實如杜崇文所說是一個好人嗎？我自己也不得而知。我想當一個好人，還是當一個能夠活命的壞人？一想到好人壞人，我又再次想到了只注重教我成為一個好人的母親。如果我將會在「尖東遊戲」中死去，今晚就是我最後一次與母親相聚的時光。我突然有點後悔自己剛才沒有多喝一碗湯，也沒有好好陪伴母親多聊一會兒。想到這裡，我從牀上坐了起來，走到書桌前面拿起紙筆，匆匆寫了一封給母親的信，然後把它收進抽屜。如果我有任何不測，這信就是我留給母親最後的話。

寫完信，我再一次回到牀上。依照杜崇文所說，當我入睡並再次醒過來的時候，如無意外，我將會回到「尖東遊戲」之中。而我該做的事，似乎也都已經完成了，所以我緩緩地呼出了一口氣，然後閉上了雙眼。在我尚未進入夢鄉前的一刹那，我最後的意識停留在母親那一句話。

「當有你一個做好人，社會就唔會只得你一個好人。」

期望我之後再有機會一邊喝著腐竹豬骨湯，一邊請母親為我解釋這句話箇中的深意。

15

電流

「阿昭、阿昭……！」

我聽見有人在叫喚著自己，我緩緩地醒過來，在雙眼迷濛之時，我看到眼前人的輪廓似乎是孫恩欣。「孫恩……」我正要叫出她的名字時，視力剛好變得清晰，我才驚覺眼前人並非孫恩欣。

「Miko？」在我眼前的，是貨真價實、我的初戀女朋友Miko。而且我還留意到，牽著她的人，是當年把她從我身邊搶走，我的中學同學，方逢山。他此時的臉色並不太好看，或許當女朋友遇著前度的時候，男生都是會自然地戒備。

「點解你喺度嘅？」我問 Miko，並發現自己正身處一架行駛中的列車上，似乎正被帶回「尖東遊戲」。還好有杜崇文事前告知，讓我作好了心理準備，所以我對於此刻的情況見怪不怪。「我都唔知啊，我同阿 Hill 一瞓醒就發現自己已經俾人帶咗上車。」Miko 表情一臉不安，右手緊緊地挽住了男友的手臂。「咁即係話，你哋前晚都喺場遊戲入面？」我追問。「嗯，其實嗰晚你救咗個小妹妹嘅時候，我已經見到你㗎喇，不過當時又亂又多人，所以冇刻意過嚟同你相認啫。估唔到，你依然係咁好人。」她抱歉地笑了一笑，順道撥動了一下自己的長髮。「Miko，我哋唔好阻住人哋休息喇，一陣比賽又唔知比咩，儲足精神比較好嘅。」方逢山這時插嘴，表面上說得動聽，但我當然聽出了他言下之意是想中止我與 Miko 的對話。而且他此刻看著我的眼神，流露著滿滿的抗拒與不屑。

　　我其實也沒有興趣看著 Miko 與方逢山二人相依的畫面，而且我聽 Miko 提起「小女孩」，腦內登時記起桐桐，不免有點記掛她。於是我便主動說：「我都要去搵返個朋友先，有機會再傾。」「嗯，萬事小心。」Miko 朝我溫柔地笑了一下，這個久違的笑容，此刻依然令我心痛。為免讓她留意到我的異樣，我簡單地回應了一句：「大家咁話，你哋都保重。」然後便在車廂內尋找起桐桐的蹤影。

　　我走過了一個車廂，首先發現的不是桐桐，而是雙目緊閉、還在昏睡的孫恩欣。眼看她身邊的座位空著，我便靜靜地坐了下來，順道偷看她的睡相。從剛才遇見 Miko，到現在見到孫恩欣，我發現二人雖然輪廓略有相似，但氣質卻明顯大有不同。Miko 給人的感覺是舉手投足之間都似要把你的目光吸引過去，她的一顰一笑都似是經過精心的計算，讓人對她留下印象。所以當年在中學裡，她可算是男生群其中一個討論熱度甚高的女生。而孫恩欣卻有著剛好相反的特質，若她在人群之中不發一言，你幾乎不會注意到她存在。即使她外貌不差，但因為低調，使她成為群體中不太起眼的人。若要比較，Miko 是一顆亮得耀眼炙手的燈泡，孫恩欣則是一枝泛著微光但溫暖的火柴。

　　「仲有心情睇女仔，心情幾好喎。」我別過頭一看，原來是杜崇文無聲無息地坐到了我身旁。被他發現我在偷看孫恩欣，我不禁臉上一熱，馬上岔開話題說：「你見唔見到嗰日救嘅小妹妹啊？我喺度搵緊佢。」杜崇文搖了搖頭，說：「其實我已經來回行過車廂一次，都唔覺眼。」聽了此話，我不由得擔心起桐桐的安危。「放心，我估如果呢個『尖東遊戲』背後嘅機構係有目的咁搞呢個遊戲，就咁放一個小妹妹入嚟遊戲其實冇咩意思。所以可能只係個機構冇捉返佢入嚟啫。」杜崇文分析說，「比起呢樣嘢，我頭先喺車廂行吃一轉，我數過成架車大

概有百五人左右。」聽著杜崇文的說話，總算讓人稍為安心了點。

閒談期間，孫恩欣已經醒過來。杜崇文向她揮手打過招呼，然後便離開，相信是為免讓人留意到我們的合作關係，所以不敢在我身邊逗留過久。車窗外依然是一片漆黑，我料想目的地尚未到達，便先與她閒話家常，分享彼此昨天做過的事。聽孫恩欣提起，才知道她聯絡了桐桐的外婆，並把桐桐送到外婆家。期間外婆有問起桐桐的父母在哪，孫恩欣一時語塞卻又不忍明言，所以只是尷尬地笑了一笑便匆匆離去。提到桐桐，我把桐桐不在車上的事告訴了她，並分享了杜崇文的推斷，孫恩欣聽後表情才稍為放鬆。

這時候，車門外大放光明，熟悉的尖沙咀站再次出現於眼前。跟上一次相同，雖然列車到站，但車門卻未有打開。車上的乘客因為有了經驗，並沒有大驚小怪，只是戰戰兢兢地靜候事態變化。

「各位參賽者大家好！又係我墨提斯啊，冇聽我把聲一日係咪有啲掛住我呢！你哋真係抵錫喇，等我用廣播送個飛吻畀大家啦！嗯 —— 嘛！」墨提斯高亢而故作可愛的聲音再次充斥於車廂之中，但不少乘客都不受這套，有人甚至擺出了作勢嘔吐的表情。「我首先代表『尖東遊戲』嘅主辦機構歡迎大家返到嚟遊戲嘅第二關。經過第一關之後，我哋機構嘅負責人都非常滿意大家嘅表現，所以喺第二關勝出嘅獎金會更加豐富，係咪好吸引呢？除此之外，為咗畀啲新意大家，今次嘅比賽場地亦都再唔係喺尖沙咀站入面喇，大家興唔興奮，期唔期待呢？好喇，我都係唔講咁多喇，一陣請所有參賽者喺車門打開之後去到上層嘅車站大堂，我哋會有職員幫大家戴上眼罩，同埋送大家去到呢一關嘅比賽場地。大家記住乖乖地要聽話，千祈唔好喺未有指示之前除低眼罩，如果唔係，就算我幾可愛都

救唔返你條命㗎喇！仲有，細細聲話畀大家知吖，去到比賽場地之後，我哋會有個驚喜送畀大家㗎！所以，我唔講咁多住喇，祝大家玩得開心，贏到獎金！」對於比賽場地並非尖沙咀站這一點，著實讓我意外。難道説，遊戲主辦方還搭建了其他的比賽場地嗎？

這時候車門打開，參賽者們魚貫下車。而我則拉著孫恩欣刻意走過幾個車廂，然後在我想要到達的車卡下車。我下車的位置正好有兩個座位，而座位背後是一根尋常的柱子，正是杜崇文昨天向我展示的柱子。我繞過柱子一看，果然下方有兩片磚塊脱落的痕跡。由此可見杜崇文所言非虛，我現在身處的尖沙咀站只是一個佈景，而非真正的尖沙咀站。確認過後，我心裡對杜崇文的信任又加添一分，然後才與孫恩欣踏上扶手電梯往車站大堂去。

一到大堂，現場除了臉戴面具的黑衣職員之外，不少參加者臉上已經戴上了眼罩，並且用手搭著前方的人排成一條長隊。正當我在東張西望時，一個黑衣職員將一個黑色眼罩塞到我的手上，示意我要把它戴起來。眼罩質料柔軟，比一般的眼罩更貼臉龐，所以並沒有可以從下方偷看的空隙。我剛戴好眼罩，就感到自己雙手被人拉著，然後放到另一個人的肩膊上。

同時間，我感到自己的肩膊上也多了一雙輕輕搭上來的手。「阿昭？你係咪阿昭啊？」聲音從後方傳來，我一聽就知道身後的人是孫恩欣。於是，我用右手輕拍著孫恩欣的手，並説了一聲：「放心，係我。」語音剛落，我感到肩頭的一雙手明顯搭得實在了一點。

過了不久，在我前方的人開始移動腳步，於是我便跟隨前進。雖然眼不見物，但每當要上落樓梯，旁邊都有人 —— 很可能是黑衣職員開聲提醒，所以一路走來尚算平安。走了片

刻，我開始感受到有涼風拂面，腳下的道路再不是平滑的硬地，證明我應該是離開了尖沙咀站的範圍。這推斷果然沒錯，因為再過片刻，沿路傳來交通燈的響聲。雖然我對於自己身在何方甚感興趣，可是也不敢用性命作冒險去滿足自己的好奇心，所以只好繼續盲目地跟著隊列而行。

這一走大概走了十多分鐘，我再次感到有冷氣。換言之，我很可能已經從室外回到室內。此時隊列剛好停下，我便在原地上站穩。「阿昭，你仲喺度？」身邊傳來了孫恩欣不安的聲音。我應了一聲：「我喺度。」孫恩欣馬上用泛涼的手捉住我的手，以保持連結，同時說：「你介唔介意我搲住你？我⋯⋯有啲驚。」「嗯，冇所謂。」難得能夠展示男子氣慨，我倒是不介意。

我想是因為大家都戴上了眼罩，現場環境又充滿不確定性，所以並沒有人發聲，所有腳步聲在此刻清晰可聞。密集的步聲在某一刻戛然而止，代表所有參賽者已經進場，徹底安靜的環境使我的警戒心不由提高，等待著有可能發生的一切。在一片鴉雀無聲之中，墨提斯的聲音突然破空而出。「登凳！又係我墨提斯啊！大家好，歡迎嚟到我哋第二關嘅比賽場地！而家，大家可以除低面上嘅眼罩喇！因為，我準備嘅驚喜已經喺大家嘅眼前喇！」

墨提斯話音剛落，現場就傳來一陣除下眼罩的「索索」聲音，我一拿下眼罩，首先看到正前方有一個舞台，而舞台上有一個作日本女僕裝扮、手裡拿著咪高峰的女生。她頭束孖辮，緊束的上衣突顯出姣好的線條，而女僕式的裙子僅蓋住女生一半大腿，更顯其得天獨厚的長腿。可惜的是，女生臉上卻戴上了跟黑衣職員們相似的西方油畫面具，令人難以得知這副完美身段背後的真面目。

　　「大家好，我就係墨提斯喇，可以見到我係咪好驚喜呢！」墨提斯在台上轉了一圈，然後打開雙手跟台下的我們微微欠身。可惜台下都是即將要參與死亡遊戲的參加者，不然或會有人為她鼓掌。「哎呀，乜大家咁冷淡㗎，有啲失望添。不過唔緊要啦，最重要嘅都唔係我，而係今場比賽吖嘛。隆重為大家介紹，呢一個，就係今場比賽嘅專用道具！」墨提斯指向她身旁一個蓋上黑布的物件。雖然蓋上了黑布，可是大致可見那是一個巨型的球體，同時，我左顧右盼後發現自己對這個場地似乎是有些印象，但一時三刻又想不出是什麼地方。

　　「好喇，相信大家都等得好心急喇。而家就等我為大家介紹一吓第二關嘅比賽啦！」墨提斯邊說，邊掀起蓋著球體的黑布。這是一個透明的球體，而球體內，是正「辟啪」作響、亂竄的紫色電流。一看到這球體，有不少人跟我一樣發出了詫異的輕呼。此刻，我終於知道自己身在何地，這裡就是科學館，而眼前這一個就是深受小孩子歡迎的「神奇電漿球」。正當大家都因眼前的「神奇電漿球」而感到意外時，墨提斯已經舉高咪高峰並說：「為大家介紹，呢個就係『尖東遊戲』第二關，『電流遊戲』！」

運氣

「呢個波，我上星期先同個女嚟玩過咋喎，有咩咁巴閉
啊？」我回頭一看，說話者原來是上一關曾經見過的吳秀嫻。
她所言甚是，我看著眼前的「神奇電漿球」，印象中它確是一
個將手放上去嘗試控制電流及感受靜電的科學道具。我實在難
以想像，這個設計給小孩的科學展品，如何能夠成為比賽的工
具呢？

「知道上一關嘅『跑壘遊戲』要大家跑生跑死實在太辛苦
喇，所以呢一關嘅『電流遊戲』唔使大家跑動，仲舒服到只係
講幾句嘢就玩完㗎喇。遊戲玩法係咁嘅，每位參賽者需要出到
嚟舞台上面寫低一句說話然後講出嚟，台下嘅參賽者會有兩分
鐘時間去判斷發言者講嘅嘢到底係真話定係假話。而喺呢兩分
鐘內大家如果有信心自己判斷正確，就可以出嚟投票，決定到
底發言者係講『真』定『假』。兩分鐘之後，發言者需要證明
自己所講嘅說話係真定係假。

只要大部分投票嘅人都估錯，發言者就勝出，直接晉級。
相反，如果大部分人都估中答案，又或者發言者未能夠證實自
己說話內容嘅虛實，咁就係發言者輸。至於懲罰，就係伸呢
個『神奇電漿球』電死。」墨提斯尚在解釋，台下就有人高聲
叫囂起來：「呢個咁嘅玻璃球係人都知老少咸宜㗎啦，嚇鬼咩
你！」

「請問係台下邊位講嘅呢？」墨提斯用手抵在額前，然後
四處張望。「係我啊，點吖？」一個中年發福的禿頭大叔舉手
站了起來。「你頭先嘅發言咁有趣，我一於畀個機會你親身
體驗吓呢個老少咸宜嘅道具啦！」墨提斯用手指著這位大叔。

「吓……?」剛才叫囂的大叔一聽到要親身試驗,怒氣登時消失得無影無蹤。「上台係會有啲緊張嘅,明白明白!唔該,職員幫幫手邀請佢上嚟吖!」墨提斯口裡笑著說「邀請」,但台下的黑衣職員卻粗魯地將大叔抬到台上。

　　「有人自動請纓嚟示範實在太好喇!噂,一陣喺投票環節結束之後,上台嘅發言者需要雙手放喺『神奇電漿球』入面。為咗配合今次嘅遊戲,呢個『神奇電漿球』已經改造過,除咗多咗可以放入雙手嘅位置之外,輸出嘅電力亦都係平時嘅十倍,足以將人電死。」墨提斯笑著講解完,身邊的大叔已經一臉慘白地被兩個職員強行將手塞進球中。「唔好啊,對唔住啊,我衰多口,唔好電我啊……」中年大叔哭得滿臉都是眼淚鼻涕,但身邊的黑衣職員並沒有加以理會。「好,台上咁多位參加者,我哋一齊畀啲掌聲呢一位勇敢嘅試驗者!」墨提斯一邊說,一邊逕自拍掌,台下緊張的觀眾卻沒有附和。突然,「神奇電漿球」毫無先兆地閃出幾道紫色的電流,不偏不倚地纏上大叔的一雙赤手,而大叔則不停慘叫,全身抽搐痙攣,所有體液都不受控制地溢出體外。電流一直持續,直至大叔的叫聲停止,「神奇電漿球」中的電流才驟然消失。電流一止,大叔的身體立時軟倒在地,看來已是沒救。

　　眼見大叔慘烈的死狀,本來鴉雀無聲的台下更是瀰漫著一片無聲的恐懼。但台上的墨提斯卻不以為然,笑著招黑衣職員將大叔的屍身抬走,並續道:「當然,除咗發言者有獎有罰之外,台下估答案嘅大家一樣係有獎有罰嘅。話明今個回合獎金豐富,所以一陣如果你有份參與投票而又估中,恭喜你,你會獲得一萬蚊嘅獎金;而如果你估錯,就要罰五千蚊,罰款會收歸發言者所有。咁當然啦,每人每一回合只可以投一次票,唔可以投晒兩邊食兩家茶禮㗎!」

這時候，人群中有一隻手舉了起來，我仔細一看，發現舉手的人是杜崇文。我知他是心思縝密的人，斷不會發言頂撞墨提斯，重犯剛才那位大叔的錯誤，只不過墨提斯似是個喜怒無常的人，我也不免擔心。因為我不願自己失去一個如此厲害的伙伴。「係，呢位斯文嘅靚仔有咩問題呢？」墨提斯留意到杜崇文，在台上向他一指。「頭先你所講嘅賽制我非常明白，但係我想問吓，如果嗰個回合冇人投票，又或者猜測『真』同『假』嘅人數相同，咁結果又會點計呢？」杜崇文剛發問完，不少人默默點頭，看來為數不少的人都考慮過這一點。「杜崇文你果然係大學教授啊吓，問啲嘢都有深度啲嘅！好簡單，如果冇人投票又或者投票人數相同嘅話，發言者同樣可以安全晉級。」墨提斯回答說。

　　聽完整個賽制之後，我大致理解，這是一場話術的比賽。要平安過關，要不就是騙台下觀眾投給錯誤的答案，要不就是令他們覺得難以捉摸而不敢投票，而這兩個情況都並不容易達成。這場比賽雖然每人只需要說一句話，但實情是「一句定生死」，情況絕不比第一關輕鬆。「好喇，既然大家都已經明白遊戲規則，遊戲會喺十五分鐘後開始，呢十五分鐘可以畀大家Relax吓，放個Break！順帶一提，十五分鐘後，我哋首先會抽一次籤去決定大家上台發言嘅次序，所以大家記得準時返嚟喇！See you！」墨提斯把話說完，便閃身到了舞台後，暫時不知所終。

　　十五分鐘的休息時間裡，不少人也開始三五成群地談天，若不知就裡的人看見，或會以為這裡正舉辦大型交友會。於是我便也不避嫌地拉著孫恩欣到杜崇文身邊，聽聽他對這場遊戲的見解。「不如講吓你點睇先。」杜崇文沒有直接回應，反過來先問我的想法。而從杜崇文的表情看來，他對這次遊戲並不太緊張。因此我先講一下自己的想法：「我覺得呢，其實……要刻意去呃人投錯票雖然有機會賺到獎金，但係就要冒住俾人

睇穿嘅風險。所以我覺得應該盡量講啲模稜兩可嘅嘢，等大家都唔敢投票，似乎咁就最安全喇。」身旁的孫恩欣卻一臉憂色地說：「不過，唔知啲人會唔會好似『跑壘遊戲』嗰時咁濫用暴力呢？如果啲人每個回合都用暴力去逼人講答案，咁呢個遊戲就唔使玩啦。」

杜崇文抿嘴思考了片刻，然後說：「我覺得機會不大。一來，根據頭先嘅遊戲規則，主持人定咗今次係一個『估嘢』同『賭博』嘅遊戲。喺成個遊戲嘅氛圍之下，理論上參賽者會順從指示去做，所以應該唔太會有人敢用武力去玩呢個遊戲。二來，想搶紙嘅人亦需要冒住受傷嘅險去搶，但係到頭來都只係換到一萬，咁其實直接喺遊戲入面投票估真假嘅風險仲低。」聽了杜崇文的解釋，我和孫恩欣都覺得合理，紛紛點了點頭。我見杜崇文尚未認真分享自己對遊戲的看法，所以禁不住問了一句：「你會唔會講吓你點睇今次嘅遊戲呢吓？」杜崇文雙手一攤，說：「你哋諗嘅嘢其實比我更加詳盡，我右咩可以補充。」

聽杜崇文如此說，我更是一頭霧水。杜崇文見我疑惑，最後還是開了口：「其實呢場遊戲好簡單嘅啫，基本上鬥嘅唔係講啲咩，而係運氣。」「運氣？」我和孫恩欣同時重複。「嗯，以台下觀眾嘅角度嚟講，呢次就係一個買大細嘅遊戲，只不過名義上改咗做買『真假』啫。而且從遊戲嘅賠率嚟睇，贏一次就夠輸兩次，相信都會吸引到唔少人參與投票。如果係咁，無論你刻意講大話又好，模稜兩可都好，台下嘅人一樣會好似賭錢咁繼續買。」杜崇文解釋說。「吓……所以你講嘅運氣，係指希望台下嘅人投錯票令自己唔使死嘅運氣？」孫恩欣一臉擔心地問。「唔係，我講嘅係抽籤嘅運氣。」杜崇文指著剛被黑衣職員搬到台上的抽籤箱。我和孫恩欣不作聲地望向抽籤箱，等待著杜崇文繼續解釋下去。

「除非你係賭神，否則一般人去賭場都會習慣先觀望，再開始參與賭局。呢一種『觀察後行動』嘅行為雖然唔會增加實質嘅勝算，但係就可以令人感到放心，所以大部分人喺博弈嘅時候，前期都會顯得相對保守；但到後期，因為賭局刺激體內腎上腺素上升，再加上可能手上賭本愈賭愈少，大部分人都會有孤注一擲博回本嘅心態。所以愈到後期，大膽參與賭局嘅人就會愈多。

　　根據呢種行為模式，一陣抽籤嘅時候，如果抽到較前嘅號碼，即係大約頭二十個，大部分人都應該會採取觀望態度，所以發言者好大機會可以喺冇人投票之下安全過關；但如果抽到偏後嘅號碼，即係一百五十打後，台下嘅人可能已經賭性大發，所以參與投票嘅可能性就會增加，亦都增加咗台上發言者嘅危險。比起諗自己講啲咩，最實際都係抽到一支好籤，咁就可以贏在起跑線。」

　　聽完杜崇文的分析，我對這一關的遊戲毫無好感。在上一關的「跑壘遊戲」中，我尚可憑一己之力保命，但來到這關的「電流遊戲」，我的性命卻完全取決於抽籤運氣和台下觀眾的取態，這種對自己性命失去主導權的感覺並不好受。

　　「其實照墨提斯所講，冇人投票一樣可以安全晉級。咁點解我哋唔提出所有人一齊唔好投票呢？咁仲可以唔使有人死添。」孫恩欣突然冒出這個想法。我見到杜崇文聽了孫恩欣的說話後表情一沉，他必定是記起了自己的妻子曾經提起過「如果遊戲中的大家能夠不彼此傷害就可以保障所有人的安全」。為免杜崇文難受，我代他開口回答說：「呢度嘅人來自五湖四海，都唔知邊個信得過。最怕就係你幫咗佢唔投票，但係佢之後為咗贏獎金投返你票，咁到時就真係冇仇報喇。都係唔好亂咁同啲三唔識七嘅人合作穩陣啲。」孫恩欣聽了，似乎接受了我的解釋，便不再提及自己的建議。

「好喇，休息時間就快完喇，祝大家都抽到前啲嘅號碼，一陣再交換消息。」杜崇文表情木然地說完了這幾句話，便轉身離去。或許杜崇文想起了妻子，需要一點空間整理心情，所以我沒有追上他，只留在原地跟孫恩欣有一句沒一句地搭話。過了不久，墨提斯便拿著咪高峰重回台上宣佈：「好喇，大家休息完就係時候返嚟啦！因為我哋已經為大家準備好抽籤嘅儀式喇，一陣請大家輪流排隊上嚟，然後喺台上呢個大盒入面抽出一個乒乓波，波上面就會有你出場嘅次序喫啦！同大家報一報數，呢場比賽我哋總共有一百九十七人，如果你抽到個波嘅數值大於 197，就記得馬上出聲喇。如果冇問題，大家就可以一個跟一個排隊喇！」於是，台下的觀眾們便魚貫排成了一條長長的隊列，等待上台抽籤。排隊時，我發現炎哥、燒賣、耀揚還有四個小弟正排在我的前方。看他們正談笑風生，似乎同樣對這場遊戲不太上心。

抽籤已經陸續開始。杜崇文比我和孫恩欣站到更前的位置，所以他早一步抽到自己的號碼。從他向我比的動作，我知道他所抽到的是「57」，尚算是中間偏前的號碼，不過不失。而在我前方亦有方逢山和 Miko，二人抽到號碼之後有說有笑，感覺上也是不太差的排位。Miko 似乎有留意到我的目光，只見她向我報以微笑，使我緊張的心情稍為放鬆。沒過多久，就到站在我前面的孫恩欣要抽號碼了。當她將手伸入抽籤箱的時候，看到她的表情都僵硬了，我只能默默為她祈禱，希望她能順利抽出較前的號碼。

頃刻，孫恩欣的手從箱子中抽了出來。她一看到手中乒乓球的號碼，隨即輕呼一聲並展現歡容，興奮地笑著轉頭對我說：「5 號啊，我抽到 5 號啊！」看到她成功抽到位列前席的號碼，我心裡當然替她高興，同時也暗暗希望幸運之神先不要離開，可以一併把我眷佑。當孫恩欣走下舞台時，我深呼吸踏前了一步，然後將手伸進了抽籤箱裡頭。我合上雙眼，手掌一邊

在箱子裡攪動，腦海裡一邊將曾經聽過的神明名字都唸一遍，只但求當中有一個是貨真價實的，可以保佑我平平安安。 很快我憑著直覺捉住了盒中的一個乒乓球，一個足以決定我生死的乒乓球。我緩緩將手從箱子裡抽了出來，乒乓球的號碼正朝向我的掌心。

我轉動乒乓球，終於看見了自己抽到的號碼。剎那間，我彷彿如墮冰窖，面部肌肉和動作都凝滯了，我感受到，死神已在瞬息之間來到我的身畔。 我所抽到的號碼是，191。

賭命

　　從舞台上走下來時，我相信自己是面如死灰的。孫恩欣和
杜崇文馬上走過來，他們得悉我抽到的號碼之後，孫恩欣連
連嘆息，而杜崇文則沉默半晌後說道：「以我估計，大概去到
三十幾號，大家就會開始參與投票，亦即係話，我哋有百幾個
回合去觀察在場觀眾嘅行為模式，或者，都仲有方法可以幫你
保住性命嘅。」我知道杜崇文的本意是要安慰我，但我同時聽
出他對於讓我安全過關一事信心不大，我只好暗嘆自己倒楣，
以及盼望待會兒投票時台下的觀眾投錯票吧。我此刻的心頭猶
如烏雲密佈，只覺自己已經一隻腳踏進了黃泉，這時我感到
有一人悄悄地站到了我的身旁。我轉頭一看，沒想到竟然是
Miko 的現任男友，方逢山。眼看他木無表情地打量著我，似
乎來者不善，於是我不動聲色，等他打破沉默。

　　片刻後，方逢山還是開聲了：「唔該你，同我女朋友保持
距離。」我當然聽出了他語氣中的敵意，但我並沒有心情跟他
抬槓，便沒好氣地答了一句：「我同你女朋友連交流都冇喎。」
「你唔好以為我見唔到你成日望住我女朋友。」方逢山向我怒
目而視。「先生，你哋都拍緊拖啦，我望吓又有咩殺傷力呢？
唔係個個都鍾意搶人女朋友嘅。」此時 Miko 不在，加上我本
來就心煩意亂，所以言語上也不跟方逢山客氣。反正打從他搶
走我女朋友開始，我就已經對他恨之入骨，只是為了在 Miko
面前保持一點君子態度，先前才對他以禮相待。我的反擊似乎
狠狠直中方逢山的痛處，使他一時間無言以對，只拋下了一
句：「你想做咩你自己心中有數，總之唔該你檢點啲啦，Miko
已經放棄咗你㗎啦。」語畢，他冷笑一聲便轉身而去。我不得
不承認，方逢山以「Miko 放棄了我」作為總結，確實是一個
不錯的反擊，我的心情也因為這句說話有如一沉百踩。身邊的

孫恩欣碰見了我跟方逢山的對壘，似乎想要安慰我，可是卻無從下手，所以最後還是保持沉默地陪伴在我的身旁。

說時遲那時快，在場的參賽者都已經抽籤完畢。黑衣職員轉眼將抽籤箱子抬走，並重新將「神奇電漿球」放到舞台中央。「好喇，而家第二關嘅『電流遊戲』準備開始喇，而家請抽到 1 號波嘅參賽者上台！一齊畀啲掌聲佢啦！」在墨提斯的叫喚之下，一個看來二十出頭的年輕男生靦腆地拿著乒乓球走到台上。黑衣職員將一枝筆和四分一張 A4 白紙遞給他，墨提斯接著說：「而家請你喺紙上面寫低一句說話，然後向台下所有嘅人講出嚟啦！」年輕男生接過紙筆，用他發抖的雙手在台上埋首寫著他要說的句子，而台下包括我在內的觀眾都默不作聲，靜觀著第一位參賽者的表現。

大約三十秒後，男生抬起頭來，並小心地拿起了自己的紙張。墨提斯熱情地站到男生身邊搭著他的肩膊，並將咪高峰遞到他的嘴巴前。男生粗重的呼吸聲透過咪高峰清晰可聞，可見此刻心情多麼緊張。男生吞下了一口唾液，然後便對著咪高峰說：「我個名叫做曾金發。」此話一出，我不禁愣了一下，沒想到男生所說的話竟是如此簡單直接。「好喇，我已經睇到佢寫嘅嘢喇。」墨提斯將男生手中的紙接過來看了一眼，然後還到男生手上，「相信大家都聽到呢位後生仔講嘅嘢啦。跟住落嚟呢兩分鐘，你可以拎返張紙落台等等先。而家大家就可以嚟到台前攞張紙投票，估吓到底呢句嘢係真定假喇！」墨提斯說完此話，舞台兩旁各有兩個黑衣職員踏前了一步，其中一個職員手持紙筆，而另一個則拿著紙箱，為眾人提供投票的用具。

舞台中央有一個計時器，開始倒數兩分鐘。而舞台之下，也開始傳來一輪低聲而密集的討論。「呢個名咁老土，邊有可能係真啊？實係假啦！」

「唔係喎，如果係假，呢個未免太假啦掛？我覺得一定係真。」「你有冇聽過『假作真時真亦假』啊？好明顯佢就係因為估所有人都會覺得假，所以佢先夠膽用自己個名出題咋，係我就唔忍，一定估『真』喇！」「你咁講，不如你估先啦！」「唔好嘅，咁好機會，畀你試先啦！」

從我聽來的議論聲中，大多人都看似各有主見，可是卻沒一個動身投票。於是在無人投票之下，第一回合投票階段結束。年輕男生掏出了自己錢包中的身份證，並遞向墨提斯。墨提斯一見便捂嘴而笑，然後用咪高峰宣佈：「原來，呢位哥哥仔個名，係叫『金發曾』。所以，佢今次講嘅係假話嚟㗎！只不過因為冇人投票，恭喜你安全晉級！」這結果一公佈，台下響起了一陣噓聲，不少人都在碎唸著「我早知就去投票啦」、「我都話咗係假㗎啦」等事後孔明的說話。

如此說來，孫恩欣的安全似乎又多了一分的保障，同時也代表我要保命的難度確實變高，這下令我掌心冒出了不少手汗。經過無人投票的首四輪比賽後，接下來就到了孫恩欣的回合。在踏上舞台前，孫恩欣也告訴過我，自己並不擅長說謊，只怕若自己刻意說謊，表情的破綻會相當明顯。而我安慰她，此刻的觀眾尚未摸索到遊戲的走向，只要她有信心地將自己的話說出，台下的人應該會按兵不動。

沒想到，當孫恩欣走到台上，她所說的竟然是「我屋企養咗兩隻貓」。台下有不少觀眾見了孫恩欣羞怯的模樣，都覺得她並非是會說謊的人，紛紛鼓勵他人去投票選「真」的一方。聽著人們口中鼓吹投選「真」的風向愈吹愈盛，我心裡不免為孫恩欣擔心起來，但同時又怕有人在偷望我的反應，我只能將緊張藏於心中。還好，雖然現場討論愈見熾熱，但始終未有一人動身投票。直到兩分鐘的投票時間結束，我總算為孫恩欣鬆

了一口氣。然後，孫恩欣用手機相片證明自己所説的是真話，就輕鬆過關。

　　「電流遊戲」就在無人投票的狀態下平安進行了十個回合。從這幾個回合的結果看來，杜崇文的人類行為理論沒錯，在開首的數回合，人們都會傾向採取觀望的態度。正當我以為一切就如杜崇文所料會到二十多個回合後才會出現變化時，第十一個回合卻出現了令人意外的發展。當第十一位參賽者在台上發言後，人群中有七人同時走向台前負責拿著投票紙的黑衣職員。這七人，正是以炎哥為首的小混混們。一見這七人出列加上拿取投票紙的動作，場內立時掀起了一陣小騷動，因為這是比賽中首次有人投票。我留意到身邊的杜崇文表情凝重。「冇事吖嘛？」孫恩欣也留意到杜崇文臉上變色。「我計漏咗佢哋。」杜崇文搖頭嘆息：「睇嚟，江湖從此多事。」

　　轉眼間投票環節完結。除了炎哥七人之外，場內再無其他人參與投票，但基於賽制，即使只要有一人投票都足以影響發言者生死，所以台上的發言者此刻緊張得表情繃緊。墨提斯先從投票箱中抽出所有投票，逐一點算後便拿起咪高峰公佈：「今個回合，有四票投『真』，三票投『假』。」一聽到結果，發言者登時喜不自勝，並將自己答案的證明向墨提斯展示。看過之後，墨提斯點了點頭，再次拿起咪高峰説：「不過，好可惜啊，因為我哋嘅發言者講嘅係假話嚟㗎，所以佢唔單只可以順利晉級，而且仲可以贏到二萬蚊獎金添！同時亦都恭喜三位揀中『假』嘅參賽者，你哋會各得一萬蚊獎金㗎！」

　　一聽完這個結果，對數字敏感的我也明白了杜崇文一見炎哥七人出來投票便搖頭嘆息的原因。從最終投票結果「4:3」來看，炎哥所用的策略是「配票」，「配票」的好處是可以令他們獲利的機會倍升。若他們有四人猜中，三人猜錯，他們會獲得四萬元，輸掉一萬五千元，淨收益是二萬五千元；若像是

今次的結果，三人猜中，四人猜錯，他們會獲得三萬元，輸掉二萬元，淨收入依然有一萬元。若以團體參賽，無論猜對或是猜錯，炎哥七人基本上是處於一個必然獲利的處境。而接下來的每個回合，炎哥他們很可能都會參與投票。在炎哥等人帶頭投票之下，一定會有愈來愈多人投票，比賽的局面自然也會更混亂。

就在這時候，下一位參賽者走上了舞台。一見此人，我不自覺地心情一沉。第十二位發言者正是方逢山。方逢山在台上彎腰寫了一會兒之後，便挺直身對著咪高峰說：「我第一份工作係保險從業員。」此話說畢，炎哥一行七人再次出來投票，不久後再有兩人也出來投票。果不其然，炎哥投票的舉動感染其他人。

正當我打算靜待投票結果，看看方逢山會否被投票致死時，一把熟悉的聲音卻在我耳邊響起：「阿昭，你可唔可以救吓阿 Hill 啊？」我轉過頭來，發現 Miko 正淚眼汪汪地凝望著我。「我可以點救啊？」看著 Miko 楚楚可憐的模樣，我不禁心軟。「而家總共有九個人投咗票，最壞情況係炎哥嗰邊好似頭先咁，用 4 比 3 嘅策略投票，再加另外嗰兩個人都係投咗啱嘅答案，咁最終票數就係 6 比 3，阿 Hill 就實死冇生喇。而家只有靠我、你、仲有你身邊位朋友嘅三票投去錯嘅答案，我哋就有機會令票數打和，保住阿 Hill 條命。」Miko 解釋她的計劃。Miko 的想法是正確的，這樣做確實可以保住方逢山的性命。只不過，她的計劃就需要我與孫恩欣刻意將票投在錯的答案上，也就是要各自賠掉五千元方能成事。

孫恩欣跟 Miko 是陌生人，我覺得很難要她幫一個要故意輸錢的忙；再者，我一想到方逢山那張討人厭的樣子，還有他曾經搶走我最愛的女朋友，心中更是不想救他。當我尚萬分遲疑的時候，我身邊的孫恩欣卻搶先說：「好啊，我哋幫佢。」

一聽此話，Miko 馬上喜上眉梢，熱淚盈眶並感激地捉住了孫恩欣的手說：「多謝你啊，麻煩你哋投『真話』吖。輸咗嘅錢喺比賽之後我會還返畀你哋㗎。」說完，她便匆匆轉身到舞台前投票。

我搞不懂為何孫恩欣一口答應 Miko 的請求，但在孫恩欣的眼神叫喚下，我還是跟她一起走到舞台前取過投票紙。投票紙一片空白，我卻彷彿在紙上看到往昔的事。曾經，我在街上發現 Miko 跟方逢山約會，甚至親熱；曾經，方逢山來到我所念的大學奚落我，批評軟弱的我根本不可能讓 Miko 幸福，還不如大方讓愛，讓 Miko 獲得真正的愛情；曾經，我假裝對 Miko 出軌的事情毫不知情，更淚如雨下地祝福她找到更好的人，然後一個人跑回宿舍裡大哭一場。

方逢山，一直都是個我恨之入骨的人。看著手上的投票紙，剎那間，我突然發現這張紙變成了鮮血紅色，一個充滿惡意卻合情合理的想法浮現於我心頭之上。方逢山的生死大權，此刻正在我手上。我不發一言地將空白的投票紙摺好，然後緩步走向舞台前的投票箱。

小惡

　　就在我準備將空白的票放進投票箱前，我的手突然被人捉住。或許是因為正在做虧心事，我不禁心中一凜，捉住我手的人竟是孫恩欣。她朝著我笑了笑，溫柔地說：「你係咪太緊張啊？你張紙未寫嘢啊。」頃刻間，我感到自己額前冒出一陣冷汗，就像是小學生被老師發現在書桌下偷看漫畫一樣。我尷尬地以笑遮醜，並且裝傻地搔頭：「乜係咩？好彩你提吓我啫，我而家去寫返。」由於孫恩欣正在身邊，我不願讓她發覺我內心的黑暗面，只好收起內心的惡意，在投票紙上寫下「真」字，然後放進了投票箱中。

　　投票過後，我與孫恩欣回到原來站著的位置等待結果公佈。這時孫恩欣輕輕用手肘撞了我一下，眼看前方說：「你知唔知道，點解頭先我會諗都唔諗就肯幫你個朋友？」「你不嬲都樂於助人㗎啦，上次幫桐桐都係。」我隨意地笑著說，內心還是對剛才計劃失敗感到有點可惜。「我樂於助人？唔係喇。」孫恩欣淡然笑著，「中小學嘅時候，我係一個不問世事，又唔識同人交流嘅人。其實，只係我份人低調，唔鍾意主動搵人傾偈，就算傾又答唔到多過三句。所以喺中一嘅時候，當大家都各自有小圈子，但我依然每一日都係過緊獨家村嘅生活。孤獨嘅生活就咁過咗一年。去到中二，我本來以為自己會繼續冇朋友，要孤單咁度過成個中學生涯。點知就喺呢一年，我遇上咗萬以安。佢係全級嘅風頭躉，差唔多每個小息、Lunch Time都會有唔同嘅人陪住佢，同我簡直就係兩個世界嘅人。

　　就喺某一日，當我一個人企喺走廊睇人打波嘅時候，萬以安突然走咗過嚟，話想約我一齊食 Lunch。當時我都唔知點應佢好，但係又唔好意思拒絕，所以嗰日下畫就成為咗我兩年

中學生活以嚟第一次唔係一個人食飯。嗰一餐之前，我本身以為一定會好尷尬，點知萬以安好自然咁就同我傾咗好多偈，佢會關心吓我，亦都會講吓自己嘅喜好。即使係唔擅長講嘢嘅我，喺佢身邊，亦完全唔會有一種壓迫感。每一句說話，都可以好自然舒服咁講出口，就算大家都唔講嘢，氣氛亦一啲都唔會尷尬。

呢餐飯之後，萬以安邀請我聽日再一齊食飯。我內心當然想，但係，我對於呢一切感到好唔真實、好疑惑。於是我就問佢點解突然之間會想同我食飯。我知道呢個問題問得好蠢，分分鐘會令到呢個識咗一日嘅朋友都冇埋。但係，我實在解釋唔到點解一個萬人迷會想接近我呢個咁孤僻嘅人。

當時萬以安聽到我嘅問題之後，佢笑咗一笑，然後話：『因為你好似以前小學嘅我。』喺返去學校嘅路上，佢分享咗佢小學嘅往事，原來以前佢都係一個唔係好識得點去識朋友嘅人。後來因為認識咗一個好外向嘅朋友，先令佢一步步學識點同人社交。所以當佢見到我嘅時候，佢諗返起以前嗰位好朋友點樣同佢破冰，於是佢就想嚟認識我同埋幫我。有咗萬以安，我嘅中學生涯開始有朋友，午餐亦終於唔使一個人食晒，可以做女仔最鍾意做嘅嘢，一碗飯兩份食，去廁所一齊去。

萬以安嘅出現為我人生帶嚟咗好大嘅轉變。我覺得，我嘅人生簡直就係因為佢邀請我食飯而改變。而當我咁同佢講嘅時候，佢笑住話我實在太誇張。可能對萬以安嚟講係好微不足道，但係對我嚟講真係可以影響一生。

萬以安帶畀我最重要嘅影響，就係令我明白，對自己嚟講再簡單嘅事，對其他人嚟講都可以好意義重大。救桐桐、或者寫張投票紙，其實都好簡單啫。但係呢個簡單嘅動作，其實就可以改變到另一個人嘅性命。又或者咁講，而家場上面每個投

票嘅人，表面上只係贏一萬或者輸五千，但係其實，佢哋都係可能會令到台上嘅人死嘅殺人兇手。所以，『勿以善小而不為， 勿以惡小而為之。』」

當「殺人兇手」四字傳入我的耳中時，我感到自己的心臟正在猛跳。我打算投空白票的原因，就是恃著匿名身份，Miko 並不會知道我是投空白票的人。而這張白票，也只不過是讓方逢山聽天由命，只要他運氣好，說不定也不用死的。我說服自己，比起那些直接投票令方逢山死的人，我的空白票根本就不算得什麼。但如今聽孫恩欣所說，我的理性才恢復過來：如果方逢山一死，我也是有份造成他死亡的人。即使我的舉動再小，也不等於這罪名與我無關。只不過人類總是在犯罪之時，習慣合理化自己的罪名，目的純粹是讓自己減輕一點罪疚感。然而因罪而沾上的血，即使只有一滴，也會像印記一樣永遠停留在身上。我正是孫恩欣口中，因為惡小而容許自己犯惡的人。

「所以，好彩你記得寫返你投啲咩上去咋，如果唔係，我哋真係有份令方逢山死㗎。」孫恩欣說出這話時掛著一絲淡然的笑意，使我看不出到底剛才有沒有被她看穿我內心暗黑的意圖。我一時不知所言，只好一笑回應，然後就將目光轉移到台上。無論如何，票已投完，現在就來到票數公佈的時候了。方逢山站在墨提斯身邊，等待她宣佈票數。「今個回合有五票投『真』，七票投『假』。而真正答案係……『假』嘅！既然係咁，除咗估中假話嘅七位參賽者會有一萬蚊獎金之外，今個回合嘅發言者就要接受電流嘅懲罰啦！」

墨提斯此言一出，不但是台上的方逢山面色瞬間變青，台下的我和孫恩欣也是始料不及。如果炎哥七人一夥的配票方式是 4：3，另外投票的兩人都是投「假話」，而我、孫恩欣和 Miko 三人投「真話」，理論上結果都會是 6:6 打和。這也是

Miko 事前算出能保住方逢山性命的方法。但投票結果竟然不乎預期，問題到底出在哪裡呢？我的思緒尚未理清，「神奇電漿球」已經再次被推出舞台的中央。而我望見台上的方逢山雙腳正在發抖，看得出他極度恐慌。兩個在方逢山身後的黑衣職員踏前了一步，分別捉住了他的手，然後把手放進了「神奇電漿球」。「阿 Hill！」Miko 衝到了台前，卻被兩個黑衣職員緊緊按倒在地。

在眾目睽睽之下，「神奇電漿球」的紫色電流再次在玻璃球中流動。方逢山發出了撕心裂肺的叫聲，可見電流所帶來的痛苦絕對非人能夠想像。我不否定我恨方逢山，但看著他此刻的慘況，我不禁有一絲慶幸剛才並沒有將空白的票放到投票箱。否則此刻他的哀鳴，就是我有份造成的。恨意確實會使人盲目。我以前一直未有想過要將他置於死地，只是剛才恨意有如山洪暴發，才使我惡念暴升，差點便鑄成大錯。大約十秒，方逢山的慘叫逐漸平息，而他的屍身則被兩名黑衣職員抬走了。當我尚在回想剛才差點就參與殺死方逢山的事情時，Miko 突然就出現在我面前，眼見她臉頰上仍是未抹乾的淚痕，我就準備出言安慰她。

——啪！我話沒説出口，Miko 就賞了我一記耳光。「我知道係你，一定係你投咗『假話』。平日扮晒好人，新年聖誕仲 Send Message 畀我祝我幸福快樂，原來你一直都對阿 Hill 懷恨在心！彭啟昭！我信錯咗你啊！」Miko 朝著我罵完了她想罵的話，然後就頭也不回地轉身而去，留下有冤訴不得的我站在原地呆若木雞。孫恩欣知道我百辭莫辯，只好輕輕拍打我的手臂以示安慰。

「硬食害死人哋男朋友嘅罪名喎。」杜崇文再一次不知不覺地來到了我的身邊。「到底頭先嘅投票發生咩事？」心裡冤屈的我問。「我不時都望吓你呢邊嘅事，都叫略知一二嘅。其實

成件事好簡單，頭先嗰個女仔，好似叫 Miko？ Miko 要救佢男朋友嘅計劃大致上冇錯，唯一錯在佢唔夠了解炎哥呢個人。人類學成日都強調觀察係好重要嘅。炎哥呢個人係一個會食腦嘅賭仔。而作為一個賭仔，當佢喺第一回合成功賺到賭本，而且佢又好有信心喺呢場遊戲當中即使輸咗都好容易贏返錢。你覺得去到第二回合，佢會做啲咩吖？」杜崇文一托眼鏡，將問題拋回給我。

「佢……會加注。」在杜崇文的引導下，我開始明白剛才是怎麼一回事。「嗯，喺第一回合，炎哥贏到少少錢，所以佢可以放膽喺第二回合改變策略。由投票結果睇，佢今次嘅配票方式係 5 比 2。如果押中咗五個人喺嗰邊，佢可以淨賺四萬；相反地，如果押錯，佢都只係淨輸五千，用第一回合嘅收益已經可以打個和。所以，頭先即使你哋三個人一齊投票，亦都輸咗畀炎哥嘅賭性。當然，炎哥咁都估中咗，只能夠講一切都係時也命也。」杜崇文用最冷靜的語氣，總結了方逢山的不幸，同時也嘆出了一口氣，「之後應該會有更多人參與投票，大家都會目空『投票會令人死』呢件事，著眼於好似炎哥咁喺個遊戲裡面賺一筆。或者，呢個就係人類嘅正常心態，人哋天災人禍唔關我事，最緊要我有錢搵。本來我對自己嘅推斷都唔肯定，不過頭先公佈結果嘅時候，我睇到炎哥胸有成竹嘅表情，加上佢身邊班嘍囉雀躍嘅反應，我諗我應該都估中咗。」杜崇文似是沒有焦點地看著遠方。他說出最後幾句話時，腦海中所浮現的彷彿不只是比賽場地中的人，而是整個世界的人類。

杜崇文的感慨確實成為了預言，在接下來的回合中，參與投票的人確實愈來愈多，死亡的參賽者也變得更多。可是台下的人並沒有當是一回事，只要一天未到自己上台發言，他們關心的就只有賺更多的錢。轉眼間，遊戲來到「57」號，也就是杜崇文擔任發言者的回合。眼見杜崇文將要上台，我便對身邊的他說了一聲：「祝你好運。」杜崇文臉上掛著沒有笑意的笑

容，並說：「靠好運唔足以令我贏。我而家唔係要好運，係要必勝，只有必勝，我先可以繼續留低搵我老婆。」「我明，但係一開始又係你話呢個遊戲好多變數嘅，除咗好運，我仲可以祝你咩啊？」我無奈地笑，同時感到自己的思維跟學者確實有一段大距離。

「唔需要祝福我，因為我已經搵到呢個遊戲嘅必勝法。」杜崇文這次由衷地笑了起來，這是一個充滿自信、只屬於勝利者的笑容。在一笑過後，他便向前邁進，步向台上。而我則在原地，不明所以地咀嚼著他提及的「必勝法」。到底，在這個完全取決於台下觀眾投票，而且更有炎哥攪局的狀態下，杜崇文如何有信心實踐他口中的「必勝法」？

勝券

　　杜崇文站在台上，可是並沒有像之前其他參加者一樣急著低頭寫下要說的話。他只是冷靜地從左至右凝視著台下每一個人，或者說，是每一雙眼睛。在與杜崇文四目交投的短短一秒中，我感受到他眼裡帶著一股說不出的悲哀，隨後，我發現他臉上竟然滑過了兩行淚痕。

　　一向保持鎮定的杜崇文竟然哭了，實在令我不可置信。難道是因為他知道敗局已定，所以害怕得哭了？那麼他剛才所說的必勝法呢？難道只是安慰自己的說辭？或是緊張過頭而說出的瘋言瘋語？

　　「望完未啊？快啲啦！」
　　「喊乜啫喊？留返一陣死之前先至喊啦！」
　　「頭先輸咗幾皮喇，快啲俾我回本啦！」

　　杜崇文的行為惹來了台下觀眾的不滿。面對台下重重鼓譟，杜崇文在台上輕輕托好自己的眼鏡，隱約有一道光芒從鏡片上一閃而過，隨後我留意到一道淺笑已掛在他的臉上。這自信的表情，正是我所認識的杜崇文應有的模樣。掛著這副笑容，他低下了頭開始動筆。他一邊動筆，台下一邊議論紛紛，因為感覺上他寫字的時間比其他參賽者都長，而我亦翹首以盼，好奇著他所說的「必勝法」到底是怎樣的法子。

　　杜崇文在台下觀眾快要再一次不耐煩地鼓譟前，終於抬起了頭。「大家好，辛苦大家等咗我咁耐。請大家聽實我要講嘅句子……」透過咪高峰，杜崇文的聲音顯得格外沉實冷靜，「我嘅句子係『我手入面呢張紙嘅下半部分寫咗一個字，而呢

個字就係一陣大部分人投票嘅結果。』」杜崇文的説話剛完，台下就有人朗聲大笑地説：「哈哈哈哈，黐線，你預知未來啊？你點會估中多人投『真』定『假』啊？想死都唔好咁吖！你咁寫，我實投……」這人的説話説了一半，突然就噤口不言了，他似乎察覺到一件事。

其實不只他，場內的觀眾本來在杜崇文發言前都是議論紛紛，但當他説出了他的句子後，場內的討論聲音就逐漸遞減。我相信在場的人都跟我一樣，發現了這句子的意思並不如表面般簡單。而當我再加咀嚼，我不禁展露出一抹微笑，我終於明白杜崇文所説的「必勝法」是什麼意思。

這時候，孫恩欣輕輕用手肘撞了我一記，輕聲地問：「其實呢，杜崇文句嘢講咩啊，我唔係太明。」眼看她兩眉煩惱地皺起，我便低聲向她解釋：「杜崇文話佢張紙上面寫咗一個字，而呢個字就係一陣大部分人投票嘅結果。所以照咁講，佢所寫嘅字，就只會係『真』或者『假』。」孫恩欣側著頭思考片刻，並説：「咁頭先個男人講得啱吖，杜崇文邊有可能估中大家投咩呢？」我笑了笑，再解釋説：「杜崇文並唔需要估中大家投咩，而係無論大家投咩，佢都可以立於不敗之地。」孫恩欣聽了，兩眼瞪得斗大，但疑惑之色依然未除。

為了讓孫恩欣能夠明白，我決定詳盡地解釋：「簡單嚟講，首先你要記得，呢個遊戲係要人判斷到底發言者講嘅係真話定假話，而唔係杜崇文估唔估得中大家投咩票，杜崇文所寫嘅字，影響嘅其實只係佢呢句説話最後會成為『真話』定『假話』，我哋只要諗吓大家嘅投票結果你就會明白。

　　首先，如果杜崇文所寫嘅字係『真』，而大部分人又估『真』，咁佢嗰句說話就係真話。杜崇文俾大部分人估中，佢要死。

　　第二個情況，杜崇文所寫嘅字係『真』，而大部份人估『假』。既然杜崇文所寫嘅同現實唔同，佢句句子就係假話。杜崇文俾大部分人估中，佢要死。

　　第三個情況，杜崇文所寫嘅字係『假』，而大部分人又估『真』，咁杜崇文嘅句子就係假話。但因為大部分人估『真』，所以杜崇文安全。

　　而第四個情況，杜崇文所寫嘅字係『假』，而大部分人估『假』，咁杜崇文紙上嘅句子就會變成真話。但因為大部分人估『假』，所以杜崇文都係會安全。」

　　聽著我的解釋，孫恩欣恍然大悟，然後驚訝地低聲說：「所以，只要佢喺紙上面寫嘅係『假』，佢就冇可能會死！」「嗯，呢個就係佢嘅必勝法。」我一邊說，一邊將目光轉到舞台上的杜崇文。此時的他也剛好看著我，並與我交換了一個笑容，心照不宣。在這個回合裡，最後還是有幾個未想通前因後果的參賽者投票。結果當然一如我所推測，杜崇文在紙上所寫的是一個「假」字，順利保命之餘，還從猜錯的參賽者身上獲得到了數萬元。

　　「勁喎。」當杜崇文從台上回到我身邊時，我由衷地稱讚了他一句。「呢個『悖論命題』係哲學科必修嘅內容。了解哲學都係了解人類思想發展嘅重要步驟。有興趣嘅，玩晒成個遊戲之後嚟我學校度報名，收你半價。」平安度過這回合的杜崇文，這時表現得格外輕鬆。「哲學不了，我呢份人都係讀返啲數字同機器嘢比較好。」我搖頭揮手地說，「不過你頭先突然

喊，嚇到我以為你會死啊。」「頭先我喺台上面望住台下面嘅每一個人，每一個都係陌生人，但係大部分人嘅眼神都好似想生吞咗我咁。我突然諗起我老婆，諗起佢當時喺遊戲入面要一個人面對一個咁殘酷嘅比賽，先一時感觸。」杜崇文淺笑著，但我感受到他笑容背後盛載著對妻子滿滿的牽掛。

當他提到「一個人」，我不由得想到母親。假如我在遊戲中死去，她就會失去生活中的唯一依靠。想到母親，我伸出手輕輕拍著杜崇文的後背，並說：「環境再壞，我哋都要生存落去，然後見返我哋想見嘅人。」杜崇文點了點頭，眼神裡盡是堅決，並認真地對我說：「要贏呢個遊戲，一係就好似我咁令所有人都唔敢投票，一係就令所有人都投錯票。因為我一定要贏落去搵返我老婆，所以我最初先冇將『必勝法』話你知。希望你都可以諗到另一個幫自己贏嘅方法，有咩諗法話我知，我盡力幫你諗吓，我哋要一齊生存落去。」

聽著杜崇文認真地重複著我所說的「一齊生存落去」，我莫名地泛起了一點感動。這個遊戲就如世情一樣荒謬，以至連平安生存都甚為奢侈。人們只顧著互相傷害，只注目於一己之利。難得在如此絕地，都能夠擁有杜崇文和孫恩欣兩個同伴，這令我不禁為之感動。只求我們三人都能夠一同好好地生存下去。

吞噬

這時候，墨提斯走到了舞台中央的位置並説：「各位參賽者大家好，比賽已經進行咗一半啦！嘩，有好多參賽者都贏咗唔少錢喎。而家我哋會有十五分鐘嘅休息時間，一陣比賽要繼續加油喇！」

剛宣佈比賽中場休息，在場的參賽者彷彿洩氣的氣球一樣發出「呼」的一聲，似乎大家都需要片刻的休息來緩解緊張的心情。而我的雙眼則馬上在群眾中掃視著，搜索著腦海中的身影。這時候，孫恩欣輕拍了我一下，指著會場的一角説：「你想搵嗰個女仔喺嗰度啊。」我驚訝地看著孫恩欣，詫異於她竟然可以看穿我的心思。「自從佢男朋友死咗之後，你睇落就有啲心緒不寧，成日望嚟望去，所以我咪估你想搵佢囉。雖然我唔知佢係你咩人，不過既然佢誤會咗你，你都好應該向佢解釋吓嘅。」孫恩欣的説話令我不得不欣賞她的善解人意。是的，儘管我知道方逢山的死與我無關，但我還是覺得有責任要去安慰一下 Miko。

Miko 的比賽號碼是 63，早在不久前她已安全地完成比賽，此刻正木無表情抱著膝坐在比賽場地一角。「Miko。」我走近她，輕喚著她的名字。她斜睨了我一眼，然後便將身子轉開。「我好快都要上台喇，我都唔知自己會唔會死，所以我只係想同你講，無論你信唔信都好，頭先投票結果真係唔關我事，我真係照你嘅意思去投票。」我朝著 Miko 的後背説話。「算啦，人都死咗，講咩都冇用。」Miko 望向身邊的牆身説，「一直以嚟，我都相信你係一個好人。由我中學認識你開始，你周不時都會幫人，而最初我之所以會同你熟，都係因為覺得

你同以往一心想溝我嘅男仔唔同，你係真心對人好嘅。我只係冇諗到，冇見咁耐，原來你已經變咗。」

聽到 Miko 這番話，我感到難以言明的唏噓。我不否認，打從中學開始我就因為某個原因而開始扮作「好人」，可是在 Miko 面前，我一直以真心真意待她、愛她。由最初相識，我已知道她是一個甚受男生歡迎的女生，甚至在朋友之間，不少男生都視她為追求目標。那些年的 Miko，就是我與朋友一同追過的女孩。快要考公開試時，我因為與 Miko 住得近，所以不時都會在自修室碰上她，於是便逐漸跟她熟絡起來。也許是我自覺不可能高攀 Miko，所以一直都只是默默地付出，盡我所能地讓她快樂。沒想到公開試還未開考，我們就在自修室中，在貼滿了彩色便利貼的數學課本上，自然而然地牽起了手。這一次牽手讓我首次體會到，原來當一個好人也是會獲得他人欣賞。

即使後來 Miko 要離開我，或是每次在 IG 看到她與方逢山幸福的合照，我都將恨意投射在方逢山身上，卻繼續在 Miko 面前表現大方。這種大方並不是裝出來的，而是我打從心底希望，這個曾經注意到我的善良的女生能夠繼續幸福生活。平日我裝作好人，大家都樂此不疲地接受我的好意；可是，當我最衷心的善意卻被誤會成虛情假意時，這種無奈與心痛可謂心如刀割。就在我想到與 Miko 美好的過去時，一幕幕片段在我的腦海中閃過。中學校園、自修室、還有我們走過的風景。當過去如走馬燈般播放時，突如其來的一個片段使我的思緒與動作都霎時定格。片段同時對應杜崇文曾經說過的一句話：「要贏呢個遊戲，一係就好似我咁令所有人都唔敢投票，一係就令所有人都投錯票。」當片段與聲音重疊時，我發現，我似乎找到了。

我找到，有可能致勝的方法了。

為了與杜崇文確認自己的想法合理，我只好先離開Miko。我找到杜崇文，並將內心想到的對策告訴跟他説。我本以為他聽完之後會分享看法，誰知他聽了，只是不置可否地點了點頭，並拍拍我的肩膊並説：「聽落幾好吖，祝你順利。」我理解不了杜崇文的反應，但既然他沒有出口阻止，我就當他已默默贊同我的做法，於是便開始思考如何將想法實踐。休息時間並沒有想像中長，不出片刻墨提斯已再次走到台上，並宣佈「電流遊戲」繼續進行。

來到下半場的比賽，上台的發言者都比上半場的更具戲劇性。有人剛踏上台就跪地求饒，説是家裡有妻有兒，求台下人放棄投票放他一條生路，可是旋即被其他參賽者揭破這人在上半場也曾經參與投票令他人致死，結果，這人的求饒則變成了他的遺言。也有人在台上視死如歸，盡情對台下的觀眾亂罵一通，説他們是資產的走狗、視人命如草芥、人格卑劣⋯⋯他的指罵引來台下極高的投票率，偏偏最後大多數人都投錯了邊，陰差陽錯地為他白白送上了一筆橫財。

但即使台上的發言再精彩，亦不及台下的氣氛令我驚嘆。也許是因為死亡的畫面出現太多，又或是觀眾們賭癮大起，現時他們對台上出現死者已不再驚恐，有人甚至會因為輸錢而出言譏諷台上將死的發言者。單是一場大約兩個小時的遊戲，已足以令大部分人對他人的死亡麻木了。當比賽繼續推進，我愈能感覺到迫近眉睫的死亡。人總是喜歡胡思亂想。如果我待會兒真的在遊戲中死了，我的遺憾會是什麼？未能見證杜崇文找回妻子？未能陪伴孫恩欣直到最後安全離開比賽？未能釋除Miko對我的誤會與憎恨？若要説最大的遺憾，我想應該是從來未認真稱讚過母親所煲的湯水。在如此艱難的困局裡，確實特別容易令人大徹大悟。而我發現，最平凡和以為是理所當然的，原來才是最難得、最彌足珍貴。

「下一位參賽者，191號，請你上台喇！」墨提斯曼妙的聲音，如同是我的死亡呼喚。身邊的杜崇文輕拍我的肩膀，輕聲説了一聲：「等你返嚟。」孫恩欣則以比她比賽時更緊張的表情看著我，緩緩説出了一聲：「你一定會冇事㗎。」如果換作平日，能有一個女生如此深情地為自己打氣，我相信自己肯定會被迷倒，只是現在的我並沒有心情顧及兒女私情，只能故作鎮定地以一聲「嗯」作回應，然後便走上舞台。

走到台上的時候，我立即就明白了杜崇文先前的感受。台下每張陌生的臉孔，還有貪婪得似想要把你吞噬的眼神，完全把我當作成一隻待宰羔羊。「呢位靚仔，做咩眼甘甘望住台下觀眾啊？而家到你講嘢喇！」墨提斯一邊説，一邊將紙和筆遞給我。我吸了一口氣，把紙筆接過，然後在心裡重溫剛才的計劃，確定無誤之後，馬上就開始在紙上寫出我將要説出的句子。

寫好之後，我拿著紙張，然後接過墨提斯手上的咪高峰：「我所講嘅説話係，『紙嘅下半部分有一個數值，而呢個數值係大於 1000 嘅。』」我一邊説，一邊假裝不經意地放大自己某些在心裡預演了多次的小動作，同時低頭在紙上快速地寫下了腦海中的數字，然後交給了墨提斯確認。墨提斯看了，點一點頭並望向台下説：「好喇，到底呢句係真話定假話呢，跟住落嚟就要交畀大家估喇！ 191 號你可以落返台先，兩分鐘投票時間開始！」我拿著紙張走到台下，同時觀察眾人議論紛紛的樣子，暫時仍未有人立即投票。「唔係喎，我見佢頭先寫字嘅動作，似寫緊三位數喎，應該細過！」「佢寫得咁快，可能係刻意扮寫得少啦！」聽著大家眾説紛紜，我知道預期的目標有可能成功，內心的緊張稍為減退。

正當我分心聆聽著兩旁參賽者的對話，腳下突然被什麼事物一絆，整個人頓時失足向前跌倒。與此同時，眼前驟然出現

一位身穿運動裝的年輕男生。「借張紙嚟睇吓！」只聽對方說了一聲，我就感到手上的紙張被一股拉力奪走。若是答案紙被奪去，這就等於答案將被公諸於世，而我的性命也就此不保。所以，這紙張絕不能失去。可是就在我與男生憑指尖角力時，最壞的事情發生了。

　　紙，被撕成了兩半。我因著紙被撕開時的反作用力而跌開幾步，同時那人則一臉歡喜地打開了他搶去的那一半紙張。「我知道答案喇！」運動裝男生一聲高呼，立時引來了全場的目光。「佢喺張紙度寫嘅數字係『651』，所以佢講大話！一齊去投『假』啦！」運動裝男生高舉著搶過來的半張紙，換來了在場不少人的喝采聲。同一時間，場內的人則蜂擁到台前向黑衣職員手上取得投票紙和筆，搶著要投這必中的一票。

　　我啞然看著眼前這一幕，一時間不懂得如何反應過來。我唯一知道的是，我的生死已在剛才那一秒間被決定了。

交臂

「唔好咁傷心啦，我都係受人指使㗎咋。」運動服男生朝我笑了一笑，隨手拉了一下胸前縐褶的衣物，並作了一個噤聲的動作，然後便大搖大擺地走了。而我則仍是不知所措地留在原地，搞不清楚當前所發生的事情。但這時候孫恩欣已經拉著杜崇文跑了過來，一臉驚惶地不斷問他：「而家點算啊？點算啊？你可唔可以救阿昭啊？」眼見孫恩欣如此緊張，我正想插話，但杜崇文卻舉手制止了我，並說：「而家最好就係咩都唔好講，咩都唔好做，靜觀其變。」他一邊說，一邊將我和孫恩欣拉到一旁，然後好整以暇地原地坐下。雖然他表現得如此冷靜，但孫恩欣仍是緊張得不斷搖動著我的手，似乎就快要哭出來。我想要出言安慰，但杜崇文仍是搖頭暗示著我不要作聲，於是我只好乖乖坐了下來，靜觀著眼前所發生的一切。

現場投票的情緒可謂前所未有的高漲。由於是必然正確的投票，看來這次幾乎有八成人投票，餘下的參賽者應該就跟我們三人一樣不甘用投票來謀害人命。投票人數之多當然令我吃驚，但令我更感驚訝的是，投票的隊列當中竟然有 Miko 的身影。我會驚訝的原因，是因為除了方逢山那次之外，她一次投票也未參與過。到底今次她會參與投票是因為想獲取獎金，還是她只是想用投票來置我於死地呢？答案，我實在不想猜想。

墨提斯重新走到台上，並且宣佈：「嘩，今次投票好熱烈啊！睇嚟我哋都需要少少時間點票。不過提提大家，遊戲機構希望大家喺今個回合發揮智力，雖然一開始冇講過，但係如果之後再發生搶走其他參賽者張紙呢啲行為，我哋就會判為犯規㗎喇！好，規則就講完喇，呢個時候有請 191 號上返嚟先啦。」聽到墨提斯的叫喊，我帶著思緒不定的心情準備回到台

上，孫恩欣卻在這個時候拉住了我的手。「我唔知而家唔講，之後仲有冇機會講……」孫恩欣哽咽著，雙眼通紅看著我：「雖然我哋只係喺呢場遊戲入面識咗兩日，但係……好多謝你救咗我同埋保護我。我會，以後都記住你……」說到最後，孫恩欣兩行淚水奪眶而出，繼而便泣不成聲。眼見只不過認識了兩天的孫恩欣聲淚俱下，我冒起一股衝動，輕輕地將她抱進了懷內。「多謝你咁緊張我。唔使驚，我會冇事。」我在孫恩欣的耳邊留下了這句話。孫恩欣聽了，嘴巴微張，有點疑惑地看著我。「我照顧佢，你上台先。」杜崇文這時候踏前一步，示意我先走上台。我點了點頭，輕輕放開了孫恩欣捉住我的手，並對她說：「放心，一陣見。」我補上一個笑容，嘗試讓她暫時放心，然後才轉身走向舞台。

舞台上的我望見舞台下一張張笑臉，似乎正期待著墨提斯宣佈他們預期中的結果。墨提斯不負眾望地接過從後台黑衣職員遞來的結果，然後用誇張的聲線說：「犀利啊！今次投票率係咁多回合以嚟最高嘅一次啊，而且仲係一面倒投『假話』添！好喇，而家，係時候要宣佈結果喇！今次，191 號所講嘅係……『真話』！」隨著墨提斯高亢的聲音響起，現場兩盞射燈同時落在我的身上。台下的觀眾先靜了一秒，然後一瞬間爆出質疑與叫囂的聲音：「邊有可能啊？」、「睇錯答案啊？」、「651 又點會大過 1000 啊？擺明係講假話啦！」、「造馬啊？」我留意到孫恩欣也跟其他人一樣驚訝，但唯有她的驚訝表情中是帶著笑意的。當然，場內還有一個人正在低調地微笑著——杜崇文。他一早就知道我所寫的數值，也知道我所說的是「真話」。

台下的鼓譟聲依然不斷，而墨提斯則擺動著雙手嘗試安撫觀眾：「大家似乎好不滿呢個結果。為咗平息大家嘅怒火，不如等我公開 191 號紙上嘅內容啦！雖然佢張紙俾人撕咗，不過好彩我哋呢度有全方位嘅閉路電視，而家就畀大家睇返頭先

嘅錄影啦！」墨提斯向舞台的背景板一指，不知放在哪裡的投影機射出光線，將我剛才書寫紙張的片段清楚地呈現在全場觀眾眼前。當所有人看到我在紙上所寫的數字時，不少人都發出了「吓」之類的詫異叫聲。

因為，我在紙上所寫的是「65!」。在數學用語上，「!」代表「階乘」，也就是將「65×64×63×62……×2×1」的數式簡化。所以「65!」得出來的數值絕對比 1000 大。因此，我所說的是「真話」。「而家有片有真相，Factorial 呢啲咁簡單嘅數學，相信大家都喺中學學過，唔需要我多解釋啦！喺度恭喜晒 191 號，今個回合你除咗獲得晉級資格之外，由於全場有一百零二人投錯票，你仲會得到五十一萬嘅獎金！」在全場憤恨與妒忌的目光下，我帶著劫後餘生的心情走下舞台。我並不在乎獎金多少，最重要的還是性命得保。

我走到台下，馬上就回到孫恩欣和杜崇文身邊。「你一早知道自己冇事㗎？」孫恩欣笑逐顏開地問我。「都唔係嘅，其實我一開始諗我要講咩嘅時候，我係諗住刻意喺寫數字嘅時候寫快啲，博台下嘅人見到我寫字寫得快，然後估我所寫嘅係細數目唔會大過 1000。其實我對啲人會唔會真係留意到我啲動作，或者係咪真係會估我所寫嘅大過 1000 都唔肯定。只不過，後來因為張答案紙俾人搶咗仲要讀咗出嚟，冇諗過反而幫咗我誤導晒啲人。」我笑了一笑，心裡慶幸有那搶去我答案紙的男生出現。「咁你早啲話我知吖嘛，我頭先仲以為你……」話說了一半，孫恩欣突然臉上一紅就把話打住了。看她害羞的臉色，我猜她應該是回想起剛才的真情流露。

「唔可以早啲講㗎，全靠你嘅真實反應，阿昭今次先平安。」杜崇文突然在旁開口。「今次……你有出手幫我？」聽了他這句話，我知道當中一定大有文章。其實從我剛才被男生搶去紙張而令全場觀眾蜂擁投票開始，我就已經覺得事情甚是

奇怪。因為在我發言之前，從未發生過有人刻意搶奪紙張的事，而偏偏發生在我身上時，這事卻又剛好對我有大大的幫助。事情未免顯得太過幸運，當時我已經想到以上的疑點，但當我想將疑惑和真相告知孫恩欣，避免她過於擔心時，杜崇文卻三番四次地從旁暗示我保持沉默，這不免使我聯想到他應該是另有計劃。

「投票嘅時候，有唔少人表面上一窩蜂去投票，其實一直有暗中留意住你嘅一舉一動。因為當人講大話嘅時候，破綻往往都唔係出現喺講嘅一刻，而係喺講完之後嘅狀態。就好似你頭先咁，當你見到大部分人都俾搶你張紙嘅人誤導咗之後，你明顯放鬆咗，如果有人認真留意你，或者佢已經識穿咗你。好彩頭先有孫恩欣嘅緊張同傷心，呢一幕呃到唔少人相信你真係走投無路而去投票。」雖然杜崇文以上一番解讀平白理性，但一提到我擁抱孫恩欣那一刻，我頓時不禁臉上一熱。杜崇文見我和孫恩欣都沒有接話，繼續把自己的話說下去：「至於我有冇幫你呢……我以為你一早就知道添。」「我一早知？」我一愣，不明白他的意思。「頭先搶你紙嗰個後生仔，你冇留意佢著住咩衫咩？」杜崇文指一指自己胸前，微笑地看著我。我回想剛才紙張被搶去時的片段，那男生將我的答案公諸於世後，曾經走近對我說了一聲「我都係受人指使㗎咋」，並且在離開前曾經拉過一下胸前的縐褶。現在仔細一想，他整理上衣時露出過一個圖案。我恍然大悟地叫了一聲：「佢係中大學生！嗰件係中大嘅 Hoodie！」那圖案是中大的校徽。

「啱咗，嗰個後生仔係我其中一個學生。」杜崇文點頭說道，這句話讓我和孫恩欣始料未及。「最初聽你嘅計劃，我覺得幾有創意，但係到底你刻意做嘅動作係咪人人睇到，又或者足唔足以誤導到台下嘅人，我都唔太肯定。所以我根據你嘅原意，派咗我個學生去幫你將錯誤嘅信息大肆宣揚，引人去投錯票。

我事前冇將計劃話你知，同我唔俾你將真相講返畀孫恩欣聽嘅原因一樣，純粹想你俾人搶走張紙嘅時候可以逼真少少。我同呢個學生其實喺『跑壘遊戲』嘅時候已經相認咗，不過正如我之前所講，盡量唔好俾人發現你同其他人嘅合作係會好辦事啲嘅，所以呢個學生算係我暗中安置嘅一隻棋，隨時都可以幫到我哋。」杜崇文氣定神閒地解釋。雖然他看似毫不費力就想出這個計劃，但對我來說，他可是第二次救了我的性命，而且他還將暗中保留的學生一事如實相告，我不由滿懷感激地對他說：「多謝你又救咗我。」杜崇文淡然一笑，輕托眼鏡並說：「最緊要係大家都可以生存落去。」我與孫恩欣相視而笑，感受到彼此都是跟杜崇文帶著相同的想法。

　　「係喎，你又會無啦啦諗到用呢個數學符號嘅？我自從中學之後都冇見過佢啦。」孫恩欣此時已沒有比賽的緊張感，主動跟我談話。「冇啊，都係突然間無啦啦諗到。」我裝作自然地笑了一笑，但目光卻暗地裡投向遠處的 Miko。「！」的符號當然不是無中生有的，為我帶來生機的人，其實是 Miko。

　　公開試那一年，某一天的自修室。「喂啊，我又唔記得呢個『！』係咩嚟啦。」Miko 把頭挨在我的肩膊上，一副被數學搞瘋了的樣子。還好數學是我最擅長的科目，我輕鬆地解答了 Miko 的疑難，同時換來了她的一個淺吻以作報酬。「你教完我一樣，我考你一樣吖。」Miko 一邊說，一邊將我的筆記本拿到她的面前。看著她狡黠的笑容，我相信她又在打些鬼主意。「嗱，畀返你，條數點計啊？」Miko 得意洋洋地將筆記本放到我的面前，我見她用粉紅色原子筆寫下字跡潦草的「我愛你！」。Miko 的小心意讓我忍不住露出一個甜蜜滿溢的笑容，並將她一擁入懷：「呢條數我真係唔識計喎，可唔可以教吓我呢？」「圖書館嚟㗎！」Miko 輕力拍著我的手，但臉上卻沒有半分不悅，「呢條數好簡單啦，咪就係好多個我愛你我愛你我愛你⋯⋯囉！」「咁多？你唔怕我用唔晒咩？」我用臉龐緊貼

著 Miko 的臉龐，感覺特別親近。「你咁好，我慢慢愛，你慢慢用都 OK 吖！」Miko 用鼻尖磨擦著我的臉龐，就像一頭小貓一樣。「真係？咁我就慢慢用啦！」趁 Miko 不為意，我一手就捉住了她的鼻子。「頭先先讚完你好！你個衰人！」Miko 一邊不敢放聲大叫，一邊忍著笑地拍打我做惡作劇的手……

曾經的愛意，今天已經化成恨意；曾經她欣賞我的好，今天在她眼內已成為了謊言。愛情跟建築物一樣，建立需時，但破壞只需一瞬。我的母親常叫我做一個好人，但或者她不知道的是，在她身處的純樸年代，好人尚算是常態，但時至今日，要當一個好人實在是一件吃力不討好的事。即使你想對一個人好，但是對方也不一定領你的情。那麼，當好人的原因到底是什麼呢？我看著滿場視人命比金錢廉價的觀眾，我想這裡應該沒有人能回答這個問題。

求同

「電流遊戲」結束後，所有參賽者被要求戴上頭套，像遊戲開始前一樣列隊離開。走了不久，我感到自己上了一輛車，座椅的質感讓我猜測這是一輛旅遊巴士。車子開出，過程中職員再三提醒我們不能脫下頭套，對於身在何方，我完全毫無頭緒。而在路程中，車子裡播放著由墨提斯事先錄好的「電流遊戲」比賽摘要。

整場比賽中，從一開始的一百九十七位參賽者，到最後生還的有一百二十一人，死者大概佔總數三分之一。而在這個回合所得的獎金已轉帳到我們的銀行帳戶，只要比賽完結便可提取。現在所有人正乘車前往比賽機構設置的休息場地，並將會留在那裡休息一天，然後在明天進行第三場遊戲。墨提斯特別提醒，千萬不要試圖擅自離開，因為每個參賽者身上都已裝有一個全球定位的微型爆炸器，任何人一旦逃走，爆炸器便會立即啟動。

雖然我在「電流遊戲」裡消耗的體力不多，但始終過程緊張，而且動腦筋思考也頗為傷神，所以我在聽完廣播後就直接倒頭大睡了。直至身子被人猛推了一下，我才醒過來，接下來我就被人拉著雙手一步步走向未知的地方。在無數次拐彎、上下樓梯、步入步出升降機後，我終於聽到一把低沉的聲音說：「你哋可以除低頭套喇。」我急不及待地脫下頭套，發現自己正身處在一間設計簡約、放了五張雙層牀的房間中。房間裡除了一名黑衣職員以外，還有我與另外九名男性站著。

「咁多位參加者你哋好，你哋可以先選擇一張牀。揀完之後，大家會有十五分鐘喺房間入面休息吓，之後會有廣播提醒

大家去到飯堂食晚餐。請各位好好休息。」黑衣職員說完這番話後微微欠身，然後轉身離開房間。雖然他這番話措詞禮貌，但我聽起來卻覺得自己尤似階下囚般，行動自由皆受管制。「喂，我認得你，你之前救過個嘅妹。」有一人走到我身邊輕撞我一下，我有印象，這是曾經屢次與我碰面的燒賣。「我瞓樓上，你唔拘㗎啦？」與黑社會的接觸可免則免，我本來想要轉到另一張牀，可惜房內的其他牀位都已被其他人佔據，我唯有無奈地點頭，彎腰低頭鑽入了下層牀鋪。我躺在偏硬的牀上，任由自己望著上方的牀板放空。就在這時，我留意到牀板上有幾個字：「如果還有明天」從文字的外觀來看，這些字是被人用硬物刻下的，大概是從前參與過「尖東遊戲」的人所刻。看著這幾個彎彎曲曲的文字，我此刻的無奈與刻字者當下的身不由己不由重疊起來。

時間不知不覺地隨著白日夢流逝。房間響起了猶似小學時代的小息鐘聲，然後就傳來墨提斯的聲音：「咁多位參賽者你哋好啊！今日大家用腦用咗咁耐，相信大家都劫喇，而家有請大家嚟到二樓飯堂，我哋已經為大家準備咗豐富嘅晚餐啦！大家記得食飽啲，之後先有力氣再玩遊戲㗎嘛！」墨提斯的話提醒了我已大半天沒進食過，我早已飢腸轆轆，便出發到二樓去。原本我看見睡房的設施簡陋，還以為所謂的晚餐不過是每人獲派一個飯盒。沒想到一到飯堂，竟看見中央放了一張長達二十米的桌子，上頭的美食琳瑯滿目，菜式不乏山珍海味，單是看到已叫人垂涎三尺。除了長桌子之外，飯堂幾個角落還有好幾個攤位，牛扒、壽司、燒味、餐飲各從其類。整個飯堂完全就是高級自助餐的格局。

「阿昭！」正當我被美食所吸引時，背後傳來了孫恩欣的輕喚。我轉頭過去，見到臉上雖顯疲態但仍掛著微笑的她。「你睇落好劫喎，頭先入到房冇休息吓啊？」「冇啊，瞓唔著。」孫恩欣揉揉眼睛答。「咁我哋去食吓嘢先啦。」不知不

覺，我已經習慣了身旁有孫恩欣的陪伴，於是便跟她一同出發去取食物。經過一天的折騰，我倆早已餓不堪言，彼此都取了一盤滿滿的食物才回到桌前進食。「其實呢度都幾有中小學去宿營嘅 Feel。」我一邊吃飯，一邊打量四周，此時大家都各自用餐談天，殺戮的緊張氣氛算是暫時得以緩解。「係啊，間房都好似，頭先我都諗起小學嗰時嘅畢業營。」孫恩欣笑應。「雖然係有宿營 Feel，不過而家應該就唔係享受宿營嘅時候喇。」一隻碟子放在我餐桌上，單聽聲音，我就知道是杜崇文來了。「而家連下一場遊戲比賽都唔知係咩，唔乘機享受吓，仲可以做咩？」看著他此刻仍然是一本正經的樣子，我不禁失笑地說。「正因為而家唔需要為遊戲或者生存而煩惱，所以先可以有時間諗吓點解我哋會無啦啦入咗呢場『尖東遊戲』。」杜崇文用鐵叉輕敲著碟子說。

「吓，好難諗喎。」孫恩欣皺眉說道。「墨提斯喺第一場遊戲提過，所有參賽者都係被揀選而進入遊戲嘅。咁到底我們係因為咩原因而被揀選呢？呢個就係我哋要思考嘅嘢。我哋可以由自己嘅背景講起，睇吓我哋身上到底有咩共通之處而令我哋被人揀選。」杜崇文說完，將目光投向我，於是由我開始，然後到孫恩欣，最後到杜崇文，我們三人分別作了簡短的自我介紹。

我現年二十九歲，家住南區，大學修讀工程學，畢業後在一間公司任職機械工程師至今，單身，家中只有一母。孫恩欣二十六歲，護士，家住東區，性格低調，朋友不多。杜崇文，三十二歲，中文大學人類學副教授，家住西營盤，已婚，家中有兩貓。

分享過後，除了孫恩欣知悉了杜崇文的參賽原因之外，我們三人的背景資料似乎並未為我們帶來了解「尖東遊戲」的進

展。杜崇文接著建議各人嘗試分享自己的朋友圈子，看看當中有沒有共同朋友，可惜依然是徒勞無功，因為我們三人的朋友圈並沒有任何交疊。一時之間，討論陷入瓶頸。

　　就在我們沉思的時候，附近三男兩女的談話聲很自然地傳到了我的耳中。「估唔到呢度伙食都幾好喎。」「有鬼用咩，打生打死先食得一兩餐好嘢，我情願出返去自己畀錢食自助餐囉！」「算啦，有餐好嘢食咪算好囉。我就情願唔使死，快啲 Quit Game 好過。」「其實我哋呢度咁多參賽者，不如試吓叫埋其他人合作打低班黑衣人，話唔定走得甩呢！」「咁易走咩？我哋又唔知呢度實際上有幾多個黑衣人，又唔知道佢哋除咗刀之外仲有幾多武器，仲有啊，呢度啲參賽者老弱婦孺咩都有，有幾多人肯應承去同班黑衣人搏命啊？你都係今晚早啲瞓，發夢咪走得甩囉！」「你講起瞓呢，話時話吖，頭先我瞓咗瞓張牀，都幾舒服。」「你瞓上層咪係囉，我瞓下層啊，舒服就舒服，不過一望上去塊牀板度，嘩，都唔知邊個刻咗十幾個『死』字喺度，幾邪啊！今晚仲要望住堆『死』字瞓添啊。」「眼不見為乾淨啊，今晚合埋眼睇唔到咪算囉！」⋯⋯

　　聽著這五人沒有營養的對話，我想起了自己也看見上方牀板有刻字，所以便當作閒事跟杜崇文和孫恩欣分享。沒想到杜崇文聽後不發一言，雙眼卻冒出了異樣的光芒，似乎想到了些什麼。「你頭先話喺牀板見到刻字，應該就係嚟自之前參加『尖東遊戲』、同我哋一樣要住喺度嘅參加者。但係唔單只你，就連隔籬嗰兩個女人都見到牀板有刻字，咁可能做過呢件事嘅參加者並唔少。所以我喺度諗，會唔會咁啱，我老婆都喺牀板度刻字留低咗某啲信息。」杜崇文沉吟。

　　「有機會喎。」孫恩欣同意地點著頭，但同時出現了困惱的表情：「但係呢度有成百幾張牀，淨係計下格牀可能都有七十幾張，我哋邊度有時間逐間房入去搵字呢？」「嗯，如果我哋

亂入其他人嘅房，一陣俾人以為有咩企圖，似乎更加危險。」
對我來說，我還是覺得生還是首要任務。杜崇文聽後並沒有馬
上回應，看來他又在思考著新的對策。眼見無論被拉進「尖東
遊戲」的原因和檢查房間的方法都未有頭緒，我們便決定邊吃
邊想，所以又再次來到取餐區。就在排隊取餐的時候，前方卻
傳來了一陣躁動。我望向前方，一個體型高大的男人正跟一
個金髮男生對峙著。很快，我認出了那金髮男生是耀揚。「黑
社會大晒啊？排隊啦！」高大男人一手推在耀揚的肩膊上。耀
揚退了半步，一臉不忿地反推那男人一下，並說：「咪 L 掂我
啊！你自己走 L 開咗咋。」可是耀揚的反駁沒有得到圍觀人
士的支持，反而有不少好事之徒從旁叫囂道：「黑社會打人啊！
好威啊！」、「黑社會真係以為自己好勁咩？野蠻人！」、「鬼
唔望你哋下 Round 死晒啊！」、「去死啦古惑仔！」

　　除此之外，好幾個身形相對高大的男人也在這時迫近和包
圍耀揚，在氣勢上已經完全壓制他。就在這時，燒賣從人群
中走了出來，兇神惡煞地站在耀揚身邊，大喝一聲：「做乜春
啊？係咪想隻揪？係嘅企出嚟！」燒賣的氣勢雖然凌厲，但由
於圍觀者一致向他和耀揚喝倒采和吐嘈，令他們二人完全落在
寡不敵眾的下風。其實眼前的情況並不稀奇，畢竟炎哥在首兩
回合時態度惡劣，相信在場已有不少人對他的行徑看不過眼，
所以一有機會就找炎哥的手下麻煩也是情理之中。

　　「有機會喇。」眼前一片熱鬧之際，身邊的杜崇文突然輕聲
地說了一句。「咩機會啊？」我不解地問。「今晚，準備要有大
事發生。」杜崇文正望著眼前的吵鬧場面，嘴角卻泛起了一抹
微笑。

燒賣

對於他口中所說的大事是什麼,杜崇文並沒有詳細交代,只是請我和孫恩欣今晚凌晨一點來到飯堂集合。由於杜崇文過往智計過人,加上他曾屢次出手相助,所以我倆都一口答應了他的請求,約定深夜再見。而燒賣、耀揚與群眾的對峙並沒有演化為流血衝突,因為當雙方劍拔弩張的時候,有十位黑衣職員進入了飯堂,並且持刀站到一旁。黑衣職員的出現明顯令現場群眾的情緒稍為冷卻。而衝突中的高大男人留意到黑衣職員之後,狠狠地瞪了耀揚和燒賣一眼,便拿著自己的碟子離開。眼見主角都離開了,其他好事之徒知道沒戲可唱,也自然地散開繼續享用美食。

衝突告終後,杜崇文稱自己已經吃飽而先行離開,剩下我和孫恩欣在飯堂裡。我倆稍為討論了一下杜崇文提及今晚可能發生的大事,但始終猜不透,最後只是閒聊。說起來,這次是我跟孫恩欣第一次坐下來、毫無壓力之下聊天。當我愈是跟她談天,愈是不明白自己為何當初會將她錯認為 Miko。孫恩欣的談吐猶如一杯暖水。她溫柔地聆聽、不刻意強調自己的事情、總會禮貌地回應,甚至不時反過來關心對方。即使偶爾陷入沉默,雙方也不會感到尷尬。這樣的人,在人群中雖不顯眼,但與他們獨處的時候,卻會莫名地感到自然與適意。

我們吃著談著,不知不覺就過了一小時。我見孫恩欣接連打了好幾個呵欠,隨即便說:「不如返房抖吓先啦。」「好啊,今日真係有啲劫。趁今晚一點出嚟之前,恰一陣先都好。」孫恩欣瞇著眼睛一笑,然後便跟我去放好餐盤,準備回到房中。就在我放下餐具時,另一個男人同時將餐盤放下。而令我在意的是,當他放下餐盤時,他遲疑了一下,然後悄悄地將餐刀從

掌心滑到長袖之中。他把餐刀收好後,還刻意左右打量是否有人留意到他的動作,然後就裝作自然地離開。我沒有將這個小插曲告訴孫恩欣,以免她緊張得不能入睡。但我同時偷偷地從骯髒的餐盤堆中收起了一枝鐵叉,以備不時之需。

在回房的路上,雖然時間不過九點左右,但我發現不少房間都已關燈,看來不少參賽者都因今早的比賽而身心俱疲。而當我回到房間,果然有好幾個人已在牀上呼呼大睡。然而本應該在我上層的燒賣此時卻下了牀,看樣子似是準備離開房間。他也看見了我,迎面走來並問:「未瞓啊?一齊出去呼吸吓?」「呼吸?」我滿腦疑惑地反問。「食煙啊。」燒賣以看史前生物的眼神打量著我。其實我早已戒了煙,只不過他這時候提起,而我也正好想放鬆片刻,所以便點了點頭,隨他走到外面去。

我倆走到房間外的走廊,看著一片說不出名字的海洋,緩緩點燃了香煙。呼出煙圈的一刻,我才真正感受到鬆一口氣。或者,這算是我這三天來最放鬆的一剎那。「今晚你想瞓返上格牀都得喎。」燒賣突然開口說。「吓?你想同我交換位?」我有點意外地問。「炎哥叫咗我同耀揚去佢房瞓。」燒賣解釋。提起耀揚,我腦海閃過幾幕燒賣出手幫助耀揚的片段,便說了一句:「你同耀揚好似特別熟喎。」「我唔睇實條友,佢死咗十九幾次喇!」燒賣嗤笑一聲,「冇計,鬼叫佢阿哥以前成日照住我。最初我出嚟行咗冇耐,炎哥要晒馬就帶埋我去劈友。嘩,嗰次喺元朗個個都打真軍攞晒架生,我初嚟報到未見過咁嘅場面梗係涫 L 晒底啦。嗰時就係耀揚阿哥耀武嗌我跟實佢,然後一開片,佢一個人已經劈冧咗兩條友,但係後來幫我擋咗一刀搞到見晒紅。耀武以前咁照顧我,我邊有可能唔照住佢細佬吖?」「你講到耀武咁勁,又唔見炎哥帶佢喺身邊嘅?」我好奇一問。

「唉，佢上年死咗喇。」燒賣吐出一口煙霧，臉帶唏噓地說：「條友衰On9囉，為咗追返條女玩割脈。女死女還在吖嘛，攞自己條命嚟玩做乜春呢？不過最慘都係佢兩兄弟阿婆。自細佢兩兄弟就俾老豆老母拋咗界阿婆湊，一個阿婆湊兩條死嘅仔都不知幾辛苦，所以佢兩兄弟都幾錫佢哋阿婆㗎。」燒賣的話令我不期然記起之前在地鐵上見到耀揚在電話裡跟婆婆講電話，那時候的耀揚表情誠懇友善，完全沒有半點小混混的感覺。「佢哋阿婆真係好好人㗎，我上親去佢哋屋企，佢都煮埋飯煲埋湯界我飲，直頭當埋我仔咁湊。前年我十八歲生日啊，佢仲送埋呢條鍊界我，話咩叫耶穌保佑我。我本身就連我自己老豆老母係邊個都唔L知，死咗都係一了百了，冇人可憐；但係如果耀揚都死埋，佢阿婆一定傷心到仆街，所以我唔保住耀揚，真係對佢阿哥同阿婆唔住㗎。話晒我之前飲咗佢阿婆咁多碗湯，我點都要還返個孫界佢嘅。」夜空下，燒賣認真地解下頸上的十字架項鍊，端在手中凝視。

「其實，你份人都幾好心地。」聽著燒賣的話，我覺得這人雖然惡形惡相，但至少為人真誠簡單，所以由衷地讚了他一句。「妖，好似一路以嚟都未有人讚過我好心，真係打晒冷震。」燒賣收起了本來認真的表情，朗聲笑說，「你話我好人，但係仲多人話我仆街啦。講真，好人又好，仆街又好啦，都係爛命一條啫，過得一日得一日，唔死咪得囉。我讀書唔多，操行分不嬲都低，唔知咩叫好唔好心、好唔好人，有啲嘢，應該要做嘅就係去做，就係咁簡單。我應承過耀武幫佢睇住個細佬，我就睇到底。而且耀揚條友其實叻仔嚟㗎，唔好睇佢好似成日淆底，其實佢都試過發矛，發起矛上嚟，分分鐘連炎哥都抽唔贏佢㗎。」「炎哥……你都對佢幾忠心喎。」本來我並不想跟黑社會有太多接觸，但聽到燒賣率性的分享，總覺得他比「尖東遊戲」中那些貪財又算計他人的參賽者更為真誠，不由令我想繼續聽他的故事。「佢直頭係我第二個老豆啦，當初就係佢將我喺男童院執咗出嚟，之後包食包住，養到我而家廿歲

人，一蚊都冇收過我，仲派咗信和檔 AV 碟生意畀我管吓，你話係咪有大佬格先。所以我不嬲都話，邊個夠薑搞炎哥，首先搞咗我燒賣先。」燒賣用力吸入餘下一口的香煙，然後將煙蒂隨手扔到一旁的草叢中，拍拍雙手說：「好喇，呼吸完，我去搵炎哥先。」「多謝你枝煙。」我朝燒賣微笑一下，以表答謝。「妖，咪咁啦，煙啫，下次請返我。」燒賣把話說完，就頭也不回地走了，留下我一人在原地。

看著燒賣的背影，我總覺得他跟我腦海中所想像的黑社會有點差別。即使他所作的不少行為是被世界視為「惡」，但在他的世界裡，他就是在做正確的事情。若仔細想想，或者他是一個比我更善良的人，只是他的善良放錯了位置。或者，這就是社會的現實。有些人，連學習「什麼是善良」的機會都沒有；有些人，卻可以恣意將他人的善良玩弄在手心之中。

回到牀上已經是晚上十時，距離杜崇文所說的一點，尚有三個小時。我實在想不通，到底如此平靜的晚上將會有什麼大事件發生？為免待會兒精神不足，我決定跟孫恩欣一樣先倒頭大睡一會。由於我所身處的下層牀位比較受風，所以便把心一橫，爬到燒賣讓出的上層牀位休息。或許是因為腦海裡太多亂七八糟的事情，即使我身體頗有倦意，但腦筋就是不願意停轉。於是我只能乾瞪著眼，任由腦海循環著母親、Miko、杜崇文、孫恩欣、「跑壘遊戲」的死者、被「神奇電漿球」電死的參賽者等畫面。到底我躺了多久，自己也說不出。靜看著天花板時彷彿察覺不了時間正在流動。但就在房間一片靜寂的時候，我突然聽到了左側上層牀位傳出兩記低聲的呼喚：「喂喂。」不到片刻，下層牀位傳來了以氣聲道出的回應：「醒咗喇。」「好，睇吓另一邊嗰四個起身未？」左側上層的人一邊回應，一邊不動聲色地爬下樓梯。他們的行動如此鬼祟，看似正在進行什麼不可告人的計劃，我決定繼續假裝熟睡，暗中觀察他們的一舉一動。本來身處我左側的兩人走到我的右側，他們

還未發聲，就有四人從牀上坐起。「醒晒喇？」其中一人問道。「嗯。」有人回應。「好，條友呢？」有人問。此問題一完，我感到有人從我右側步近。

難道這些人是衝著我而來？一想到此，我內心不免緊張，但仍努力地調整氣息，避免讓他們察覺我已經醒了過來。「冇問題，瞓緊。」有一人在我的牀邊説道。「好，大家準備好未？」另有一人低聲問道。「嗯。」有幾人同時回應。「夜長夢多，一陣有理冇理，一個人拎枕頭焗住佢，其他人捉手捉腳，一定要收佢皮。」其中一人如此説，即使他以氣音説話，但仍聽得出語氣之中的惡意。而在這句説話後，我用瞇成一線的眼睛看到六個人影正分別從兩旁逐步接近我。我搞不清到底自己什麼時候惹上了這群人，我只知道，自己原本藏好的鐵叉是時候要移到手心了。

變卦

近乎無聲的腳步正從左右迫近。從有限的視線中，我見到其中一人正高舉著枕頭。我把鐵叉握在右手裡，一旦枕頭下襲，我便會馬上刺向那人的手。六個人已齊集在我的牀邊。「佢瞓上格我哋唔易捉到佢，所以你拎住枕頭爬定上樓梯先，一陣我數一二三，我哋一齊捉住佢手手腳腳，然後你就一個枕頭咪落去。」發號司令的人在我左邊，然後其他人一同應和。

「一。」
「二。」
「三⋯⋯啊！」

在「三」這一聲完全叫出之前，我驟然在牀上坐起，不由分說就用叉子朝拿著枕頭那人身上一刺。我並不知道到底刺中了他哪個位置，只聽到他慘叫一聲，就連人帶枕頭一起滾下樓梯。其他人明顯也被我突然坐起而嚇了一跳，我乘著他們未反應得及，順道用叉子刺在另一隻最靠近牀邊的手，然後又聽到了一聲慘叫。

「佢醒咗！」「我受咗傷啊！」「仆街喇今次！」「唔好理，我哋人多，上牀打佢！」「小心啊佢有武器！」「圍佢！」

本來刻意壓低聲量的幾個人因為突如其來的變卦，立即提高了聲量，並且重新向牀邊靠近。剛才我一擊即中全賴出其不意，但現在他們都有了防範，我知道接下來將會是一場惡鬥。誰知這場惡鬥尚未開始，房間外的走廊卻傳來一陣火警鐘響。同時之間，房間的燈光也悉數亮了起來，幾道驚訝的叫聲則伴隨著亮燈而響起。我望向牀的兩側，在兩邊包圍我的人此時臉

上全是詫異的表情。「點解……唔係個古惑仔嘅?」其中一個最快反應過來的人,遲疑地看著同伴。聽了這句,我似乎明白過來,於是便問:「你哋想殺咗燒賣?」其中一個在我牀邊的人點了點頭。所以,這群人的目標是本來睡在上層的燒賣,只不過他們並不知道我跟他換了位置,所以便誤打誤撞地襲擊了我。

我跟他們的對峙維持不到數秒,其中一人就發聲:「出面唔知咩事,出去望吓先!」其他幾人為了避免尷尬,馬上出聲應好,然後便匆匆地離開了房間。聽著外面的警鐘聲,我想到杜崇文早已提及今晚會有大事發生,看來正是現在。我剛步出房間,就望到有一大群人擠滿在後方的房間,不知所為何事。正當我打算前去湊熱鬧,有一人拉住了我的手,一看,眼前人竟是杜崇文。「而家十二點幾咋喎。」我掏出沒有訊號的手機一看,發現並未到約定的時間。「計劃有變,要提早,快啲搵咗孫恩欣先。」杜崇文沒有解釋太多,而是帶我去找孫恩欣。

沿路遇見不少女參賽者走在走廊上,她們似乎正走向飯堂。在人群中,我順利地找到睡意未清的孫恩欣。「有人話警鐘響,有危險,要即刻走上飯堂喎,我哋係咪要走啊?」孫恩欣一邊問,一邊揉著尚未能張大的雙眼。「行埋一邊講。」杜崇文指著一旁的後樓梯門,然後推門將我和孫恩欣帶了進去。一進入後樓梯,杜崇文便低聲向我們說:「唔使擔心,趁住所有人出晒房,逐張牀去搵吓到底有冇我老婆留低嘅信息,話唔定會幫到我哋之後晉級,或者了解呢個遊戲更多。」「但係我哋點分邊個信息係你老婆留低呢?」孫恩欣問。「我老婆個名叫做莫凱熹,英文名叫 Vera,你哋可以睇吓佢會唔會留低咗個名。」杜崇文沉吟半晌,再補充說:「男仔房多過女仔房,恩欣你幫手睇晒咁多間女仔房先,我同阿昭負責睇男仔房,睇完再過嚟幫你。有咩危險嘅就即刻離開間房先,之後會有機會

再睇嘅。」我和孫恩欣聽了，同時點頭表示明白，然後各自出發到不同房間去。

　　我不知道杜崇文在背後到底安排了什麼，但當我們離開後樓梯，各個房間裡確實變得空無一人。於是，我跟杜崇文開始在男性房間中逐張牀板檢查，同時也沒有錯過上層牀位兩邊的擋板。由於不知道到底其他參賽者何時會回到房中，所以我與杜崇文動作極為俐落，只希望盡快完成目標然後離開。大概用了十分鐘，我們就已經走遍所有男性房間，雖然有十多張牀刻有字跡，卻未見有杜崇文妻子的名字。當我們感到可惜之際，孫恩欣氣喘吁吁地從另一邊跑了過來。她一邊扶住自己雙膝喘氣，一邊說：「我……我搵到喇。」杜崇文一聽，臉上頓現大喜之色，起步隨著孫恩欣往房間跑去。孫恩欣把我們領到角落裡的一張牀，並指向牀板。杜崇文一個閃身躺在牀上，一望到牀板上的字，首先是張口呆住了半秒，然後就開始連連點頭：「係佢，係佢，係 Vera。」他伸手仔細地摸著牀板上的字，眼角緩慢地落下了一行淚水。平時理性冰冷的杜崇文兩次憶起妻子都霎然落淚，可見他對妻子確實是用情至深。

　　「上面寫咗咩？」見杜崇文正在思念妻子，我知道不便打擾他，於是問身邊的孫恩欣。「我頭先見到上面寫咗一行字，好似係『既知死，方知生』，然後就係佢嘅署名 Vera。」孫恩欣側著頭回憶並回答我說。「既知死，方知生」，這使我想起一句近似的古語：「未知生，焉知死」。可是單憑這兩幾句恰似《三字經》的句子，我實在搞不懂能夠為我們在遊戲中生存帶來什麼樣的幫助。「好，目標達成，而家出發去飯堂先。記得低調入去，唔好惹人懷疑。」杜崇文一邊說，一邊用手機將牀板的字樣拍攝下來，然後便跟我們一同出發到飯堂去。當我們走到飯堂，看見差不多所有參賽者都已齊集於此。正當我和孫恩欣想擠進人群裡看個究竟，前方的人群卻響起了一陣驚叫，然後同時向著四方散去。當人群散開，我看見有一個被按

倒在地上的壯漢，而用膝蓋把他壓倒在地的則是耀揚。眼前的壯漢，正是在晚餐時間偷藏餐刀的那個，此時他的餐刀正插在燒賣被鮮血染紅的左肩上。而在燒賣身後，則站著一臉冷靜的炎哥。

我拉住其中一個正從我身邊跑過的參賽者：「到底發生咩事？」那人面色青白，語帶驚惶地說：「頭先我哋想圍攻炎哥嗰三條古惑仔，但係俾佢哋用鐵通一直擋住，搞到冇人攻到上去。嗰個男人突然唔知喺邊度拎住把餐刀殺咗出嚟，差啲就插到落炎哥度，點知俾佢身邊條嘅見到，結果兩個人糾纏期間把餐刀就插咗炎哥條嘅度，然後個男人就好似而家咁俾人撳咗落地囉，睇嚟今晚都係搞唔掂炎哥。」這時候，炎哥朝著被按倒在地上的人走去，冷冷地俯視著那人：「做咩啊？你好想殺我咩？」「反正聽日玩遊戲橫又死掂又死，不如為民除害殺咗你先。」倒地的男人向炎哥怒目而視，不斷掙扎。「為民除害？我幾時有害到你啊？」炎哥半蹲在地，木無表情地看著眼前的男人。「如果唔係你最初帶頭去投票，邊會有咁多人跟你去投票，害到台上啲人係咁死啊？其實大家都唔投票，大家都平平安安唔好咩？就係你呢啲人，興風作浪，先害死咁多人啊！你望吓呢度，幾多人想隊冧你？」男人怒不可遏地喊叫著。

炎哥聽了，臉上多了一抹冷酷的笑容，然後伸出一隻手捉住了那個男人的後腦，拉近至自己並說：「我只係跟遊戲規則去玩啫，既然個規則係容許我搞事，我都冇辦法。而且投票，都要啲人自己肯至得㗎，我區區一個中佬，點影響到咁多人啊？根本就係靠我，大家先有錢齊齊搵。你試吓問呢班圍攻我嘅人，有邊個係冇份投過票，賺過錢？」炎哥的聲音低沉卻響亮，此話一出，不少圍攻的參賽者都低下了頭，明顯是心中有愧。「你望清楚，呢度班人，個個圍埋嚟，但係有邊個真係夠薑出手插我？根本個個都係嚟湊熱鬧，圍到埋嚟見到一枝鐵通就洩晒底。講真，有人殺到我，大家 Happy；殺唔到我，

大家咪繼續返房瞓，其實邊個有所謂吖？精人出口笨人出手，係你先咁死蠢。」炎哥一邊説，一邊拍打著壯漢的臉頰。而壯漢聽了炎哥的話，再看看周圍參賽者的反應，臉上出現了灰心喪志的神情。

「我出嚟行嘅，最器重嘅就係啲夠沙卜嘅人。可惜吖，你而家拮傷咗我頭馬，放過你，我就對我條嚟唔住。」炎哥一邊説著，一邊招手讓燒賣過來。燒賣此時因為失血而臉色轉白，但一見炎哥招手，還是一拐一拐地走到炎哥身旁。炎哥二話不説，竟然一手就將燒賣肩上的餐刀拔出。傷口頓時血如泉湧，場內不少參賽者見著都輕聲叫了出來。燒賣悶哼一聲，無力地跌坐在地，同一時間，炎哥手上拿著剛才拔出的餐刀，一手就插在倒地男人的肩上。那男人呻吟一聲，狀甚痛苦，但炎哥立即反手將餐刀拔出，讓男人肩上的鮮血噴射而出。男人尚未來得及叫痛，炎哥已將餐刀插在男人另一邊肩膀上，男人的慘叫就這樣硬生生地被更刺激的痛楚而中止，他咬牙切齒、痛不欲生、表情繃緊，活像一條泥鰍在地上蠕動著。

「我份人不嬲都好均真，求財就求財，一齊搵錢咪好囉，遊戲入面死幾個人有咩所謂啫，又唔係你死，做咩逼我要整傷你呢？我最憎就係打交。」炎哥示意耀揚放開那傷重倒地的男人，然後叫他扶起近乎昏迷的燒賣。耀揚馬上緊張地跑到燒賣的身邊，並脱下自己的上衣按住他的傷口。「點啊，仲有冇人要出嚟打交？我有兩條嚟死咗，頭馬又傷埋，要冧我就趁而家喇。你哋咁多人，衝上嚟一人一拳都打得死我㗎喇。」炎哥拾起燒賣身前的鐵棒，搪起兩邊衣袖，傲慢地環視著在場每一個人。而在場大多數人都因為畏懼他的氣焰而低下了頭，沒有一人敢回應他的話。「唔打啦嘛？成班都正廢柴。」炎哥説完此話，就將鐵棒一擲在地，「哐噹」一聲，嚇得在場不少人都為之一震，「咁聽日比賽見，早抖。」炎哥領著耀揚和燒賣穿過人群、赤手空拳地走出了飯堂。

　　我環顧四周，發現在場有不少參賽者身上都已掛彩，各有傷處，似乎剛才確實有過一番劇鬥。我望著現場的人逐漸散去，心裡不由冒出了一堆問題。到底今晚為何會發生這次毆鬥？為何這群人會突然萌生想要殺死炎哥一夥人的念頭？為何杜崇文早在晚餐時間已經預料到今晚會有此等大事發生？綜合以上問題，我腦海自然地得出了一個可能的解答：今晚的亂局，是由杜崇文所策劃的。

　　「阿昭！」正當我想到杜崇文，他的聲音就從我背後響起。而此刻他的臉龐上，是我認識他以來最喜悅的表情。「我諗我知我老婆喺邊度啦。」杜崇文激動地說。「你老婆？」我驚訝地問。「我老婆未死，而且，佢應該仲喺『尖東遊戲』入面。」

殘仁

老實説，我之前聽完杜崇文的故事後，一直都覺得他的妻子早已在遊戲中死去，只是遊戲機構忘記了知會他。所以當聽到杜崇文竟然説他的妻子尚在人間，我不免感到詫異。「我頭先再三研究幅相，發現咗有兩個疑點。第一，我哋見過咁多喺沐板嘅刻字，但係點解唯獨我老婆先有留名呢？第二，比起我哋所見過嘅咁多個刻字，之前嘅刻紋睇落粗糙，字型亦都歪歪斜斜；但係你睇吓呢句『既知死，方知生』，字型突出，紋理清楚，可以推斷刻字嘅人手上係有更加專業嘅工具，例如係雕刻刀。」杜崇文將相片端給我看，我點了點頭，因為他所提出的理據確實合理。

「我哋從疑點二入手，假設我老婆當時身處嘅環境同狀態同我哋一樣，最理想都只係可以用到餐刀去刻字，但係效果唔會有咁好。如果係咁嘅話，有可能呢啲字並唔係喺佢進行遊戲嘅時候刻，而係喺佢完成晒所有遊戲依然生還之後，帶齊工具返嚟再刻嘅。如果我呢個推斷合理，咁就可以解決到疑點一。假設佢係完成遊戲之後返嚟刻字，咁點解佢要刻上自己個名呢？唯一原因，係佢知道將會有認識佢嘅人可能會睇到佢嘅訊息，而呢個人就係我。所以，我猜測我老婆其實未死，而且仲一直喺『尖東遊戲』入面，只係我哋唔知佢喺邊度，同埋點解佢唔同我相認。」杜崇文的發現確實令我感到意外，但假若他的妻子一直身在遊戲之中，為何遲遲不跟他相認呢？

正當我打算與杜崇文繼續討論的時候，有人拍了我的後背一下，回首一看，原來是孫恩欣。「我見班黑衣職員似乎唔會救人，你可唔可以幫一幫我手，我想⋯⋯幫個男人急救。」孫恩欣低著頭，似乎有些緊張，舉起了手中的急救箱，看樣子是

從飯堂某邊掛牆上取下來的。我知道以孫恩欣的性格決不敢貿然一個人行動，所以便決定陪她一起前去幫助那受傷的壯漢。關於今晚的亂局，其實我尚有一些疑問，臨行之前，我對杜崇文說：「我陪完佢之後，再同你傾吓？」「好，我去你房附近等你。」杜崇文爽快地點頭。

剛才飯堂裡的觀眾早已散去，那個受傷的壯漢亦被幾個參賽者扶到椅子上。孫恩欣前去幫他包紥，而他則一直頻頻地低聲叫痛。趁著壯漢此時不能動身，我乘機問道：「係呢，今晚你哋做咩會無啦啦搞咁大壇嘢嘅？」「乜冇人話你聽咩？頭先食飯嘅時候，有個人同我哋同房嘅人講，話收到風聽日嘅遊戲需要消耗好多體力同埋打交，硬碰嘅話一定會輸畀炎哥，所以最好趁今晚搞掂佢，如果唔係聽日死梗，問我哋有冇人有興趣一齊落手。咁講真吖，炎哥呢條友又霸道，對大家都有威脅，個個都唔妥佢，所以大家都話加入囉。」壯漢解釋說。「同你講呢個消息嘅人，係戴眼鏡嘅？」我一聽，第一時間聯想到杜崇文。「唔係喎，係著運動衫㗎，上面仲寫咗中大。」壯漢搖著頭肯定地回答，那就是杜崇文的學生了。換言之，我先前的推測並沒有錯。

「咁之後呢，點解會變咗出嚟飯堂打交嘅？」我再追問。「我哋同其他房嘅人約好咗，凌晨一點落手。點知隔籬房有人突然通知我哋，話炎哥身邊多咗兩個人，好難落手。而嗰個運動衫男仔就建議，大家首先合力將佢哋迫出間房先，因為喺房度太窄，大家輪流入去打好危險，如果迫到佢哋出房，大家圍攻就唔同講法。於是我哋打算捉住炎哥其餘兩個瞓唔同房嘅手下做人質，然後逼炎哥佢哋出房。可能因為溝通得唔好或者大家太緊張啦，有一間房嘅人喺捉炎哥條嘍嘅時候太大聲，最後可能唔想打草驚蛇就直接殺埋佢。但係咁樣一搞，可能已經整醒咗炎哥佢哋，所以大家就依計行事去圍炎哥，順便捉埋炎哥另一條嘍。估唔到，炎哥對於自己條嘍俾人捉咗冇咩反應，反

而係佢頭馬燒賣想救人。結果打吓打吓，就出咗嚟飯堂，最後嗰條嘢就應該係俾人打死嚟泄忿。」壯漢把話説完，孫恩欣亦順利為他完成包紮。「你要小心啲啊，呢啲都只係暫時包紮，始終冇咩專業嘅藥，之後傷口可能會痛，辛苦你喇。」孫恩欣向壯漢説。「算啦，我搞成咁，而家醫得返，聽日比賽都係死。」壯漢無奈地慘笑著説，「或者炎哥講得啱，其實我學大家企喺側邊出聲鬧幾句，聽日繼續照常比賽咪好囉，做乜咁傻仔出手呢？」壯漢一邊笑，一邊緩慢地站了起來，逐步離開飯堂，霎眼看去，就似一個正要步向鬼門關的人。看到這情境，我不禁想到或許自己早晚也會在遊戲中落得跟他一樣的下場，孤苦伶仃地等待死亡的來臨，驟然不勝唏噓。「不如我哋去幫埋燒賣？」孫恩欣邊收拾藥箱邊問。立場上，我並不想跟黑社會有來往，而且炎哥是眾矢之的，幫助他的手下可能會惹來其他人反感。可是我又想到剛才跟燒賣的一席話，覺得他都算是一個有情有義的男生，道義上是應該幫助他的。所以我最後還是答應，陪孫恩欣出發去找燒賣。

經過剛才一番激戰，炎哥的房間中一片凌亂，牀鋪、枕頭散落一地。現時炎哥房間中就只有炎哥、耀揚和燒賣三人，其他參賽者早已搬到其他房間，相信是怕炎哥對他們不利。炎哥讓我們走進房中，也不過問我們會做什麼，直接就在牀上休息。而耀揚則領我們走到燒賣牀上，只見他的傷口雖然用牀單簡單包紮過，但血尚未止住，他所躺的牀鋪差不多被染紅了大半。「我要殺，殺死佢哋班冚家鏟……」燒賣在牀上喃喃自語。「睇嚟係傷口發炎，搞到佢而家發燒，仲有啲神智不清。」孫恩欣擔心地説，同時拿出工具為燒賣處理傷口。「到底今晚發生咩事？點解你哋會俾人襲擊嘅？」我把握時間，向身邊的耀揚問。「我都唔知啊。今晚食完飯之後，炎哥就叫我同燒賣嚟佢房瞓，佢話收到消息話有人會對佢不利。所以我同燒賣咪好似平時咁，喺廁所啊、遮架度拆定啲鐵通傍身囉。點知一到半夜，隔籬房勁嘈，然後我哋就聽到我哋有個兄弟慘叫。之

後，呢間房啲人就衝過嚟想郁我哋，好彩我哋有架生頂住。點知班仆街捉咗我哋另一個兄弟做人質，燒賣想出去救人，結果就一路追咗出嚟飯堂。」耀揚說話時，不時有偷望燒賣數眼，看得出他對燒賣確是分外關心。

「你頭先話，炎哥收到消息有人對佢不利，你知唔知係邊個放呢個消息出嚟？」我的提問，是作為杜崇文於背後攪局的最終確認。耀揚剛準備回答，鄰牀的炎哥突然在牀上坐了起來。「想醫人嘅就專心醫，想套料嘅，唔該過主。」炎哥的語調沒有高低起伏，感覺卻一樣嚇人，「耀揚，你同燒賣兩個今晚就係衰在太廢，成個女人咁，扑又唔扑大力啲，又話咩要救兄弟。畀著我就認真出手，咁今晚飯堂度起碼死一半人。做古惑仔做到你哋咁真係羞家，姐手姐腳，不如去做雞啦。」說完這話後，炎哥沒等任何人回應就重新躺在牀上。他這番話後，耀揚連呼吸聲都變得細不可聞，而我也不敢再多問一句。

直至孫恩欣急救完成，耀揚才默不作聲地微微躬身道謝，而我跟孫恩欣則與他揮手作別，然後就離開房間。在連續包紮兩人的傷口後，孫恩欣臉上有掩飾不了的倦意，於是我便著她早點休息。告別了孫恩欣後，我前往跟杜崇文會面。杜崇文站在先前我跟燒賣吸煙的位置，一言不發地仰望著天際。「今晚咁大件事，係你搞出嚟？」其實我內心早已有底。「嗯，要成功呃人，最有效嘅方法就係善意利用對方嘅弱點。唔係咁，我哋又邊有機會入房搵我老婆嘅刻字。」杜崇文直認不諱。「為咗搵你老婆啲字，今晚有好多人受傷，仲有人死咗喎。」其實對於生死我並沒有那麼在意，畢竟在這場「尖東遊戲」中，生死早已是常態。但我在意的，是我一直相信他是善良的杜崇文，竟也會為了一己之利而犧牲他人。「其實我從來冇叫過人殺人，我只係揀咗幾個比較似係會發放消息嘅人，然後同佢哋講咗幾句。男嘅我只係提佢哋要小心炎哥，有咩想做可以今晚做定。女嘅就話佢哋知今晚可能有危險，提佢哋一聽到警鐘聲

就跑上飯堂。」杜崇文回答我的時候，臉上沒有半點愧色，而面對他的理直氣壯，我一時間也無言以對。

「我希望你可以記得，我參加呢個遊戲嘅目的從來都只有一個，唔係救人，唔係要贏，我只係想搵返我老婆，就係咁簡單。」杜崇文一邊說，一邊重新望向夜空，「喺我當初仲未做副教授，只係一個普通人類學講師嘅時候，我遇到一個好出色，好有諗法嘅學生。佢上堂係好專心，功課亦都唔係太突出，但係每次落堂，佢都會主動嚟問我問題，喺佢嘅提問入面，我感受到佢對人類發展嘅洞見，係其他同學冇嘅。所以我好享受同佢傾偈，慢慢就變成亦師亦友嘅關係，幾乎無所不談。

直至有一次落堂，佢如常咁走埋我面前，但係嗰一次，佢冇咗平時提問嗰個興奮嘅表情。佢當時問我：『老師，到底修讀人類學有咩用？』我反問佢解咁問，佢解釋話，當佢醉心研究人類學，得出嘅總結就係，社會科技愈進步，人類文明、文化同社會規範就愈退步。即使教育、民主、醫學都比上個世紀進步，但偏偏人類嘅行為、生活習慣同人性就更見朽壞。如果一門學問係為咗令人進步，而人類學，某程度就只係一個人類文明逐步走向滅亡嘅記錄，咁到底點解仲要修讀呢？

佢問完嗰刻，我完全啞口無言，因為佢所講嘅嘢一啲都冇錯。最後，佢冇等到我嘅答案就走咗。可惜之後，佢亦都再冇機會聽我嘅答案。因為就喺嗰一晚，佢跳樓死咗。後來我聽講，原來佢爸爸係一個賭徒，即使媽媽身患癌症，但係爸爸依然會攞晒所有醫藥費去賭。喺精神長期受壓之下，我個學生終於頂唔順，亦都對人性完全失望，所以選擇咗跳樓。

喺佢死咗之後，我曾經陷入咗一段低潮期，甚至懷疑自己所讀所學嘅一切到底有咩用。然後就喺嗰段時間，我遇到

Vera，佢係一個外向而樂天嘅人，當佢聽咗我嘅諗法之後，佢當時間咗我一句：『世界變壞，又關你咩事？』當時我並唔明白佢嘅意思，佢就解釋，其實係人都知呢個世界變壞緊，而且變壞嘅速度比任何人所想像都要快。讀人類學，我哋會明白人類群體嘅文化同習性，一方面的確會見到人類嘅朽壞，但另一方面亦都可以見證到人類生存嘅韌性。所以修讀人類學，其實係畀自己一個選擇，從唔同民族、文化、群體之中，搵一個立身處世嘅方法。世界再壞，但係你都可以有自己生活嘅方法。到頭來，每個人都需要為自己每一個選擇去負上責任。所以世界點變都好，最重要嘅都係自己嘅選擇。

隨住日子過去，我開始慢慢明白佢所講嘅嘢。而我選擇咗，無論世界點變，Vera 就係我生活嘅動力。世界點變我控制唔到，其他人點睇我亦都冇得揀，而我為自己選擇要守護、要珍惜嘅就係佢嘅樂觀同善良。」聽著杜崇文的說話，我心裡百感交雜。我既替他的學生感到可惜，也因他對妻子的珍重而感動。但我同時在想，不管是在這個殺戮遊戲或是在現實的亂世裡，到底，我又為自己選擇了怎樣的道路呢？想到這裡，「那段回憶」又浮現於我的腦海之中。如果當年的我能像杜崇文所說，不管他人的眼光，自己作好決定，一切，也許就會變得不一樣。至少，我的人生不會添上如此迫不得已和血腥的過去。

「阿昭。」杜崇文輕喚著我的名字，轉頭望向了我，「我自問唔係一個好人，我只係一個憑自己心意行事，但求問心無愧嘅人。而呢一個，亦都係我選擇咗喺呢個世界入面生存嘅方式。我唔介意你討厭我，只不過，我有一件事想拜託你。」我聽出杜崇文語調中的認真，便凝重地點點頭，繼續聆聽接下來的說話。「聽日嘅比賽，冇人知道會點。我能夠生存到而家，其實都係三分才智，七分幸運。所以，我想請你幫手，假若我聽日或者之後喺比賽度有咩不測，請你繼續幫我搵我老婆，即

使佢死咗，都請你去我嘅墳前將呢個消息講畀我聽，等我可以死得安樂。」杜崇文淺笑著說，但笑意中明顯帶有苦澀。「好，我應承你。」我點頭。「你呢？如果你死咗，有冇咩想我幫你做？」杜崇文問。「麻煩你去我屋企，叫我阿媽打開我房櫃桶睇我留畀佢封信。」一想起母親，我感到鼻子一酸：「同埋幫我講聲，希望下一世，可以再飲到佢煲嘅腐竹湯。」「好，冇問題。」杜崇文輕撫我的後背，以示安慰。

「不過，有你 Carry 住，我應該冇咁易死嘅。」我學杜崇文仰視天際，這才發現原來今晚夜空清澈，不乏星光。「既然講過會一齊生存落去。我相信我哋可以。」杜崇文呼出一口氣，彷彿將煩惱悶氣都吐了出來。「嗯，咁我預先祝你搵到你老婆。」「我都祝你可以返屋企飲湯。」我倆相視一笑，任由夜風吹拂，眼前是一片寧靜的夜星空。世界再壞，唯獨此刻夜色美好。

埋舟

「我要我要我要健康～佢要佢要佢要健康～」

一首聽起來就像噪音的歌曲，將我的意識從睡夢中帶回現實世界。我悠悠轉醒，勉強撐開沉重的眼皮，眼前已不是昨晚房間那灰白色的天花。此刻所見的是至少跟我有四層樓之遠、高得伸手不可觸及的天花。同一時間，我發現身體之下都是硬而冰冷的觸感。沒錯，我現在躺著的是地板，而不是那半軟不硬的牀鋪。這一切莫名的變化讓我的大腦瞬間啟動，並讓我不由坐直了起來。

我左右顧盼，留意到兩旁是一系列的名店和掛滿珍品的櫥窗。即使店裡沒有亮燈，但單是櫥窗上的精品已足以讓人感受到珠光寶氣。只看了一眼，這熟悉的場境便使我搞清楚自己身在何方。我現時身處的是尖沙咀著名的購物商場——「海黨城」。準確點說，是屬於「海黨城」其中一部分的「黨威商場」。根據前兩回合的經驗，如無意外，這裡應該就會是第三回合的遊戲場地。

正當不少人都開始被吵耳的背景音樂吵醒時，商場的廣播就響起來了：「咁多位參賽者早晨！又係我陽光小姐墨提斯啊！遊戲機構知道大家尋日玩到好夜，所以特登等到而家九點半先 Morning Call 大家，係咪好貼心呢？而家大家聽到呢首歌，係我哋為大家準備嘅『活力健康操』，因為今日嘅比賽好需要大家跑動，所以而家一齊做定個熱身鬆吓筋骨，之後就可以去食早餐啦！預備，1、2、3、Go！」墨提斯的廣播一完，那吵耳的音樂又重新播放了：「右手揢左膊舉高手，揢返去左膊 放返低，左手揢右手膊舉高手……」

荒唐的早操時間結束後，墨提斯請所有參賽者前往「黛威商場」三樓的 Food Court 吃早餐。早餐跟昨天晚餐相同，同樣是有很多選擇的自助餐，而厲害的是，現場所有的食物跟昨晚都不相同，可見遊戲機構確實有用心準備。

在剛才前往 Food Court 的路程上，我遇上了孫恩欣和杜崇文。我們同坐用餐，亦對昨晚發生的事情絕口不提，純粹輕鬆自在地聊著與遊戲無關的事情。孫恩欣訴說著她當護士時遇上的難纏病人、杜崇文分享他所教的大學生有多不負責任、而我則分享了我在日常工作裡維修機器的意外故事。這一席早餐不但豐富，我們三人也言談甚歡，算是暫時擺脫了遊戲的緊張感。一小時後，所有參賽者在黑衣職員的指示之下，全部都到 G 層集合。在 G 層裡，先是發現獨自留在角落、木無表情的 Miko，然後又看見只剩下三人的炎哥一夥。其中在昨晚受傷的燒賣，此時肩上還未拆去孫恩欣的包紮，而臉色也顯得蒼白，明顯未完全回復狀態。

當參賽者差不多齊集，商場的廣播就響了起來：「各位早晨！食完個靚早餐之後，又係時候嚟玩遊戲喇！不過進入第三關之前，先講吓啲可以令大家覺得興奮嘅事先！之前講過，最後贏出『尖東遊戲』嘅人可以獲得三個願望，而我哋遊戲機構會盡力為你實現。今次同大家分享吓一啲以前贏家曾經許過嘅願先，有一位贏家希望可以成為百萬富翁，所以比賽之後佢嘅戶口就多咗五百萬；亦有一位贏家希望可以免費環遊世界，所以佢得到咗一張可以隨時換取機票嘅金卡；而最特別嘅，係曾經有一位贏家希望知道『尖東遊戲』嘅祕密，所以佢……」我留意到，身邊的杜崇文此時雙眼瞪大，顯然是極其在意墨提斯未說完的話。「……點就唔話大家聽喇，費事劇透啦係咪先？總之只要大家落力贏到遊戲，到時你慢慢許願，咪會知到底贏嘅滋味係點囉！」墨提斯的故弄玄虛使杜崇文臉上盡顯失落。「放心，我哋會贏㗎。」經過昨晚的對話後，現在的我感覺自

己跟杜崇文終於有了同伴的感覺,所以嘗試以打氣讓他振作起來。「嗯,一齊贏。」杜崇文點了點頭,臉上稍為有了精神。

「而家隆重為大家介紹『尖東遊戲』嘅第三關,『埋舟』!」墨提斯此話一出,在場包括我在內的參賽者都發出了驚訝的叫聲。「埋舟」不就是那個幾乎所有小學生都曾經玩過,透過用手觸碰牆壁以避過被鬼捉到的追逐遊戲嗎?「『埋舟』,相傳源自古時水鬼搵替身嘅傳說,所以喺遊戲入面捉人嘅人會叫做『鬼』。一般嘅玩法係一個人做鬼,其他做人,遊戲一開始,鬼會捉人,而其他人就要盡快趕去一埲指定嘅牆度然後大嗌「埋舟」,只要喺俾人捉到之前掂到就為之安全。

相信大家都認得呢度就係其中一個深受遊客歡迎嘅商場『海薰城』,亦都係呢一關嘅比賽場地。今次遊戲嘅玩法同傳統玩法大同小異,喺每一個回合入面,主持人 —— 亦即係我會講出指定嘅『舟』嘅類別,例如係『日式餐廳』。大家需要喺商場入面搵返對應嘅商鋪,而如果嗰間商鋪唔符合題目要求,佢嘅門係打唔開嘅,所以提醒大家,跑去目標之前記得要諗清楚喇!

呢一關嘅遊戲總共會有六個回合,每個回合三分鐘。我哋今次會派出黑衣職員扮『鬼』,喺每個回合開始之前,『鬼』都會喺同一個起點集合,亦都即係『海薰城』最接近碼頭嘅嗰一個入口。然後當比賽開始,『鬼』就會出發去殺死路上面遇到嘅人。所以愈快成功進入啱嘅鋪頭,就代表愈快逃過『鬼』嘅攻擊。相反,如果當『鬼』追到你,而你係身處走廊,咁你一係就繼續努力跑快啲,一係就等死喇!」

我聽了墨提斯的解釋,覺得這一關「埋舟」跟第一關的「跑壘遊戲」分別不大,都是一個以體力與速度為主的遊戲。

而我剛想到這一點，墨提斯就再次發聲：「可能大家聽完之
後，心裡面已經鬧緊我哋遊戲機構冇創意，玩嘅嘢似乎同第一
關大同小異。如果大家咁諗就錯喇，而家，請大家認真咁觀察
下你哋周圍嘅鋪頭，特別係門口上面，或者招牌嘅位置！」按
照著墨提斯的話，我往左邊的店鋪一掃，立時發現每間店鋪的
大門或是招牌上，都裝上了一個類似閃燈警報器的裝置。「大
家見到嘅其實係一個確認器，只要確認器著綠燈，『鬼』就唔
會進入鋪頭；相反若果確認器冇著，『鬼』係有權入鋪頭殺人
㗎。頭先我仲有一項非常重要嘅規則未講，就係令確認器著燈
嘅方法。只有五個人同一時間喺店鋪入面，並且叫出『埋舟』
嘅時候，確認燈先會著；相反，若然多於或少於五個人，確認
燈都係唔會著嘅。如果大家對以上遊戲規則冇咩問題，遊戲將
會喺十分鐘後開始，到時大家再聽我把聲啦！」

　　「所以簡單嚟講，今個遊戲係團體賽，理論上只要我哋五
人一隊一齊行動，基本上就必勝喇。」這是我聽完墨提斯的解
釋後所理解到的。與此同時，不少人正在互相攀談，似乎也在
商量組隊的事。「咁聽落應該唔難喎。」孫恩欣微微一笑說。
「暫時嚟講，係嘅。」杜崇文說，但他思考中的表情卻不似我
樂觀。「你諗到有問題？」我追問一句。「嗯，的確係有問題，
不過而家唔係處理嘅時候，我一陣再解釋。學你講，而家把握
時間夾好五人一隊先係最重要。」杜崇文解釋說。先前問及杜
崇文有關遊戲的後著，他總會有所保留，或者這是他用作保護
自己的做法。但這次他卻直接承認了對遊戲另有想法，從他的
坦承，我覺得他已確實將我和孫恩欣視為同伴。

　　由於我們本來就有三人，要將小隊擴充至五人並不太難。
不出片刻，杜崇文就為我們帶來了第四位隊友，也就是他的中
大學生。他叫柯振明，從他的衛衣上可見，他是中大田徑隊的
隊員，料想運動能力應該不錯，所以他的加入增強了我們隊伍
的整體實力。可是，我們卻發現要直接在人群中挑出第五位隊

友並不容易。其中最困難莫過於是如何判斷對方是一個值得信任的隊友。始終比賽場內的人並不如孫恩欣般簡單可信,即使是我跟杜崇文也是經歷了兩關遊戲才取得互信。

此時休息時間只剩一分鐘,比賽轉眼就要開始。我跟孫恩欣、杜崇文嘗試分散物色隊友,但始終未能尋獲一致的共識。如此下去,當比賽進行時,只有四人是不足以令確認燈亮起的。「不如,求其搵個人頂住先啦。」時間一點一滴流逝,我開始有點著急。「時間唔多,不如就⋯⋯嗰個啦!」孫恩欣一指,指向的是之前我曾見過的主婦吳秀嫻。一想起她在第一關中神經質地邊跑邊叫,我就對此有點保留。孫恩欣應該是見到我面有難色,便繼續皺著眉在場上搜索可能的對象。

「你哋係咪搵緊隊友?我可以加入你哋。」一把聲音突然在我們身後響起,我們馬上回過頭來。看著眼前此人,我不禁瞠目結舌地呆在原地,我完全沒想到這人竟然會主動加入我們的隊伍。

尋舟

站在我們眼前的是 Miko。昨天「電流遊戲」中,她明明對我恨之入骨,但此刻竟然會主動提出加入我們的隊伍,令我不可置信。

「你唔好諗多,我唔係原諒你,我只係想保住自己條命。」Miko 冷淡地對我說,同時將頭轉去望向杜崇文說:「你咁聰明,應該明白隊入面有一個熟悉呢個商場所有鋪頭嘅人,等於如虎添翼㗎可?我公司就喺尖沙咀,所以我成日放工都會行呢個商場,基本上邊一度有邊間鋪我都好熟路。」我看見杜崇文托了一下眼鏡,這是他思考時常有的小動作。他將我和孫恩欣拉後兩步,低聲地說:「既然呢一組我哋三個都有份,我哋一齊投個票做決定啦。」Miko 是我深愛過的人,即使她曾經不忠出軌,但並不影響我對她的信任。而且經過昨天一事,雖然她男友的死與我無關,但我內心仍是覺得自己需要為事情負上責任及照顧她。其實早在杜崇文詢問意見之前,我已經下定決心想讓 Miko 加入。「無論出於咩原因,我都贊成畀佢入隊。」我肯定地說。

杜崇文似是對我的答案並不同意,並說:「Miko 講嘅冇錯,熟悉商場地形的確係好重要嘅。只不過,尋日件事令佢同阿昭有你咁大仇口,如果以『值得信任』作為揀隊友嘅前題,Miko 並唔適合。到底要唔要畀佢入隊,我係有保留嘅。」杜崇文說完之後,跟我同時將目光投向了孫恩欣。孫恩欣這時也正好向我望來,我嘗試用懇求的眼神看著她,希望她能同意讓 Miko 加入。孫恩欣沉吟半晌,終於微微一笑,輕聲地說:「雖然我係女仔,但係我唔多 Shopping,所以好少嚟呢度。遊戲規則話一陣我哋要跑去唔同類型嘅商鋪,熟悉呢度真係好重

要。而且，如果 Miko 加入係為咗復仇，咁樣之後發生咩事令隊伍少咗一兩個人嘅話，對佢都係不利嘅，所以我諗⋯⋯不如俾佢入組先？」

杜崇文聽了，臉上沒有半點不悦或失望，只是點了點頭便轉過身去，並對 Miko 説：「歡迎加入，一陣加油。」Miko 並沒有太大反應，只是靜靜地站了在我們旁邊。而我則低調地向身邊的孫恩欣點頭致謝，並輕聲地説了一句：「唔該晒。」孫恩欣嘴角一彎，微笑著説：「幫到人都係好事嚟嘅。」聽了她的回覆，我感到心神稍定，朝著她笑了一笑。

「各位參賽者大家好啊！休息時間夠鐘喇喎，睇嚟大家都準備好要比賽喇！喺比賽之前，不如先同大家講一個令大家振奮少少嘅消息先啦！其實，呢一關嘅『埋舟遊戲』係『尖東遊戲』入面嘅準決賽，換言之，只要大家可以喺呢一關入面勝出，大家就可以直入決賽，有機會成為我哋最終嘅贏家喇！所以大家都要畀心機玩好呢一關啊！」墨提斯的聲音從廣播中迴響著，我發現周遭參賽者的雙眼頓時變得炯炯有神，所有人的戰意一時間也為之一提升。而我則跟杜崇文對望一眼，從眼神中能感受到彼此相同的想法，那就是好好在這一關活下去，然後闖進最後一關，完成各自心中的目標。

「而家大家聽實第一回合要去嘅鋪頭類型喇，因為我一宣佈，大家就可以跑，而『鬼』亦都可以出發捉人，所以大家要小心喇！第一回合，安全嘅鋪頭類型係⋯⋯『衣物店』！」墨提斯的聲音剛落，四周的人開始跑。「嗰邊！」杜崇文向前方一間名牌服裝店一指，然後就領著我們跑了起來。由於我最接近這家商店，所以我跑到店前，伸手嘗試將門推開。門是沒有鎖上的，證明我們所找的店鋪沒有錯，於是我們五人便走進店鋪內，如無意外就此可以安全度過第一回合。

「黨威商場」單是地面層就有很多售賣衣物的商店，我從玻璃窗望向外面，似乎所有參賽者都已經找到安全的店鋪。就在此時，一隊黑衣職員從扶手電梯上跑了下來，每個人都手持長刀，左顧右盼，尋找著落單的獵物。我本以為所有參賽者都已全部進入商店，黑衣職員們應該找不到任何可殺的對象。誰知孫恩欣突然叫道：「有三個黑衫人衝緊過嚟啊！」我轉頭一看，果然有三個黑衣職員正從一個方向往我們所在的商店跑來。不是說好進了商店便算安全嗎？為什麼他們還殺氣騰騰地向我們衝來？

「埋舟！」Miko 的呼叫聲從我身後響起，與此同時，商店內外多了一重綠光。

那三個黑衣職員見狀，腳步就此停了下來，轉往其他方向走去。此時我才記起，墨提斯曾提及參賽者除了要進入店鋪之外，還要像原本的「埋舟」遊戲一樣高呼「埋舟」，確認燈才會亮起。「好彩有你咋。」我立時向 Miko 道謝，順便當作是破冰的機會。「Common Sense 啫，細個玩過『埋舟』嘅人都應該識啦。」Miko 用冷漠的回應把我的好意完全擋住。

大約兩分鐘左右後，商場內響起了一陣鐘聲，正是大部分小學常用的「叮噹叮噹，叮噹叮噹 ——」。在場的黑衣職員都停下了步伐，然後朝著同一個方向離去，似乎正在回到最初出發的起點上。鐘聲大約響了三十秒便完結，墨提斯的廣播聲再次響起：「大家好吖啊，第一回合只係死咗四位參賽者咋！而家現場仲有一百一十五個參賽者，大家要畀心機繼續生存啊。我要宣佈第二回合嘅安全商店喇，今次嘅目標就係⋯⋯『平均售價高於一千蚊嘅手袋店』！」題目一出，柯振明便高聲喊道：「我記得碼頭入嚟嗰邊已經有間『連登佛』啊！」「唔得，嗰邊太近『鬼』嘅起點，太危險，盡可能都唔好離開呢一部分嘅商場。」杜崇文馬上否決。

　　杜崇文的分析確實有理，因為「海薰城」本來就是一幢由三個商場組合而成的大型購物中心，可細分為「好運大廈」、「汪洋中心」和我們現時身處的「薰威商場」。這三個商場的位置可以用手指排位來理解，「好運大廈」最接近維多利亞港，是黑衣職員抓人的起點，位置上可理解為食指；「汪洋中心」位處中間，面積最小，位置上可理解為中指；而「薰威商場」則在無名指的位置。因此，若想與黑衣職員的起點保持最遠距離，留在現時的「薰威商場」中確是最佳選擇。

　　「前面有間『Brada』。」Miko 一邊說，一邊跑出商店。我們隨即跟著她向「Brada」方向跑去。我們尚在跑時，孫恩欣突然叫道：「你哋睇吓！『Brada』個燈著起咗喇！」我往前一望，發現「Brada」的確認燈已變為綠色，證明入面已有五人。「呢層本身已經有太多人，有冇上層嘅選擇？」杜崇文問。「有，上二樓，有間『MK』。」Miko 稍想片刻便交出答案。「好，上。」杜崇文言簡意賅，帶著大家跑向扶手電梯。吸取了剛才的經驗，這次我們一上二樓，便首先望向「MK」的確認燈。眼見「MK」的確認燈尚未亮起，我們五人連忙急奔過去。但就在我們起步之時，同時有五人從正對面的方向朝著「MK」跑去。「快啊！」我高呼一聲，其餘隊員也留意到情況緊急，立時加快腳步往店鋪衝去。

　　由於我們本來就比較接近「MK」，所以我們用盡全力快跑，成功比對面五人更快一步走進店中。「埋舟！」我一進內，第一時間就叫出指定口號。店鋪內外的確認燈已經亮起綠燈，證明我們全員安全。「佢哋仲係衝緊過嚟啊！」Miko 這時候大叫並指向店外，我往外一看，果然看見剛才的五人依然朝著我們衝來。「佢哋想夾硬衝入嚟啊！守住道門！」杜崇文邊叫邊跑並把玻璃門拉緊，柯振明則從店裡拿來一個手袋塞在門把的位置，讓外面的人不能把門打開。外面五人見我們果斷關門竟然尚未死心，一同用自己的身體拼命撞門，企圖將玻璃門撞

破。眼看著外面的人如此瘋狂，我跟孫恩欣一時間不知道如何是好，未能反應之際，一件硬物塞到了我的手上，原來是一個鐵製的衣架。「要生存落去，唯有係咁。」杜崇文冷靜地說，用眼神看一下孫恩欣。我明白他是在暗示孫恩欣決不會自己出手，所以要我把武器拿好，同時為大家的安危考慮。

當我們在店內準備防守的時候，外面的形勢又起了變化。此時外面有人突然驚叫了一聲，表情驚恐地用手指著左邊的方向，隨後其餘四人臉色一變，拔腿就往右邊跑。誰知不到三秒，那五人又再退回我們的店鋪之前，而且不斷地左右顧盼，表情甚為絕望。從他們的反應與表情來看，大致可以推測到此刻外面應該有兩隊黑衣職員正從左右包抄而來。在五人當中，有一個看來只有二十出頭的女生跪在玻璃門前，聲淚俱下地向我們吶喊：「求吓你哋俾我入去啊，我唔想死啊！」崩潰的情緒似乎是會傳染的。「開門啊！」「救命啊！」「俾我哋入去啦！」……其餘四人也跟著女生跪了下來，不斷地一邊拍門，一邊求我們開門救人。但店內的我們都知道，一旦開門，結果只會讓店內的人數多於五人，最後落得所有人全亡的局面。所以即使外面情況淒慘，我們都只能硬著心腸不開門。而我身邊的孫恩欣早已於心不忍地用雙手掩目不看。

如我所料，黑衣職員從左右兩邊慢慢靠近。外面五人就像喪屍電影裡期望生存的人們，用絕望的表情向我們不斷求救。在求救聲中，刀刃，刺穿了其中一人的胸膛。求救聲漸變為尖叫聲。隨後一切的聲響也在十秒之內逐漸平息。四具屍體一動不動地挨著玻璃門，玻璃門上，唯有鮮血是動態的。正當黑衣職員的刀準備劃過第五人的脖子時，鈴聲卻及時響起。黑衣職員的刀刃立時收回腰間，先是冷冷地掃視了店內的我們一眼，然後便分成兩隊往左右離去，只剩下四具堆疊的屍體，以及一個驚魂未定的女生躺在原地。而大約三十秒後，墨提斯的聲音就出現了：「恭喜大家，轉眼第二回合亦都完咗喇！嘩，今個

回合得返九十七人咋,好緊張啊!而家我要宣佈第三回合大家要『埋舟』嘅目標喇,目標係⋯⋯『休閒服裝店』!」

「上三樓啊!我記得樓上有間『U記』!」這次首先想出對應商店的是我,經過剛才的慘劇之後,我們都深深明白快人一步的重要,於是眾人二話不說,立時就開門跑出商店。開門一刻,剛才堆疊在店外的四具屍首「碰」一聲悉數掉進店中。來到「尖東遊戲」的第三場比賽,我們早已對各式各樣的屍體見怪不怪,所以直接跨過或繞過屍體便繼續前進。而孫恩欣離去時不忘將地上的女生扶起,語帶歉意地對她說了一聲「加油」,然後才隨我們而去。到達三樓,「U記」的確認燈尚未亮起,一行人便立即跑了進去。這次路上未見其他隊伍,感覺比上一關稍為安全。「埋舟!」最後進門的杜崇文叫出了一聲,然而回應他的只有店內空盪的回音。

商店的確認燈並沒有像前兩回合一樣應聲亮起。「我哋去錯鋪頭?」柯振明緊張地問。「唔會,墨提斯講過,如果去錯,間鋪直頭會開唔到門。」我搖頭說。「咁到底咩事啊?」孫恩欣輕輕捉住了我的前臂,我能感受到她手上的冰冷。「呢一間鋪好大,我記得有兩邊門。所以,我諗鋪頭除咗我哋之外,仲有其他人。」Miko指著「U記」偌大的空間說。我們四人一聽,不禁錯愕地跟Miko望向同一方向。這時候,零碎的腳步聲正從那邊傳來。

困獸

　　「匿埋先，萬事小心，盡量避免正面衝突。」杜崇文低聲
說，指示各人躲到附近的衣櫃及掛衣架，我們五人便各自散
開。我跟孫恩欣一同藏身於一個直立的衣櫃中，並用前後的
牛仔褲包圍自己，藉以掩藏身軀。「我頭先明明聽到有人大聲
叫『埋舟』㗎！」從幾步之遙的鏡子倒影中，我看見有五人從
店舖的另一邊走了出來，領頭的是一位頭上還剩薄薄一層白髮
的大叔。「我都聽到啊，會唔會已經走咗呢？」有一個穿著老
調紅玫瑰碎花裙，頭頂著曲捲髮的中年女人說。「小心啲好，
呢度啲人好古惑㗎，分分鐘唔聲唔聲，『揘』你魂精！」大叔
反駁一句，同時「呸」的一聲在地上吐出了一口濃痰。「達叔
使乜驚㗎，我哋攞晒架生，有咩事咪打走佢哋囉！」一個身材
不高、身穿一身名牌的男子一邊說話，一邊翻動著身旁路過的
衣櫃。「Paul 哥你仲揀衫？你啱啱先喺 Channel 度換咗套衫
咋喎，想型死人咩？」一個與男子年齡相若的女人掩嘴笑得花
枝亂顫，聲音刺耳得很。「你學 Newton 咁出少句聲啦，人哋
記性咁好都冇乜講嘢，你把聲又唔係好聽又咁多嘢講。」被稱
為 Paul 哥的男人指向身後臉戴方厚眼鏡、身穿藍黑方格襯衣
的瘦削男生。被叫作 Newton 的男生一聽到有人呼喊自己的名
字，緊張得打了個突，似乎是甚少與人接觸的宅男類。

　　若要分析眼前五人，單論年紀、體力與智力，看來都是我
方佔有優勢。可是若論戰力，他們五人手上各自手持一枝鐵
棍，而我們五人之中就只有我跟杜崇文手上拿著鐵衣架，恐怕
不足以為敵。我望向身子正躲在一個矮櫃背後的杜崇文，他用
雙手比了一個「暫停」的手勢，大概意思是「靜觀其變」。「咁
而家點啊，唔通我頭先聽錯？」那個半禿又被稱作「達叔」
的中年男人摸著自己的頭，一臉不耐煩。「不如，叫多次，埋

舟。就知，呢度有冇人。」Newton 低著頭，斷斷續續地對達叔説。「後生仔讀得書多係唔同啲！」達叔大笑幾聲，一手拍在 Newton 背上以示加許，然後就高喊了一聲：「埋舟！」店內外的確認燈同樣沒有任何反應。「咁即係有人啦，嘩，唔快啲搵到嗰啲人，班黑衣人殺到嚟就大劑喇！」尖聲女人緊張地説，同時一手抱住身邊的 Paul 哥。「咁啦，我哋分頭搵。你哋頭先都見㗎啦，打暈咗嗰啲都係計一個人，一樣會令到盞綠燈唔著，所以見到咩人都好，一搵到嘅唔理三七廿一殺咗佢。」Paul 哥一臉厭棄地掙脱尖聲女人的擁抱並發號司令。「好，分頭去搵。」碎花裙女人和應一聲之後，五人就四散而去。

從鏡子中看，朝著我跟孫恩欣方向走來的是宅男 Newton 和尖聲女人。我跟孫恩欣對望一眼，她眼中盡是不知所措。我下意識地握緊了手中的鐵衣架，若在必要時，為了保護孫恩欣，我還是要跳出去跟他們火拼一番。Newton 和尖聲女人此刻正在我們前兩個掛衣架的位置。「啪」的一聲，尖聲女人不由分説就用鐵棍打在豎掛著的牛仔褲上。而 Newton 則縮起雙肩，將鐵棍手持身前，比起我們，他倒更像是被狩獵的人。隨著 Newton 和尖聲女人小心警惕地前進，我和孫恩欣愈是向衣櫃後靠攏，但總會有退無可退的一刻。「啪、啪、啪！」尖聲女人又再連續打在衣架上的牛仔褲，似是正在將剛才被 Paul 哥拒絕的怨氣發泄在衣服上。

此刻，二人跟我們就只有兩個衣櫃之隔，若不是店裡燈光昏暗，我和孫恩欣早就露出身影了。為了作好準備，我只好壓低聲線在孫恩欣的耳際説：「一陣佢哋行到嚟，你一手推啲牛仔褲出去，我就趁亂打佢哋。」孫恩欣聽了眉頭一皺，但也勉為其難地點了點頭。老實説，我並不知道這方法會否奏效，也不知道憑一個衣架能否敵過兩枝鐵棒，但為今之計就只有這個方法。

「噹！」這次，尖聲女人的鐵棒敲在我們前一個衣櫃的晾衣棒上。刺耳的金屬聲使我感受到生命的威脅正逐漸迫近。「噹、噹、噹。」尖聲女人一邊敲動著晾衣棒，一邊朝著我和孫恩欣身處的位置前進。孫恩欣的一隻手已放在一堆牛仔褲後，另一隻手則垂在身旁緊貼著我的手背，我能感受到她手上傳來的抖動。而事實上，手上的衣架也早已沾滿了我的手汗。儘管我倆的精神狀態繃緊至極，但我們還是努力地控制著呼吸聲，但求不要被發現。

「噹！」鐵棒落在我和孫恩欣眼前三十厘米的位置，孫恩欣的手抖得更厲害了。但還要等再近一點，只要再近一點，孫恩欣才能及時製造混亂，讓我能擊中尖聲女人，為對方帶來最重的傷害。為免孫恩欣過於緊張而提早出手，我輕輕握住她發抖的手，同時向她送上了一個堅定的眼神。她似乎明白我的意思，手漸漸穩定下來，微微點了一下頭。

尖聲女人再向前踏出了一步。又一步。她手上的鐵棒緩緩拉後，這一擊只要橫掃過來，我和孫恩欣必中無疑。所以，是時候要出手了。就在我準備鬆開握著孫恩欣的手讓她把牛仔褲推出的時候，遠方有一把聲音叫道：「搵到人喇！」緊接著是一陣吵雜的打鬧聲。雖然不知外面的情況，但我見尖聲女人一時分心，知道這是萬中無一的突襲良機，所以當機立斷，鬆開了握住孫恩欣的手。「啊！」孫恩欣輕叱一聲，用盡全身力氣將整排的牛仔褲推了出去。尖聲女人尚未回過神來，就被一堆牛仔褲蓋面襲來。與此同時，我直接從衣櫃裡躍出，直接先攻尖聲女人的脛骨。尖聲女人失足倒地，在牛仔褲堆中發出了難聽的慘叫聲。Newton 意識到他們遭受埋伏，一臉緊張地拿起鐵棒想要過來助攻。這時候，一堆衣物準確無誤地擲在 Newton 的臉上，使他稍為分神。出手者正是一直潛伏於附近的杜崇文。杜崇文一擊得手，立時從衣櫃上拿下了兩個衣架，將它們用作鼓棍一樣在 Newton 身上連番敲打，使 Newton 抱

頭倒在地上，不斷地說著「對唔住」，完全失去了反抗的意志。至於我這一邊，尖聲女人幾次意欲從地上爬起，但我快她一步將她手上的鐵棒搶去，直接用棒指向她的頭部。這威脅性的動作，使尖聲女人不敢動彈半分。

「唔好殺佢哋，趕佢哋出去就算啦。」孫恩欣在我身邊拉一拉我手臂，於心不忍地說。「嗯。」我點頭應了一聲，也知道自己下不了手去殺人，便故作兇狠地說：「出去，再入嚟我一定打死你。」尖聲女人聽了，只好在地上狼狼地爬出店外。而那邊的 Newton 則沒有那麼幸運，他早已被後來出現幫忙的 Miko 搶過鐵棒打得頭破血流，勉強地連滾帶爬才逃了出去。這邊處理好，我們四人馬上集合趕到店鋪的另一邊。我們首先看見的，是手上拿著鐵棒的達叔和 Paul 哥，此時他們的棒上都已沾上了血跡。

「柯振明啊！」孫恩欣輕噎一聲，掩住了自己的嘴巴。我把目光望向達叔和 Paul 哥身後的地上，看見了一個面伏於地的人。此時的柯振明後腦盡是鮮血，至於血裡夾雜淺橙色的汁液，恐怕就是腦漿。眼見他毫無反應地俯伏在地，看來是沒救的了。而在柯振明身邊躺了一個身穿碎花裙的中年女人，想來剛才有人說「搵到人喇」，找到的就是柯振明。而經過一番惡鬥之後，柯振明擊斃了中年女人，但同時喪生於達叔和 Paul 哥的亂棒之下。「嘩，今次嚟咗四件喎。」達叔看見我們出現，臉上或多或少有點憂色。「冇計啦，一人兩件啦。」Paul 哥搖了搖頭，將手上的鐵棒扛在肩上。「好，上啦！」達叔一聲令下，Paul 哥跟他同時衝向我們。看著二人的備戰作態，我和杜崇文也不敢怠慢，分別掄起了手上的鐵棒和衣架，準備好接下來的硬仗。

就在這時，我後腦遭受一記重擊，接著眼前一黑，整個人就此失重倒下。朦朧之間，我看見了孫恩欣驚愕的表情，並

且不斷地呼喊著我的名字。而在她的身旁，是一臉冷峻看著我的 Miko，她手上的鐵捧正有鮮血緩緩地滴落地上。「罪有應得。」Miko 從嘴裡吐出了這四個字，然後臉上多了一抹冷笑。

　　雖然 Miko 這一擊非常重，但我卻未至於昏倒，只是整個頭腦好像脹大了幾倍似的，這脹痛感令我一時無法從地上站起來。「噹啷！」Miko 將鐵棒擲到地上。而達叔和 Paul 哥收起了本來的衝前之勢，同時後退了兩步跟杜崇文保持了距離。杜崇文站在中央，並沒有移動，只是冷靜地左右顧盼。

　　「我都話咗，只要你幫我手搞掂兩個人，我就可以保住你兩個條命。」Miko 一邊笑，一邊向達叔那邊喊話，然後才將目光收回望向杜崇文並說：「而家呢間鋪入面，唔計喺地下呢個，我哋就啱啱好五個人，只要殺埋佢，我哋就安全。」「估唔到呢個嚦妹咁好嘢啊，夠膽出手郁自己人。」達叔笑著對他身邊的 Paul 哥說。「唔好話咩自己人，大家都係想保住條命啫。」說到這裡，Miko 低頭看了我一眼，臉上盡是不屑：「而且呢個唔係咩自己人，我想殺佢好耐。」聽了 Miko 這番話，我才知道她這次的攻擊竟是跟對面兩人商量好的合作。但令我最痛心的是，我沒料到原來她對我的誤會，竟然大得可以忘掉過去所有我待她的好，甚至對我痛下殺手。

　　「所以，柯振明都係你殺嘅？」杜崇文不帶語調地問了一句。「唔好以為我咁勁，我都只係頭先諗到一個可以令大家都生存到嘅方法，咁啱柯振明匿喺我附近，所以我就打暈佢先先，喺呢兩個阿叔呆咗嘅時候，我同佢哋傾好合作嘅方法，就係大家各殺隊友，令到最終人數得返五個。至於柯振明同埋地下嗰個大媽就係佢哋落手殺嘅，唔關我事。」Miko 漫不經意地冷笑一聲，並對杜崇文說：「而家只要殺咗你個 Friend，我哋就啱啱好五個人喇。你都知啲黑衣人就快殺到嚟㗎啦，你咁聰明，應該知點做嘅。」聽著他們的對話，意識模糊的我瞥向

杜崇文，他臉上是令人難以猜透的表情。我知道，他的目的是「必定要生存下去」，而我現在就是他生存下去的阻礙。杜崇文踏出了一步，朝著我的方向走來。

「快手啦，黑衣人就到喇，你唔殺我殺㗎喇！」Paul 在那邊催促著。「係囉，我連報仇嘅機會都交埋畀你，你爽手啲啦。」Miko 臉上那抹冷笑依然掛著，看著我將要死在杜崇文之手，彷彿是一件大快人心的事。杜崇文再一次走向我，這次他的步伐變快了，看來是已經下定決心。就在三步之隔時，他緩緩地舉起了手中的兩個衣架。「打！」杜崇文用我前所未聞的聲音呐喊出這一個字，與此同時，一抹灰影從半空中掠過。

「砰。」這是硬物擊中人體後的一聲悶響，緊接著，一聲慘叫在 U 記中響起。可是這不是來自我的叫聲，而是 Miko，此刻她就跟我一樣倒在地上。「搞咩啊？」Miko 回頭一望，露出不可思議的表情。因為剛才偷襲她的人竟是孫恩欣。原來孫恩欣趁剛才 Miko 跟杜崇文對話時，早已偷偷拾起鐵棒。達叔和 Paul 哥想要衝過來幫忙，但杜崇文已經擲出了手中兩個衣架阻擋他們的去勢，接著傾前身子，孫恩欣馬上將鐵棒遞給他。兔起鶻落，一切發生在瞬息之間，形勢又一次改變了。

就在這個時候，孫恩欣驚叫了一聲，並指著她的前方說：「黑衣人嚟喇！」我勉強擰著脖子望過去，果然一隊三人的黑衣職員已經踏進店中。而此刻，店內尚有六個活人。「求其殺一個啦！」達叔吼出一聲，身邊的 Paul 哥提起鐵棒，不要命地向我們所在的方向衝來。而此刻能夠迎敵的人就只有杜崇文一個，他首當其衝地成為了達叔和 Paul 哥的目標。達叔動作明顯比 Paul 哥遲滯，而我相信杜崇文也留意到這一點，所以他出手都是朝著達叔進攻。杜崇文的針對性攻擊果然將達叔嚇退了幾步，但同時間卻難免忽略了 Paul 哥的攻擊，右邊腰間不慎中了一擊。倒在地上的我想要勉力爬起幫助他，可是無

奈頭昏腦脹的感覺仍未消退，只能有心無力地繼續躺於地上觀戰。孫恩欣亦想幫忙，但三個男人的對峙氛圍過於凶險，實在令她難以介入。

這時候，杜崇文好不容易將達叔逼退了兩步，可是 Paul 哥卻乘虛而入，飛身將杜崇文撲倒在地。杜崇文雖然倒地，但仍想用鐵棒反擊，可是 Paul 哥快他一步，一棒先擊在他手臂之上，令杜崇文吃痛，隨後鐵棒脫手。「一棒收你皮！」任憑杜崇文不斷用拳頭打在 Paul 哥的肚子上，他依然緩緩地舉高了鐵棒。「杜崇文！」我從喉頭嘶啞地叫出他的名字，並用手肘勉強撐地移向他，但我知已經來不及了。Paul 哥的鐵棒揮落，他的攻勢卻在半空中止住，將鐵棒攔停下來的是鋒利的刀鋒 —— 一把從後斬落 Paul 哥頸項的刀鋒。

杜崇文、孫恩欣、達叔還有我，一同目瞪口呆地看著眼前這一幕。而 Paul 哥臉上同樣跟我們一樣露出了意外的表情，頭顱帶著這個表情緩緩地離開脖子並且墜地，就此殞命。Paul 哥剛死，黑衣職員的刀鋒已經再次舉起，這次對準的目標是倒在地上的杜崇文。

「埋舟！」就在黑衣職員的刀準備揮落之前，我在地上用盡全力地叫出這一聲。一片綠光，在店內外亮起。黑衣職員將凝在半空中的長刀收還入鞘，然後和其餘兩位同伴離去。現在店裡就只剩下站在一旁喘氣的達叔、死裡求生的杜崇文、摀著後背站了起來的 Miko、後腦痛楚開始減緩的我，還有被剛才的緊張畫面嚇得雙眼通紅的孫恩欣。「竟然……咁都殺你唔死。」Miko 一邊摀著後背，一邊俯視著躺於地上的我。「點解你要咁做？最初如果唔係阿昭勸我哋，你根本就唔會有機會入隊！而且，尋日令到你男朋友死嘅人根本就係阿昭，你點解唔信佢？」孫恩欣走到 Miko 面前，臉上是難得的氣憤表情。「我由入你哋隊開始，就係一心要殺佢幫我男朋友報仇。佢畀

我入隊，唔係因為佢好人，係因為佢心中有愧咋！我話你聽，如果我有機會，我都會再利用佢，然後再殺佢一次！」Miko咬牙切齒地說出這話，我能夠從她的語氣當中，感受到她到底有多憎恨我。

「啪！」一記耳光響起。是孫恩欣賞給 Miko 的。「你可以唔接受人哋對你嘅善良，但係，請你唔好利用對方嘅善良。呢個行為實在太卑鄙。」孫恩欣用前所未有的嚴厲表情瞪著Miko。即使本來 Miko 比她聲量大、相貌惡，被打了一記耳光的她此刻不但不敢還手，而且還被嚇得退了一步。空氣就此靜止了數秒。「你根本就唔明白，自己最愛嘅人死咗係咩感受。」Miko 輕撫著自己被打的左臉，收起了不知所措的表情並重新掛上了一抹冷笑，「我阿媽前年因為老公俾狐狸精勾走咗而自殺，我男朋友又無啦啦入咗呢個遊戲俾人殺咗，你同我講善良？關我咩事啊？」

面對 Miko 的冷笑，孫恩欣並沒有半分動搖，嘴唇微啟說：「我曾經係一個完全冇朋友嘅人，直到我中二嘅時候，我先識到我人生第一個稱得上係好朋友嘅人。佢冇嫌過我悶，甚至主動介紹更多朋友界我認識。對我嚟講，佢就係我人生認識過最善良嘅人。我由中二到入咗大學，差唔多每日都會同佢聯絡，每星期都會同佢見面，我哋見證咗大家成長，親到就好似姊妹一樣。但係就喺大學一年級尾，佢患上咗抑鬱症。由嗰時開始，佢唔再返學，唔再出街。當我去到佢屋企想知佢發生咩事，佢先同我講原來佢俾大學嘅人惡意中傷，仲有人刻意影咗佢裸照喺網上公開。而做呢啲事嘅人，竟然係佢身邊一個朋友。呢個人原來由中學開始就妒忌佢咁受歡迎，所以專登叫我好朋友上佢屋企，以送衫為由，其實係趁佢試衫嗰陣靜雞雞偷影佢。因為呢件事，我好朋友唔敢再出街見人，覺得大學入面每個人都睇過佢嘅裸照，而更加慘嘅係，佢亦都唔敢相信任何人，覺得任何人都可能對佢不利，會害佢。

之後，我差唔多每星期都去陪佢，去鼓勵佢出街，但係佢死都唔肯聽。最後就喺某一個夜晚，佢喺屋企食安眠藥自殺死咗。佢寫咗兩封遺書，一封畀屋企人，一封畀我。我嗰封信好簡單，上面只係寫咗『多謝你，令我相信呢個世界入面仲有僅存嘅善良』。明明令我感受到世界有善良嘅人係佢，但係點解，佢嘅善良要畀人利用？點解一個咁善良嘅人會冇好下場？」説到這裡，孫恩欣已經泣不成聲，眼淚止不住地從臉上滑落。原本一臉恨意的 Miko 見狀，一時間也回不了話，只能眼睜睜地看著她在自己眼前落淚。而我聽著孫恩欣的話，記起她曾經向我提及過身邊有一個叫「萬以安」的好朋友，看來這就是「萬以安」的故事，難怪她的情緒如此激動。

「所以，你可以憎呢個世界，毫無理由咁去憎恨其他人，憎恨你嘅命運，但係，請你唔好傷害嗰啲對你善良嘅人。因為當你傷害佢嘅同時，你都係抹煞呢個世界裡面僅有嘅善良。」孫恩欣沒有抹去眼淚，直接抬起了流有兩行淚痕的臉，不卑不亢地看著 Miko。Miko 呆了大約三秒，然後才回過神來。她沒有回應孫恩欣的話，只是彎腰拾起自己身旁的鐵棒，並説：「之後嘅回合你哋得返三個人，祝你哋好運。」拋下了這句話後，Miko 就頭也不回地離店而去。

這時候，小息鐘聲在店外響起。接著，墨提斯的聲音再次通過廣播傳出：「第三回合實在太刺激喇！今個回合死咗好多人啊！而家嘅參賽者只係得返七十二人咋，未死嘅參賽者真係要加油喇！而家，第四回合要嚟喇，今次大家要『埋舟』嘅目標就係⋯⋯『西式食品店』！」上幾回合一聽比賽目標，我們就會搶著跑出店鋪，可是現在只剩下三人，大家一時間都失去方向。

重組

　　本來我在等待杜崇文打破沉默，可是他此刻的表情卻似在思考，所以我便將目光轉向站在一旁的達叔。「喂，阿叔，你想唔想死？」我朝他問了一句。「傻㗎你？你就想死！」達叔嘴裡倔強，但身子卻靠著身後的衣櫃，明顯是對剛才一番死鬥猶有餘悸。「咁你就暫時加入我哋啦。」我知道現時已經不是執著隊友是否可信的時候，當前急務還是先集齊五人。「你哋唔會好似頭先條女咁殺自己友㗎可？」達叔似乎對剛才 Miko 的狠勁留下了陰影。「我哋同你一樣，淨係想生存落去啫。」答話的人是杜崇文，看來他已經從思考中回過神來了。如是者，達叔答應加入我們，於是我們一行四人各自拾起一枝鐵棒離開了「U記」。據達叔說，剛才他們隊是從「黨威商場」的最盡處而來的，途中曾經有見過似西餐廳的商鋪。杜崇文考慮到「黨威商場」的最盡處與黑衣職員的起點距離最遠，即使達叔看錯，我們應該還會有時間尋找下一家店，便決定一同向達叔建議的方向進發。

　　「你見點啊？」孫恩欣攙扶著我，同時低聲地送上關心。「好啲啦，仲有少少暈。」我一邊回答，一邊見她秀眉緊皺，狀甚擔心，所以便笑了笑說：「不過好彩我頭先冇暈，如果唔係都睇唔到你出手打人，仲要用棍添！」孫恩欣臉上一紅，羞得把頭低了下去，聲如蚊蚋：「我……我以前都未試過㗎。」「我知，如果唔係你又點會打佢背脊而唔係扑頭呢？」我笑了笑說：「不過，多謝你頭先幫我，冇你，可能我同杜崇文其中一個已經死咗。」「其實係佢太過分，我先忍唔住出手啫。」孫恩欣似乎對我的道謝有點難為情。「嗯，總之多謝你。」為免要她難以回應，我輕輕地再道謝一次便把頭轉開了。我們一行四人就這樣走到「黨威商場」的盡頭。達叔的記憶倒是沒有出

錯，這裡確實有一家西式餐廳，而它門前的確認燈尚未亮起，證明可以進入。我們步進餐廳，雖然燈光未有亮起，但單從室內佈置來看，也能夠感受餐廳的高級。

「喂，雖然搵到餐廳啫，但係而家我哋得四丁友，點搞啊？」達叔隨意找了張座椅坐下，攤開雙手問道。「頭先一路行，沿路都唔見有咩參賽者，睇嚟呢度勝在偏遠，但係亦都唔容易幫我哋搵到第五個隊友。」我在孫恩欣的攙扶下，一同在一張長沙發上坐下。「吓，如果冇第五個人，我哋咪冇可能叫到『埋舟』囉？」孫恩欣表情擔憂地回答說。孫恩欣語音剛落，餐廳裡突然就亮起了一片綠光。「吓，確認燈著咗？」達叔隨即站了起來，疑惑地問。「唔通壞燈？」我向門口的方向望清楚，這片綠光確實是來自門上的確認燈。「唔係。」杜崇文冷靜地搖了搖頭，冷靜地環目四顧並說：「喺呢間餐廳入面，仲有其他人喺度。」他此言一出，我們其餘三人不由得提起自己的鐵棒護身，緊張地東張西望。「但係唔使太擔心，既然著得燈，咁代表喺度嘅人只有一個。而且佢一直都唔現身，代表佢比我哋更加擔心我哋會對佢不利。只不過，既然而家我哋只係得四個人，如果嗰個人走出嚟嘅話，其實加入埋我哋都係一件唔錯嘅事吖。」我留意到杜崇文說到最後一句時把聲量提高了，料想是刻意將這句話說給躲在暗處的人聽，好讓那人自動現身。「係囉，橫掂我哋都差咁一個，加多個咪啱啱好囉。」我和應著，高聲說道。

「砰！」餐廳裡驟然傳出巨響。我們聽見這聲音是從餐廳較深入且看來是廚房的位置傳來，我們立時靠攏在一起，並且拿起鐵棒作戒備。「係⋯⋯我。唔好⋯⋯打我。」一隻手先從廚房裡伸了出來，然後就有一個人探頭望向我們。「Newton！？你竟然未死？」達叔首先將廚房中的男生認出，原來正是我們剛才從「U記」中趕出的那個宅男。「我⋯⋯我記得⋯⋯班黑衣人通常⋯⋯都喺最遠殺⋯⋯殺過嚟，所以⋯⋯頭先就

有幾遠……走幾遠。好彩……三分鐘夠……都未殺㗎。之後……我記得……頭先有經過呢……呢間餐廳，所以咪打算匿入嚟……睇……睇吓點。」Newton 結結巴巴地説，並繼續留在廚房之中，看來對我們仍有戒心。「出嚟啦，我哋而家啱啱好差一個，你唔介意加入嘅話就啱啱好。」杜崇文邀請 Newton，但他的雙腳卻未敢踏出廚房半步。

這時候，在我身邊的孫恩欣放下了手上的鐵棒，逕自走到 Newton 面前，溫柔地説：「唔使驚喎，你出嚟啦，我哋而家一隊，我哋會盡力保護你㗎。」Newton 看見孫恩欣，我發現他瞇成一線的雙眼突然間有了光芒，並且帶點詫異地説：「你係……亞絲娜……？」孫恩欣被看得有點不好意思，所以語帶尷尬地説：「亞絲娜？我叫孫恩欣啊。」Newton 彷彿沒有聽到孫恩欣的回應，但就這樣自然地走出了廚房。「咁就好囉，Newton 好醒目㗎，雖然講嘢就一嚿嚿，但係記性好好，頭先我哋隊都係靠佢睇過一次地圖就記住晒啲鋪位，先次次去到啱嘅鋪頭咋！」達叔重新坐了下來，搖著翹起了的二郎腿説。

一時間，我們又重新湊夠了五人，安然度過了第四回合。趁此機會，我們嘗試在餐廳中尋找更有攻擊性的武器，例如餐刀，可是卻沒有發現。杜崇文最後得出總結：遊戲中所有店鋪的物件很有可能都是預先擺放好的，所以並非所有「應有」的物件都會出現在商店中。轉眼間第五回合的廣播響起，目前餘下的參賽者還剩五十七人，而這回合的商店目標是「咖啡店」。

「咖啡店……呢度行前上一層有兩間，直行落扶手電梯向返後行大概一分鐘會有一間，再落去一樓會有三間，不過要行遠少少。如果呢度冇嘅話仲可以去隔籬『汪洋中心』，嗰度三樓有兩間，二樓有一間，一樓冇但係 G 層會有三間，之後……」一要背誦資料，Newton 便如有神助，説話沒有了之前的窒礙，令未見過他大顯神通的我和孫恩欣都嘖嘖稱奇。「既然

樓上有兩間，咁就先上去睇吓啦。」杜崇文一聲令下，大家都
跟著他出發。「你記性真係好好啊！」孫恩欣一邊攙扶我，一
邊讚賞旁邊正低頭走路的 Newton。「多……多謝你啊，亞絲
娜。」Newton 展露了一個甚有少男情懷的羞澀笑容。「其實，
到底邊個係亞絲娜呢？」我聽了他兩次將孫恩欣喚作亞絲娜，
不免在旁邊插嘴問道。Newton 急忙從褲袋裡掏出了一個錢包
並遞到我面前，我看見一個橙啡髮飄揚，手中持劍的女生，
而且錢包的左下角還印了一個寫著「刀劍神域」的標記。看來
Newton 口中的「亞絲娜」就是錢包上這個女生。雖然我看不
出這女生到底跟孫恩欣有何相似，或者在 Newton 這個小男生
心裡的孫恩欣，又是一個不同的樣子吧。

　　無論如何，我們五人來到了四樓。若商場的大門不像現時
般落了閘，此刻我們理應會看見尖沙咀最著名的觀光景點——
維多利亞港。Newton 帶我們轉過身去，我們便看見了連鎖咖
啡店「星巴里」。杜崇文見了，稍一皺眉地問 Newton：「呢間
鋪位開揚，而且無間牆，好容易俾其他人闖入。你記唔記得另
一間咖啡店係點？」Newton 想了一想，就答：「我雖然……
未去過，不過……地……地圖上面見另一間……細好多，我
估……應該……好匿少少。」「嗯，就咁啦，帶我哋去另一
間。」杜崇文同意了 Newton 的建議。Newton 帶著我們經過
「星巴里」旁邊的「無良印品」店，另一間小咖啡店就現於眼
前。只見這家咖啡店就像街邊的珍珠奶茶鋪，店鋪範圍只有廚
房，比起剛才的「星巴里」確實更容易防守外敵。於是我們五
人走進了店內，直接喊出「埋舟」令店裡綠燈亮起，暫時安全
了。

　　正當我們好整以暇的時候，遠處卻傳來了聲音：「大佬，
真係有間咖啡鋪啊！」我認得是燒賣的聲音。透過「無良印
品」的落地玻璃，果然看見了燒賣站在「星巴里」前，然後
又有幾人從扶手電梯走了上來。領頭的是炎哥，後面的是耀

揚，然後是一個未曾見過的中年胖漢。最後一人竟是 Miko。「Miko，唔係你都唔知呢度有間咁嘅嘢。」我看見炎哥隨便找了一張沙發坐了下來，並嘉許 Miko。「咁我都要多謝你願意收留我喺你呢隊嘅。」Miko 自然地坐了在炎哥身邊，我留意到她目光流盼地望著炎哥，狀甚親熱。「有能者，我一向來者不拒。」炎哥沒有對 Miko 的媚眼有太大反應，只是緩緩挨坐在沙發之上。這時候，燒賣走到炎哥跟前並說：「大佬，我Check 過呢間鋪度冇其他人。」「好。」炎哥點頭，然後喊出一聲：「埋舟！」「星巴里」招牌上的一盞確認燈應聲亮起。

雖然炎哥五人尚未發現我們在此，但我知道若跟他們起任何衝突都是極為不智的事，所以我打算跟杜崇文好好商量一下對策。可是，我看見杜崇文眼神遊離不定，似乎仍在思考什麼。其實我留意到自從他離開「U 記」，大家不用移動時他便會進入這種思考狀態。若不是現時比賽緊湊，我倒想問一問他到底在想什麼。

鐘聲在這個時候響起，然後就是墨提斯的聲音：「各位參賽者，我真係恭喜你哋啊，因為你哋終於嚟到第六個回合喇！只要過埋呢個回合，今日嘅比賽就會完成，而大家都可以成功晉級到去下一關㗎喇！大家仲記唔記得尋晚食嘅自助餐？仲有嗰度嘅溫暖牀鋪？掛住嘅話，呢一個回合大家就要加油喇！先同大家報告吓比賽情況先，而家剩低嘅參賽者總共有四十三人，睇吓過埋呢一個回合仲有幾多人可以留低喇。今個回合話晒係最後一回合，出一題複雜少少嘅先！大家今次要去埋嘅舟就係……『非餐廳類嘅日本品牌商店』！出發！」一聽到墨提斯的廣播，大家都不由將目光望向了近在咫尺的「無良印品」。但與此同時，我留意到炎哥隊五人的目光也落在「無良印品」上。

頓時泛起一陣不祥的預感。

輕生

「行啦，隔籬就係喇，仲等咩？」達叔望著日式家居雜貨店「無良印品」，怕是連炎哥一行人就在附近都未曾察覺。我一把將他拉住，然後回頭問 Newton：「除咗呢度，仲有啲咩鋪頭揀？」Newton 搔著頭，表情有點尷尬地説：「另一間我知道嘅就係『U 記』囉。其實我好少行商場，真係唔太識分到底邊間先係日式得嚟又唔係餐廳。」「咁不如落『U 記』啦，呢度有炎哥喺度，搏唔過。」我急著搖頭，向其他人一指炎哥隊的位置。「嘩，呢條友咪就係尋晚插到人爆晒血嗰個？佢癲㗎喎，真係惹唔過啊，咁快啲落返去啦。」達叔一見是炎哥，馬上和議。「好，咁我哋行啦。」杜崇文這時也回過神來，率先帶大家離開咖啡店。離開時，我們盡量躡手躡腳，以免被炎哥發現我們，當我們正在撤離時，我留意到炎哥隊已經進入了「無良印品」。

我們從另一道扶手電梯回到三樓，還未靠近「U 記」，就已經聽到當中混亂的聲音。混亂中夾雜著金屬碰撞、東西摔倒、還有喝罵和慘叫聲。單從聲調語氣，我大概猜測到店裡至少有十人在混戰當中。「唔對路喎。」達叔低聲對我們説。我跟杜崇文互望一眼，以我們現時的陣容，實在不宜踏進「U 記」這淌渾水之中。一時間，我們五人就在扶手電梯口陷入了進退失據的狀態。「日式非餐廳類商店⋯⋯除咗賣衫之外，仲可以有咩呢？」我喃喃自語地思考著。孫恩欣在我身邊突然拍了一下手掌，並説：「我記得喇，我朋友之前同我嚟過呢度Shopping，佢話係嚟買化妝品嘅。嗰個牌子好似係日本㗎！」「你記唔記得個牌子名？」杜崇文問。孫恩欣沉吟半晌，然後讀出了一個發音近似日文的名詞。Newton 聽了，皺起眉頭閉

上雙眼，努力回溯腦海中是否有相關的記憶。所有人雖然緊張，但卻不敢打擾他，唯有安靜地等待。

他思考了片刻，雙眼猛然張開並說：「我……記得喇。呢個……牌子……係喺，『好運大廈』嗰邊二樓……入口……隔籬有一個好大嘅……化妝品區。」「『好運大廈』入口……」我心裡一沉，「咪即係班黑衣人嘅起點？」「呢個回合人數少咗，黑衣人過嚟呢邊嘅速度會更快，如果而家搵唔到地方落腳可能更加危險。事到如今，唯有博一博過咗去先，沿途有咩事再倒返轉頭跑啦。」杜崇文的臉色不如以往般自信，看得出他也正為現在的情況而擔憂。

在杜崇文的分析下，大家也無可奈何地同意了。於是我們依據 Newton 的記憶，選擇最短的路徑就往「好運大廈」方向跑。一路上，我們還須瞻前顧後，放輕腳步，以免引來黑衣職員的注意。而在不少商店門前，都橫躺著一具具的屍體，有些明顯死於一刀封喉，也有死於頭破血流、腸穿肚爛。到底有多少人死於黑衣職員手上，又有多少人死於參賽者之間的搏鬥之中？這實在是不得而知了。由於我們腳步快速，不出片刻已從「薰威商場」穿過「汪洋中心」並到達「好運大廈」三樓。目標，就只差一層樓的距離。

我們沿著扶手電梯來到了二樓，放眼直望就是平日遊客離開商場前往碼頭參觀的出口，換言之，也是黑衣職員的起點。但此時望去，入口處似乎未見黑衣職員的蹤影，於是我們貼牆而行，來到走廊的盡頭。化妝品店的位置，就在我們兩點鐘的方向。我探頭出去一望，立時看見兩個黑衣職員從店中走出，嚇得我馬上把頭縮回來。看樣子，他們根本就是在守株待兔，等待參加者上鈎。「唔得，有人守住。」我無奈地回頭對身後的四人說。「吓，咁點啊？仲有成兩分鐘要捱喎。」達叔面有難色地問。「一係我哋試吓喺『汪洋中心』度搵吓？」孫恩欣提出。

「睇嚟都係唯一辦法。」我點了點頭。正當我們要起步的時候，急促的腳步聲從我們背後傳來。「黑衣人啊，跑！」杜崇文回頭一望，立時喊出了這一句話。在慌忙間我也回頭看了一眼，只見剛才那兩個在化妝品店門外的黑衣職員正持刀向我們跑來。於是，我們五人馬上向前拔足狂奔。

「跑……跑去邊啊？」達叔邊跑邊問。「返去『無良印品』啦。」在別無他法之下，這是我唯一的想法。「冇錯，我哋帶黑衣人入去，到時炎哥佢哋都有可能俾人殺，所以借佢哋幫手打啲黑衣人，話唔定可以撐過呢兩分鐘。」沒想到杜崇文看似斯文學者，跑步說話時卻毫不喘氣。有了杜崇文的肯定，大家目標一致地跑向「無良印品」。

當我再次回頭的時候，原本黑衣職員已從兩人變成四人，看來在他們眼中，我們就是五隻肥大肉厚的過街老鼠，誓要把我們活捉生劏。還好我們隊中有記憶力甚好的 Newton，在他的引導下，我們正以最短的路程跑向「無良印品」。雖然如此，但由於我們是從「好運大廈」跑回另一盡處的「薰威商場」，還是需要穿過走廊再經過幾段拐彎的路，所需的體力絕對不少。所以一路跑來，少運動的 Newton 和較年長的達叔明顯開始體力不繼。同時，身後的黑衣職員卻跟我們的距離愈來愈近。「跑快啲啊！」孫恩欣一邊向前跑，一邊焦急地回頭向 Newton 和達叔打氣。「頂，阿叔我……就快唔掂。」達叔氣喘如牛，腳下的步伐猶如喝醉了般凌亂。「加油啊，我拉住你！」孫恩欣回頭將達叔一邊手臂扛在自己肩上，嘗試勉強地前進。眼見她如此辛苦，我唯有將達叔的右臂也扛在背上，希望分擔一點重量。雖然我們的幫助確實令達叔跑快了一點，但卻嚴重地拖慢了我和孫恩欣。好不容易地，我們總算來到了「薰威商場」三樓的扶手電梯前。只消上了這扶手電梯，「無良印品」的大門就在眼前。

「最後呢段喇，上啦！」杜崇文首先跑上了扶手電梯。「達叔，上電梯喇！小心啊。」孫恩欣一邊説，一邊先將達叔推上一步。達叔雙手扶著電梯兩旁的扶手，看得出他已竭力前進，但無奈體力就是不足，所以依舊只能逐步拾級而上。如此一來，在他身後的我、孫恩欣和 Newton 則只能無奈地緩步前進。黑衣職員現在已追至扶手電梯入口，距離排行最後的 Newton 只有不到十級的距離。「我哋救唔到達叔㗎喇，一齊過去隔籬條扶手電梯啦。」我看著旁邊下行的扶手電梯，若是放膽一博，跳過去然後逆行而上，説不定會比在達叔身後等待來得更有效率。「但係仲差十幾秒就到喇……」在我身後的孫恩欣為難地説，但我相信她同時明白，若此刻執著要救達叔，最後換來的可能只是我們同時被殺。

「亞絲娜。」Newton 突然叫出了這一句。我跟孫恩欣不約而同地看著他，然後發現這宅男的表情在一刻間有了不一樣的變化。原本的他總是略帶憨直與內斂；但此刻的他昂首挺胸，竟有一種洗脱頹風的英氣。「我估唔到竟然可以喺現實世界，遇到一個溫柔得嚟又勇於去保護人、唔怕死、真正嘅亞絲娜。」Newton 用認真的表情看著孫恩欣，「所以，你繼續去幫人啦，我會負責守護你嘅使命。」孫恩欣聽了 Newton 如此順暢的話時，一時間反應不過來，張大了口。「仲有……好多謝……多謝你讚我……記性好。」Newton 認真的臉上多了一份羞澀：「因為一直以嚟，都冇女仔讚過我㗎。」

「我……」孫恩欣正想回話之際，Newton 突然一手搶過她手中的鐵棒，並且説了一句：「今次……就等我……我幫你哋頂十秒啦。」留下這句話後，Newton 緩緩地轉身望向正跑上扶手電梯的黑衣職員。看著他雙手掄起鐵棒的舉動，我似乎明白了他準備要做什麼。「星光……連流擊！」Newton 呼喊一聲，然後就直接衝向扶手電梯下的黑衣職員。「Newton！」我跟孫恩欣同時叫出他的名字，可是已經來不及

阻止他。在狹窄的扶手電梯上，Newton 用雙手亂舞鐵棒，即
使是訓練有素的黑衣職員，看來也忌了他三分，紛紛後退拿起
刀來格擋。只聽見「鏗鏗」的聲音，Newton 的暴擊悉數打在
黑衣職員的刀上。但與此同時，黑衣職員發現了 Newton 下盤
的空隙，於是趁著對方專注於揮動雙棒時，一腳踢在他的小腿
之上。Newton 慘叫一聲，一失重心，直接就從扶手電梯上滾
了下去。而在電梯入口，早有一名黑衣職員在等待 Newton。
然後從上而下，刀鋒就這樣刺穿了 Newton 的胸膛。

　　有賴 Newton 這一次突如其來的衝擊，我們四人成功拉開
了跟黑衣職員的距離，並且已經到達了四樓。「Newton！」
孫恩欣在扶手電梯口看著 Newton 倒地的身軀，淚流滿面地呼
喊著他。我留意到，此刻尚未斷氣的 Newton 也正望著成功到
達四樓的我們，並朝我們微微一笑。「當有你一個做好人，社
會就唔會只得你一個好人。」母親的話，忽然在此刻閃現在我
的腦海之中。「唔好浪費 Newton 嘅苦心，入去『無良印品』
啦。」杜崇文一咬牙，招手提醒我們前進。眼見孫恩欣哭得梨
花帶雨，我只好獨自攙扶達叔，另一邊拉著孫恩欣的手腕前
進。當我們來到「無良印品」的門前，卻發現守門的竟是燒
賣。「你哋做咩啊？」燒賣兇神惡煞地將杜崇文攔住，然後他
就看到站在較後位置的我，「嗯，係你？」「我哋俾黑衣人追殺
緊，所以需要一個地方避難。」我誠懇地說。「吓，但係你哋
入咗嚟，咪即係搵著我哋嚟搞？」燒賣反問。

　　就在這時候，急促的腳步聲再次從背後響起。沒錯，四個
黑衣職員追上來了。我正要再解釋，沒想到杜崇文竟然率先出
手。他二話不說，右手鐵棒直接朝燒賣的左肩打了過去。杜崇
文這記出擊雖然不靈活卻甚有心思，因為他攻擊的位置正是燒
賣昨晚的傷處。人會下意識保護傷口，所以燒賣出於自然反應
後退了幾步。乘他這一退，我們四人立時湧上。就在我們步入

「無良印品」的一刻，店內外的綠光同時熄滅。此時的「無良印品」已不再是一個安全區域。

「乜 L 嘢事？」炎哥從店內大喝一聲，不一會兒，就看見他跟耀揚、Miko 還有同隊的胖漢從跑了出來。與此同時，四名黑衣職員亦走進了店內，而我們隊的四人則夾在黑衣職員與炎哥五人之間。一個形勢不明確的三角對立狀態已成。而遊戲時間，剩餘最後一分鐘。

放手

「大佬，點算啊？」耀揚首先問出了這一句。在炎哥回答之前，杜崇文卻搶了發言權：「炎哥，呢班黑衣人唔會分開兩隊嚟殺，總之邊個近佢，邊個就手就殺邊個。而家我哋大家都係拎住衣架同鐵通，就算殺到我哋，睇怕都要啲時間。唔知，係你哋殺死我哋快啲，定係啲黑衣人殺晒我哋全部人快啲呢？」杜崇文這句話似乎對炎哥起了作用，炎哥目中寒芒一閃，然後沉聲問道：「咁你想點？」

「我哋加埋九個人，佢哋得四個。同佢哋對打一分鐘，可能最後生存嘅機會仲高。」杜崇文帶著我們三人一邊後退，一邊解釋。「所以⋯⋯你哋專登嚟呢度搵我哋條命嚟較飛，仲要我哋幫你打走嘅黑衣人？」炎哥冷笑一聲反問。「可以咁講。」杜崇文冷靜地回應説。「嘿嘿嘿⋯⋯」炎哥再次冷笑幾聲，然後十指彎曲再伸展，讓手指骨骼發出了「啪啪」的聲音，「我唔太鍾意俾人利用，不過，你又講得幾有道理。所以，我決定⋯⋯兩邊都打。」

炎哥此言一出後極快衝出來，先給了最接近他的達叔一拳。達叔哀號一聲，就此倒地叫痛。而我們身後的黑衣職員也在這個時候提起手中長刀，分別朝著我們衝來。有一個黑衣職員跟我對上了眼，我就知道自己已經成為了目標。於是我一手拉住孫恩欣直接跑進店內，連忙逃避他的追捕。誰知眼前有一個木衣架突然揮過來擋住了我的去路，來者竟然是 Miko。「今日唔係你哋死就係我亡！」Miko 面貌猙獰地叫喊著，也不管她從前最重視的髮型已全亂，二話不説就朝我和孫恩欣衝了過來。前無去路，後有追兵，我無奈之下唯有拉孫恩欣躲入「無良印品」的雜物區。Miko 想要從旁追來，我馬上用盡全力一

把推倒旁邊的雜貨架，一堆深受大眾喜愛的「無良印品」文具就此灑落一地，淹沒了 Miko 前來的路。可是，後方的黑衣人已經追來了。孫恩欣剛才把鐵棒借給 Newton，所以此時手上空空如也，她索性就地取材，拿起另一邊貨架上的原子筆、日記簿等文具朝黑衣職員臉上扔去。而我則趁著黑衣職員忙著用手擋去文具時，放膽衝前一棒就打在黑衣職員的肚上。肚子是人體最柔軟的部位，所以黑衣職員單是吃了一棒，就足以令他痛得腰骨直不起來。我見有機可乘，立時狠狠地朝黑衣職員頭上再補一棒，讓他就此伏於地上。我尚未能了解黑衣職員的狀態，Miko 卻已繞道從另一邊追了過來。在不想傷害她的情況下，我只有拉著孫恩欣繼續穿梭在店中的大小窄道之中。

當我們跑到近大門的衣飾部，發現戰況跟剛才又起了截然不同的變化。我首先看到的是地上達叔身首異處的屍身，以及正躺在達叔旁邊的杜崇文。此刻的杜崇文正在地上勉力地用鐵棒抵擋著一位黑衣職員壓下的刀刃，看杜崇文滿頭大汗的樣子，似乎快要抵受不住了。「杜崇文！」我拿起鐵棍衝過去朝黑衣職員揮去，黑衣職員在地上打了一個滾就避過，然後橫刀向我劈來。我將鐵棒攔於身前，「錚」的一聲跟刀鋒相交，火花併發。我正準備再擋一下，背後卻傳來了孫恩欣的叫喊，回頭一看，只見孫恩欣的長髮正被 Miko 捉住並在地上拖行。眼見孫恩欣遇險，我一時間管不了黑衣職員，連忙先將地上的杜崇文拉起，然後一同追向 Miko。這時候，Miko 一邊拉住孫恩欣的頭髮，一邊將木衣架壓在孫恩欣的頸項之上。孫恩欣因為 Miko 的施壓變得滿臉通紅，連吸一口氣也有困難。我跟杜崇文見狀，雙雙提起鐵棒衝向 Miko 打算救人，誰知 Miko 狠得將孫恩欣頭髮一扯，就將人從地上拉起，猶如肉盾一樣擋在自己身前，並改為在孫恩欣身後拉緊木衣架。這樣一來，我和杜崇文的攻勢處處受限，無從下手，但孫恩欣的表情卻愈發辛苦，眼看就要支持不住了。

「彭啟昭，我知㗎，你嬲我當年畀綠帽你戴，你要報仇，所以先要害死阿 Hill 咋嘛。今日，我殺返你條女，就當係打和啦。」Miko 雙眼紅筋盡現，手上加勁，令孫恩欣開始雙眼反白，喉嚨間發出嘶啞的聲音。「我終於明白，原來你恨我唔係因為我做咗啲乜，而係你用恨我，去填補你自己心入面嘅罪疚感。」我知道，此刻硬攻已起不了作用，所以唯有靠說話嘗試令 Miko 分心，希望找到一絲機會將孫恩欣救回來。「你講咩話？」Miko 眼神凌厲地朝我大喝一聲。「我一直都唔明白，點解你要咁肯定話我殺咗你男朋友。直到你頭先咁講，我終於明，你要我承認殺咗你男朋友，唔係因為你有咩證據，而係你只係想我身上都有一個罪名，咁就好似抵銷咗當年你出軌嘅罪疚感。相反，如果你當年出軌，但係我一直都唔恨你、唔嬲你、甚至一直對你好，你心入面嗰份罪疚感就會跟你一世。」雖然說這番話的目的是令 Miko 分心，但同樣是我的肺腑之言。這兩天以來，我確實有曾經為 Miko 男朋友死去而覺得莫名的內疚。直到剛才在「U 記」，她向我動了殺機，我才驟然醒覺，原來對於一些堅持恨你的人，你付出再多的好意都是徒勞無功的。因為恨的根源並不在你的身上，而是在對方自己內心之中，就像 Miko 一樣。

「你，你亂講！」Miko 表情氣憤，但我卻發現孫恩欣此刻可以緩過氣來，這代表 Miko 確實被我的話分了心神。「我只係想同你講，我曾經的確好憎你出軌。但係，慢慢我發現比起憎你，其實更加想你好。始終，你係我人生中第一個真心真意咁愛嘅人。咁當你搵到一個可以令你幸福嘅人，我又點會想害佢呢？所以 Miko，對於你當年所做嘅嘢，其實我一早原諒咗你，但係到最後，都只有你自己放手唔好執著以前犯過嘅錯，咁你先可以原諒到自己。」說著說著，我已經忘記了本來想令 Miko 分心的目標，不知不覺地說出了自己最由衷的想法。其實這番話已經藏在我心內許久，只是一直以來都找不到機會好好跟她說清楚。始終恨一個自己愛的人，其實也是一種痛苦。

「點解連我出軌你都唔憎我？」Miko 凝望著我的雙眼，表情像是不解，又像悲傷。「你出軌只係證明我哋唔適合。即使係咁，你都係我曾經最愛嘅人。想自己鍾意過嘅人有一個好嘅結果，又有咩錯呢？」當我與 Miko 四目交投，感覺就像回到了中學的自修室裡，那個對世事一竅不通的我，還有依然單純無比的她。那個時候沒有出軌、沒有殺戮，沒有復仇，沒有罪疚感，只有最衷心的表白，還有最坦率的愛意。那個時候，對一個人好，並不需要考慮任何原因，任何算計。「我唔明，我真係唔明。」Miko 搖著頭，眼神游離。但只不過瞬間，她隨即變回原來的兇狠表情，並說：「你唔使旨意呃我。你講咁多廢話都係想我放手啫。我係唔會放過你條女㗎！」「你講咩都冇用㗎喇。」杜崇文在我身邊低聲說，「佢唔係唔明你講咩，而係佢嘅世界接受唔到有你呢種咁好嘅出發點。」我尚在消化杜崇文的話，此時，Miko 身後的情況卻令我瞪大了眼。「放手啊！走啊！」在沒有多餘時間思考之下，我向 Miko 喊道。「你令我冇咗個男朋友，我都要令你冇咗條女！」Miko 獰笑著，然後再次勒緊手上的木衣架，令孫恩欣出現難受的表情。「放手啊！快啲啊！走啊！」我望著 Miko 身後，放聲叫喊著。「我係唔會放㗎！我就睇吓殺死你條女之後，你係咪仲可以扮一個好人！到時我就……」Miko 的話只說到一半就戛然而止，因為一把鋒利的刀刃穿過了她的背。這刀，正是來自剛才吃了我一棒的那位黑衣職員。

Miko 的手緩緩地鬆開，無力地垂在身旁。「唰」的一聲，刀子抽出，Miko 就此倒地，即使她已經氣絕，但她的表情依然保持死前一刻的憤懣，就似是將自己的罪疚感一直延續到死亡之後。

Miko 死在眼前，對我來說當然是一個衝擊，可是此刻，我並沒有多餘的時間為 Miko 默哀。因為黑衣職員剛把刀子收回，目光就落在最接近他的孫恩欣身上。我和杜崇文拉著地上

的孫恩欣想讓她站起來，可是此刻的她才剛回過氣來，根本就連呼吸都是一件相當費勁的事，遑論要用雙腳發力。黑衣職員並不打算讓我們重整旗鼓，刀鋒在地上磨擦出尖銳的金屬聲，彷彿預告著死亡正逐步逼近。

勢利

　　無奈之下，我跟杜崇文只好雙雙拿起鐵棒，準備為守護孫恩欣而惡鬥一場。同時間，我留意到在不遠處的陳設櫃後有一個黃衣身影正在蹲著。我眼角一瞥，發現是來自炎哥隊的胖漢。從他刻意躲藏、卻又一直觀戰的動作所見，他看來並沒有意圖要協助任何一邊。當我尚未分清到底那胖漢是敵是友之際，黑衣職員已經出手，他刀鋒一亮，迎面向我和杜崇文衝來。我跟杜崇文也不是身手了得的人，所以只好用最直接的方法見招拆招，將手中鐵棒攔於胸前硬接一擊。「錚」的一聲，黑衣職員的刀打在鐵棒之上，他用力之大，令我和杜崇文後退了兩步。可是若我們再往後退，那就有可能撞到身後的孫恩欣。所以我們只好呼出一口長氣，然後在原地站穩準備接黑衣職員的第二次攻擊。

　　「你上我下。」杜崇文在分秒間吐出了這一句話，然後扎好馬步，手中鐵棒橫揮而出。我明白杜崇文的用意，同時對準黑衣職員的頭部揮出鐵棒。頭乃人身要害，黑衣職員下意識舉刀一擋，如此一來，杜崇文的鐵棒就成功打在黑衣職員下盤，使他一時腳步不穩。這時一個黃衣身影從旁邊急跑出來，用攔腰飛撲的方式直接將黑衣職員撲倒在地上，這突如其來的助力正是來自炎哥隊的胖漢。杜崇文的反應比我更快，他一見黑衣職員倒地，馬上上前朝他頭上連打三棒。這三棒每擊都甚為有力，即使黑衣職員不死，相信也有一段時間不能醒來。

　　「你……」我帶點疑惑地看著眼前這個出奇不意的幫手。「唔使驚，我同你哋諗法一樣嘅，趁住黑衣人少少哋快啲搞掂佢哋，分分鐘生存率仲大，所以我一直匿埋等緊機會啫。」胖漢拍拍身上塵埃，站了起來。「咁……其他黑衣人呢？」我

不禁問。「我頭先見到有三個喉嚨邊包圍緊炎哥佢哋。」胖漢一邊説，一邊招手叫我們三人跟隨他走。果然當我們走到家具區，就發現炎哥、燒賣和耀揚三人正背靠著背、手持衣架被包圍在中間，而三個黑衣職員則持刀站在圈子的外圍。從表面來看，炎哥、燒賣和耀揚各有幾處刀傷，而黑衣職員的衣服也有一定破損，看來炎哥三人手上的武器雖然有所不及，但暫時仍不落下風。「如果我哋出去幫手，有可能贏喎。」我低聲地對身邊的孫恩欣、杜崇文和胖漢説。「睇定啲先，睇定啲先。」胖漢搖了搖頭，繼續跟我們躲在一張大沙發後作壁上觀。而我再望向杜崇文，他此時似乎又再次回到了物我兩忘的思考狀態，對我的提問充耳不聞。我只好暫時打消上前助拳的念頭，繼續靜觀戰況。

這時候，圈外其中一名黑衣職員主動發動攻勢，橫刀劈向前方的炎哥。炎哥叱喝一聲，斜身避過，同時想要向黑衣職員還以一拳。誰知另一位黑衣職員極快補位，一刀從旁由上而下劈落。如此一來，就像是炎哥把自己的拳頭送往刀鋒。就在炎哥遇險前，那在半空劈落的刀卻突然消失不見了，仔細一看，原來是燒賣在旁奮不顧身地將持刀的黑衣職員一撲在地，為炎哥擋了這一刀。但這一撲之後，燒賣後背盡是破綻，立時就被另一位黑衣職員在他的背上劃出口子。「大鑊啦大鑊啦，佢哋唔夠打喇……今次死梗喇……」胖漢在我身邊喃喃自語，看他滿頭大汗的模樣，看來甚是緊張戰況。「咁我哋出去幫手啦。」始終我自知戰力不高，貿然上前只會送死，所以我拉著胖漢的手，期望至少可以多一個幫手。「睇定啲先，睇定啲先。」但胖漢繼續搖頭，反過來把我重新拉回原位。

只見燒賣雖然受傷，但氣勢卻反而更加凌厲，他騎到剛才被他撲倒的那個黑衣職員身上，接著就是一輪亂拳暴打。而炎哥跟耀揚則在他身後纏住其餘兩個黑衣職員，讓燒賣對黑衣職員盡情施暴。「食屎啦！！！！！！」燒賣已經完全不管拳頭

的落點在哪，總之能打到的地方都像有他拳頭遺留的熱度。看著燒賣的快拳，再想起這連日來被黑衣職員恣意追殺，我不由得覺得肚裡的一口冤氣稍為釋放了。終於，燒賣停下了手，黑衣職員在地上一動不動的。而他的面具也已裂成碎片，露出一張看來大約四十多歲、相貌堂堂的俊臉。眼見他的鼻孔和嘴角都冒出血絲，而雙眼甚至已經被打得向外突出，相信是活不成的了。

「係機會啦，出去幫拖啦！」胖漢突然一拉把我扯了起來，踏著急速的步伐匆匆忙忙地跑向炎哥的戰團之中。孫恩欣一見我跑了出去，連忙也跟上我的腳步，誰知胖漢驟然又剎停了腳步。我發現他呆若木雞地望著前方，於是也循著他的目光一瞧。沒想到，在我以為這一關就快完結時，竟然多了四個黑衣職員前來增援。「大鑊！」胖漢收回將踏出的腳步，並極速拉著我回到沙發之後。四個黑衣職員雖然留意到我們，卻完全沒打算向我們走來，反而筆直地衝向炎哥的戰團當中。看來這群黑衣職員的到來，或多或少跟同伴被殺有關。

炎哥三人重整隊形，回復原來背靠背的應戰狀態。可是跟先前不同的是，這次包圍他們的足足有六個對手，加上燒賣後背的刀傷依然血流不止，形勢似乎比剛才更不利。而炎哥三人手上只有木衣架，和燒賣剛才從死去的黑衣職員手中搶來的刀。「仆街喇仆街喇，今次死梗喇，打唔贏喇……」神經質的胖漢在我耳邊喋喋不休，這不由使我更感心煩。正當我打算叫他稍為安靜一下，好讓我思考對策的時候，我就感到喉頭一緊。我的脖子正被胖漢用雙手勒緊。

「對唔住啊，我都唔想㗎，我本身都係想殺晒啲黑衣人㗎，點知佢哋突然會有幫手嘅啫。佢哋而家有六個人，我哋唔夠打㗎喇。噂，大家都係參賽者，你都明白咩叫做身不由己㗎啦，而家只要殺咗你同嗰條女，我哋就啱啱好五個人，係

五個人啊，咁就可以『埋舟』，咁就安全喇。我以前都未殺過人，但係你哋兩條命救到我哋五條命，算係造福人群，積吓陰德啦。我應承你，玩完呢個死鬼遊戲，我每個月都會上香畀你，再唔係你信耶穌嘅，我幫你祈福……吖唔係，係祈禱。總之我都係被迫㗎咋，有怪莫怪，有怪莫怪……」胖漢口裡如讀急口令般不停地碎碎唸，他額前豆大的汗水猶如雨水滴落，而捏緊我脖子的雙手也在發抖，他此刻一定極為緊張。

胖漢的言行令我終於明白為何一開始我留意到他的時候，他會先躲在一旁，後來才出手相助；剛才一直勸他上前幫助炎哥三人，但他卻堅持「睇定啲」。他就是一個見風使舵，只求自保的勢利主義者。他這種性格的人必定要等到快要塵埃落定才會作出選擇，否則他會情願不取態，總之絕不會讓自己冒險。我的理性分析大概到此為止，因為缺氧，我的大腦已開始運作不了。

「放手啊！」在迷糊的意識中，我看到孫恩欣持著鐵棒直奔過來的身影。她用鐵棒用力地打在胖漢的手臂上。可是這一擊卻猶如擊在棉花上，胖漢竟然毫無反應。孫恩欣表情驚訝，正當她要揮棒再打的時候，胖漢卻乘機一手捉住了棒頭，然後就順勢一拉。孫恩欣整個人跌向胖漢。「唔好逼我殺女人先啊！」胖漢反手給了孫恩欣一個巴掌。孫恩欣痛叫一聲，腳步不穩猛力撞到旁邊的柱子上，就此倒在地上，看來是昏倒了。我雖然想關心她的傷勢，可惜缺氧了十多秒的我，此時連只用一隻手的胖漢也對抗不了。現在我所剩下的生存希望似乎就只有一個 —— 杜崇文。

當我朝他所在的方向望去時，胖漢剛好跟我做著同樣的事。距離我大概有十步的杜崇文，此刻也正望向了我的位置。當胖漢跟杜崇文四目交投時，杜崇文作出了一個最令我意想不到的行動。他站了起來，然後對我跟胖漢所在的方向

説：「對唔住，我需要生存。」杜崇文向著我微微躬身。從他的表情，我知道這是歉疚的意思，接著他緩緩地轉身，從我的目光範圍中離開。看著杜崇文的背影逐漸消失，雖然我尚有少許意識，我卻感覺到自己已經死了。

血刃

　　即使現場充滿著炎哥那邊的吵鬧聲，但杜崇文這句話依然言猶在耳，震撼著我。我沒想到，這個昨晚尚在跟我傾心吐意、曾經跟我說過「要一同生存下去」的人，竟然會在這個生死關頭放棄了我。或者他並不是放棄了我，而是他從來沒有重視過我，正如他一直所說，他所堅持的就只有「找回妻子」這個冀望。

　　昏倒的孫恩欣、逃走的杜崇文，還有將要死亡的我。我從來沒有想過，我們三人的結局會是這樣。在我的幻想中，善良的孫恩欣會得到上天的眷顧，平安地離開遊戲；杜崇文智計過人，順利成為贏家；而平凡如我至少可以生存，回家喝一口母親的湯。現實卻是如此不近人情。我感到胖漢手上的握力愈來愈大，我的意識也愈來愈模糊。朦朧之間，有幾滴溫暖的液體濺到臉上，感覺像雨，也像海邊濺起的水花。我伸手摸一摸，然後輕輕抬高手一看。我的指尖染上了紅色，是血。我臉上的是血。

　　當我意識到這一點的時候，同時察覺那扼在喉頭上的勁道逐漸轉輕。我的鼻腔重新感受到新鮮氣息在流動，在我回復視力的一刻，我就明白了這一切。胖漢的肚子上插了一把從後貫穿的長刀，此刻的他正驚訝地看著自己被割穿的肚子，並痛苦地捂著傷口。而站在胖漢身後的竟是杜崇文。「唔使咁驚訝喎，兵不厭詐嘛。」杜崇文嘴角微微上揚，似乎對他連我都騙過的事感到很滿意。他把我從地上拉起，再和我合力將胖漢拖出店外。「我以為你為咗你老婆……」我拖行著一息尚存的胖漢，順道將心內的話說出了一半。「講好咗，要一齊生存㗎嘛。」杜崇文見胖漢已奄奄一息，並沒有將他殺死，只是與我

輕輕將他放於店外。看著杜崇文的表情，我不免有些內疚，自己竟然有一刻曾經覺得他會背棄我而去。

　　當我們重回店中，我首先去查看孫恩欣的傷勢。她的額上腫了一包，臉上也有鮮明的掌印，但除此之外並沒有其他傷痕，相信都只是皮外之傷，並無大礙。「照班黑衣人咁打法，剩低呢十幾秒，我哋應該可以安全喇。」杜崇文觀察著炎哥的戰團，如此分析説。我順著杜崇文的目光望去，現在炎哥的戰團中正不要命地打鬥。六名黑衣職員並沒有任何溝通，但卻有默契地互相補位，交叉進攻。而比起黑衣職員，炎哥三人就吵鬧得多，他們一邊拳腳交錯，一邊説出流利的粗言穢語。只見本來在燒賣手中的長刀換到了炎哥的手中，而燒賣自己則是以一個木衣架與兩名黑衣職員激鬥。炎哥純熟地舞起長刀，與身前的兩個黑衣職員交手，但從他身上十多道深淺傷痕所見，他受的傷自是不輕。更吸引我目光的，卻是三人中一直被我視為最弱的——耀揚。因為依據我的印象，耀揚向來都是有燒賣幫助與掩護，所以我總是覺得他這人畏畏縮縮，除了樣子兇了點之外，沒有半分像小混混。可是此刻耀揚同樣拿著一個木衣架，但打起來卻大開大闔，將眼前兩個對手逼得左支右絀，戰況是三人之中最好的。看來昨晚燒賣所言非虛，當耀揚被逼出真功夫時確實是有一手的。

　　雖然我跟燒賣未至於是朋友，但因為在比賽中見過他見義勇為，加上昨晚淺談幾句，內心覺得他其實是一個性格不壞，只是為勢所迫而走上黑道的小伙子。捫心自問，我是不希望他戰死的。因此當我見他虎虎生風地作戰時，內心不免為他暗暗喝采，只希望他能順利撐過最後這十多秒，至少通過這關遊戲。雖然理論上我應該上前助拳，可是我看見他們正在酣戰，我這個外行人貿然加入，反而可能會引來混亂，所以我最後還是決定作壁上觀。

此時，燒賣剛好將自己的兩個敵手逼退兩步，然後回身過去協助已經打得滿頭大汗的炎哥。而兩個黑衣職員將長刀揮出，直取燒賣的頭顱。但燒賣膽大包天，竟然不理頭頂危險，反而踏前一步，跟兩個黑衣職員來一個突如其來的近身戰。燒賣有如猛虎出牢大喝一聲，左右兩拳分別打在兩個黑衣職員的胸口，使他們連續倒跌多步。黑衣職員這邊退了兩個，另外兩個又補位。兩人長刀遞出，上下封殺燒賣的去路。燒賣這次沒有急進，反而巧妙往後跳一步，恰好避過兩道刀鋒。兩道刀勢既盡，燒賣就乘著這一絲空隙，準備衝前用他擅長的埋身肉搏擊退眼前兩名黑衣職員。看燒賣的出手，我以為一切將會如剛才一樣，兩名黑衣職員的胸口將會遭受到他的重拳攻擊。正當我滿心期待地看著燒賣這一擊得手時，卻留意到他背後所潛伏的另一個危險。一把長刀，正無聲無色地直刺向燒賣後背。然而這刀卻不是來自黑衣職員 —— 而是炎哥。

看到這變卦時，我還未來得及開口提醒燒賣，一切都已經太遲。燒賣的雙拳尚未打到黑衣職員的胸口上，刀鋒就已刺穿了他的背脊。炎哥這一刀用力甚重，不只穿過燒賣胸前，還直接刺進了他身前的一個黑衣職員身上。炎哥這刀明顯計算精準，所刺位置正是燒賣的心臟，所以燒賣斃命之時，就連回頭的機會都沒有。燒賣雙眼瞪直，一副死不瞑目的樣子。相信他都難以料到自己跟黑衣職員浴血奮戰到底，到頭來竟然會被一手養育自己的炎哥一刀刺死。「燒賣！！！！」尚在旁邊戰鬥的耀揚悲慟地大叫。本來仍在以一敵二的惡鬥中的他，一見摯友身體被長刀刺穿，立時不顧一切奔向燒賣，就連身上同時被劈多了兩刀也兀自不覺。耀揚跑來的時候，炎哥剛好鬆開手中刀柄，燒賣跟那個同時被刀子串起的黑衣職員一起倒在地上。耀揚使勁地搖動和呼喊燒賣，但燒賣卻只能維持著死前那個僵硬而驚訝的表情。看著耀揚真摯的情感，即使是作為旁觀者的我也不免鼻子一酸。

「埋舟！」當耀揚猶在為好友離世而難過，炎哥卻在旁邊高聲喊。這時候，「無良印品」內外同時閃起一片綠光，象徵著這間店正式成為了安全的地方。而當綠燈一亮起，所有黑衣職員同時還刀入鞘並後退一步。而在不出兩秒之內，「無良印品」內外同時響起了猶如兒童樂園裡會聽到的輕鬆音樂。「恭～喜～大～家，第三關遊戲終於結束！不得了，我淨係睇直播都緊張到不斷大叫，我只能夠講，呢一關實在太太太精彩喇！如果你呢一刻聽到我把聲，冇錯，你就已經成功喺呢一關度生存落去，順利晉級決賽！根據目前嘅數據，比賽入面嘅生還者仲有二十六位，再次恭喜晒你哋啊！」墨提斯的聲音從廣播中響起，黑衣職員一聽到廣播便有序地離開了商店。一時間，店裡只剩下獨自站著的炎哥、抱著燒賣屍身不放的耀揚，還有因為終於可以鬆一口氣而坐倒在地的我、昏迷的孫恩欣和杜崇文。「點解……點解你要殺佢？」耀揚咬牙切齒地望著炎哥，眼淚仍從雙眼不住滑落。「殺佢就可以提前完 Game。」炎哥冷淡地回答，「而且當呢個遊戲再玩落去，遲早有一日都要我哋互片。有燒賣喺度，你或者我，都未必夠佢打。所以，殺佢對你我都有好處。」「佢點會殺你啊？燒賣一直當正你係老豆啊！佢尋晚仲幫你擋咗一刀啊！」耀揚雙眼通紅地吶喊。「老豆？好可惜，我只係當佢係我養緊嘅一隻狗。當一隻狗有機會變成一隻狼去反咬你一口，就係殺咗佢嘅時候。」炎哥說完這句話後，不帶表情地從旁邊的衣物架上拿了一件 T-Shirt 換到身上，然後一手捉住了耀揚的臉把他扯近自己，並說：「同埋，你都唔好咁多嘢。我唔殺你唔係因為你有咩價值，而係因為你咩價值都冇。你咁廢，殺你都嘥 Gas 啦。」語罷，炎哥一手就將耀揚推開，就此離開了店鋪。

雖然我跟燒賣只短短認識了三天，但三天以來，他對炎哥的忠誠可謂人人皆知。此刻燒賣竟然落得如此下場，一方面為他感到唏噓，但另一方面又對炎哥的冷血感到心寒。或者，正是因為炎哥冷血，他才能夠在黑社會中混到高位。「嗯？發生

咩事啊？遊戲完咗喇？」孫恩欣發出近似夢囈的聲音，在我身邊悠悠轉醒。「嗯，又過一關喇。」在我身邊的杜崇文感嘆道。他身上的衣物都有好幾處破損，可見這遊戲確實是目前為止最令他狼狽的一關。「你哋都冇事就好喇。」孫恩欣笑著看我們。「嗯，大家平安就好。」經過不斷見證死亡的一關，我驟然發覺，當智慧或戰鬥力都不一定成為生存的依據時，人類就顯得特別渺小，而生存也自然格外珍貴。所以，一聲「平安」看似平淡，但在亂世之中，才是彌足珍貴的事。

「好啦，趁仲未俾個遊戲機構整暈我哋送我哋返去宿舍，不如喺度揀返件衫先啦。」杜崇文建議說。「梗係好啦，再唔換衫，我條長褲就爛到變底褲喇。」難得杜崇文會提出如此有趣的要求，我當然樂意奉陪。我跟他笑著合力扶起了孫恩欣，從左右邊攙扶著她走向衣飾部。雖然我知道這想法甚是老套，可是我們此時互相扶持的場景，感動油然而生。也許這就是同行和支持的力量。「揀外套先？」杜崇文望向前方外套的區域。我聽了，不禁揶揄他說：「估唔到你諗計就叻，揀衫就麻麻哋喎。下一關都唔知使唔使好似今關咁跑，著埋外套，你唔驚……」我的話戛然而止，因為我看見杜崇文身後的木櫃突然閃出一個巨大身影──一個渾身是血的身影。

是剛才我們並沒有趕盡殺絕的胖漢。杜崇文似是察覺到我的驚訝，他馬上就想轉身過去。「走開啊！」而我則朝著杜崇文放聲大叫。「啊！！！」孫恩欣也只能發出一聲驚叫。突如其來地出現的胖漢就這樣從後將杜崇文一把拉進了自己的懷中，一把刀就此插在杜崇文身上。

別離

　　杜崇文定定地看著我，而我也震驚地注視著他。「係你⋯⋯逼我㗎咋⋯⋯」胖漢帶著虛弱的氣息，將無力的頭挨在杜崇文肩上，「你頭先畀我揼死佢⋯⋯我哋咪唔使死囉⋯⋯」說完了這句話，胖漢就如失去動力的機械人傾斜倒地，而被同一把長刀插著的杜崇文也連帶倒下。「杜崇文！」我呼喊著他的名字，趕緊跪下看他的傷勢。因為胖漢比杜崇文高，所以本來插在胖漢肚子上的刀，在杜崇文身上卻到了胸骨的位置。倒在地上的杜崇文嘴角泪泪地流出鮮血，每喘一口氣都似乎要花極大力氣，表情甚為痛苦。望著他難受的表情，我實在說不出什麼安慰的話來，只因我的內心同樣是極為不知所措。「你支持住啊，我試吓去搵人幫手。」孫恩欣擔心得流淚，然後跑向剛才黑衣職員離開的方向，想尋求他們的協助。

　　「我⋯⋯」我正要說話，卻感受到杜崇文搭著我的手稍為加勁，我看著他，他似乎仍有話要說：「死之前，有一件事我想話你知。呢一樣嘢，我仲未肯定，但係，我相信我唔夠時間去證實喇。所以呢件事，我而家話你知，之後，麻煩你搵出答案。」杜崇文一邊說，一邊試著挺身起來，可是卻有心無力。於是我挨前身體，把耳朵湊近他的嘴邊，聽他說話。而我沒想到，他餘下的話竟然會是關係到整場「尖東遊戲」的假設。而這個假設背後的證據，更是讓我聽完的當下整個人呆住了。

　　當杜崇文的話說完，他的臉色已變得極其蒼白，雙眼也逐漸成了一線。「頂住啊你，頭先先講好咗一齊生存落去，你唔好放我飛機啊！」孫恩欣走後，我才能放下無謂的面子，不再假裝冷靜。「今次⋯⋯應該唔得喇。」杜崇文苦笑一下，朝我搖了搖頭。「我哋咁辛苦先入到決賽，而且你仲未搵到你老

婆啊，你死咗咁點啊？」我試著用他的妻子去激發他的生存意志。「尋晚我哋咪講好咗囉 …… 之後 …… 靠晒你喇。」杜崇文緩緩地伸出了手，無力地搭在我的手上。「靠我？我又唔似你咁有腦，呢個遊戲咁亂咁癲，我自己一個搞唔掂㗎。」我慌張地搖著頭，同時想著到底何時才有救援。「遊戲再亂再癲，都唔係我哋控制到嘅事，所以盡做就夠。我信，你可以贏落去。」杜崇文的笑容逐漸褪色，「有啲嘢，唔一定係由最叻最醒嘅人去完成。或者，我嘅責任就只係負責將你帶到嚟呢度，之後嘅路，就要靠你孭埋我嗰份行落去喇。」

聽見這番就如遺言般的話，我知道，跟杜崇文訣別的時刻將要來臨。我握住了他的手，歉疚地說：「如果你唔係為咗救我去捅個肥佬一刀，由得佢殺咗我，而家你就唔使死，仲可以繼續搵你老婆 ……」「唔使自責，正如我老婆所講，『修讀人類學，其實係畀自己一個選擇，選擇用咩方法去處世。』救你嗰刻，其實我都冇諗太多，不過，呢個亦都係我嘅選擇。雖然我仲未搵到我老婆係好可惜，不過既然可以為眼前重要嘅人而努力，我嘅死都有價值。」杜崇文是將死之人，但偏偏仍是由他來安慰我。

此刻，我已經感動得泣不成聲，尋回妻子是他一直以來的參賽目標，可是他卻因為我而無法達成目標，然而他卻沒有半點後悔。到底我真的值得他為我而犧牲嗎？我不懂。也許杜崇文見我沒有回話，便繼續把話說下去：「人類文明進化，但係人性劣化，呢個係人類學研究入面一個不爭嘅事實 …… 只不過，如果你記得最初我喺金鐘站同你講，即使整個環境再醜陋，人類仍然可以有光輝嘅一面。我好高興，喺呢個遊戲入面，我識到你，仲揀咗你幫我手。我知，我冇揀錯到人 ……」聽見杜崇文的氣息逐變虛弱，我連忙凝視他的雙眼並說：「我應承你，我會盡力贏落去。同埋將你想要嘅真相，帶去你墳前講俾你聽。」杜崇文嘴角一揚，欣慰地說：「其實我會救你 …… 我諗 …… 都係因為我老婆

以前講過嘅嘢⋯⋯或者，其實我根本就唔需要搵我老婆⋯⋯因為，佢原來一直都喺我個心度⋯⋯」隨著杜崇文吐出最後一個字，他的雙眼也就在此刻完完全全地闔上了。可幸的是，他臉上仍舊掛著淡然的笑容。

「冇人肯幫手啊，仲可以點算啊，我已經⋯⋯」孫恩欣從另一端叫嚷著並跑了回來。當她看到杜崇文雙目緊閉，大概猜到再找幫手來救助已經沒作用了。孫恩欣跟我一樣蹲了在杜崇文的旁邊，一邊啜泣，一邊哽咽著問：「佢死之前⋯⋯仲笑緊？」「嗯。」我放任自己的眼淚狂飆，點頭說：「因為佢將希望擺咗喺我哋身上。」我跟孫恩欣一直待在杜崇文身邊默默流淚，直到後來黑衣職員再次出現，提示我們需要離開了。臨行之前，我問身邊的黑衣職員到底會如何處置杜崇文的屍體，可是並沒有人回應我。我知道再問下去也沒有用處，只能用雙眼去記住杜崇文最後的身影，以及他把希望寄托在我身上的笑容。

是日晚上，我們再次被送回昨夜所住的宿舍當中。據墨提斯所說，由於現在留下的都是晉級者，所以晚餐是比昨夜更為豐富豪華的自助餐。席上山珍海錯、極上肥牛、生蠔龍蝦，可謂應有盡有。雖然餐點琳琅滿目，可是今天在飯堂中的參賽者卻比昨天疏落，畢竟參賽者的數量從昨天過百人跌至現在只剩二十四人，場面冷清亦是在所難免。美食當前，我反而有一種嘔心的感覺，每一件鮮血淋漓的生肉都令我想起今天自己踏過的屍體；每一隻被活捉生劏後仍在抖動的海鮮，都像是今天遊戲內每個瀕死掙扎的參賽者。生命，既重，卻原來又輕如一口嚥下的食物。

最後我只是隨手拿了幾片麵包，就回到自己的房間去。昨天聚滿參賽者的房間，今天卻只剩下我一人入住。我二話不說回到自己的上層牀鋪，正要將麵包放到嘴邊，腦海卻浮現出燒

賣慘死在炎哥手上的情境，我剛打開的嘴唇也就默默地合上了。其實來到「尖東遊戲」的第三關，死亡已經算是一件司空見慣的事。但今天我的心情分外沉重，那是因為死亡實在與我擦身而過太多次。Miko、Newton、柯振明、達叔、胖漢、燒賣、杜崇文。他們當中有人只是跟我共處過一個回合、有人想要殺我、有人贈過我一枝香煙、有人是我曾經的最愛、有人是我的夥伴，即使聽起來每個人分量都不一樣，但到頭來，他們還是同樣地在我眼前逐一死去。本應我今天都屬於他們一分子，而我能活下來不過是全屬幸運。

到底為什麼只有我能夠擁有活著的運氣，而他們沒有？燒賣有照顧兄弟與大哥的義氣；杜崇文，有研究學術的能力，也有尋找妻子的痴心；即使是 Newton，也有為他人犧牲的勇氣。這些人，怎樣看都比我更值得存活在這個世界之中。還是，上天把我留了下來就是為了懲罰我，讓我繼續在這瘋狂和殘酷的遊戲中受罪？

「叩叩」，房門在這個時候被敲響。門被打開，一張熟悉的面孔探了進來。「阿昭？你瞓咗未啊？」來者是孫恩欣。「未啊。」我在上層冧鋪答了一聲。「你肚唔肚餓啊？我見你頭先冇食過嘢，淨係攞咗兩塊包，所以想過嚟睇吓你點。」孫恩欣一邊說，一邊走進房間之中。「我唔餓。」我平淡地回應說。「我攞咗啲嘢食過嚟，如果你想食可以攞嚟食㗎。」孫恩欣似乎在冧的下方放下了食物，食物的香味衝上來，可是仍然沒有喚起我的食慾。房間裡就這樣寂靜了片刻，孫恩欣溫柔的聲音再次在下層冧鋪傳來：「我知今日你可能想靜吓，咁我都係唔阻你休息喇，我哋聽日見啦。」我望見孫恩欣正朝著房門走去，不知為何，心底突然湧現出一個問題。若是換作平日精神狀態正常的我，未必會敢於開口發問這個問題。可是由於現在的我實在身心俱疲，甚至沒有力氣去讓理智控制思想，所以我不假思索地便輕聲問道：「你覺得點解我冇死到？」孫恩欣隨

即轉過身來，望向我，反問了一句：「點解你要死？」説完，
她又走回來，坐在我的下層牀，似是在等著我答話。

　　「我覺得今日死嘅人入面，全部都比我更加值得生存。」在
灰黑色的天花板，我彷彿又看見了那些死者的臉。「點解呢？」
孫恩欣再一次用柔軟的聲音反問。「因為，佢哋都比我更加
好。」這是我由衷的答案。「你唔好咩？」孫恩欣的語氣並不帶
質疑，反而帶點好奇。「我好自私，亦都好怕死。我嘅人生冇
所謂嘅目的，亦都冇造福過社會。呢個世界冇我，亦唔會有咩
大分別。」其實這樣的想法，早在參與「尖東遊戲」前已浮現
在我腦海之中，只不過經過這場遊戲，這些想法才更見鮮明。
「但係你救咗我喎。咁都算自私同怕死？」孫恩欣再三反問。
「當初我救你係因為我認錯咗你係 Miko。」事到如今，我已沒
有要隱瞞的心情。我本以為這真相會令孫恩欣反感，可是她只
是發出了「哦」的聲音片刻，然後便説：「咁你嘅原意都係想
救人吖。而且之後你都救咗桐桐，第二關又願意幫 Miko 男朋
友，仲有第三關又就算 Miko 誤會咗你都畀佢入隊，唔通咁都
唔算係好人？」「我唔係好人。一直以嚟，喺我嘅人生入面，
我都只係一個想扮好人嘅衰人。」説出這句話的時候，不知為
何我感到如釋重負，彷彿戴了多年的面具終於可以暫時放下，
讓自己呼吸一口清新空氣。「一直以嚟？」孫思欣的聲音再次
輕輕響起。她的提問恍如指尖觸碰著我的心靈，不但沒有強行
突入的粗魯，反而有一份莫名的安撫作用。在她聲線營造的氛
圍下，我説出了一句從未想過會對他人坦白的話。

　　「因為，我小學嘅時候曾經殺咗一個人。」

蠟燭

「殺人？」孫恩欣的聲音稍為提高，像是聽到了一個稀奇的大話。我嚥下了一口唾液，準備說出這不曾對任何人說過的往事。可是即使我吞了一口又一口的唾液，咽喉中的乾涸感卻仍未消退。我知道這是我潛意識裡抗拒講出這殘酷記憶的反應。只不過現在早已被壞情緒包圍的我，並不介意庸人自擾。「嗯，當年我小學五年班。班上面有一個由一年班開始就蝦蝦霸霸嘅壞同學。去到佢五年班，因為佢唔想患咗癌症嘅媽媽擔心，所以決心改過。可惜班上嘅同學並唔敢或者唔想接受佢。

但係當時坐喺佢隔籬嘅我見到佢真係唔同咗，加上我知道咗佢想改變嘅原因，所以慢慢就成為咗佢班上唯一一個朋友。點知佢為咗唔想令媽媽擔心而變好呢一個原因俾其他同學知道咗，有啲佢以前曾經蝦過嘅人趁住佢唔敢犯錯，就開始不斷向佢報復，將佢從前對其他同學做嘅嘢十倍、百倍咁放返喺佢身上。而班上另一批人雖然冇出手，但係亦都冇打算阻止欺凌佢嘅人，因為對於冇出手嘅人嚟講，有人為佢哋出返以前嘅氣，其實都係一件好事。

但嗰個同學好勁，即使書包啲嘢俾人倒晒出嚟、功課俾人靜靜雞偷走撕碎，佢都冇對任何一個人出手。因為佢有我繼續支持佢，而且亦都希望佢媽媽唔需要擔心佢。皇天不負有心人，佢媽媽見到佢成績慢慢進步，而且少咗收到老師投訴，可能因為咁而心情好咗，連面色都慢慢好轉。

點知，有一日，欺凌佢嗰班同學嚟搵我。佢哋要脅我唔可以再同佢玩，如果我唔聽佢哋講，唔單只我會冇晒朋友，而且亦都會俾人蝦埋一份。嗰時嘅我其實本身都係得幾個朋友陪我

捉棋，我真係唔想連幾個朋友都冇埋，仲要日日俾人蝦。所以最後我向恐懼低咗頭，背叛咗嗰個視我為唯一朋友嘅佢。自從嗰日開始，佢嘅校園生活變得好孤單。但係孤單已經算係好日子。因為佢一唔孤單，就代表啲人又去咗蝦佢。而我即使內心有幾嘥囉攣，都只係默默繼續同我班朋友捉棋，扮睇唔到佢到底有幾慘。

直到有一日，佢喺上堂途中俾老師叫咗佢出班房後就再冇返過嚟。第二日，佢又好似平時咁照常返咗嚟學校，只係表情比平時更加木獨同邊。見到佢呢個樣，其實我好想去關心吓佢，但係我又怕俾其他人發現，所以最後都係忍住咗。而就喺呢個時候，平時蝦佢嗰班人又圍住咗佢有講有笑，而佢就好似平時咁唔出聲由得佢哋講。直到其中一個人攞咗佢媽媽嚟講笑，佢突然好似癲咗咁樣，一手拎起咗張櫈就車落個同學度，個同學即刻痛到攤咗喺地下喊。但係佢完全冇打算停手，仲即刻執返起張櫈，打算打埋其他人。其他同學望到佢發晒癲都好驚，有啲喺側邊睇都睇到喊，而冷靜少少嘅班長就第一時間衝咗去搵老師。

其實我以前都見過佢發嬲好多次，但係冇一次好似嗰次咁失控、咁不顧一切。佢一路拎起張櫈追，啲同學就不斷從班房度跑出嚟，成件事好似走難咁，搞到連隔籬班嘅人都出埋嚟食花生。由於事態嚴重，訓導老師好快就趕到，班房入面只係剩返我同埋幾個想食花生又比較大膽嘅人。訓導老師一入嚟，即刻大聲喝停咗佢。聽到訓導老師嘅大喝，佢停咗手，然後用手將櫈拋咗落地。訓導老師走埋去，好惡咁問佢點解要打人。

你有冇試過屋企跳 Fuse？跳 Fuse 就係一瞬間你全屋嘅燈會由最光猛變到黑晒。我好記得，喺嗰一刻嘅佢就好似跳咗 Fuse 一樣，由瘋狂嘅狀態，轉眼變成崩潰咁喊。佢呢一個轉變，唔單只同學，就連上一秒質問緊佢嘅訓導老師都

嚇咗一嚇。當時佢一邊喊到眼淚鼻涕都流晒,一邊歇斯底里咁問老師,點解當佢每次做錯嘅時候就會有訓導老師嚟罰佢,但係當佢好努力變好嘅時候,就連一句讚賞都冇聽過。點解當佢以前蝦同學嘅時候冇人理佢,但係到佢想學好,大家都一樣係排斥佢唔理佢?點解冇人願意原諒佢?點解冇人願意畀機會佢?

佢一邊喊一邊跑走咗。訓導老師見到當然即刻追咗出去,而我亦都好自然咁跟住跑咗出去。佢一直跑,一直去到學校嘅天台,而在場嘅就只有訓導老師、我,仲有幾個八卦嘅同學。佢一跑就跑到去天台邊,訓導老師已經睇得出有啲唔對路,本來想出手拉住佢,但係又怕嚇到佢再企出啲,所以唔敢輕舉妄動。當時我見到佢喊得咁慘,加上聽到佢喊住講嘅說話,其實我真係好內疚。雖然我嗰時細個,但係我睇過咁多電視劇,心入面都估到到底佢想做咩。於是我嘗試慢慢走近佢,希望可以勸佢企返入嚟,唔好傷害自己。佢見到我,反應唔算好大,只係不斷咁喊住問我:『點解你唔再同我玩?』而我只可以好無奈咁講出事實,話佢知其實係班上面其他同學逼我咁做。我冇諗到佢聽到之後唔係嬲,表情反而放鬆咗,然後微笑咗一吓,望住我講咗一聲:『咁就好喇,起碼,我仲有一個好朋友。』然後佢就帶住呢個笑容,轉身喺天台跳咗出去。」

昔日的畫面 —— 在灰黑色的天花上閃現。他尋死前的一笑。他飛出天台的身影。還有那破空墮地的響聲。以及我只偷瞄一眼卻銘記至今 —— 他屍體的影像。他就像一個被小頑童扭得四肢歪曲的玩偶,倒在一片散落在地的大紅花上。扭曲、艷紅和血花,自此就成為了我對死亡的印象。

「……阿昭,阿昭!」下層牀鋪傳來孫恩欣的聲音,將我從童年的夢魘中救回到現實。「我明白你會對你嗰個朋友有內疚,但係都唔可以話係你殺咗佢吖。」孫恩欣不解地說。「後

來，當時喺另一班處理緊其他嘢而未能夠趕得切解釋情況嘅班主任同我哋講，原來佢嘅媽媽就喺前日佢上緊堂嘅時候因為急性併發症死咗。所以嗰日有人用佢媽媽講笑，先會觸動到佢神經，令佢有咁大反應。班主任亦都安慰我哋，唔需要太自責，因為嗰個同學自己都有責任。聽完老師咁講，我其實完全接受唔到呢個解釋。我諗過好多好多好多次，如果我當日冇放棄到佢，我一直都喺佢身邊陪佢一齊俾人蝦，再陪佢經歷佢媽媽嘅死，或者佢就唔會自殺。當時喺班入面就只有我一個可以做到陪伴佢嘅角色，但係偏偏，就係我放棄咗佢，係我扼殺咗佢生存嘅最後希望。

由細到大，我阿媽都教我要做一個好人，好人就有好報。所以從細開始我都好努力去做一個好人，至少做到人畜無害。但係經歷咗呢一次之後，我發現，自己不自覺咁樣比以前更努力去扮演『好人』嘅角色。人哋叫我幫咩我都幫，人哋叫我做咩都唔會托手踭。我知道其實我呢種『懶好人』係有啲病態，我只係好想彌補五年班嗰一次冇堅持到做一個好人，最後累死咗佢嘅遺憾。但係，我知道我心底根本就唔係一個好人，我要扮演好人其實只係想自保，想令自己唔使得失其他人。即使到而家做咗大人之後，我都唔覺得呢個世界同當年有咩分別。世界依然咁亂，每個人依然為緊自己嘅事情去忙；好與唔好並唔重要，因為每個人都只係為咗自己可以過好日子而生存。就算你想做好人，但要生存嘅話，到頭來都只可以選擇默默咁跟住大眾嘅做法。而其他人嘅死活，根本就當完全同自己冇關，而且最好就同自己冇關。

我就係一個咁自私，一個咁無關痛癢嘅人。所以我真係唔明白，到底點解唔係我死，而係要杜崇文死？甚至，燒賣嘅人生至少都為咗耀揚、為咗保護佢大佬而奮鬥。比起佢，我其實更加冇生存嘅價值。因為，我連自己想要啲咩都唔知。」

這一番心底話，其實早已蘊藏許久。只是我一直用忙碌的日常生活、工作和社交，來逃避內心的自卑和自責。直到現在，當我已不能承受再多的壞情緒時，我唯一能做的就只有將它們一次過釋放。隨著翻滾的情緒，眼淚也如洪水般一併傾流。

「我記得當萬以安死嘅時候，我曾經都同你諗過同一個問題。到底，點解死嘅唔係我，點解佢咁好人都要死。或者，有啲嘢而家搵唔到原因，並唔代表冇原因。比起五年班嘅你，至少喺今次嘅『尖東遊戲』度，你曾經有努力救過人，亦都努力保護過你視為重要嘅人吖。雖然呢啲唔算係咩生存價值，但係活好當下每一刻，唔係已經好好啦咩？」孫恩欣的聲音從與剛才不同的角度傳來，我轉頭一看，原來她站了起來，用溫柔的眼光凝望著我。雖然被她盯著自己的哭相，但我卻沒有感到尷尬，眼淚反而跑得更快，並說：「活好當下，其實又有咩用呢？即使救得一個，但係死嘅人都係有好多。而且杜崇文、燒賣呢啲好人都係冇好下場，壞人偏偏可以生存，咁到底活好當下又有咩用？」孫恩欣緩緩嘆出了一口氣，把頭枕在上層牀鋪的欄杆上，仰望著天花說：「對於生死，對於呢個世界，或者呢個『尖東遊戲』，我哋都冇辦法去改變，亦冇法控制。改變，喺呢個世界，或者呢個世道入面實在太難喇。所以我覺得善良，或者你口中所講嘅好人，存在目的並唔係要改變世界。善良對我嚟講，就好似喺一間從來都只有漆黑嘅房入面放一枝蠟燭。蠟燭總會熄滅，但係足以令房入面嘅人認識到，原來呢個世界入面有一樣嘢叫『光明』。

就係因為壞人當道，所以先需要更加多人願意選擇善良。如果每一個人都話壞人當道，所以不如一齊做壞人，咁呢個世界最後就只會剩低一片黑暗。所以我堅持善良唔係因為要改變啲咩，亦唔係為咗其他人，而只係我心入面單純咁想令呢個世界因為自己而多一份光明。即使只係多一秒嘅光，所有嘢就

已經有一啲唔同。」孫恩欣説出以上這番話的聲音就跟平常一樣溫柔，但我卻能夠聽出她的語氣比平常更用力。單憑她的語氣，已足以令我感受到，她是如此相信著自己所堅持的「善良」。或者，孫恩欣所説的是對的。

我知道自己一直在逃避「善良」，我想當一個好人，也擔心作為一個好人會被世界厭棄，但從眾之後卻又會被自己的良心責備。我的人生，就在不斷糾結與自責的輪迴之中。直到聽了孫恩欣的話，我才發現自己實在想得太多，太多。在亂世之中，期望憑能力可以改變或影響身邊的一切，這實在是一件遙不可及的事。我試圖將許多外界的責任，無論是他人的眼光、我那位朋友的死、或是他人的快樂，都背負在自己的身上。但我要學習接受的是，世界無常，不可控的實在太多。對於過去，我們不能逆轉；對於未來，我們無從預測；我們能真正決定的，就只有此時此刻的這一個瞬間。

所以在當下忠於自己，就是唯一、完全屬於自己的選擇。坦白、直率、認真地凝視自己的心，忠於自己，成為一個自己想成為的人。讓自己不再被從前的錯誤糾纏，反而願意為當下的選擇負責。就似杜崇文死前所説的，比起生死未卜的妻子，他情願先救肯定可以活著的我。不以過去或未來作為藉口，單單活好現在、當下，或許已經是一件很了不起的事情。這也許就是杜崇文死前告訴我的：「遊戲再亂再癲，都唔係我哋控制到嘅事。所以，盡做就夠。」「而且，」孫恩欣的聲音響起，再次凝視著我説：「如果當初唔係因為你善良而去救我，我們又點可能遇上呢？」

孫恩欣溫柔的目光落在我的臉上，我心神一蕩，不由自主地把手伸出，輕輕握住了她擱在牀邊的手掌。感覺，就像一艘無目的地漂流的小船，終於找到了一個可以繫繩停靠的錨點。孫恩欣櫻唇微張，對我突如其來的動作有點意外，但她並沒有

逃避，反而用溫柔的力度握了握我的手掌，以示回應。我們互相對望著，坦誠地凝視彼此的雙眼，就像想要直達對方的心一樣。從孫恩欣薄薄的皮膚上，我的指尖彷彿能感受到她脈搏的跳動。那跳動的頻率正好跟我的心跳共鳴著。「你可唔可以應承我一樣嘢？」孫恩欣用認真的表情看著我。「嗯？」我虛應一聲，讓她先把話說下去。「聽日就係最後一場遊戲。但係既然你未搵到自己嘅生存目標，你可唔可以盡力咁畀善良嘅自己喺遊戲度生存落去？」孫恩欣伸出了另一隻暖和的手掌，雙手合起來包裹著我的手，就像對待禮物一樣小心翼翼地捧著。「喺呢個世界或者呢個遊戲入面，有時候我已經分唔到到底咩先係真正嘅善良，而自己到底做啲咩先啱。」我像個孩子般軟弱地看著孫恩欣。「其實好多時我都唔知可以做啲咩，不過⋯⋯」孫恩欣一笑，將手掌輕輕落在我胸膛心臟的位置上：「當我迷惘嘅時候，我會聽吓自己嘅心聲。我相信只要你願意靜落嚟，坦然面對自己嘅內心，佢會話畀你知你應該做啲咩。」

　　內心，就會有答案嗎？我並沒有問出口。我不確定到底自己是否真的會有找到生存目標的一天。但是，如果說只要將目光放在當下，由活好眼前這一天開始，然後把路慢慢開闊，或許就會在路上偶然發現自己生存的目標，聽起來似乎沒有那麼困難。

　　「我會。所以你都要好好咁生存落去。」我學孫恩欣，將另一隻空著的手也伸了出來，反過來將她另一隻空著的手蓋在我胸膛之上。杜崇文，我曾跟你立誓要一同好好活下去，可惜到最後我們並沒有成功守約。現在請你祝福我，讓我可以全力守護眼前這個再次跟我立約的人，讓我們平安地度過明天，可以重新見到牽掛的人，還有那代表光明的燦爛陽光。

兩難

漆黑。在我眼前就只有伸手不見五指的一片漆黑。

我記得昨晚入睡之前，孫恩欣提出可以留在房間中伴我入睡，所以最後她躺在我的下層牀上，跟我再談了好一會兒的話，然後就忘了到底是誰先默默入睡了。現在我雖然不能視物，但卻能感受到自己正伏案而睡，並非身在原來的牀上。而且我身上衣物齊備，就連鞋子都已經有人代為穿上，根據先前幾場遊戲的經驗，看來當我在睡覺的時候，就已經被遊戲機構搬離了原本的房間。可是，我現在到底又在何方呢？

房間裡只有我自己的呼吸聲清晰可聞，從這一點大概可以推測房間中只有我一人。我嘗試放膽伸出雙手摸索，在觸手可及的範圍下，我摸到前方有一個冷冰冰的平面。根據質感推斷，我摸到的很大可能是一個類似電腦屏幕的東西。正當我打算繼續憑感官去探索這個房間時，房間的燈光突然全部亮了起來。我一邊適應著突如其來的猛烈燈光，一邊視察著自己所身處的地方。

這房間不大，應該連一百呎也不足。房間顏色全黑，兩邊牆壁加上了隔音棉，說不定「聲音」就是這關遊戲的元素之一。我正坐在一張電腦椅上，眼前是一張辦公室式的工作桌子，上面放有一個鍵盤和兩個屏幕。簡單來說，整個房間的佈置就似一間一人使用的自修室。

從「尖東遊戲」開始以來，我從未試過一個人獨處。先前三關都可以跟其他參賽者互動，但現在我卻落得一人獨處，心裡不免有多少緊張。當我一緊張，內心自然就想到了孫恩欣。

她現在跟我所經歷的情況一樣嗎？還是她正獨自面對其他挑戰？

「各位親愛嘅參賽者你哋好，我係墨提斯，首先，我要代表遊戲機構向大家致歉。」房間中傳出墨提斯的聲音，但她這次認真沉實的語氣有別於平常的高亢可愛，使我格外留神。「本來經過尋日嘅『埋舟遊戲』之後，大家係可以直入決賽嘅。但係原來進入決賽嘅參賽者數量比我哋事前預計嘅多。基於決賽場地同比賽形式嘅考慮，所以需要處理現時決賽人數過多呢個問題。為咗解決問題，我哋特別喺今日加開咗一場附加賽，目的係將目前二十四位參賽者淘汰一半。對於尋日畀咗錯誤嘅期望大家，我再次代表機構深表致歉。而為咗表達歉意，我哋機構已經過咗十萬港元去你哋每位嘅銀行戶口，當做係小小賠罪禮物。」

附加賽？淘汰一半參賽者？

這個突如其來的消息，實在令我有點難以消化。本來以為今天只需要捱過決賽的苦戰，但現在卻多了一場死亡率有 50% 的附加賽，而且孫恩欣並不在我的身邊，這複雜又不利的情況使我更感頭痛。「好啦，講完啲沉重嘢，開心嘅墨提斯又返嚟喇！」不出五秒，墨提斯的聲音又回復平日原有的誇張語調，讓我肯定她剛才的沉重全都是裝的。「今次嘅附加賽呢，如果大家睇得書多就一定識㗎喇！嘩，話晒大家都係最接近決賽嘅參賽者，相信都有返咁上下智慧嘅，不如喺我介紹之前，首先畀大家睇睇今次嘅遊戲場地先啦！」

墨提斯聲音剛罷，兩個電腦屏幕立時亮起。左右畫面中，同樣是一條隧道與路軌，而透過畫面所顯示的玻璃幕門和倒影，可以得知畫面中的路軌正是尖沙咀站的行車通道。看著這個畫面，我不由想起經典的血腥電影《恐懼鬥室》中將受害者

綁到路軌上玩死亡遊戲，一旦限時內未能破解，則會被行駛的列車撞得面目全非。一想到此我就不敢再幻想下去，況且，到底「尖東遊戲」的主辦機構會否照辦煮碗也是未知之數。

「相信大家都認得，今次嘅遊戲就係喺尖沙咀站嘅軌道上面喇！呢一關附加賽嘅名就係……『列車難題』！相信大家學富五車，一定有聽過『列車難題』呢個經典嘅哲學問題啦！如果冇嘅，我簡單話你聽，就係當一架行駛中嘅列車準備撞向三個人，而同一時間，只要你揪掣令列車轉向，列車就會撞向隔離路軌嘅一個人。咁到底你會唔會揪呢個掣呢？你又覺得值唔值得用一條命救三個人呢？其實例子係點唔重要，『列車難題』最難嘅就係當中嘅兩難局面。喺今個回合入面，你哋每位參賽者將會有機會喺一個又一個嘅兩難局面之中作出艱難嘅取捨。

遊戲嘅玩法係咁嘅，遊戲將會分成十二個回合進行，每個回合將會有兩名參賽者成為『人質』分別被帶到兩邊嘅路軌上面，而留喺房間入面嘅參賽者將會成為『車長』。當『人質』出現嘅時候，行車通道會熄燈，冇人會見到『人質』嘅真正身份。然後每位『人質』會有一分鐘時間為自己表述，向『車長』提出自己值得生存落去嘅原因。當然，『人質』講嘢嘅時候，兩邊嘅聲音都會經過處理，所以『人質』嘅身份係會保密嘅。聽完兩位『人質』表述之後，『車長』將會有三分鐘時間進行判決，到底要保留邊一位『人質』嘅性命。揀好之後，只需要喺所選『人質』嗰邊嘅屏幕點一下，我哋就會收到大家嘅投票。根據投票人數，得票較低嘅一位將會被視為出局，接受被淘汰嘅命運。而淘汰嘅方法非常簡單，就係直接被行駛中嘅列車直接撞死，呢個直截了當嘅死法，亦都係我哋機構希望畀咁多位尊貴嘅附加賽參賽者嘅特殊優待嚟㗎！

我知道可能有聰明嘅參賽者已經諗到，如果兩位『人質』得票相同咁又點算呢？好簡單，如果『人質』得票相同，咁佢哋會被視為未夠資格存活，所以就會一齊淘汰出局喇！當『人質』過關之後，就可以返去房間繼續擔任之後嘅『車長』角色。為咗保障今次遊戲公平，我哋只准許『人質』喺遊戲過程中發言，而發言內容係可以講咩都得㗎，兩位『人質』亦都唔會聽到對方所講嘅內容！至於房入面嘅『車長』喺過程中係冇發言權嘅，所以每個房間都已經設有隔音裝置同埋鎖上房門，費事出現作弊嘅問題啦！如果房入面嘅參加者遇到任何問題，只需要撳吓屏幕後面嘅紅色掣，我哋就會派出專人去幫你哋㗎啦！係咪好貼心呢？最後嘅最後，我哋會為每位參賽者送上『人質名冊』一本同文具，入面有齊晒廿四位參賽者資料，大家亦都可以視為參考書咁用嘅！」墨提斯剛把話說完，我的背後就傳來了「嗦」的一聲。我回頭一看，原來是有一本小冊子從門縫下滑了進來。我把小冊子拾起來打開一看，裡頭每頁都只寫了一位參賽者的名字以及附有相片，內容就是如此簡單。我翻動著小冊子，當中除了有我和孫恩欣的照片外，比較有印象的還有炎哥、耀揚，以及吳秀嫻（我倒是沒想過她竟然能捱到現在這一關）。而綜觀其他參賽者，可謂男女老幼皆有，或多或少也在遊戲或宿舍中曾經碰面。

我記起之前杜崇文在每次比賽之中，都總會保持沉默一陣子，而經過思考之後，他就能夠提出一針見血的見解。他的示範告訴我，面對困境，不須急著應對。重點是思考，透徹地思考。於是，我認真地坐在桌前，將小冊子奉若神明般放好，然後像杜崇文一樣開始思考。撇開以體力及速度為主的第三關「埋舟遊戲」，杜崇文在首兩關的思考模式都是以遊戲的本質出發。第一關，他從遊戲名稱「跑壘遊戲」中推測出安全終點的位置；第二關，他透過看穿遊戲的破綻，從而為自己留下了必勝的生路。換言之，從遊戲設定的本質思考，或者就可以尋找到生存的方法。

目前所見，這一關「列車難題」雖說是附加賽，但它的賽制簡單而精細，就連參賽者之間不能溝通等細則都設定好，所以絕不比之前幾關容易。而從遊戲細則中，參賽者只能憑著一分鐘的表述時間來為自己爭取生存機會，之後就是「車長」作出判決。聽起來，遊戲玩法相當清晰，基本上就是一場「聽表述，決生死」的遊戲。想到這裡，我不禁看著桌子上端正地放著的小冊子。突然之間，我萌生出一種奇怪的感覺。這本小冊子就像完美坐滿十二人一席的桌子，卻來了第十三個人的情況，簡單來說就是多餘的。

遊戲規則簡而精，基本上沒有遺漏或灰色地帶，玩法也是相當明顯的「聽表述，決生死」。既然只是一個「聽表述」的遊戲，為什麼遊戲機構要刻意提供這本只有參賽者姓名與照片的小冊子呢？因此，除了在大局中尋找破綻外，在完整中發現多餘的存在也是一個值得深究的地方。或許這一點「多餘」，能夠成為我在本關生存下去的關鍵線索。

價值

　　小冊子的內容空洞得只有照片和名字，若加上參賽者的背景資料，或者會有助「車長」選取保留哪一邊的參賽者。但現在小冊子沒有這一項資料，那就代表它的作用並非提升參賽者的生存價值。換個角度來想，這本小冊子的出現，最重要是為我們提供了「到底有什麼參賽者」的資訊。可是，這項資訊到底對比賽有何作用呢？一時之間，我未能猜透。這時候，墨提斯的聲音在廣播中再次響起：「各位參賽者大家好啊！喺大家等候緊嘅呢段時間入面，我哋已經預備好第一回合嘅兩位參賽者喇。一陣，佢哋將會各有一分鐘發言時間。發言之後，就到大家投票嘅時間㗎喇。而家事不宜遲，馬上開始我哋嘅第一回合！」

　　墨提斯話音剛落，兩個電腦屏幕同時亮起。只見在兩條原本空蕩蕩的列車軌道上，現在已各有一個被全身包滿黑布的人躺著。由於黑布完全把人藏起來，所以從屏幕裡完全看不清楚當中那人的高矮肥瘦，更遑論要知道那人的身份。

　　這時候，有一把在港鐵廣播時常聽見的聲音響了起來：「現在，先由一號人質發言。」左邊的屏幕上方亮起了「一號」的燈光，同時，屏幕傳出了「沙沙」作響的雜聲。「我係咪可以講喇？」一把明顯經過變聲處理的聲音，從左邊屏幕傳出。那聲音未待回應，便急切地繼續說道：「唔理喇……求吓大家，畀條生路我行吓！我屋企有老公有女，個女先得六歲，咁細就冇咗老母好陰公㗎！佢晚晚都要聽我講完故事先瞓到，呢幾晚冇咗我，佢一定好擔心，都唔知瞓唔瞓到……仲有啊，我老公係長期病患者，有高血壓糖尿病，成個屋企淨係得我一個收入來源。冇咗我，佢兩個就淨係可以靠傷殘津貼同綜

援㗎啦，你話點生活吖？所以求求你哋，留住我條命啦，救一個等於救三個啊！同埋⋯⋯」

一號人質不停說話，後來聲音戛然而止，相信是一分鐘的時限已到。雖然說話者未有道明身份，但相信就是吳秀嫻無誤。從表面的內容上來看，支持吳秀嫻生存的理據確實頗足，除非她的對手能拋出更震撼的背景，否則吳秀嫻生存機率頗高。思緒到此，港鐵廣播的聲音又再次響了起來：「現在，由二號人質發言。」左邊屏幕轉暗，而右邊的屏幕上方隨即亮起了「二號」的燈光，然後一把跟「一號」同樣經過處理的聲音開始說話：「我一生貢獻社會良多，由二十三歲開始擔任教師，一直春風化雨，作育英才。我奉獻咗人生最燦爛嘅年華喺教育上面，我曾經令一班 Band 3 學生回頭是岸，重返校園；而喺近年，我更加投身跨校戒毒組，幫助邊青⋯⋯」「二號」人質的說話，我只聽了一半已經感到興趣不大，所以改為翻動手上的小冊子。雖然我並不知發言者的身份是誰，但當我用他說話的內容嘗試一一對照小冊子內的照片，其中有一個頭髮半白，腰板挺直，衣著端莊的中年男士，似乎最切合當前發言者。

經過這一回合，我突然恍然大悟，開始明白這小冊子的用途。表面上，我們並不知道「人質」的真正身份，但通過小冊子，我就可以推敲出「人質」的身份，從而左右判決。例如說，如果兩位參賽者中有一個明顯較具威脅性，即使他的故事有多動人，生存理據有多充分，我相信到頭來還是會被其他參賽者淘汰出局。如果我的想法沒錯，小冊子的功用就是用作暴露參賽者們的身份。如果像吳秀嫻這類期望被知悉身份去搏取同情分的參賽者，這本小冊子無疑對她是一大幫助；但如果像炎哥這類犯眾憎的參賽者，這小冊子則可能成為他的索命符。

「現在兩位『人質』已經發言完畢，『車長』投票馬上開始。請小心點選你認為值得生存嘅『人質』嗰邊嘅屏幕。投票將會在三分鐘後結束。」機械化的廣播聲響過後，兩邊屏幕同時亮起，並發出輕微的閃動，提示著我要完成投票。說實話，論功德，或者中年老師的生存價值比吳秀嫻這酒樓女工高。可是吳秀嫻既能引起大家同情，同時，把她留下來進決賽的威脅性應該沒有留下一個有知識的男人那麼高。所以基於策略性的考慮，我打算按在「一號」屏幕上。正當我要把手指點到屏幕上前，我腦海中突然閃過孫恩欣的一句話：「堅持善良，唔係因為要改變啲咩，亦唔係為咗其他人，而只係我心入面單純咁想令呢個世界因為自己而多一份光明。」我望著自己伸出的手指，然後緩緩地收了回來。這遊戲美其名為拯救人質作出選擇，事實上大家都心知肚明，其實這根本就是一個二選一的殺人遊戲。可是正如孫恩欣所說，我們未能左右局勢，也不能選擇過去未來的方向，唯一能控制的，就只有此時此刻的決定。而我想忠於自己的內心，選擇良善。

三分鐘投票時間就此結束。左邊吳秀嫻的屏幕上多了一個「16」字，而右邊屏幕則有一個「4」字。「根據投票結果，一號人質有十六票，而二號人質只有四票，所以我而家宣佈，第一回合，能夠生存嘅係一號人質！」墨提斯的旁白聲一響起，兩邊屏幕卻同時轉為漆黑一片。與此同時，「伏伏」的聲音從右邊屏幕響起，驟然聽來，似乎是列車駛出的聲音。「唔好啊，點解啊，點解係我啊……？」驚恐的叫聲從屏幕中傳出，尾音一直迴盪，卻再沒有聽到有下一個字。即使屏幕中沒有畫面，但我單聽淒厲的聲音也能夠感受當事人的痛苦。

相隔大約一分鐘，墨提斯的聲音又再響起：「大家好，辛苦大家等咗一陣，而家即刻進入第二回合！」左邊屏幕亮起，聲音從中傳出：「我係耀揚，炎哥嘅其中一條嘅。」此話一出，我不禁驚訝得瞠目結舌地看著屏幕。要知道炎哥等人一直在遊

戲中都屬於不討好的一群，所以按照我剛才的想法，他們若要明哲保身，理應盡可能不泄露自己的身份。而現在耀揚直接道破自己的身份，不就是自尋死路嗎？

只聽耀揚繼續用被處理的聲音説：「我知，你哋每個人都好L憎我，但係唔該你哋諗清楚，你哋唯一嘅敵人，亦都係最難對付嘅敵人，係炎哥，宋一炎。我一直以嚟對於勝負都冇興趣，我之前都只係為咗生存先要打交。但係我話畀你哋聽，由尋日宋一炎呢條仆街殺咗燒賣開始，佢就已經唔再係我大佬。相信你哋自己都知自己咩料啦，論打交，你哋冇人會夠佢砌。而以我對佢嘅認識，我好相信佢呢隻老狐狸喺呢關一定唔會死。所以，如果你哋唔想喺下一關俾佢屈機，你哋就留返我條命啦，我一定會打L到佢⋯⋯」耀揚就這樣一直痛罵炎哥，直至表述時間用完。聽完他整整一席話後，我完全扭轉了自己最初的想法。

即使其他人可能痛恨耀揚，但耀揚卻精彩地利用了自己可以抗衡炎哥的身份，從而吸引畏懼炎哥的人把票投給他。這絕對是「置之死地而後生」的一記妙著。經過昨天的「埋舟遊戲」，每個人在比賽完結集合時看見耀揚淚流滿面並對炎哥恨之入骨的表情。所以，耀揚此刻的發言有絕對的説服力。而加上他流利的粗言穢語，更是使他的身份昭然若揭。結果，另一個人質的發言似乎已經變得不重要了。在這一輪投票中，耀揚以壓倒性的十五票比三票成功換來生存機會，至於投票結果再次比總人數少，我相信，這就是我跟孫恩欣身處在不同房間中的默契，同時也是彼此仍然安全的證明。

接下連續好幾回合，各類型的生存理由都開始派上用場。有人將單親的家庭背景公諸於世，有人細數自己畢生作過的十大善事，有人道盡生平悲慘可憐，有人以家人作為理由自辯。令人感慨的是，所有人生的愛恨悲歡，原來都可以成為不同人

的生存原因。聽著人們逐一數算自己值得生存的理由，本來應該是一個讓人為之動容的場面，可是，當我知道說話者或許不出片刻就要被列車撞成一片肉漿，我會情願投放少一點感情在其中，假裝每個參賽者都只是在虛構故事，那麼至少當我聽到他們死亡前的哭號時，良心沒有那麼過意不去。

轉眼之間，遊戲來到了第八回合。這次同樣是由身左邊屏幕的一號人質首先發言。

「大家好，我係孫恩欣。」一聽這句話，我就像一個從夢裡驚醒的人，猛然挺身起來。根據我每次嘗試用小冊子和文具對應及記錄人質身份，孫恩欣的確應該並未登場。現在孫恩欣出現，也就代表我要準備為她破戒按下投票鍵，好好保住她的性命。「我其實係一個好普通嘅女仔，冇咩殺傷力，即使今場唔死，下一場都可能會死。我覺得我值得生存，係因為我曾經喺比賽入面救過人。例如第一關，我就曾經救過一個小妹妹。喺嗰一關入面，我同呢個小妹妹相處得好好，佢臨走之前仲錫咗我一啖。佢令我相信，好人會有好報，而炎哥嗰一種人先值得俾大家投票處死。我自問跑得唔快，力氣亦都唔大，喺咁多參賽者之中，實力可能係最弱嘅一個，我之前贏到都靠身邊嘅人。但係我希望我嘅愛心可以感動大家，令大家投票畀我。多謝。」聽著孫恩欣簡短的說話內容，她並不似其他選手一樣以自己的人生作為賣點，反而強調她在比賽中作過的善行。這一點，其實令我有點擔心。因為在這回合之前，就有一兩位選手多番強調自己是個好人，所以值得留下，但到最後還是被另一邊擁有較悲慘人生遭遇的參賽者所淘汰。如果孫恩欣用她和萬以安的故事作為表述，效果會否更好呢？想到這裡，我感受到自己的手心正在為她悄悄冒汗。在擔心的同時，我對目前的狀況又感到略有不妥。可是一時間又說不出這種感覺從何而來。

說時遲那時快，左邊屏幕已經暗淡下來，改為右邊屏幕亮起。「大家好，其實如果要講我自己值得生存嘅原因，我會話我嘅爸爸媽媽需要我，我未環遊完呢個世界，我仲有好多好多嘢想做。但係，我真係講唔出點解我比另一邊路軌嘅人更值得生存。因為每個人都係獨一無二嘅，所以每一個生存嘅原因都係咁珍貴。其實如果講死，我一早就應該喺第一關就死咗。我之所以能夠喺度講嘢，全因為我遇上咗一個善良嘅人。佢擁有連自己都唔察覺嘅善良，從第一關開始就一直努力咁保護我，我先可以喺呢個遊戲入面生存到咁耐。盲目嘅善意係危險嘅，反而經過掙扎之後所選擇嘅善良先係最珍貴。世界好亂，人生嘅每一日都充滿掙扎，但正因為咁先值得你做好每一個善良嘅決定。所以，如果呢番說話係我最後嘅遺言，我只係想對嗰位善良嘅人講，多謝你嘅善良，希望你珍惜呢份喺亂世之中彌足珍貴嘅善良。最後我想同你講，其實，我……」右邊屏幕的聲音在此中止，燈光也隨即暗淡了下來。同時間，我的心也像在深海中被綁上了巨石一樣，沉到深不見底的深處。

我說不出半點話來，手腳像是失去了溫度和觸覺，僵硬地凝結著。我已經不曉得作出反應。因為，我知道自己已經陷入一場似乎不可能逆轉的死局當中。

密室

孫恩欣要死了。這是我嚴重打結的頭腦唯一能夠整理出的句子。

經過剛才右邊「二號」人質發言後，我能得出的結論有三個：一、從右邊「二號」人質的發言內容可以推測，她才是真正的孫恩欣。二、左邊「一號」人質並不是孫恩欣，那人只是一個惡意的偽裝者。三、從表面的發言看來，真正的孫恩欣相當不利。換言之，孫恩欣可能要死了。

同時間，我終於明白自己心裡為何會在「一號」人質發言後冒起一股不妥感。現在我知道一號人質只是一個假冒者的時候，我後知後覺地留意到他說話裡的問題所在：那人的說話，實在太自我中心。如果那人真的是孫恩欣，她絕不會不斷強調自己做過的好事，她甚至不會刻意去為自己爭取。在善良的孫恩欣眼中，她總是先看見別人的需要，然後才看見自己。所以「二號」人質的發言，才真正有孫恩欣的本色。可惜，我被「一號」人質搶先聲明「自己就是孫恩欣」的發言蒙蔽了，竟然現在才發現真相。

「現在，兩位『人質』已經發言完畢，『車長』投票馬上開始。請小心點選你認為值得生存嘅『人質』嗰邊嘅屏幕。投票將會在三分鐘後結束。」港鐵機械式播放的聲音響起，遊戲進入三分鐘的投票階段。以剛才二人的發言內容來看，當大家都以為「一號」人質是孫恩欣，相信大部分人都認同孫恩欣是實力較弱的參賽者，而未能確實身份的「二號」人質，被投票殺死的機會自然較高。所以當下這三分鐘，就是孫恩欣的死亡倒

數。昨天我才扶著杜崇文微溫的屍身；今天，我絕不能眼睜睜看著孫恩欣在我眼前死亡。我要救她。

然而我現在被困於這個密閉的房間之中，我還可以怎樣掙扎呢？即使房間不是密閉，但假如我所在的房間根本就不在尖沙咀站，我還是來不及救孫恩欣。慢住。「不在尖沙咀站」。當腦海中閃過這六個字時，我同時浮現了一段與杜崇文的對話。「尋晚，我哋所有人都只係喺一個搭建出嚟嘅大型佈景度玩呢個『跑壘遊戲』。但係你諗吓，嗰個站由出閘機、月台設計、廣告板都做到一絲不苟，而且仲可以同地鐵連接，可想而知，遊戲背後嘅組織到底有幾咁財雄勢大……」這一段推測，是杜崇文在尖沙咀站跟我分享的。既然如此，說不定孫恩欣現在只是被關在搭建出來的月台上。進一步推想，每位擔任「車長」的參賽者最快可以在數分鐘內就被帶到月台成為下一回合的「人質」，這就代表，房間所在的位置應該跟月台相當接近。所以如果我能逃出這個房間，我還是有可能及時救走孫恩欣的。

一想到此，我精神便為之一振。我仔細地打量了房間一遍，房間有三面隔音牆壁，最後一面是門。門並沒有門把，它應該是一道外面才有門把的鎖款。以我作為機械工程師的經驗，一般單面門把的鎖款結構都會比較簡單，就跟家用的球形門把結構相若。如果有工具，即使只有一把螺絲批，要把鎖拆開應該並不難，可是我現在並沒有任何工具。我一瞧電腦屏幕上的計時器，目前距離投票時間結束還剩兩分四十秒。我明白若要救孫恩欣，就先要爭取多一點時間。看著眼前這兩個電腦屏幕，我頓時有了一個想法。

我一手拿起了右邊的電腦屏幕，然後狠狠地將它朝牆壁扔去。「哐啷」一聲，電腦屏幕化成碎片。我接著伸手到左邊屏幕後方，摸到墨提斯曾經提及的按鈕，然後就按了下去。不出

二十秒，一個黑衣職員就把房門打開了。我首先留意到他腰間所繫的刀，看來強行離開房間是不太可能的。「做咩事撳掣？」黑衣職員冷冷地問。我沒有直接回答他，只是往身邊那一堆屏幕碎片一指。「咁你想點？」黑衣職員沒有對電腦屏幕何以損毀加以追問，只是再次冷冷地拋出另一個提問。「頭先我太激動，撳爛咗個 Mon。而家我想換過個，如果唔係之後我都投唔到票。」我一邊說，雙眼往門上的門鎖門頭一瞥。鎖頭是常見的梯形斜面鎖，只要簡單地令鎖頭不要彈出，門就不會鎖上。

當我大腦快速運轉的時候，黑衣職員正拿著手機對話。不出片刻，他便把手機收好，並說：「機構話可以安排畀你，大概等一分鐘啦。」黑衣職員說完，便轉身離去將門關好。這時候，我房中僅餘的另一個電腦屏幕傳來了墨提斯的聲音：「各位參賽者大家好啊！因為比賽出現咗少少狀況，所以呢個回合會延長三分鐘。五分鐘後呢個回合嘅投票環節先會正式完結㗎！」延長三分鐘雖然不多但總比沒有好。聽完廣播，我沒有讓自己閒著，馬上蹲下來檢視地上的碎片。十秒之內，我已經拾了幾塊比較合用的碎片。趁黑衣職員尚未到來，我亦趁機將幾塊大的碎片敲在桌角，打造成我需要的大小和形狀。但由於玻璃碎片邊緣鋒利，我十根指頭不出片刻就被割得鮮血長流。可是，如果能換來孫恩欣的安全，這一點傷並不算得什麼。

若然房間有監視器，我現在所做的一舉一動都逃不過遊戲機構的法眼。只不過，我剛才刻意打破屏幕，但卻仍然得到黑衣職員的首肯為我更換屏幕，這就代表了有兩種可能。一、房中其實並沒有監視器，所以他們並不知道我是冷靜又刻意地擲破屏幕。二、房中有監視器，但基於某些原因，遊戲機構默許我的行動。無論是哪一個可能性，我現在能夠選擇的也只有硬著頭皮繼續我的計劃，至少要努力到不能努力為止。這時候，房門門鎖傳來「喀噠」一聲。一聽到門鎖響起的聲音，為免露

出馬腳，我連忙將需要的玻璃碎片握在手中。房門打開，一個黑衣職員捧住電腦屏幕，另一個黑衣職員則為他打開房門。我見狀，立時上前幫忙將門再打開了點，好讓二人方便進來。兩名黑衣職員前後進房，開始裝上新屏幕。當他們專心安裝時，我開始將手裡準備好的幾塊碎片塞入鎖扣盒 —— 通常裝嵌在牆壁中，卡住門鎖頭來鎖門。還好稍微打磨過，我手上有三塊碎片成功塞滿了鎖扣盒狹小的空間。這樣待會兒當門關上的時候，鎖頭便會因為有硬物阻擋而不能彈出，從而令門不能鎖上。

「整好咗，你可以投票喇，之後小心啲。」其中一名黑衣職員把話說完，便跟隨另一個職員離開。步出房門時，他們其中一人拉著門把關門。而我則馬上幫忙把門合上，實際只是避免讓黑衣職員發現我在門鎖位置動了手腳，因為房門不能鎖上便會自動打開。當二人離開後，我還是停在原處用身體把門壓住，佯裝房門已經如常地鎖上。大約在心裡數了三十秒，我才小心翼翼地把房門打開。探頭往外面一看，外面的景象就似大學宿舍的走廊，放眼望去是十多道房門。料想，那些就是其他參賽者所在的房間。見走廊上並沒有任何動靜，於是我放膽再把頭伸出一點，眼見此刻走廊上並沒有人。我呼出了一口氣，迅速在電腦上為「二號」參賽者投下了一票，接著便毅然從房間裡跑出，並謹慎地把房門重新關上，以便延遲黑衣職員發現我從房間中逃出。

說實話，我根本就不知道自己現在到底要跑到哪裡去。我唯一能想到的，就是這場遊戲既然需要動用列車，那就代表場地應該在地下的樓層。所以，我必須尋找通向地下層的方法。現在距離本關完結應該還有三分鐘左右，我已經顧不上到底走廊上會否有監視器材，不顧一切地奔跑。跑過幾個房間後，我就發現了一道通往後樓梯的門。我把門推開，發現樓梯旁邊的

牆壁上寫了一個「11/F」的字樣。不管怎樣，我選擇直接往下
方跑。我一邊跑，心裡一邊想著：孫恩欣，你一定要等我。

樓梯的牆塗上了白漆，猶如一個迴轉迷宮，我轉了又轉，
始終未曾走到底層。走到頭昏腦脹時，我終於發現自己來到一
個寫著「B2」的樓層，而樓梯也到此為止。於是，我上前把樓
梯的門打開。

眼前，一片光亮。黃色與黑色的牆身、熟悉的廣告燈牌、
空無一人的扶手電梯。這是尖沙咀站的月台。準確一點説，
這是按照尖沙咀站搭建而成的月台，也就是第一回合「跑壘遊
戲」的遊戲場地。我轉身一看，身後的門口原來是以「職員專
用通道」作為掩飾，難怪沒有參賽者在第一回合的遊戲中留意
到這個出口。

「投票時間尚餘一分鐘。」之前在房間裡聽到的廣播聲，現
在同樣在月台中響起。一分鐘，足夠拯救孫恩欣嗎？我開始在
月台上奔跑，認真地左右張望，分辨著到底哪一邊才是孫恩欣
所在的月台。就在我抬頭之際，我留意到前方接近一號車廂的
區間，那邊的天花板上裝了好幾部攝影機，即代表前方或會更
容易找到我需要的答案。於是，我不顧一切地往前直衝向攝影
機的方向。果然很快就看見兩邊月台的軌道上方吊著一盞有
數字的燈光。而左邊的月台上，正是吊著「2」號的燈。我連
忙跑到「2」號那邊的月台，並將臉龐貼近到玻璃幕門上，果
然，有一個被全身以黑布包裹的人正躺在軌道上。「孫恩欣！
孫恩欣！」我使勁地對月台幕門或拍或捶，希望她能夠聽見我
的叫喚。可是，她只是安躺在車軌上，沒有任何反應。

為今之計，就只有霸王硬上弓。我拿起電腦屏幕的殘骸，
使盡全力地敲在玻璃幕門上。然而玻璃幕門比我想像中堅硬許
多，我這一擊只能在玻璃上留下了一道淺淺的劃痕，可説是不

痛不癢。正當我第二擊就要打下的時候，有兩件事同時發生了。一、月台上的廣播傳來：「投票時間，尚餘最後二十秒。」二、月台的另一邊傳來了一陣整齊的踏步聲。我轉頭過去，馬上發現踏步聲的來源是幾個持刀的黑衣職員。他們，當然是朝著我跑來。看著來勢洶洶的黑衣職員，再看著身不由己地躺在車軌上的孫恩欣。對我而言，現在這二十秒是一個比「尖東遊戲」總決賽更重要的時刻。

偷生

時間不斷流逝，黑衣職員們正朝著我跑來。而我忽略一切，也無視兩手被碎片割得鮮血淋漓，只顧著一心一意地敲打著幕門。我將目標改為自動幕門中央的軟膠，在我努力的劈打下，終於開始出現了破口。在兩道自動幕門的中間，出現了一個像一元硬幣般大小的洞口。正當我為著這一點的進展而興奮時，下一秒鐘就已經被黑衣職員從後撲倒在地。

儘管被按倒在地上，但我沒有放棄過掙扎。「孫恩欣！你聽唔聽到我講嘢啊！」我朝著那個狹小的洞口，拼命地叫喊著。可是路軌上的她依然沒有任何回應。我嘗試掙扎著將身子轉向天花板上的攝影機，並向它們喊話說：「唔好信『一號』人質啊！佢唔係孫恩欣嚟㗎！唔好信『一號』人質啊！」我不肯定房間裡的人是否聽見了我的嘶叫，可是事到如今，我唯一能做的也只有這件事。就在我一邊叫著孫恩欣的名字，一邊對著攝影機吼叫時，月台上傳來了墨提斯的聲音。「各位今次真係唔好意思喇，呢個回合要大家等咗咁耐。而家等我即刻為大家宣佈今個回合嘅投票結果啦！根據投票結果，一號人質有八票，而二號人質只有五票，所以我而家宣佈，第八回合，能夠生存嘅係一號人質！」墨提斯的話有如閻王的口令，一下子判決了孫恩欣的生死。在這樣的一個瞬間裡，我的身體爆發出一股前所未有的力量。這股混雜著憤怒、怨恨、不忿的力量，使我在毫無先兆下掙脫了幾個黑衣職員的挪制。身體重獲自由後，我馬上跑到玻璃幕門前的狹小洞口，並朝著它吶喊：「孫恩欣！快啲走啊！架車要嚟喇！」可是孫恩欣依然像一個安然入睡的孩子，沒有半點反應。正當我打算再次叫喊時，一陣刺眼的光芒從右邊照射而來，是一部正以高速行駛的列車。「孫……」我正要再次對孫恩欣叫喊，可是身體卻被從後而來的黑

衣職員再次壓住，臉龐剛好就被壓在玻璃幕門之上，頭顱也朝向孫恩欣所在的方向。

我分不清到底是因為臉龐被壓住而闔不了雙眼，還是我已經失去了反應的能力。我只知道，我那一雙睜大的瞳孔，清楚地將接下來的畫面逐格烙印進腦海之中。那飛馳的列車，那如閃電般晃動的車燈。還有，安躺在車軌上的孫恩欣。剎那間，所有事物合而為一。列車就這樣平靜地輾過了孫恩欣，沒有猛烈的碰撞聲，沒有呼天叫地的慘叫聲，甚至連我也沒有發出半點聲音。一切，寧靜得就像什麼都沒有發生過似的。可是明明我就知道，一個珍而重之的人就在我眼前離開世界了。若然嬰孩呱呱落地是生命的禮讚，那麼寂靜無聲的死亡算是一首生命的哀歌嗎？

我看到列車離去，黑衣職員打開玻璃幕門，然後將裝有孫恩欣屍骸的黑色布袋抬走，而另一邊生還的「一號」人質也在黑衣職員的搬移下離開了車軌。當一切完成之後，我就被四個黑衣人押回一間新的房間，其中一隻手被手銬鎖緊在桌子，以免我再次逃出房間。「大家好，頭先第八回合真係玩咗好耐啊！由於啱啱出咗一啲小意外，所以我哋而家需要啲時間去整理返比賽場地，請大家等一等！好快我哋就會進入第九回合啦！」墨提斯的宣佈過後，房間變得寂靜。我的思緒依然停留在剛才的月台上，大腦內正不斷地回播著剛才孫恩欣死去的畫面。而每一幀的畫面，卻有著孫恩欣從前的嫣然笑語作為背景音樂。

腦海中，是那飛馳的列車。「多謝你救咗我。」在我腦海下一秒切換而來的畫面，是當時初次見面的孫恩欣，還有她低著頭說話的含蓄模樣。腦海中，是那如閃電般晃動的車燈。「勿以善小而不為，勿以惡小而為之。」車燈的光影，換成了孫恩欣溫聲細語地在「電流遊戲」中提醒我的表情。腦海中，

是安躺在車軌上的孫恩欣。「當我迷惘嘅時候，我會聽吓自己嘅心聲。我相信只要你願意靜落嚟，坦然面對自己嘅內心，佢會話畀你知你應該做啲咩。」安然躺著的她讓我憶起了那一晚同樣安然躺著的我，還有胸膛上那溫暖的手。

「安靜地坦然面對自己內心，它會告訴我該做的行動。」這是孫恩欣說的話。此刻，我無論是思緒或是心情都極為混亂，但是我知道自己必須冷靜下來。因為，這場遊戲尚未完結。我深呼吸了一口氣，嘗試將所有悲傷都放置在一個幻想的箱子裡，然後冷靜地把它放在一旁。接下來，我合上了雙眼，寧靜地聆聽著。首先出現的是孫恩欣的聲音：「聽日就係最後一場遊戲。但係既然你未搵到自己嘅生存目標，你可唔可以，盡力咁畀善良嘅自己喺遊戲度生存落去？」然後是杜崇文的聲音：「遊戲再亂再癲，都唔係我哋控制到嘅事。所以，盡做就夠。我信，你可以贏落去。」最後，是母親的聲音：「返嚟就啱啦，啱啱好煮好飯，去洗手幫手開枱啦。」

聽著這三把聲音，一股暖意在心頭油然而生。當能夠堅持的信念和重要的人都逐一消逝，我可以選擇跟他們一同消逝，或者選擇將他們留在心裡，然後毅然把路好好走下去，把心中的暖意傳承下去。這一刻我很清楚，我要生存下去。「唔好意思又要大家等咁耐，第九回合準備開始喇！」墨提斯的聲音把我從回憶中拉回來，提醒我要認真地聆聽著餘下幾回合裡人質的發言。我把桌子上的小冊子放到面前，在小冊子上記錄人質的話，並對應有可能的人物。我要用這個方法尋找出偽裝成孫恩欣的人，然後為她報仇。

與此同時，我亦需要為自己思考一個足以在本關生存的方法。現在已經來到了第九回合，換言之在餘下三個回合之中，必然會輪到我。現在，是時候要開始準備求生方法了。我工作時習慣系統式的理性思考。而有效的系統必定需要依靠數據分

析。根據我所抄錄的資料，在之前多次發言中，無論是在言語間透露自己身世可憐，或是對自己歌功頌德，意外地，生存機率並沒有因某一類型的發言而變高，看來表述的內容並不足以成為決定人質生死的原因。

由於我是抄寫每個人質的發言內容重點，並將小冊子上可能相關的人物配對到其發言內容上，既然現在表述內容未能成為一個有用數據時，我改為研究所有安全人質的共通點。雖然說，目前安全人質的身份只是我的推測，可是當我將所有安全人質拼湊在一起的時候，我卻發現了他們有一個驚人的共通點 —— 弱者。除了耀揚，其他留下來的人都是感覺偏弱的參賽者。

因為現在投票選出的參賽者將會成為決賽裡的對手，所以每個人自然會刻意揀選較小威脅的人，希望自己可以取勝。想到這裡，我不由想起剛才第八回合裡冒認孫恩欣那人的發言內容。那人幾乎每一句都是在強調自己的軟弱，多番描述自己「普通」、「冇咩殺傷力」、「跑得唔快」、「力氣唔大」……現在想來，那是經過精心策劃的。而那人應該就跟我一樣發現了大眾投票的意向，因此挑選了在一眾參賽者中感覺最弱的孫恩欣作為偽冒對象，利用其他參賽者想篩選強者的心理，成功矇混過關。

遊戲不經不覺已經去到第十一個回合，我幾乎可以確定這次「列車難題」的遊戲其實重點並非表述自己值得生存的理由，而是盡量說服別人自己並不會構成任何威脅。既然看清了遊戲的本質，接下來，我要思考的是到底應該如何瞞天過海去換取「車長」的投票。我翻閱小冊子，除了炎哥和耀揚，其他參賽者都屬於實力一般的程度。若是要說服「車長」自己是一個比對方更弱的弱者，似乎並不是一件容易的事情。正當我認真地思考著如何才能成功騙過其他參賽者的方法時，杜崇文過

去的一句話突然在我腦海中響起：「要成功呃人，最有效嘅方法就係善意咁利用對方嘅弱點。」

善意地，利用對方的弱點。

這一句話就如當頭棒喝。這一棒打通了我的思緒。就在此時，我聽見背後傳來了一道聲音。「彭啟昭，下一回合，亦都係最後一個回合，輪到你喇。」我回身一看，房門打開了，四個黑衣職員分成前後兩排站好。看著他們，我不由得聯想到死神。

死神，終於來到我房門前索命。

我詐

　　我被套上一個足以包裹全身的黑色布袋，然後被抬起手腳，向著看不見但已知的路軌進發。在無盡的黑暗中，我的腦海不斷地思索著兩件事。第一件事，當然是剛才霎時冒現於腦海中的那一句話，到底如何才是所謂的「善意利用對方的弱點」呢？可惜杜崇文已經不能再像從前一樣為我解釋他的計謀。

　　而第二件事，是關於孫恩欣的偽冒者。根據我小冊子上的紀錄，目前尚有三人未曾有相應的人質發言對照。第一個，當然是我；第二個，是一個名為李金好的中年婦人，目測年約四十歲，從照片中看她梳傳統的長直髮以及拘謹的笑容，感覺就像在銀行櫃檯前會遇見的女職員；而第三個，是炎哥，假如我對先前人質發言的配對正確，那麼李金好與炎哥二人，一個將會是我本回合的敵人，而另一個則是偽裝成孫恩欣的兇手。以目前的理解，炎哥偽裝成孫恩欣的動機當然較大。畢竟如果他的真正身份被認出，很大可能被投票致死。可是我對李金好這人完全沒有任何認知，所以也不敢輕言她是完全沒有可疑。

　　無論如何，關於李金好和炎哥的身份，現在並不可能有答案，所以我還是專注在當下，先保住自己的性命吧。不出片刻，我感到自己被安放在凹凸不平的地面，如無意外，我已經被帶到路軌之上。「彭啟昭，今個回合準備開始。你係『人質』二號，一陣當你聽到『人質二號請發言』呢句指示之後，你將會有一分鐘時間發言。」機械的港鐵廣播聲在黑色布袋外響起，然後四周又再次歸回無盡的寂靜之中。漆黑的布袋包裹著我，我才發現原來寧靜和黑暗可以如此嚇人。雖然四周沒有其他聲音，但我總是覺得耳邊響起「隆隆」的列車聲，身下的

地面也彷彿在震動，似是有列車隨時準備輾過我，這是孫恩欣曾經也感受過的恐懼。一想到孫恩欣，我就憶起她輕放在我的胸膛上的手。一想到她的手，我的緊張感就平息了。我心裡唯一的念頭就只有：我要生存，一定要生存下去。

我首先要想通「善意利用對方的弱點」這一點。善意……還有在場每個人的弱點……怕死，在場每個人都怕死。可是，我到底應該如何利用每個人都怕死這個弱點呢？我的大腦正前所未有地極速轉動著。小冊子、孫恩欣、炎哥、李金好、善意、弱點、怕死、欺瞞身份……所有元素都猶如被放進攪拌器中的材料，在我腦海中粉碎、重組、再粉碎、再重組……直至，靈光一閃。

「人質二號請發言。」機械式的播音再次出現在耳邊，我的發言時間終於要來了。而這一段話將會影響我的生死，我闔上雙眼，腦海中浮現出剛才靈光乍現時出現的一線生機。

「大家好，我係孫恩欣。」這是我的開場白，背水一戰的開場白。

「冇錯，大家冇聽錯，我係孫恩欣。喺頭先第八回合入面，曾經都有一個自稱係我嘅人，但係我可以話畀大家聽，嗰一個並唔係我，而係一個惡意假扮我嘅人。其中一個可以證明我先係孫恩欣嘅，就係假冒我嘅人話佢曾經喺第一關救過一個女仔。但係我話畀大家知，其實喺第一回合救個女仔嘅人並唔係我，而係我嘅朋友彭啟昭。嗰個假扮我嘅人只係旁觀者，所以佢記錯咗，又或者刻意講錯去誤導大家。

其實我係一個好低調，好平凡嘅人。但係今次我要自揭身份，係因為我想為我死咗嘅朋友討回一個公道。如果大家記得，第八回合除咗自稱係我嘅人之外，仲有另一個大家未必可

以根據佢嘅說話去確認到佢身份嘅人。但係我知嗰個人講緊咩，因為佢就係彭啟昭，而佢多謝嗰個善良嘅人就係我。我嘅朋友就係俾人用奸計害死咗，我連佢嘅最後一句遺言都聽唔到。其實我已經鎖定咗一個好可能偽裝成我嘅人。如果大家都有喺你哋嘅小冊子上面做紀錄，相信你哋都知有一個人好似一直都未出現嘅。呢一個人就係炎哥。以佢嘅性格，佢要偽裝成我去掩飾自己身份嘅可能性亦都係最高嘅。如果我冇估錯，大家好可能已經保送咗炎哥入決賽。我一個女仔對住炎哥咩都做唔到，但係我希望大家可以畀我入到決賽，呢一刻我並唔在意邊個贏，我只係想炎哥。我自己無能力贏到，但係希望你哋可以幫我同見證我為死咗嘅朋友報仇。」

「嗶」，黑布袋外響起了清脆的高頻響聲。接著，列車隧道裡傳出了機械式的播音：「你嘅發言時間已到，而家請靜候三分鐘等待投票結果。」在冷冰冰的廣播後，四周再次回歸寂靜無聲。為免被這無聲的環境嚇得心緒不寧，我決定默想剛才自己發言的內容以穩定心神。我方才下了一步非常險峻的棋，我將生命的注碼押了在兩個假設之上。第一個假設是大部分參賽者都跟我一樣，有在小冊子上記錄可能已經出賽的參賽者。第二個假設則是每個參賽者都對炎哥又怕又恨。而我自己對於這兩個假設的信心頗大，所以才會決意放手一博。

偽裝成孫恩欣，是要殺大家一個出其不意，吸引大家留意我的發言。而我相信經過我的一席話後，不少人都會打從心裡質疑，到底第八回合的「孫恩欣」確實是孫恩欣本人嗎？我記得在大學的時候，學校總要學生修讀本科之外，還要兼讀一些所謂「GE」的通識科目，簡單來說就是雜項科目。某科課程內容是有關心理學，大概是有關人腦的結構。我唯一有印象的部分，是講師提及警察與律師向證人問話的例子，因而引起了作為偵探小說愛好者的我注意。

那位講師提及，通常辯方律師向證人問話時，會刻意利用反覆提問使證人的發言出現破綻，從而證明證人不可信，破壞對己方不利的證供。反覆提問會容易令人因一時錯失而露出破綻，背後原理是基於人腦的不可靠性。按照大學講師當天的分享和我僅存的記憶，大腦之所以不可靠是因為人腦有一個習慣，就是當大腦中存在不確定的記憶時，大腦會有自動補完記憶的機制，為記憶空白的部分補上一些情節。然而，其實人對於這類型的記憶亦相當敏感，所以每當出現跟記憶矛盾的事實時，人們往往會自我質疑，甚至傾向以新出現的事實去取代原來被大腦補完的記憶。

在剛才的人質表述中，我正是略為運用了這個心理學的原理，理直氣壯地糾正「第八回合孫恩欣」拯救女孩子的說法。我相信先前在協助杜崇文拯救桐桐的時候，現場有不少參賽者或多或少都目睹了事發經過，所以才會被「第八回合孫恩欣」誤導，信任了大腦是「孫恩欣救了女孩子」的錯誤記憶。因此當我提出糾正，不少人便會對自己的記憶產生動搖，同時對我的話和自稱「孫恩欣」的身份加倍信任。

然後，我聲稱自己聽懂了「第八回合」二號人質的發言也是我下的另一步險著。因為我猜測大部分參賽者都像我一樣，會在小冊子上嘗試對應人質的實際身份。只不過第八回合裡，真正的孫恩欣發言裡並沒有透露太多身份資訊，加上「孫恩欣」這個身份也被一號人質所盜用，所以某程度上，「第八回合的二號人質」理應是一個身份未明的參賽者。剛好我，也就是「彭啟昭」並未登場，所以我也是一個未能對應到人質身份的參賽者，因此我故意將自己連繫到「第八回合的二號人質」身上，不但合理化了其他參賽者小冊子上的紀錄，而且也加強了「我就是孫恩欣」的說服力。

而我發言裡的最重要一步，就是「善意地利用參賽者們的弱點」——怕死。而炎哥正好象徵著死亡的威脅，因此，我在發言強調自己力弱之餘，也表示自己無心取勝，只是為了復仇，並願意與大家共同協力對付炎哥。現在回想自己的計劃一遍，論實踐，我把計劃完整地執行了。然而，到底我的假設是否成立？到底其他參賽者是否會有著如我所料的反應？甚至我機關算盡會否適得其反，令參賽者產生懷疑，從而把可疑的我先行從遊戲中淘汰？這一切的可能性，我都不知道。正如孫恩欣和杜崇文所說的，在亂世中，我能控制的就只有此時此刻，所以我只求為著生存而盡力。至於那些根本不由得我去掌控的事，唯有交由命運決定。

　　就在這時，本來闃寂無聲的環境傳來了不尋常的風聲。而我身體緊貼的地面也開始有著些微的震動，直覺告訴我，這些徵兆是列車將要起動。換言之，遊戲的投票時間已經結束，我的生死將要在一息間被決定。正當我打算安靜地聽著列車的動向時，我留意到黑色布袋上的變化。即使是身在布袋之中，我還是清楚地看見了兩團光影正落在布袋的外面。這兩團猛烈的光影，加上我大腦的自動補完功能，一樣事物驟然浮現於我腦海之中 —— 車頭燈。

通電

到底被列車輾過而死是怎樣的感覺？身體四分五裂的痛楚會維持多於一秒嗎？應該……不可能被列車輾過還死不了吧？當我想到列車的車頭燈正照射在我身上時，一大堆雜念油然而生。除了關於死亡的隨想，我同時在懊悔自己並沒有珍惜生前好好照顧母親的機會。現在我這一死，卻為她留下了往後日子裡漫長的傷悲。為免被內心裡的傷感所淹沒，我索性闔上雙眼，靜候死亡的到來。

一秒、兩秒、三秒。死亡，沒有如意料中臨到，四周依然寂靜。甚至連剛才曾經有過的風聲和震動，此刻已渾然不覺。唯一尚在的，是黑布袋外的兩道強光。當我猶在疑惑之際，我就聽到黑布袋外傳來人聲低語地數著「3、2、1」，同時間外面的兩道強光熄滅。我還未反應過來，身體就已經被人捧了起來。身子凌空而起的一刻，我突然明白我並不是被死神選中的一個。我，成功地生存下來了。我就這樣被捧起行走，這狀態維持了大約五分鐘，我就感到自己被放下了。同一時間，布袋由下而上被拉開，綁在手腳上的繩索也分別被割開。我緩緩地張開雙眼，短暫適應光線後，我發現自己並非身在原本的投票房間，而是被帶到一架私家車上。

這時候坐在司機位置上的黑衣職員開啟了車上的喇叭，墨提斯的聲音傳出：「恭喜所有聽到呢個廣播嘅大家，因為你就係『尖東遊戲』最後十二位生還者嘅其中一位喇。嚟緊我哋會有職員帶大家返宿舍休息，去到宿舍，我會再同大家交代決賽嘅詳情嘅。咁多位進入決賽嘅幸運兒，轉頭再見喇！」錄音播完，我身旁一位黑衣職員向我遞上了一個黑色的眼罩，示意我戴上。我沒有多作反抗，爽快地就把眼罩戴上，然後車子便徐

徐起動。一如以往，我本想以小睡來度過車程，可是只要一閉上眼，那漆黑的視覺隨即讓我重新墜入剛才在車軌上的場景中 —— 那趨近於死亡的絕望和瀕臨於崩潰的緊張。即使我因為先前思索求生的方法而精神萎靡，但我更不願意回到那惡夢般的黑洞中。於是我勉力撐住眼皮抵抗睡意，在昏昏沉沉之間，好不容易終於待到下車的一刻。

在兩個黑衣職員的引領之下，經過進入升降機和一段左拐右轉之後，我就聽到了大門打開的聲音。同一時間，我的眼罩就被拿掉了。在我眼前的，竟是一間酒店房，從房間大小和佈置來看，這應該是一間不賴的酒店。「呢度係你今日休息嘅地方，請自便。」其中一位黑衣職員如此說，然後兩位黑衣職員同時向我微微欠身，就此離開了房間。「請自便。」這可算是從「尖東遊戲」開始以來，黑衣職員們口中吐出過最禮貌的用詞了。話說回來，我發現隨著遊戲關卡升級，遊戲中的黑衣職員或者墨提斯都相對變得客氣和有禮。難道我的地位也同時隨著遊戲關卡提升？這一點不禁使我對整個遊戲背後的機構和系統更感興趣。

我一邊思考，一邊在房間繞了一圈。房裡的家俱都相當完備，浴室裡甚至有一個足以讓女生「打卡」半天的浴缸。而房裡唯一或缺的是窗戶。或許因為這幾天以來我在遊戲中已經習慣了不見天日的日子，所以對於沒有窗戶這回事倒也不太在意。正當我還在浴室中參觀時，外面突然響起了「咔嚓」的一聲。我急忙跑出浴室，發現剛才那一聲響聲原來是房間裡電視機自動開啟的聲音。就跟一般的恐怖片情節一樣，此刻電視上的畫面只有一片雪花。雖然這事來得詭異，但其實我對遊戲機構層出不窮的安排已經司空見慣，我也頗肯定現時是遊戲機構搞的鬼，因此我冷靜地躺到牀上，看這次葫蘆裡賣什麼的藥。果然不出片刻，電視機屏幕一轉，雪花的畫面換成一個身穿西式晚禮服的女生。雖然這人的造型我似乎未曾在遊戲中見過，

但從她的身形和臉上的油畫面具，我能認出她就是先前在「電流遊戲」露過面的墨提斯。

「你好，我係墨提斯，再一次恭喜你脫穎而出，成為『尖東遊戲』決賽嘅參賽者。」此刻的墨提斯完全擺脫了過往的可愛與誇張形象，她的言行舉止完全就像一個端莊的歐洲貴族。「『尖東遊戲』決賽將於今晚舉行，所以你大約會有十二個鐘頭時間喺房間入面休息。如果需要任何食物，歡迎喺房間嘅枱面度睇一睇餐牌，然後用房間電話撳「0」字打去內線，我哋就可以收到你嘅要求。食物係由我哋機構提供嘅，所以大家可以盡情叫，盡情食，為今晚精彩嘅決賽做好準備。

另外，為咗慶祝閣下能夠進入決賽，我哋特別為你提供咗一個貼心嘅服務，就係喺迎接今晚決賽之前，每位參賽者都可以利用房間電話五分鐘，去打畀一個人。時間一到，電話就會立即中斷。由於規則係只可以打畀一個人，即使你同對方只係通話咗一分鐘，你都唔可以用餘下嘅時間去打畀另一個人。大家要決定好要打畀邊個，歡迎你隨時使用呢個權利。最後，祝大家有一個舒適嘅休息時間，喺今晚嘅決賽旗開得勝。」

墨提斯在鏡頭前微微躬身，然後畫面就此消失了。我遵照她的指示來到桌子前，果然發現上方放了一張餐牌，餐牌上寫有各國菜式，甚至美酒。若現在我是來度假，絕對會是一大享受。可是，現在的美食於我看來就只是古代行死刑前的最後晚餐，即使再豐富也叫人提不起胃口來。但為了補足精神，我還是隨意點了一份牛扒和一杯紅酒。用餐之後，我到浴室好好洗了個澡，然後便躺在牀上。從遊戲結束直到此刻，我才真正讓自己安靜了下來。正如歌曲所說：「最怕空氣突然安靜」，安靜，有時候是一件令人討厭的事。因為當環境安靜，許多壓抑的思想就會隨之而浮現。就像是，孫恩欣的死。

安靜的環境，孫恩欣與我相處的畫面不期然地在腦海中逐格播放。從最初在尖東站的相遇，到合力救起桐桐；從她提醒我避免陷入殺人的罪行，到為我可能被「神奇電漿球」所殺而哭；從攜手跑過「海黨城」的大小商店，到在寂靜和無奈的夜裡互訴心事；從她答謝我的幫助，到我親眼目睹她被列車輾過而死。這一切的畫面，都不禁使我悲從中來，淚腺亦已在回憶的過程中早早失守。我如此悲痛，是因為我喜歡孫恩欣嗎？捫心自問，單憑幾天的相處，我實在難以說出自己對孫恩欣的感覺。雖然她的外型和性格都不是我所喜歡的類型，但是我卻對她莫名上心，因為我覺得她有一種使人內心平穩的能力。

確實，孫恩欣沒有出眾的外表，言談也並不突出，可是她有廣闊的胸懷去聆聽別人的需要，並用最簡單的言語使對方放下悲傷。人大了就會明白，外表吸引的人數之不盡，但內心吸引的人卻彌足珍貴。這也是為什麼當她死去的時候，我內心有一種被撕裂的感覺。我不明白善良如她為何要遭受如此的慘劇，反而挪用她身份害她死去的奸人，此刻卻可以安然在這所酒店中逍遙度日。我昨天還曾經幻想過，如果我跟孫恩欣可以一同在「尖東遊戲」中生還，我一定要認真地邀請她約會一次。沒想到事隔還不到一天，我跟她就已經陰陽相隔。

紛亂的世道、殘酷的遊戲、當道的小人……太多，實在太多是自己不能夠控制的事。想到這裡，我的腦袋已經一片空白，我索性就這樣「大字型」地躺在牀上，任憑眼淚從眼角滑下直到流乾。就在舒適的牀鋪快要使我入睡之際，我突然想起了一件要事，使我整個人立時從牀上坐直，我還有五分鐘通電話的時間。為免讓這副疲倦的身軀害我一下子睡過頭，我決定趁著有意識時先撥一通電話。至於通話的對象，當然就是母親。我走到房間的電話前，一邊按下家裡的電話號碼，一邊盯著房內的時鐘。當話筒傳來「嘟嘟」的響聲時，不知為何，我竟然有一點緊張。「喂？」是母親的聲音。「媽。」沒想到我只

是輕喚了母親一聲，眼淚就已經不爭氣地掉了下來。「昭仔？你返工返成點呀？幾時返香港啊？」母親一如以往地連珠炮發地問我。「好快喇，可能聽日就可以返喇。」我強忍淚水，佯裝冷靜地回應。「咁咪好囉，你自己一喺外地記得照顧自己啊，凍就著多件衫啊。」從前聽母親的提醒總覺得千篇一律，可是現在卻成為了淚水的催化劑。由於眼淚實在流得太快，而我也不想被母親聽到自己的飲泣聲，只好拼命地咬緊下唇。這樣一來，我也開不了口跟母親對話。

可是，對話僅暫停了數秒，母親突然問了我一句：「做咩啊？返工辛苦啊？」這一句溫柔的問候，直接就讓我忍哭的能力破功，在話筒裡語帶哽咽地「嗯」了一聲。「同事蝦你？定係太忙啊？」母親柔聲地追問了一句。「我只係覺得，有好多嘢即使我已經盡晒力去守住，但係到頭來都會會失敗。呢個世界，好似永遠都係唔公平咁⋯⋯」我能感覺到自己說話的時候，內心的情緒就如山洪一樣傾流而出。「呢個世界不嬲都係唔公平㗎啦。就好似你老豆，忠忠直直一個大好人，又點估到佢會咁早死吖。」母親柔和又平靜的聲音從電話中傳來：「話世界公平，都只係用嚟教小朋友學乘用嘅咋。當你明白世界係唔公平，咁唔係代表世界變咗，而係代表你大個咗。昭仔，有好多嘢真係唔係話想守得住就守得住，只不過，有一樣嘢一定得，就係你自己個心。同事對你衰，你都可以守住自己嘅心對佢好；同事塞嘢畀你做，你都可以守住自己嘅責任心去完成工作。就好似你老豆死咗之後，我一個女人又要返工，又要做家務，又要教仔，都唔知有幾多次覺得你難教到頂唔順，搞到我唔想再做阿媽。但係到最後，我都守住咗自己嘅心，所以先有今日嘅你。」

母親的話是我從未聽聞。事實上，自從父親死後，母親從來都沒有刻意提起過他。而她在我的面前總是溫柔、樂觀和能包容一切的。我一直都以為母親就像一個大海，有著容納一切

的氣度和愛心。但直到現在我才明白，母親其實也是一個尋常人，她之所以能肩負超越她能力的責任，那是因為她擁有一顆不屈服於現實的心。「返工呢，就冇可能唔辛苦嘅。劲嘅話就快啲出完 Trip 返屋企飲湯啦，我記得，腐竹豬骨嘛。」聽了母親這句窩心的話，我嘴角不禁揚起。但我同時留意到，對話的時間只剩下不多於三十秒。

「媽，你唔使擔心我，我 Ok 嘅。你都記得要照顧好自己，每日都要過得開心。」我連忙將內心想說的話盡情傾吐而出。「得啦，長氣。你做完嘢就好返喇，仲有啊，記得買手信畀我啊。」母親笑著說。「好啦，咁你萬事小心，我⋯⋯」我話未說完，話筒裡就傳來了「嘟嘟嘟」的斷線聲，五分鐘的通話時限已經用盡。我握著只有斷線響聲的話筒良久，然後才反應過來把它放回電話座上。經過這五分鐘的通話，原本被悲傷掏空的內心，再度注入了一點實在的希望。我放任自己的身子往後一仰，隨意地躺了在牀上。看著酒店房間雪白的天花，我腦海中想到的卻是昨夜宿舍裡的灰黑色舊天花。我抬起手，緩緩地放到自己的心房上，然後闔上了雙眼，仔細地感受著自己的心跳。

世界在變動。心，仍在不變地跳動。

「當我迷惘嘅時候，我會聽吓自己嘅心聲。我相信，只要你願意靜落嚟，坦然面對自己嘅內心，佢會話畀你知，你應該做啲咩。」「有好多嘢真係唔係話想要守得住就守得住，只不過，有一樣嘢一定得，就係你自己個心。」孫恩欣和母親的聲音言猶在耳，也同時放在我內心中尚未崩壞的地方。

決賽

　　我被房裡的電話鈴聲吵醒。醒來的時候，發現自己還是維持著原來「大字型」的睡姿，連棉被都未有蓋好。我拍一拍充滿倦意的腦袋，並伸出手拿起牀邊的電話。「你好，我係墨提斯，想提提你距離決賽開始仲有一個鐘，如果有需要熱身或者食嘢補充體力，可以趁呢一個鐘頭嘅時間去做喫。陣間見。」墨提斯交代了簡單的內容後便掛斷了。雖則我尚未知道決賽的遊戲方式，但根據先前多場比賽的經驗，體力確實是不可少的。因此，我點了一份意粉和一杯 Double Shot Espresso，讓自己可以打醒十二分精神。這一小時，我就在美食和電視機內置的 Netflix 陪伴下度過。

　　我尚在看著無聊的處境劇時，門鈴就響了起來。我把門打開，有兩位黑衣職員端正地站著。「我哋準備帶你去決賽嘅場地，麻煩你戴上眼罩。」其中一位黑衣職員一邊説，一邊用雙手奉上了眼罩。我點了點頭，熟練地將眼罩戴到臉上。「咁我哋出發喇。」兩位黑衣職員從左右攙扶著我，開始引導我行走。路程上，我感覺到自己離開了有冷氣的酒店，並且登上了一部私家車。「你需唔需要聽歌？」黑衣職員在我耳邊問道。「如果可以嘅話，五月天 Playlist 吖唔該。」難得黑衣職員服務如此周到，我當然要盡情地享受。

　　音樂在片刻響起。一聽到前奏裡的清脆結他聲，作為一個專業的五月天歌迷，我馬上就知道將要播放的歌曲是什麼。

　　「當 我和世界不一樣 那就讓我不一樣
　　堅持對我來説 就是以剛克剛
　　我 如果對自己妥協 如果對自己説謊

即使別人原諒 我也不能原諒」

　　車子隨著歌曲而起動。雖然看不見車子外的風景，可是我
的腦袋卻伴隨著歌曲的旋律而閃現了不同的情景，那些在「尖
東遊戲」裡見過的景色。面對死亡的絕望表情、彼此爾虞我詐
的奸險、陷害他人後奸狡的笑容、死裡逃生的倖存喘息。這些
景色全都蒙上了一層灰黑色的濾鏡，可是，還有一些景色是鮮
豔的。例如桐桐牽著我手一同奔跑時信任的表情；杜崇文跟我
握手並以共存為目標時的心照不宣；燒賣對好兄弟耀揚的重
視；還有，孫恩欣看待殘酷世界的溫柔眼光。

「我和我最後的倔強
握緊雙手絕對不放
下一站是不是天堂
就算失望不能絕望」

　　直到現在，我仍不明白自己為何會被扯進這場「尖東遊
戲」中，比起爭取墨提斯一直強調的「三個願望」，我其實只
希望在每一個關卡裡保命。說起來，遊戲中的我就跟現實生活
中的我一樣。沒有目標，沒有方向，只是被動地隨著現實推動
而生存。可是，直到此時此刻，我感覺到自己的內心出現了一
些變化。我想重新取回主動權；我想掌握自己的生命；我想像
孫恩欣和母親所說，堅守內心的信念。車子在這時候停了下
來。「到喇，可以落車。」一位黑衣職員如此說。我心裡稀奇
這次車程如此短暫，就連一首歌都尚未播完就到達遊戲賽地
了。

　　離開車廂，我再次由兩位黑衣職員所引領之下走到一個未
知之處。直至走到某地，我身邊兩位黑衣職員就停下步來，並
輕聲地說：「我哋到咗，請耐心等一陣，唔好打開眼罩住，好
快會有安排。」說著，我感到兩名黑衣職員已經離我而去了。

我站在原地一動不動，雖然不能視物，但皮膚上的觸感卻令我對身邊的環境感到好奇。因為我感受到風——新鮮的風。

根據經驗，過往多場遊戲都是在室內舉辦的，背後原因或許就如杜崇文當初所推理的一樣，就是不希望我們發現遊戲機構的真實位置。可是現在，我卻確實地感受到風吹拂著毛髮，而且還有吸入鼻子裡頭的新鮮空氣，我不由想到：難道這次的決賽是在室外舉行？當我疑惑之際，咪高峰的聲音就在這時候從四面八方響起：「經過鬥智鬥力，過關斬將嘅幾場遊戲之後，今年嘅『尖東遊戲』終於嚟到決賽喇！首先歡迎所有蒞臨現場觀賽嘅貴賓。」從聲音聽來，主持人依舊是墨提斯。但令我在意的是她提及了「蒞臨現場觀賽嘅貴賓」，難道說，這場比賽將會有觀眾在觀賽嗎？

我心裡的疑惑，在一秒鐘後得到了解答。「而家有請咁多位在場嘅貴賓用熱烈嘅掌聲，歡迎我哋決賽嘅十二位參賽者！」剎那之間，如炮仗般的掌聲從各處響起。掌聲的真實感，讓我知道鼓掌的人確實身處於現場之中。「同時亦都有請咁多位參賽者，而家可以除低你嘅眼罩喇！」在墨提斯的指示下，我一把就將眼罩扯去，首先映入眼簾的是來自多盞射燈的強光。雙眼好不容易適應過來後，我就被自己所見的眼前景象所驚呆了。

我認出了自己所身處的地方——「1887」，尖沙咀著名地標之一。此刻的我正身處在「1887」正中央的位置，也就是每逢大時大節，「1887」放置聖誕樹或其他佈置的位置。我抬頭一看，隨即就看到了朗月高掛的夜空。換言之，這個「1887」，是如假包換的「1887」，而非先前關卡裡的搭建場地。確認場地後，我環目四顧，發現「1887」每層的餐廳陽台上站滿了衣著高貴端正的紅男綠女。他們每個不是手持酒杯，就是吸著桌上的水煙，紛紛盯著站在「1887」中央的我和其他

參賽者。而這些觀眾最特別之處，是他們臉上同樣跟墨提斯和其他黑衣職員一樣，也戴著一個帶有西方油畫風格的面具。而這些「貴賓」面具的特色在於設計上總會有一部分用上了金箔或銀箔，似乎是為了突顯他們與眾不同的身份。

我將目光收回，改為留意正在站在我身邊的每個人。細心一數，連我自己在內，果然是不多不少的十二個人。這些人都是我先前在「列車難題」關卡的小冊子裡，大約推測正確的出線參賽者。而唯一例外，就是一個正以冷眼旁觀的態度觀察著一切的人——炎哥。看見炎哥依然生存，我就能夠肯定，他就是偽裝成孫恩欣、並且令孫恩欣被投票而死的兇手。想到這裡，我的怒氣已經填滿心房，誰不知場內有另一個人比我更快一步筆直地朝著炎哥跑過去。

「啊！」耀揚不由分說，一拳就朝炎哥的臉上打去。耀揚與先前回合簡直是判若兩人，此刻的他眼神悍然兇狠，完全擺脫了昔日靠著燒賣替他出頭的懦弱感覺。耀揚打出這拳霍霍生風，甚有架勢，眼見炎哥的面門就要遭到重創，誰知炎哥不閃不避，倏地伸出五指成箕，「啪」的一聲硬生生地接下了耀揚這一拳。「我要殺咗你。」縱然拳頭被捉緊，耀揚仍是咬牙切齒地湊到炎哥面前，用充滿血絲的雙眼直視著炎哥。「呸。」炎哥朝著耀揚吐出了一口唾液，由於二人的臉龐相隔不到五厘米，所以耀揚就正面被唾液噴個正著。「你！」耀揚退後一步，一手抹去臉上的髒物。「借啖口水畀你，照清楚自己個樣先好嚟打我啦，廢柴。」炎哥有恃無恐地說了一句，眼裡盡是不屑。「你個仆街！」耀揚一聽，又要掄起拳頭上前再打。

「嘩！現場氣氛真係好熾熱喎，睇嚟咁多位參賽者都急不及待想開始今晚嘅決賽喇。咁就事不宜遲，馬上等我為大家介紹我哋決賽嘅遊戲——『相撲遊戲』啦！」墨提斯的聲音及時在耀揚與炎哥開打前傳出，同時有幾位黑衣職員已經站到二人

附近，耀揚也只能夠暫時壓下怒氣住手。「相撲係日本傳統嘅體術。規則非常簡單，就係由兩位參賽者對壘，只要任何一方被推出圓圈或者腳之外嘅身體任何一個部分掂到地下就會馬上出局。而喺今場『相撲遊戲』入面，規則都大致相同，比較唔同嘅就係今場遊戲將會由你哋十二位參賽者同時作賽。而家大家可以望到，地下已經畫咗一個大圓圈，呢一個就係今次遊戲嘅範圍喇，一旦喺遊戲之中離開圓圈，就會馬上被視為出局。當然即使你冇離開圓圈，但係你身體只要有腳之外嘅任何一個部分掂到地下，亦都會當成出局處理。為咗公平公正，我哋現場已經設置咗多部錄影裝置，去確保每一個判決都係不偏不倚嘅。簡單嚟講，喺今場比賽未被淘汰出局嘅人，就係『尖東遊戲』嘅最終贏家。」

墨提斯話剛說完，場內就有一人舉起手來，她就是吳秀嫻。有黑衣職員向她遞上了一個咪高峰，吳秀嫻接過並激動地說：「我辛辛苦苦為咗個老公同個女先捱到而家，你同我講今場玩相撲？咁我呢啲女人仔即係唔使玩啦！你哋分明就係想畀啲男參賽者贏晒啦！」「吳秀嫻，你又唔使咁激動。」不知身在何處的墨提斯再度傳出聲音：「大家參加過先前嘅遊戲，相信大家都明白我哋設計嘅每個遊戲都可以做到『鬥智鬥力』嘅。所以，今場決賽嘅遊戲都唔例外。喺今場遊戲入面，為咗平衡大家嘅戰鬥力，我哋特別為今次嘅遊戲加入咗兩個有趣嘅設計。第一個，係每人都會有自己嘅專屬武器去參加比賽。而呢項武器，我哋已經邀請咗專人為大家揀好㗎喇。呢個專人就係頭先大家喺酒店傾電話嘅嗰一個人喇。」墨提斯的話使我石化般呆在原地。她的意思是我母親已經知道我參與了「尖東遊戲」嗎？如果果真如此，我善良的母親又會為我選擇怎樣的武器呢？除了我以外，墨提斯的話明顯還觸動了在場其他參賽者的情緒，所以我能發現有好幾人都因為她的話而臉上變色。

「大家稍安毋躁，我哋雖然係聯絡咗大家致電嘅人，不過，我哋用嘅係一個非常轉折嘅方法。我哋用咗大家嘅聲線，然後打電話畀嗰位對象。閒談幾句之後，我哋用你哋參加咗一個有獎問答遊戲為原因，邀請佢哋去答一條問題。問題就係：『如果我遇到因為他人而引致嘅生命危險，你會希望我身上有啲咩？』根據呢條問題，受訪者可以講出一件物件，而呢件物件，將會成為大家今個回合嘅武器。」墨提斯解釋過後，我這才放心下來，至少知道母親並不需要為我正身處在一場死亡遊戲中而擔心。但我同時在想，到底以母親的為人，她會交出一個怎樣的答案呢？當我尚未有頭緒之際，墨提斯的聲音又再度響起：「一陣間，咁多位參賽者都可以去到我哋特別安排嘅房間入面，到時會有專人將你嘅武器交畀你㗎喇。至於我頭先所講嘅第二個有趣設計呢，我哋將會留返大家入到房之後再同大家交代嘅。」

墨提斯此言一出，我就看到有十多個黑衣職員從各方步出，分別走向我們這些參賽者。也是在此刻，我才留意到地上有一個以紅色畫好的大圓形，正好落在「1887」的中央位置，看來這就是墨提斯所提及的遊戲範圍。有一位黑衣職員走到了我的面前，向我作了一個「請」的手勢，示意讓我跟他離去。於是我隨著他離開紅色圓圈，朝著前方一個玻璃門入口進發。步行時，我刻意抬頭向觀眾席一看，只見那些身穿錦衣華服的觀眾各自品酒嚐煙，一言不發地打量著比賽場地中的我們。初時，我曾經幻想過這些觀眾們都像是《飢餓遊戲》中的富人，並以我們生死作為賭局。可是現在從現場觀眾的認真程度看來，他們的出現似乎並不只如此簡單。

對於現場觀眾我無法推測更多，因為轉眼間我已經被帶到一個房間之中。房裡除了剛才引領我前來的黑衣職員外，還有另一個黑衣職員正在等待著我。「彭啟昭你好，首先我哋會將你嘅武器交畀你。特別提醒你一句，喺一陣嘅比賽入面，你嘅

武器都屬於你嘅一部分，所以一旦跌咗武器，你就會馬上被淘汰，失去爭奪冠軍嘅資格。」黑衣職員一邊説，一邊從桌下掏出一個手掌般大小的黑色盒子放到桌上。「呢個……就係我嘅武器？」我輕舔嘴唇，語音輕顫地問。「冇錯，你可以打開嚟睇吓。」黑衣職員冷冷地將盒子推到我的面前。

看著眼前的盒子，我的心情難免緊張。因為我知道這東西將會決定我這回合的生死。到底母親的答案是什麼？到底這盒子裡裝著的是什麼呢？飛刀？手槍？甚至是手榴彈？我將手放在盒子之上，然後把它緩緩打開。答案，完全出乎我意料之外。

武器

十字架，黑色盒子內，只有一個銀色的十字架。大小就跟一個鑰匙扣相近的十字架，而且還配有一條銀鍊。與其說它是個武器，倒不如說它是一個裝飾物。

「呢個……就係我嘅武器？」我看著這樣的「武器」，不禁用一個懷疑的語氣向眼前的黑衣職員再問一次。「係。」黑衣職員不帶感情地回應說。我猶豫地將十字架項鍊從盒子中取出，看著這項鍊連一個尖得能割傷手指的角都沒有，我實在難以接受這就是我的求生武器。當然，歸根究柢，這答案是來自我大愛的基督徒母親，一切還算是可以理解的。根據母親的思維，也許她相信當我遇上生命危險時，比起反抗，倒不如拿著十字架穩妥地上天堂比較有效率。

對於我的失望，黑衣職員似乎並沒有打算理會。他從桌下又掏出了一部 iPad 並說：「而家我將會同你解釋呢一關遊戲裡面另一個特別設計，『重量配置』。請你坐低，飲啖水，睇吓介紹片段。」黑衣職員一邊說著，一邊用手點開了 iPad 上的一段影片，同時將一杯清水放到我的面前。影片上出現了身穿水手服，露出了一大截修長美腿的墨提斯：「Hello 大家好，又係我墨提斯啊！今次，就等我為你介紹吓咩叫做『重量配置』啦！喺一場相撲比賽入面，由於將對手撞跌或者令對手腳以外任何一個身體部位掂地就等於勝出，所以重量對於參賽者嚟講係非常重要㗎。有鑑於今次決賽入面我哋參賽者嘅體重差別比較大，為咗比賽公平，我哋特別設計咗『重量配置』呢個方法嚟彌補不足。

我哋已經計過，你哋十二位參賽者嘅平均重量係 64KG。根據呢個數字同參賽者嘅體重落差，我哋會為每位參賽者嘅體重作出調整。意思就係，如果一位參賽者嘅體重係 70KG，佢將會需要喺腳上面綁上 6KG 嘅重量去增加體力消耗。相反如果一位參賽者嘅體重係 54KG，佢就會獲得自由運用 10KG 重量嘅權利。佢可以將呢 10KG 拆散分配畀自己或者唔同嘅參賽者，而且可以選擇係加喺手或者腳上面。所以呢，而家就請你聽我哋嘅職員指示，進行你嘅『重量配置』啦！」

隨著墨提斯把話説完，iPad 上的畫面也隨即關掉。「根據我哋嘅記錄，你目前嘅體重係 63KG，所以你可以選擇將多出嘅 1KG 加畀自己，或者加到其他參賽者身上。」黑衣職員在桌上放下了一對類似手套和另一對似是襪子的物體，並繼續解釋説：「呢啲都係用嚟增加重量嘅特製衣物，一陣被指定要增加重量嘅參賽者，都需要戴上手套或者著襪。而家你可以首先決定要將重量加畀自己或者加落其他人度。我哋會等到所有房間嘅參賽者都做好決定，先會幫你哋加上重量，然後再一齊離開呢間準備房。」黑衣職員向我遞上了一件熟悉的東西，那就是我在「列車難題」中使用的小冊子。

老實説，1KG 的重量，對我的幫助不大，所以我是不可能留為己用了。我翻閱著小冊子，對照著剛才在場上看見其餘十一人的面孔，目前參賽者的性別分佈是七男五女。以身形計，五名女生的體重必然低於 64KG，而男生當中，應該就只有我和另一位體型瘦削的男生低於 64KG。換句話説，有資格在他人身上增加重量的人至少會有六個。按表面觀察，在女參賽者之中，除了吳秀嫻身形比較肥胖之外，其餘四位女生都是中等偏瘦的身形，體重應該接近 50 至 55KG 左右。所以，這代表她們可以分配接近 10KG 的重量。對本來就體格輕盈的女生來説，即使只多帶 1、2KG 跑動，相信對她們也是一種

負擔。所以以正常分析，她們都會將自己的重量分配出去。問題是，她們到底會挑哪一個參賽者作為目標呢？

　　我一直翻動著小冊子，直至，揭到了炎哥所在的那一頁。炎哥，堪稱是我們十一人之間的公敵。如果我們所有人都一致將重量加到炎哥的腳上，一個人雙腳加上了各 20KG 的重量，相信已經足以使他寸步難行。既然如此，將重量加到最危險的炎哥身上，就是最正確的做法。於是我肯定地回答黑衣職員：「將我嗰 1KG 加落炎哥對腳度啦。」「好，冇問題，請坐低等一等。等齊所有參賽者嘅決定之後，比賽就會開始。」黑衣職員一邊回應，一邊將我的要求輸入在手機上。大概過了五分鐘，黑衣職員的手機響起了「叮」的一聲，黑衣職員瞄一眼手機，然後便開口說：「已經有結果喇。」我知道這是代表比賽即將開始的意思，所以先將看來毫無用處的十字架項鍊戴好，然後便準備邁步離開房間。

　　誰知，另一位把守門口的黑衣職員卻攤手攔在我身前，並說：「請你先完成『重量配置』先離開房間。」「我頭先咪講咗我嘅要求囉。」我疑惑地說。「你係講咗你嘅要求，但係因為有其他參賽者選擇將重量加喺你身上，所以請你過嚟加上重量先。」一直留在桌子前的黑衣職員說道。選擇將重量加在我身上？難道大家並沒有集中將重量放在炎哥身上？我有點懷疑自己到底是否聽錯了，但我還是帶著莫名的心情來到桌子之前，任由黑衣職員為我雙腳各穿上一隻連接著 1KG 重量的襪子。雖然只是 2KG，但因為重量跟腳掌連接，所以變相現在跑動所需的力氣都比平常大，如果待會兒有持久戰，恐怕我會撐不過。

　　在腳上增加重量後，我便帶著滿腹狐疑和不安的心情，跟隨黑衣職員離開房間。我的不安源於我腳上意外被加上的重量。換言之，其他參賽者的心思似乎不如我所預料。到底比賽

上會有多少難以預測的變數？我只知道一切都說不定。於是我將眼前的清水一口乾盡，準備好回到戰場。一路上我嘗試慢慢習慣腳上增加了重量的感覺，以準備片刻後在遊戲中可能需要奔跑。路程並不長，當我稍為適應步行的節奏，我已經重回「1887」的中央位置了。我一覽場上各個參賽者身上的裝備後，心中充滿始料未及的震驚。

首先，每個人手上都拿著了像樣的武器，常見的就如刀、長棒、匕首。一瞥之間倒是沒看見有人持槍，可能這是遊戲機構刻意設有的限制，使比賽不至於太一面倒吧。另一個值得留意的事情，是炎哥手上並沒有任何武器。是因為他像我一樣得到了沒有作用的道具？或是他刻意隱藏了自己的武器？除此之外，場上各人的重量分佈也令我十分意外。單看炎哥，除了左腳有四個重量裝置外，他其餘的手和腳都各自戴上了三個重量裝置，換言之加在他身上的重量只有 13KG。目測炎哥的重量大概 75KG 左右，換言之，其實從其他參賽者加到他身上的重量或許只有 4KG 左右。當我再次環視場上每個人身上的重量裝備時，竟然有好幾人腳上都配有重量裝備，而且當中有男有女。甚至連吳秀嫻這類我認為威脅不大的參賽者，腳上都被人加上了兩左兩右的 4KG 重量。

我仔細地留意著場內各人的表情變化，發現場內幾個女性參賽者臉上都流露著跟我不相伯仲的驚訝表情，特別是當她們注意到炎哥身上只有為數不多的重量裝置時。從她們的反應，我大概可以想到事情發展至此的原因。一切還是離不開「人性」兩字。擁有增加重量資格的幾位參賽者首先都是考慮將重量加到炎哥身上的。可是他們隨即想到，假如所有人都有一樣的想法，那麼炎哥身上就會有超過二十多公斤的重量。而事實上，其實在一個人身上加上十多公斤，都足以令他的行動大有阻礙。既然其他人都會針對炎哥行事，或者自己手上的重量配

額可以有其他用途？例如將重量加到有可能影響自己勝算的參賽者身上？

就是這樣的想法，令參賽者們只分配了一部分，甚至沒有將重量配額加到炎哥身上。反而將其餘的配額加到其他參賽者身上，目的就是希望可以保住自己的勝算。誰知正因為每個人都抱持著自私的想法，最後重量配額對炎哥的影響並不大。反而場上差不多每個人都有了加重的負擔，特別是對於本來就力弱的女性來說，這些額外的重量無疑是百上加斤。

眼看我本來的武器就處於劣勢，現在連炎哥的處境也比我想像中輕鬆。我知道，這場決賽將會比先前任何一場遊戲凶險。可是我也知道，只要捱過這場遊戲，我就能完成杜崇文的遺願，我也能夠兌現跟孫恩欣的承諾，而且，我可以安然地回到家中喝母親所煮的湯。一想到自己的目標，我心裡綻放出一片澄明，而眼神也逐漸聚焦。原來這就是孫恩欣所形容，內心擁有清晰目標的感覺。世界再亂，形勢再惡劣，可是，我還是可以堅持自己內心的目標而戰。

這時候「1887」場內的射燈悉數亮了起來，聚焦在紅圈的遊戲場地內。而墨提斯的聲音也正好響了起來：「好喇，咁多位親愛嘅參賽者，事前準備功夫已經做完喇。而家，就請現場所有觀眾用熱烈嘅掌聲，好好哋咁為今場決賽拉開序幕啦！」場內隨即響起了如雷般的掌聲以響應墨提斯的話。

「多謝大家。咁我而家正式宣佈，『尖東遊戲』決賽 ——『相撲遊戲』，現在開始！」

隱規

　　墨提斯亢奮的聲音在空曠的場地裡迴盪著，但隨著回音慢慢平息，場內就只剩下一片死寂。場內十二位參賽者，並沒有人移動過半分。每個人都只是小心翼翼地後移到一個空位，盡量與其他人保持距離。一時間，十二人就像時鐘上的數字，平均地分散站在紅圈內的各點。每個人都在彼此打量，每個人都不敢輕舉妄動。

　　就在場面似乎陷入僵局的時候，一道身影突然開始跑了起來，這人是耀揚。他手持一把開山刀，殺氣騰騰地急奔向炎哥，而炎哥則紮好馬步，依舊是兩手空空，準備迎接耀揚的攻勢。理論上，趁著有耀揚助陣，圍攻最強的炎哥是最好的戰略。於是我揚聲一叫：「大家攻炎哥先啊！」不少參賽者一聽我的號召，紛紛開始將腳步移向炎哥的方向。

　　正當所有人都聚焦在耀揚與炎哥的交鋒，紅圈的另一端傳來了一聲尖叫。我轉頭一看，只見一個五十多歲的大叔正拿著一根近似警棍的黑色短棒，向著一個年輕的女生步步進逼。女生驚慌失措地揮動著手上的武器——防狼電擊器，而她的額前的鮮血正汨汨冒出，似乎剛才已遭攻擊。大叔趁著年輕女生慌張起來，有恃無恐地用短棒打向女生手腳。年輕女生吃痛地尖叫起來，但手中的防狼器卻未能對有距離的大叔造成傷害，因此在大叔的威逼下，她已經被逼近至紅圈的邊緣。年輕女生見無路可逃，突然轉勢跑向另一個站得最接近的女參賽者。

　　年輕女生此舉令大叔和附近那女參賽者都為之一愕。可是，大叔隨即不假思索地衝向兩個女生，似乎要來個一箭雙雕。那女性一身小麥膚色，看來是個運動健將，一見年輕女生

和大叔跑來，雙腿已經開始在原地踏碎步，為著眼前的情況做好準備。而特別令我留意的是，這小麥色女生的右手一直藏於身後，或許是在試圖隱藏著自己的武器。年輕女生和大叔一前一後奔跑著，雖則二人腳上都被加上額外重量，但多出的重量明顯對本來身形就較為輕巧的年輕女生影響更大。此消彼長之下，年輕女生已經被追到不出三步的距離。而這時候，小麥色女生終於緩緩地從身後伸出了右手。她的手上果然拿著屬於她的武器。一件令我感到相當意外的武器——排球。

小麥色女生目光如炬，看準了來者的方向，然後右手將手中排球拋高，雙腿同時帶動身體起跳。也許是因為她慣於運動，因此腳上兩個加重設備彷彿對她毫無作用，只見她輕鬆一跳，身子就躍升至少一米。半空之中，小麥色女生身體仰後，左手弓起，在多盞射燈的聚焦下，她就像金光燦爛、從天而降的戰神。只見小麥色女生滯空一秒，然後左手如閃電般擊在排球上。清脆的「啪」一聲，排球如子彈般準確無誤地擊中了大叔的面門，這漂亮的一擊使觀眾席上的人嘖嘖稱奇。大叔臉中排球，兩道鼻血在半空中激噴而出。年輕女生見狀，馬上用手中的防狼器貼在大叔的臉龐上。可憐的大叔身子不由自主地顫抖片刻，便無力地倒在地上此成為了第一位要出局的參賽者。在大叔倒地的一刻，小麥色女生也同時雙腳著地。她右手一抖，那被大叔臉龐反彈到半空中的排球便突然轉向，就似有靈性一樣分毫不差地回到了她的手中。

我一直專心地觀察著小麥色女生的動作，她之所以能使出魔術般的手法，源於她手中的排球繫上了一根魚絲。我記得黑衣職員曾經提及，武器也會當成參賽者的身體部分。根據現況，參賽者並不可能有多餘的工具去改裝武器，所以這改裝應該是由遊戲機構負責的。相信在排球加上魚絲的改裝，就是為了減輕與遊戲規則的矛盾。倒地的大叔其實並沒有昏倒，不出

片刻已經準備重新站起，但有兩個黑衣職員馬上走到場內，分別站於一左一右將他帶離場外，看來這就是淘汰的下場。

　　而在大叔鬧出這一段打鬥的時候，場內各處都開始了各式各樣的打鬥。這樣一來，原先移向攻擊炎哥的陣勢就此瓦解。我實在不明白，為什麼大家不合作先攻炎哥？正當我打算繼續觀察下去，左方突然就傳來了急速的腳步聲，基於自衛的本能，我還未及望向左邊，雙腳就自動往右一跳。經此一避，我才轉頭向右看個清楚，不禁打從心底裡暗叫僥倖。原來剛才左方的腳步聲是來自吳秀嫻，她手裡正拿著一把菜刀，看來剛才打算乘著我一時分心，趁機偷襲我。「你冷靜啲先。」我看見吳秀嫻持刀直指向我的兇狠模樣，只能展示空出的雙手，嘗試表示自己並無敵意。「唔好怪我，我一定要返到屋企見自己老公同個女，我唔可以死。」吳秀嫻額前流著汗，雙唇發抖地說。而她直指向我的菜刀並沒有放下，像個瞄準器一樣跟隨著我的身體而動。「我唔打算殺你，我嘅目標係炎哥。我哋其實可以合作。」我一邊說，一邊往後瞄了一眼，發現炎哥正跟耀揚對峙，二人動作不多，但劍拔弩張的氣場卻在二人之間流動。

　　「炎哥？」吳秀嫻稍作思考，隨即使勁地搖了搖頭並說：「佢同耀揚打到咁，走埋去咪盞令自己受傷，咁不如等佢兩個打到傷晒先去執雞啦！而家梗係搞掂一個得一個啦！」吳秀嫻的話有如冷水澆熄了我內心的期望，我總算明白了參賽者們為什麼會放棄圍攻炎哥的想法。一來，大家都想自保，根本沒有人敢上前跟炎哥一搏。二來，大家都只想當那位漁翁得利者，也就是等耀揚炎哥兩敗俱傷後才上前攻擊。明明炎哥赤手空拳，若然大家敢於提著武器圍攻上前，炎哥斷不可能擋得下所有攻勢。可惜的是，沒有人想成為圍攻中的犧牲者，生怕自己的犧牲會便宜了他人。就在我感嘆之際，吳秀嫻提著菜刀就朝我橫劈過來。

我見説服不了吳秀嫻，別無他法之下只好掉頭就跑。比較二人雙腳的重量，我腳上只加了 1KG，而吳秀嫻的腳上卻有 4KG，理論上她應該追不上我。因此，我一邊避過場內其他正在糾纏的戰局，一邊跟她拉開距離。我的計算沒有出錯，吳秀嫻追了片刻，表情已經顯得有點吃力。當我已經跑到紅圈的另一端時，她卻仍然在紅圈的中央。就在這可以讓我稍息片刻的空檔中，我聽到身後有一把聲音正在喃喃自語：「唉，真係唔好彩，咁快輸咗，仲要塊面俾人『嚡』咗兩嘢，早知就搞條女先啦，啲女人真係唔惹得……」我回過頭去，赫然看見身後坐著的就是剛才被淘汰的大叔。此刻的他正在紅圈外盤腿而坐，拿著一個冰袋按壓著傷處。

　　「你唔係俾人淘汰咗咩？」看著他好整以暇地觀賽，我好奇地問。「係啊，輸咗唔俾睇比賽嘅？」大叔白眼一翻，口沫橫飛地回應我。「你冇死？」根據先前「尖東遊戲」的經驗，淘汰的代價都是死亡。「踩過你啊！你咒我死！」大叔喝罵一句，但似乎這一動氣使他的傷處作痛，令他臉上出現了一個痛苦的表情。即使大叔的反應相當有喜感，可是令我在意的，卻是另一件更要緊的事情 —— 關於在這場遊戲中保命的假設。可惜的是，我的想法尚未有空發酵，吳秀嫻就追趕到我身前了。她的菜刀一揮，將我又逼得退往旁邊一步。此時吳秀嫻的腳步有點不穩，多半是因為雙腳帶著負荷又連續跑動，對肌肉造成負擔。即使如此，她仍是不顧一切地持刀向我衝來。

　　看著吳秀嫻近乎瘋狂的表情，我明白，這都是因為她愛家人心切的緣故。歸根究柢，其實她就跟我一樣，都是因為心繫家人、歸心似箭而被迫在這場遊戲中戰鬥的人。既然是有著相同信念的人，我們理應是站在同一陣線，而不是互相殘殺。突然間，我腦海裡再次閃過剛才萌生的一個假設。如果我的假設成立，或者我可以令吳秀嫻在這個遊戲中安全地全身而退。「吳秀嫻，你冷靜啲聽我講，我有方法可以令你有命去見返你

老公同個女。」我跟吳秀嫻保持一個安全距離,然後舉起雙手以示自己不打算作出攻擊,並用平穩的語氣對她說。「見返我老公同個女?」吳秀嫻一聽我提起她的親人,果然馬上就變得冷靜。「冇錯,」我點一點頭:「係一個可以令你,甚至係每個人都從呢場遊戲入面全身而退嘅方法。」

初心

　　吳秀嫻半信半疑地看著我，稍為垂下手裡的菜刀，等待著我的解釋。我指向場邊坐著的大叔，説出了自己的推論：「你睇吓場邊嗰個阿叔，佢頭先俾人淘汰咗，但係佢依然可以安然無恙咁坐喺度。你諗吓，喺先前四場遊戲入面都係一輸就要死，『跑壘遊戲』同『埋舟遊戲』係俾黑衣人殺死，『電流遊戲』係被電漿球活生生電死，而『列車難題』就係被列車撞死。重點係，呢啲罰則全部都係喺遊戲開始前交代清楚嘅。你細心回憶吓，唯獨喺今場決賽入面，墨提斯同任何黑衣職員都未曾提及過關於『淘汰就需要死亡』嘅罰則。我覺得好大可能，其實喺今場決賽入面，即使俾人淘汰，都未必需要死。如果你願意自己走出呢個紅圈，其實就係保住條命嘅最好辦法。」

　　吳秀嫻聽了，呆若木雞地看著我，看來是在消化我的話。過了片刻，她兩眉一振，表情又回復原來的兇狠並重新舉起了菜刀説：「你唔使旨意呃我啊！呢啲全部都係你嘅假設啫，你點知呢個遊戲冇隱藏規則？你點知完咗比賽嗰個阿叔會唔會俾人秋後算帳？你根本就係想呃我出局，然後自己贏咗個比賽！去死啦你！」吳秀嫻一聲大喝，手中的菜刀不提不揮，竟然直接以其尖鋒向我刺來。

　　在這個凶險的瞬間，一句話卻突然在我腦海中響起：「世界好亂，人生嘅每一日都充滿掙扎，但正因為咁先值得你做好每一個善良嘅決定。」這一句是來自孫恩欣的。在這句話的驅使之下，我在分秒之間作出了一個大膽又危險的決定。我驟然伸出手迎向刀鋒。鮮血從我掌心緩緩滴落，但刀鋒同時被我握在手裡。由於我手上用勁，吳秀嫻一時間搶不回菜刀，我倆就

此僵持著。「雖然話遊戲入面可能會有未公佈嘅罰則，但係以『尖東遊戲』過去幾個回合嘅風格，呢個可能性其實好低。」趁著吳秀嫻未能攻擊我，我正好把握此刻說服她：「你自己都知，即使你呢刻殺咗我，但係你殺到炎哥咩？你打得贏耀揚咩？如果留喺度都係死，點解就唔試吓踏出個圈？可能真係一條生路嚟呢？」吳秀嫻雖然聽到我的話，可是依然用力想要把菜刀奪回，顯然她仍未被我的話所打動。

　　吳秀嫻為了跟我爭奪菜刀，頭髮已經亂成一團，汗水也沾濕了她的衣衫。看著她此刻的模樣，我突然想起了我與母親的一件往事。小時候我經常跟母親到公園遊玩，有一次我正拿著一枝「珍寶珠」，沒想到卻吸引了一隻流浪狗的注意。為了躲避牠，我逃到遊樂場的滑梯上，而流浪狗則在滑梯下守株待兔。別無他法的我只好高聲呼叫母親，母親聽到我的呼救，馬上趕過來趕走流狼狗，她對狗又喝又罵，樣子之兇悍是我前所未見的。最後她急中生智，將手中的麵包拋到遠處引走流浪狗，然後將滑梯上的我抱走，匆匆離開了公園。

　　那時候喝罵流浪狗的母親就像現在的吳秀嫻：不顧形象，不理安危，就是為了自己的家人。想到這裡，我強忍掌心的痛楚，凝視著吳秀嫻的雙眼，放緩聲線問：「諗清楚，你到底係為咗要贏呢個遊戲，定係為咗見返自己屋企人，所以先咁努力生存到而家？」我感受到她手上的力道驟然減弱，表情也多了一分遲疑。「坦然面對自己嘅內心，佢會話畀你知你應該做啲咩。殺人唔係唯一選擇，你有得揀。」我柔聲說出了這一句話，同時手上逐點收勁，讓吳秀嫻可以重新拿穩菜刀。此刻我們只有一步之距，如果她突然再次發難，或者我未必能夠擋下她的攻擊。可是我願意冒險，並不是因為我打算當一個好人，只是想到吳秀嫻家中的女兒應該也跟我一樣，期待著重見母親。

吳秀嫻的眼神從渙散變回聚焦，她思考完了。我緊張卻不動聲色地定睛看她，靜待著她下一步的行動。吳秀嫻呼出了一口氣，然後拿著菜刀退後了一步：「由此至終，我都係為咗見返老公同個女而生存。」吳秀嫻拿著菜刀，就這樣踏出了紅圈。眼見她終於聽從了我的勸告，我釋懷一笑。但環顧此時紅圈之內，參賽者們依然在不同的戰局中酣戰不止，每個人都為著不同的原因，想要在這個紅圈之中存活。可惜沒有人發現，他們正在拼命的並非達到目的最有效的方法。

將目光掠過所有參賽者後，炎哥與耀揚的戰局使我駐目觀看，二人打鬥的激烈程度跟其他戰局完全無法相比。我回想起燒賣曾經提過，若然耀揚認真起來，只怕連他也沒有信心可以攔住。現在看著耀揚拿著開山刀，以靈活的身手和凌厲的攻勢將赤手空拳的炎哥逼得左支右拙，燒賣的話果然不假。

這時候，耀揚已經將炎哥逼到紅圈邊緣，只差一步，炎哥便會因踏出紅圈而被淘汰。正當我心裡為耀揚而暗自高興時，變卦卻在這時出現。耀揚的開山刀從上而下劈向炎哥，這挾著風聲劈落的一刀無疑逼炎哥後退躲避。沒想到炎哥不退不讓，反而隨著刀勢屈膝向下。就在刀勢快盡之際，炎哥雙手交叉往上一托，剛好就托在耀揚持刀的手腕上。炎哥隨即一展雙臂，這突如其來的衝力使耀揚手中的開山刀飛脫到半空。開山刀在半空翻了半圈，然後快要直插墜地。如果這把開山刀落地，耀揚便會馬上被淘汰。若是如此，場內就沒有可以對炎哥構成壓力的參賽者。

我的擔憂才剛萌發，耀揚就已經馬上反應過來。只見他看準了開山刀的落勢，趁刀尚在半空之時，左腳就橫空朝刀柄一踢。開山刀因為這一踢，「嘡」的一聲打破了旁邊一家商店的玻璃，刀就這樣被卡住在玻璃窗中。這樣一來，耀揚的刀並沒

有著地，自是不用被淘汰了。可是失去武器的耀揚一時間也失去了先前佔盡上風的優勢，被炎哥拉成均勢。

在炎哥與耀揚剛才一輪打鬥之中，現場已有兩名參賽者先後出局。兩人都是因為被擊倒而受傷出局，而且傷勢不輕，所以二人都已被黑衣職員抬到場外治理。想起淘汰，我望向場邊，大叔和吳秀嫻依然安然無恙地觀看著比賽，看來我的推斷並沒有錯。如果要阻止炎哥取勝，我現在應該要做的是上前協助耀揚。可是現場參賽者如此之多，若要圍攻炎哥，恐怕會徒添變數。所以在對付炎哥之前，首先要處理的還是其他參賽者。

於是我跑到紅圈的中央位置，高聲喊道：「各位，聽我講，我有方法可以令大家唔使死都可以離開呢個遊戲！你哋望吓場外被淘汰嘅人，喺呢一個遊戲入面，輸咗係唔使死㗎！所以，如果你想生存嘅話，你只要自己棄權，你就可以保住條命！」我這一叫並沒有太大作用，各個參賽者依然沉醉在自己的戰局，勢要與對手打個你死我活。要讓各人清醒過來，我相信只有一個方法。用他們的初衷，喚醒他們被遊戲、被規則、被環境沖昏頭腦的心。

「吳鐘宏，你唔係話為咗要返屋企照顧有癌症嘅老婆所以要生存落去咩？你喺呢場遊戲死咗，咁你老婆點算啊？」

「李凱媜，你父母辛苦供你讀書咁多年，如果你死咗，你讀到一半嘅醫科點算啊？你父母會有幾傷心啊？」

「廖偉國，呢廿年嚟你都堅持做舞台劇，咁難得先做到男主角。如果死喺呢度，真係對得住你嘅夢想咩？對得住你過去為夢想花費過嘅時間咩？」

「張振昇……」

　　我呼喊的，都是在場參賽者的名字；我所說的，都是在「列車難題」時抄錄過參賽者說過的話。也是每個人渴望生存時的真情流露。雖然他們說的不一定真確，可是只要當中有幾個說的是真話，或者就能打動他們。我相信如果孫恩欣仍在，她也會跟我做相同的事。她一直相信每個人都有善良的心，只不過部分人用了錯誤的方法去追尋自己的目標。初衷就是用作提醒自己本來為著什麼而努力，而現實裡卻又為著什麼而營役。

　　或者是因為香港的生活節奏本來就讓人喘不過氣來，又或者是人大了自然會被各種事情填滿人生。在這個計劃趕不上變化的世代，根本不可能有時間去思考自己曾經想為著什麼而活。所以我一直都像大多數人一樣，每天只為了生存而活，活著就是為了明天可以生存。直到孫恩欣的說話提醒了我，其實我不一定要跟著社會的節奏走，也不一定要按著遊戲規則而行。

　　每個人也有自己的路、自己的命，還有自己的修行。世界變得再亂，也別被忙碌擾亂了自己最初想要走的路，還有想要成為的人。「你叫我哋走，咁點解你唔走？」一個提著鐵棒的男人反問我一句，他是吳鐘宏。「老實講，我並唔想留低，我都有自己嘅屋企人，我都想有命離開呢個遊戲。但係因為有一個人為咗我而犧牲，所以我亦都要為佢喺呢個遊戲入面堅持落去，然後幫佢搵出佢要嘅答案。你可以唔相信我而繼續留喺呢個圈度，始終你生命嘅決定權都係喺你自己手上。」杜崇文死前的笑容在我腦海浮現。直到他斷氣前的一刻，他仍相信我可以代替他達成願望，找到他妻子的下落，以及他證實死前的推論。而我可以為他兌現承諾的方法，就只有繼續努力參與遊戲。我不否認渴望回到家裡喝一口母親所煮的熱湯。可是，杜

崇文用性命來換取我今天生存的自由，我又怎可能為了自保而背棄我們之間的承諾？

　　吳鐘宏聽了我的話，先望向紅圈外安然無恙的吳秀嫻和大叔一眼，然後再轉頭瞧向氣勢逼人的炎哥。吳鐘宏嘆了一口氣，任由手中的鐵棒「噹」的落地。當武器落地的一刻，他如釋重負，然後爽朗地笑著走出了紅圈。吳鐘宏的行動彷彿起了帶頭作用，接下來，紅圈中有二人先後步出。他們都是我剛呼喚過，各自因為不同原因而拼命在遊戲中生存的人。現時紅圈內除了還在打鬥的耀揚和炎哥之外，剩下連我在內的三人。其中一個是剛才那個身手敏捷的小麥膚色女生。我回憶起小冊子上的資料，她的名字是雷映汶，印象中是香港女子排球隊的一員。她一雙眼睛裡充滿著戰意，似乎不打算主動退出戰局。而另一個留下來的參賽者是一個三十多歲的混血男人，名叫雲高列。我對他的印象同樣不深，不過我見他手持的小刀正有鮮血滴落，似乎他曾擊敗其中一位被淘汰的傷者，他應該是認為自己有機會勝出才留下。

　　此刻，我、雷映汶和雲高列的目光同時望向耀揚和炎哥的戰局，而腳步也不約而同地靠近彼此。「搞掂咗炎哥先？」雷映汶輕拋著手中的排球，向我和雲高列投來一個疑問的眼神。「I don't fking care who I fight, I just wanna enjoy it.」雲高列活動著自己的關節，使骨骼「啪啪」作響，他似乎是一個好戰之徒。「我唔打算要贏，但我要炎哥輸。」我冷靜地說出了自己唯一的心願。「Sounds good! I'll go first.」雲高列輕輕一笑，提起小刀直接就往炎哥與耀揚的戰局裡衝去。而我跟雷映汶則交換了一個眼神，同時分左右攻向炎哥。

　　真正的決賽，現在才正式開始。

死鬥

本來指向四方的射燈，現正逐漸集中在場內同一個範圍。那就是炎哥所身處的戰團中。相信連遊戲機構也留意到，決賽的高潮正是現在參賽者與炎哥的決鬥時刻。就在炎哥開始在與耀揚的對打中取得優勢時，雲高列正好加入了戰團。他的小刀刺在炎哥與耀揚之間，將纏鬥中的二人暫時分開。他趁二人未有反應，先後向兩人面門一晃小刀，使二人均後退了一步。接著雲高列便朝炎哥一刺，直取他的喉頭要害。炎哥的步伐雖被額外加上的重量所滯礙，但他上半身依然靈活。見小刀刺來，他居然直接以右手手腕撞向刀鋒。

眼見他有此舉，我不明白為何他要採取這種傷人自傷的解圍方法。可是神奇的是，當雲高列的小刀刺到炎哥的手腕時，居然沒有對炎哥造成半點損傷。原來炎哥聰明地用上了手腕的重量裝置作為防守道具，效果倒是不錯。他能夠成為黑幫大哥，還是有江湖智慧。雲高列一攻未竟，炎哥已經向他揮出左拳。這拳打出之時，炎哥將剛才的防守招式反過來用，以手腕的重量裝置作為武器。炎哥的雙手各自都加上了 3KG 的重量，要是被 3KG 的重力擊中，頭昏腦脹自是不在話下。雲高列應該是看出了炎哥這一擊非比尋常，所以不敢硬接，連忙退了一步。

這時候，一件物件從半空中急速飛向炎哥的後腦。我定睛一看，這是屬於雷映汶的排球。這球從炎哥背後而來，加上球速甚快，炎哥即使反應極快地避開，但排球仍響亮地擊中他的後背。身中一擊的炎哥向前踏了兩步才站穩腳步，可想像雷映汶這一球的威力非比尋常。炎哥那邊廂才停住腳步，耀揚就從雲高列身邊跑過，掄起拳頭補上，不讓炎哥有半點喘息的機

253

會。而我亦從地上拾起了剛才參賽者拋在地上的鐵棒，靜待時機準備圍攻。

　　四打一，當然是一件不道德的事情。可是當眼前的敵人是一個實力比你強，而且你有不得不打倒他的原因時，道德倫理也要暫時放在一旁。而炎哥時進時退面對我們四人輪流的攻勢，但他身上已經多了好幾處傷，再加上外加的重量亦在為他在持久戰中增加負擔。如果再戰下去，我相信他必然會落敗。我們就這樣跟炎哥對峙著，此刻他來到了紅圈的中央，同時被我們四人所包圍。「Come on! Get your weapon out and actually fight!」雲高列臉上有些不滿，空著的手不斷向炎哥揮動，似是對炎哥的表現並不滿意。「我冇武器。」炎哥木無表情地說。「你講大話，遊戲機構話問咗你打電話嘅對象，你一定有武器。」雷映汶以發球的姿勢持球，看來是準備對炎哥發起攻勢。「我喺酒店冇打過電話，所以遊戲機構根本就唔會幫到我準備武器。」炎哥脫去了上半身的短袖 T-shirt，並以之擦去嘴角的血。「留咗喺遊戲咁多日，乜你完全冇人想搵嘅咩？」雷映汶臉帶驚訝追問了一句。「多餘。」炎哥冷冷地答。

　　炎哥在酒店中沒有打電話一事，我倒是沒有感到意外。其實從炎哥之前冷血地殺死忠心的燒賣，我已經大概知道他多半是個生人勿近，同時疑心極重的人。或者炎哥就是抱有一種輕視任何人、覺得根本沒有必要接觸弱者的態度。我有這樣的猜想，是因為我在大學、公司裡也遇過不少跟炎哥相似的人。比起那些人口蜜腹劍、只會接近比自己高級但對階級更低的人嗤之以鼻，炎哥倒算是真性情的漢子了。當我思考時，炎哥已經用手上的 T-shirt 抹走了血。與此同時，他隨手就將染上了血跡的衣服拋開，剛好就是雲高列所在的方向。衣服飛出的一刻，炎哥身影甫動，似是追著衣服般一樣衝向雲高列。

「大鑊！」耀揚一見此情形，急忙叫出了一句，同時衝向炎哥。雷映汶一聽，手上的排球立時向炎哥後背擊出，而我也連忙跟隨耀揚的步伐跑向炎哥。由於雲高列採取近身攻擊，所以他一直跟炎哥都保持在不出五步的位置。如此一來，染血的衣服一下子就擲到了雲高列的臉上。雲高列氣憤地將衣服從臉上拿去，旋即出現在他面前的，卻是目露凶光的炎哥。炎哥的鐵拳分毫不差地揍在雲高列的鼻樑上。雲高列的兩行鼻血幾乎是同時之間噴出，整個人仰天而倒。炎哥頭也不回，疾如雷電擒住了雲高列持刀的手，然後腳下畫個半圈，順勢帶著雲高列手持的小刀刺向自己身後。小刀的刀鋒迎上了雷映汶的排球，「噗」的一聲，排球應聲而破，隨即泄氣地落地。耀揚的拳頭比排球慢了一步到達，所以炎哥遊刃有餘地彎腰閃過，輕鬆地從雲高列手中搶回衣服，然後立即跳開兩步拉開距離，我的鐵棒完全沾不到他半邊。在這兔起鶻落之間，雲高列受傷倒地，雷映汶武器著地，兩個人同時被淘汰出局。紅圈內，只剩下我、耀揚與炎哥三人。樂觀地說，我距離勝利又接近一步；現實地說，現時的情況只有更加凶險。

黑衣職員這時候從紅圈外步入，將倒地不起的雲高列和失去了武器的雷映汶帶離紅圈，這正好為我與耀揚換來了片刻的喘息機會。「有冇可能打得贏？」我低聲問耀揚。「難。不過我點都要幫燒賣報仇。」跟炎哥的一輪激戰再加身上的額外重量，讓他累得扶著兩膝喘息著。但即使他看起來有多疲倦，他瞪視著炎哥的眼神仍然如火般炙熱。從耀揚堅定的語氣和眼神之中，我腦海裡也浮現了孫恩欣在隧道中被列車輾過的畫面。無論事隔多久，有些仇恨也是不可以，也不可能磨滅的。

這時候，黑衣職員緩緩離場，象徵著這場三人對決將要展開。此刻的炎哥不帶表情、不發一言地站在紅圈的中央，任由全場的射燈聚焦在他的身上，彷彿他才是這場決賽的主角。「啊！！！」看著炎哥高高在上的樣子，耀揚吶喊一聲，首先

掄拳而上。而我則緊隨其後，提起鐵棒從左方攻向炎哥。耀揚
先是打出幾記快拳，但炎哥一一閃過，尚且有空檔可以還擊一
拳，借手腕的重量裝備打在耀揚的胸膛上。耀揚似乎被打中氣
門，頓時後退兩步，不禁咳嗽多聲。這時候我從旁來到，以鐵
棒橫揮嘗試為耀揚解圍。炎哥時而閃避，時而以手腕的重量裝
置格擋，偶爾還可以一拳將我逼退。炎哥似乎是在摸熟我的打
法，並從中尋找突破。可是我除了不成章法將鐵棒亂揮之外，
根本就再無方法可以應付他。

「噹！」響亮的一聲，我狠狠地用鐵棒打在炎哥手腕上的
重量裝置。這重擊令棒頭因反作用力太大被反彈而起。炎哥就
在這刻有所動作。他乘著鐵棒揚起，突然大步走到我的身前，
一拳打在我的肚皮上。炎哥這拳來得急，硬受了這拳的我連退
多步，若不是有耀揚及時從後扶穩了我，我可能已經因為腳步
不穩而倒地。炎哥一擊既成，第二擊就朝著耀揚打去。他連發
刺拳，耀揚只能用雙手保護面門，節節退敗。

「哈！」炎哥突然大喝一聲，青筋暴起的手臂朝著耀揚雙
臂中些微的空隙打去。這一拳打破了耀揚早已傷痕纍纍的防
守，不偏不移打在耀揚的臉龐上。耀揚吐出一口鮮血，腳步虛
浮地橫移幾步想要站穩。可是炎哥得勢不饒人，一把捉住了耀
揚的頭髮將他頭顱壓低，直接撞向自己從下而上提起的左膝
蓋。

經歷了兩記重擊，耀揚面門已經染上了一片豔紅。他猶如
喝醉般眼神遊離，腳步交錯地倒行幾步。看他身子晃動著，我
打算上前攙扶他，可是炎哥卻恰好攔在我與他之間，讓我難以
上前施以援手。只見耀揚再晃了一下，身子就如斷線木偶般往
前塌倒。他的身子雖然已經向前彎曲成接近九十度角，可是，
他的雙腿依然緊緊地釘在地上。我相信此刻支撐著他的，是他
一心要達成目標的決意。

看見倔強的耀揚，炎哥只是冷笑了一聲，然後將目光轉向了我。我知道他準備要對付我了。可是我決意要在這遊戲裡留下來，至少要待得比他更久。「你好想死？」炎哥用冷酷如冰的眼神打量著我。「我唔想。」我肯定地搖了搖頭。「咁你叫人走，自己唔走？」炎哥沒帶半點好奇語氣地追問。「因為我唔想畀你贏。」我握緊了手中的鐵棒。「我遇過好多似你咁嘅嘅仔，想逞英雄，到最後，唔係俾人背叛就係死咗。」炎哥說話不帶起伏，我卻隱約看到到他提及「背叛」時眼神有閃過一刻的黯淡。「你咁講，唔通你俾人背叛過？」我說得很直白。

　　炎哥並沒有回答我，只是筆直地朝著我衝過來。看著他的來勢，我連忙揮出鐵棒。炎哥完全不閃不避，先用手腕上的重量裝置擋鐵棒，左拳同時捶在我的胸口上。我被這一記重拳打得反胃，尚未回過氣來，炎哥已經一把扣住我的手腕，然後向著反方向一托。我慘叫一聲，手中的鐵棒也就此掉落地上。還好這鐵棒屬於他人，否則此刻的我已經出局了。

257

　　雖然我未被淘汰，但現在手腕受炎哥所控制，情況絕不比直接淘汰好上多少。「所以你明啦，與其喺酒店講五分鐘電話，不如瞓多五分鐘。」炎哥一邊說，一邊揮動拳頭打在我的左臉上，單是這一拳，就已經把我打得眼冒金星。「呢個世界上冇嘢可信得過實力，所以，夠強，就夠。」炎哥反手一個巴掌摑在我的右邊臉。挨了這兩記重擊的我早已站不穩，只是炎哥捉住了我的手腕，我一時間也無法倒下，只能任人魚肉及虛弱地站著。

　　現在的我失去了武器，身體也在敵人的控制之中。至於同仇敵愾的耀揚，此刻仍在不遠處僵硬地維持著同樣的姿勢，看來還在恢復當中。果然還是太不自量力了嗎？如果我一早選擇離開到圈外當個觀眾，現在應該就會過得比較輕鬆。至少，肯

定能夠生存下去。可是現在，我選擇留下在紅圈之中卻根本沒有生存下去的實力，這樣不就是自尋死路嗎？

炎哥再次打在我的肚皮上，這一擊簡直像是要打碎我的五臟六腑，讓我噴出了一口鮮血。可是炎哥仍然沒有打算要鬆開捉緊我的手。一拳、兩拳、三拳，我的雙腳已經失去支撐身體的力氣。第四拳，打斷了我的思路。這次我朝地上再噴出了一口鮮血。「你好想死？」炎哥再次冷冷地問。「我唔想，我想返屋企飲湯。」我虛弱地回答。「跪低，我畀你棄權。」炎哥說。

我清楚知道，只要一跪下去我就會被淘汰出局。我不再需要被打，不會有死亡的威脅。我能生存下去，我能回家。可是，杜崇文死前交付給我的期望將會化成泡影，孫恩欣的生命會白白犧牲。我的身體、心靈、思想在交戰著。到底，我應該就這樣跪下去為自己換來一線生機嗎？

救贖

「坦然面對自己嘅內心，佢會話畀你知，你應該做啲咩。」

　　血，一直從我的嘴角和手上的傷口流淌不停。可是我的心臟依舊不停地跳動著，仍然有力、清晰地告訴我，到底我最渴望的事情是什麼。我曾經因為怯懦，眼睜睜看著一個朋友被欺凌，卻沒有勇氣伸手將他從地獄裡救出來；我曾經為了贖罪，而戴上「濫好人」的面具，內心其實卻對身邊的人不滿。我曾經因愛成恨，差一點就用一張票去殺害一個人。

　　生命中許多事情看似身不由己或是不由自主，但其實每一個決定都是來自我的選擇。許多時候並不是我沒有選擇，而是我主動放棄選擇。任由生命流動，將自己作決定的權利交給命運，最後又反過來怪責命運弄人。

　　可是，我不想再過這樣的人生了。既然選擇了留下來，那就要坦然地留下來，我不願意辜負杜崇文對我的期望，更不願意向殺害孫恩欣的兇手低頭。「我應承咗我嘅朋友，我會生存落去。」我慢慢抬起頭，重新凝視著炎哥。「應承？緊要得過唔使死？」炎哥看著我，就像看一個入世未深的稚童。「我相信，你唔會明白，咩係信任。」說出這句話時，我對著炎哥自豪地笑了一下。因為在「擁有值得信任的人」上，我肯定是比炎哥優勝的。

　　「咁你就去死啦。」炎哥直接用拳頭來回應我的說話。他這一擊借助重量裝置來打我。與此同時，他提起了我被緊扣的手腕，使我即使雙腳無力也跪不下去，這代表他要將我折磨至死。口腔內的血就像喝醉之後一樣吐得亂七八糟。說真的，我

甚至不知道原來人類可以吐出這麼大量的血卻仍然清醒。手腳變得無力，我知道自己再這樣捱打，活生生被打死只是遲早的事。

我人生第一次對死亡有印象，就是在父親的喪禮上。那時候我陪伴在母親身邊，母親輕聲啜泣並輕聲禱告。我不太記得禱告的內容，但尚有印象的一句是：「求上帝接收我丈夫的靈魂，讓他得享安息。」小時候的我並不太明白這句禱文的意思，可是它卻莫名地安慰了我，也一直留在我的心頭。如今當我與死亡逐漸步近，我不由再想起了這句説話。我開始明白為何母親要選擇「十字架」作為我的武器，因為對她來説，面對兇險，反抗不一定能夠求生，而十字架就是她認為死後可以平安的象徵。

這一刻，我空著的右手緩緩地將十字架從衣衫內掏出來。炎哥見狀，沒有説些什麼，只是又在我腹上捶了一拳，讓我吐出的血也沾污了十字架。我的雙眼正在失焦，雙腳正失去力氣，連思考都也變得不靈通。我用僅有的意志將右手移到十字架上，輕輕把它握在掌心之中。我相信像孫恩欣這樣善良溫柔的人準是能上天堂的。如果我在死前誠心祈禱，仁慈的上帝會願意接收我的靈魂到天堂嗎？我握緊了十字架，內心默念著母親曾經讀出的禱文：「求上帝接收我的靈魂，讓我得享安息。」

就在我內心平靜地念著禱文時，右手掌心有點突兀的觸感。這十字架的下半部分似乎有一個可以按下去的機關。我不禁想到雷映汶的排球。既然遊戲機構會因應參賽者得到的武器作出相應改動，那麼這個十字架會否也是一個改動後的真正武器？無論我這猜測是否合理，現在的我也別無他選，只能放手一博，否則只有死路一條。我把心一橫，用力地把十字架下半部分扳下去。

只聽「嗤」的一聲，一股白煙在我和炎哥面前冒起。由於炎哥跟我距離極近，所以我跟他同樣猝不及防地吸進了幾口白煙。「咩嚟㗎？」炎哥大喝一聲，立時鬆開了我的手並退後多步。這白煙入口苦澀，味道奇怪，我一時間也說不清這是什麼東西。但這時的炎哥先是搗著自己的頭，深呼吸了幾口氣，然後不一會兒又使勁地搖動著頭，表情看來有點恍惚。看著他有點失神的反應，而我在吸入白煙後身體卻沒有什麼異樣，這使我感到既好奇又疑惑。「喂！遊戲機構！你哋咁茅，操縱戰局，點對得住側邊啲有錢觀眾啊？」一直以來冷酷的炎哥難得地對四周的攝影機高聲吼叫著，不知是因為白煙的影響，或是因為戰局出現變化而心情大變。「宋一炎，請唔好亂咁對遊戲機構作出失實指控。」墨提斯的聲音在片刻後從四方的音響響起。「咩失實？點解佢戴住嘅十字架會有毒粉？仲唔係你哋專登安排畀佢呢啲廢柴？」炎哥腳步略見虛浮，雙手也無力垂在身體兩旁。

「當我哋問彭啟昭嘅通話對象時，對方嘅答案係『十字架』。所以彭啟昭得到嘅武器就係十字架。為咗平衡所有參賽者嘅戰力，我哋係會改裝部分參賽者過弱嘅道具。彭啟昭呢個十字架係包括咗濃縮咗嘅『氟硝西泮』，Flunitrazepam，亦都即係俗稱為『十字架』嘅毒品。所以嚴格嚟講彭啟昭得到嘅武器，由此至終都係十字架。不過你放心，入面只有一次劑量嘅『氟硝西泮』。而呢個份量，作用包括會令人反應能力下降、肌肉冇力、頭痛、噁心、焦躁不安等等。呢啲作用會慢慢浮現，並喺三分鐘後完全發作，到時候你可能會抽搐或者昏迷。所以我建議你唔好花時間去怪責遊戲機構，不如專心善用埋呢三分鐘啦。」

墨提斯的聲音戛然而止，而炎哥正以充滿怒氣的雙眼瞪著我，然後咬牙切齒地說：「三分鐘，已經夠我收你皮。」說著，炎哥就朝著我衝了過來。我看見他此刻腳步踉蹌，相信是因為

雙腳已承受額外重量的負荷接近十五分鐘,再加上現在的毒性影響,其實炎哥的狀態應該已是強弩之末。可惜我的情況也不比他好多少,現在我只是勉強用全身的意志來支撐自己站穩,只怕一旦移動,全身的疼痛就會同時襲來。所以即使我明知炎哥的戰鬥力大減,但我還是沒有任何還手的能力。「耀揚!」我忍痛喊了一聲,嘗試召來耀揚幫忙,可是耀揚依然如石像般保持著一樣的姿勢,看來是難以指望的了。

「當年,我俾半個社團嘅人圍攻我都未死,我今日會俾你呢啲毒氣收皮?」炎哥走到我的面前,他應該已經看穿了我不能動彈的狀態,所以直接伸出了手,一把掐住了我的喉頭:「我而家唔係要你輸,我係要幫你冚旗!」盛怒下的炎哥手上加勁,我能感受到自己的氣管已經被完全箍死。我開始呼吸困難,視力開始模糊。我想起了鄭冠鋒 —— 在我面前死去的同學;我想起了杜崇文;我想起了孫恩欣;我想起了 Miko;我想起了燒賣;我想起了父親。已經死去的那些人如今 —— 在我的腦海之中重現,彷彿他們正在為我複習著死亡的過程,好讓我不用擔心將要來臨的終結。

我害怕卻又平靜。害怕是因為我對於死後的世界充滿未知;平靜則是因為在死亡之前,我終於能夠忠於自己,順從自己作出一個決定。我感到胸腔裡的氧氣愈來愈少了,死神也似乎已經來到我的身後。

現在,我想說的話就只有一句:「求上帝接收我的靈魂,讓我得享安息。」

好人

眼前一片光芒，難道這就是天堂嗎？在白茫茫的耀眼光芒中，我聽到一把聲音說：「你係彭啟昭？」「嗯。」我應了一聲。「你未夠鐘死㗎，繼續努力啦。」那把聲音在光芒中回答我，然後我感到自己被一隻無形的手推了一把。我的身體有如從高空墜落，眼前的光芒同時消失，四周只剩下一片漆黑。我嘗試睜開眼睛，眼前沒有天堂也沒有地獄，只有一臉震驚的炎哥。

他此刻的動作就跟我上一刻失去意識時一模一樣——他的手依然掐在我的喉頭上。但不同的是，我能感受到自己正不斷吸入新鮮的空氣。換言之，炎哥的手放鬆了。不但如此，他的嘴角正有鮮血緩緩流下來。他受傷了？還是毒發了？「邊個？邊個偷襲我？」炎哥念念有詞，將兇狠的目光轉向紅圈之外。聽到他這句說話，我不由往地上一看。意外地，我看到一件不應該出現在這裡的物件——一把菜刀。我迅速瞥向吳秀嫻，她手上的菜刀果然不翼而飛。

「本身我都唔想出手，畀你哋公平比賽。吖，你個衰佬，成日都要趕盡殺絕，打打殺殺！頭先如果唔係呢個哥哥仔提吓我，我而家都俾你打死喇！嗱，我而家就淘汰咗喇，冇嘢好驚，掉你咪掉你囉！」吳秀嫻見炎哥朝自己走近，她絲毫不懼，反而朗聲反罵回去。「你條八婆！」炎哥聽了，勃然大怒並拾起地上的菜刀，似乎想要朝吳秀嫻擲去。誰知，紅圈外再有兩件物件飛出，分別是一枝木棒和一柄小刀，全部都打在炎哥身上。出手的人是李凱婟和廖偉國，也就是我曾經呼籲離開紅圈的參賽者。他們沒說什麼，但眼神中盡是對炎哥的不滿。

看著這個畫面，我突然想起了母親的一句話：「當有你一個做好人，社會就唔會只得你一個好人。」我曾經不能理解這句玄之又玄的話。可是看著此情此景，我似是茅塞頓開。我提醒吳秀嫻等人的「因」，成就了現在他們施以援手的「果」。確實，好人不一定有好報，但沒有好人，世上就不可能有好報。所以當有一個人願意釋出善意，即使不是一呼百應，但只要得到一人和應，那善意就能在世界上一直流傳下去。

「你哋班廢柴，以為咁樣就可以打死我咩？我就算而家傷晒，我都可以隨手殺晒你哋啊！」炎哥拖著沉重的腳步，就像一頭喪屍一樣，手中拿著菜刀，朝著站在紅圈邊緣的吳秀嫻靠近。炎哥的凶狠姿態似乎嚇怕了吳秀嫻等人，所以他們連忙後退多步，讓紅圈內的炎哥難以接近。可是，炎哥「嗦嗦」怪笑幾聲，提起了手中的菜刀並說：「我都未行埋嚟，咁快就驚？驚嘅話，頭先又敢咁大聲？所以話，廢柴就係廢柴，正廢柴啊！」炎哥手中的菜刀反射著射燈的光，似乎就要把手中的菜刀擲出。突然，他的動作完全靜止下來，一動不動的。因為他察覺到喉頭前多了一柄小刀。

「冇錯，我哋每個人都係廢柴。但係唔知俾一班廢柴殺死嘅你，又算係啲咩呢？」說出這句話的人是耀揚，而持刀拑制著炎哥的人正是他。早在炎哥被吳秀嫻的菜刀擊中時，其實耀揚已經悠悠轉醒，並且站直了身。只是炎哥一直跟吳秀嫻等場外參賽者對峙，所以未曾察覺耀揚在他背後有所行動。

「即使你哋殺咗我，我都係比你哋每一個強！」炎哥冷笑著，但雙膝已經無力地跪倒在地上，看來他的身體終於承受不了毒藥與額外重量的雙重影響。「但係就係因為我哋知道自己弱，所以我哋先會識得尋求其他人幫手，先會知道要改進，先會珍惜陪伴自己成長嘅人。因為擁有同伴、信任同依靠，所以我哋比你更強，而你永遠都超越唔到。」我再沒有力氣走過去

跟炎哥説，只好在原地吶喊。我想炎哥明白，有些人即使被毀掉肉體，但靈魂依然可以繼續強大地存在。例如杜崇文和孫恩欣，正是他們給我希望和信心，我才能一直堅持至此，並且跟一個比自己強上百倍的人力戰到底。

「你哋收皮！全部都係廢柴！」炎哥喝罵一聲，然後突然又朗聲大笑起來：「耀揚，唔好諗住殺到我就好威，我話你知，你同燒賣都係一樣，喺我眼中，你哋都只係我隻狗，一隻食屎……」炎哥的謾罵被插入咽喉裡的小刀所中斷。「你曾經講過，夠惡先有權。咁而家，唔知邊個先有權講嘢呢？」耀揚一邊説著話，手裡的小刀在炎哥的咽喉裡緩緩地旋轉著，似要硬生生鑽出一個血洞。而炎哥從喉頭發出痛苦的嘶叫聲，後背卻被耀揚捉住而不能動彈，只能默默在原地受刑似的承受著耀揚的折磨。「最後，呢一刀，還畀燒賣。」耀揚將小刀從炎哥的咽喉中抽出，一道血柱從中激噴而出。染血的小刀，在射燈下反射出一秒的血光。「夠鐘收皮喇，」下一刻，耀揚就已經將小刀插入炎哥的心臟位置：「廢柴。」「啊！！！！」失去説話能力的炎哥，發出了有如野獸垂死前的嘶叫。耀揚將小刀抽出插入的動作重覆幾遍，直至炎哥再也叫不出聲，他才停手。炎哥就此在原地垂下了頭，跪倒在地，斷氣而死。相信一直強勢逼人的他，並沒有幻想過自己最終竟會以最屈辱的姿態死亡。

確認炎哥死亡之後，黑衣職員走入紅圈中並把他的屍首抬走。現在場內只剩下我跟耀揚。論身上的傷勢，我倆不相伯仲；論體力，我倆也不遑多讓。但論狀態，經歷過一輪時間恢復的耀揚明顯比連半步都移動不了的我好。此刻耀揚正向著我走來。「點解你要堅持到而家？」耀揚邊走邊問。「我應承咗朋友，我要生存到最後，我要幫佢解開『尖東遊戲』嘅真相。」我坦白地回答。

「你知唔知你唔夠我打？」耀揚問。「我知。」我答。「咁你仲唔棄權？」耀揚再問。「因為我朋友信我可以支持到最後，我唔想令佢失望。」我再答。「睇嚟你係一個有義氣嘅好人。」耀揚説出這話時臉上不帶表情，讓我難以理解這是嘲諷還是欣賞。可是，我還是搖了搖頭，並回答説：「我唔係好人，我只係做緊一件自己認為係啱嘅事。」「好，隨你。」耀揚擺出開打的姿勢。我深深吸了一口氣，沒氣沒神地抬起了雙手，看著自己這雙虛弱的拳頭，別説要打倒耀揚，我知道此刻的自己其實連一隻蚊子也打不死。

對啊，為什麼如此難受、如此痛苦都要堅持留下？離去其實是一個可行的選擇，離去就能夠自由，放下這遊戲重新開始。只是，留下，就是為了那承諾。承諾的背後就是情，而有些情是難以取締的。為了這些曾經有過的感情，所以留下，所以堅持。當我腦海回放著「尖東遊戲」中種種往事的時候，我感到體內的力量正在逐漸積累。我很清楚，這份力量只足夠我打出一拳。也是最後的一拳。

耀揚，就在我揮拳可觸及的位置。如果順利的話，這一拳應該能夠直接揍在他的臉上，如果不順利的話，那就只好聽天由命。拳頭已經握緊，耀揚似乎察覺到我的變化，他放鬆的身體再度繃緊起來並作出防備。而我也在這個時候出拳。手臂的疲勞超出預期，而耀揚的反應也比想像中快。這一拳雖然如預想之中擊中了他的臉頰，可是力道太弱，並沒有完全打到底。中拳的耀揚後退了幾步，卻沒有就此倒下。他就像先前一樣彎下了身，緩慢地喘著氣。而耗盡所有體力的我只能勉強將雙腳釘在地上，靜待著耀揚到底會因為力竭而向前仆倒，還是再次挺直身軀。此刻，場內場外都進入了靜止的狀態，原本在閒聊喝酒的觀眾現在也靜得鴉雀無聲，每個人都在留意著我們二人最後的死鬥結果。

一秒。兩秒。三秒。

　　三秒的空白之後，耀揚終於有動靜，他的身體慢慢挺直。現實果然不像小說、漫畫裡頭，當主角奮力打出最後一擊後，敵人便會乖乖倒下。有些事情盡力了，並不代表就能做到。我看著耀揚拖著步伐，一步一步來到我的面前。他凝視著我，眼裡並沒有殺氣，但也沒有半點寬容。他的手掌放在我的咽喉上，這一刻我索性闔上雙眼讓死亡降臨。

　　杜崇文，抱歉了，未能完成跟你的承諾；母親，抱歉要比你早走一步，只不過我有按照你所說的，盡力從遊戲中拯救他人的性命；孫恩欣，你有看見嗎，看到那個堅守善良的我嗎？

願望

　　極致的平靜。沒有吵鬧、沒有慘叫、沒有怒吼、沒有哭喊。可是也沒有母親曾經提過，天堂源源不絕的天使歌聲。我張開雙眼，眼前所見的現代風格黑色天花以及水晶吊燈讓我知道自己應該並沒有死去。我環顧四周，從三面矗立的舊式木書櫃以及房間中的書桌、掛畫、文具等佈置看來，我正身處在一間書房。我嘗試坐起來，過程中身體隱隱作痛，證明此刻的我也並非身處於夢境之中。回頭一看，我原來正坐在一張真皮長椅，像電影裡心理醫生診所中會出現的那種。這裡的一切不由使我生疑。也許這是某個富商家裡的書房？為什麼我會出現在這個地方？為什麼我並沒有死去？「尖東遊戲」呢？已經完結了嗎？

　　正當我帶著滿腹疑竇地打量著四周時，書房的門就打開了。一個身穿整齊黑衣西裝的女人步進房間，她胸前扣了一個醒目的金銀色書本型襟章。從衣著和臉上的油畫面具，我就知道她是屬於「尖東遊戲」機構的黑衣職員。換言之，我依然身在「尖東遊戲」之中。「彭啟昭先生你好，身體好啲未？」黑衣女人走到書桌前，坐到一張西洋扶手椅上，向我問候。「仲有啲痛，不過 OK。」我嘗試雙腳踏地，發現自己的力氣已經恢復不少。我站起來，改為坐在書桌前另一張西洋椅上，跟黑衣女人面對面對望著。「我相信呢刻嘅你會有好多問題想問，只不過喺你問問題之前，我想先講一句，恭喜你。」黑衣女人的油畫面具只遮住了她鼻子以上的半邊臉容，所以我能夠看清楚她說出這話時連帶的微笑。「恭喜我啲咩？」我不解地問。黑衣女人再展現一笑，暗紅色的口紅更添她的神祕感。

「恭喜你，成為『尖東遊戲』嘅贏家。」黑衣女人說。「贏家？我？」黑衣女人的話使我本來已經充滿疑問的腦袋完全超載。我勝出了？失去了還擊能力、閉目待死的我勝出了？這不可能。「冇可能。」我使勁地搖頭。「但係你真係贏咗，當時全場嘅觀眾都可以做證。」黑衣女人氣定神閒地說。我回憶著當時的比賽情境：「但係，嗰時明明係耀揚捉住咗我條頸，而我已經近乎失去意識，咁嘅情況之下，佢又……」「佢棄權。」黑衣女人直接打斷了我的話。棄權？佔盡上風的耀揚棄權？「到底當時發生咗咩事？」我決定放棄思考，直接問她。「學你所講，當時佢捉住咗你條頸，而你已經閉埋咗眼，唔知係放棄比賽定失去咗意識。耀揚對住你講咗幾句嘢，拎走咗你條頸鍊，然後就拉住你……」黑衣女人解釋。「咁耀揚對我講咗啲咩？」雖然知道插嘴是沒禮貌，但我禁不住內心的好奇，到底耀揚為何要放棄比賽，卻奪去了我的十字架項鍊？「好彩我預咗你會問我，我一早睇返 Playback。詳細啲嚟講，耀揚當時捉實咗你條頸，而下一秒，佢就定咗格咁望實你條頸。然後，佢伸出手拎起你條頸鍊喺度望。望咗一陣佢就話：『最初我都只不過係跟住宋一炎先入咗呢個遊戲，其實我根本唔在乎輸贏。燒賣俾人插傷嗰晚，你同另一個女仔有份救返佢一命。既然你為咗一個承諾留到而家，今次我代燒賣還返一個人情畀你。』講完之後，佢就扶住你行到去紅圈邊緣，早你一步踏出紅圈，你就成為咗喺比賽範圍入面生存到最後嘅人。」黑衣女人把話說完，就把身體挨在椅背上，似是等待著我的回應。

我沒有說什麼，可是眼淚卻默默落下。耀揚會突然想起我對燒賣的恩情，是因為燒賣一直都有佩戴一條十字架銀鍊。我母親無心的選擇卻成為了我最後存活的契機，這冥冥之中的安排，是我事前完全沒料想過的。看來世界的變幻，不只厄運，還有幸運，都全不是掌握在我們的手上。但我落淚是我明白了自己之所以能夠活下來，都是因為一個人——孫恩欣。當天，是她主動提出要去為燒賣包紮傷口，沒有當天善良的她，

就不能讓今天的我生存下來。直到最後，還是孫恩欣的善良拯救了我。

　　內心的激動和對孫恩欣的思念導致我哭了好一會兒，而黑衣女人只是安靜在坐著，並不時為我遞上紙巾。當情緒稍為平定後，我深呼吸一下，冷靜地望向她，表示我已經準備好了。她點一下頭，説：「既然你已經成為遊戲嘅贏家，我哋會兌現承諾，滿足你三個願望。」「呢三個願望，需要而家決定晒？」我反問一句。「冇錯，喺離開呢間房之前，你需要講晒你三個願望。」黑衣女人理所當然地點了點頭。雖然這條件聽起來有點苛刻，還好我早就預想過勝利後要許下什麼願望。或者説，還好有孫恩欣跟我一起討論過。

　　在「列車難題」遊戲的前一晚，那晚我跟孫恩欣分享自己黑暗的過去。之後我們談了好一會兒，孫恩欣就突然問我：「係呢，如果到最後你贏咗，你會許邊三個願望？」我躺在牀上看著灰黑的天花，想了片刻便説：「第一個願望，當然係要幫杜崇文搵老婆啦。而第二個願望，我記得杜崇文曾經講過，佢想知道呢個遊戲背後嘅一切，所以，我諗我會用一個願望去換取真相，然後去佢嘅墳前講個答案畀佢知。」「咁第三個願望呢？」孫恩欣見我沒有説下去，所以輕輕地問。「我未諗到。」我握著孫恩欣依然放在我胸膛上的手，其實腦海內正浮現著第三個願望。那就是希望可以在遊戲後，與孫恩欣一起平安地生活下去。當然，這唐突的話我並沒有説出口。畢竟我跟孫恩欣其實只是相識了幾天，「一起生活下去」這想法對女生來説或許是過於進取了。「如果你未諗到，不如你到時幫我許一個願望。」孫恩欣用溫柔的笑容看著我。「好啊。」我爽快地答應。「我嘅願望係⋯⋯」

　　「喺第一關入面，有一個叫桐桐嘅女仔，我希望遊戲機構可以負責供書教學，確保佢生活無憂直到十八歲。」第一個願

幕後

　　我暫時壓下對杜崇文料事如神的驚嘆，並對黑衣女人的提問點了點頭。「我就知道阿文會估到，不過，我都想聽吓到底佢係點發現我嘅。唔介意嘅話，喺我講我嘅故事之前，不如由你講先？」杜崇文的妻子在椅子上穩坐著，準備聽我講出杜崇文的推論。「杜崇文之所以會有咁嘅推斷，原因有兩個。第一，按照你喺宿舍冧板留低嘅刻字，佢認定你依然在生，而且仲喺遊戲入面。而佢最初諗唔通嘅問題係，既然你未死而且喺遊戲入面，點解唔同佢相認呢？所以佢嘅假設就係你唔係唔想同佢相認，而係你根本就唔可以同佢相認。而喺遊戲入面身不由己，唔可以隨便講嘢嘅人就只有黑衣職員。佢假設你係以黑衣職員嘅身份生存緊，而喺佢死之前，佢更加肯定呢個假設係冇錯。

273

　　喺『埋舟遊戲』入面，杜崇文俾達叔同 Paul 哥兩個人夾擊。就喺嗰陣時，有一個黑衣職員出手及時殺死準備用棍攻擊杜崇文嘅 Paul 哥，所以嗰次佢先可以冇事。雖然話黑衣職員會殺參賽者呢件事係合情合理，但係佢留意到一樣嘢，就係以當時嘅企位嚟講，就算黑衣職員要殺都應該係殺因為退後咗兩步而最接近嘅達叔。但係偏偏喺嗰一刻，黑衣職員係跑前兩步殺死 Paul 哥，呢個舉動令杜崇文覺得嗰個黑衣職員似係想救自己多過只係按指示殺死參賽者。綜合呢兩件事，杜崇文喺死之前話我知，佢相信你已經成為咗遊戲機構嘅成員之一，而且只要我有機會贏到遊戲，極大可能會同我見面。」

　　當我一邊說著杜崇文的推理，杜崇文的妻子就一邊帶著滿意的笑容輕輕點頭。直到我說完，杜崇文的妻子就在座椅上坐直了身子，微笑地說：「觀察入微，思考縝密，果然係阿文嘅

風格。」她的微笑依舊掛在臉上，但眼角卻同時滑下了一顆淚珠。「你⋯⋯係咪可以解釋吓點解你會加入咗遊戲機構？」我輕輕地問。杜崇文的妻子點了點頭，摘下了臉上的油畫面具。面具底下，是一張感覺睿智冷靜的臉，乍看與女影星蔡思齡的有幾分相似。「我係上一屆『尖東遊戲』嘅參賽者，呢一點，阿文應該話咗你知。喺上一屆比賽入面，我冇贏，但係亦都冇輸，因為喺進入決賽之前，我就俾遊戲機構入面嘅人用高價喺遊戲之中贖咗出嚟，要我加入佢嘅團隊。後來贖我嘅人，亦都可以理解為我老闆講，佢哋係睇中咗我人類學嘅知識同埋分析能力，先將我贖出嚟同留我喺度。而我加入之後，我了解咗遊戲機構背後嘅目的，亦都同意同自願繼續喺度工作，所以我就成為咗機構嘅一分子。而作為機構嘅人，喺未到指定級別，係唔可以同外界接觸，以免泄露機密。所以，呢一年嚟我都唔可以同阿文接觸。」杜崇文的妻子解釋說。聽著杜崇文的妻子的話，我不禁想到杜崇文，因此便問：「如果你咁講，咁杜崇文⋯⋯」

杜崇文的妻子似乎又猜到了我的問題，於是便打斷了我的話並說：「阿文係好可惜。我並唔意外佢會加入遊戲，因為佢的確符合參賽資格。我甚至有信心佢可以殺入決賽，因為只要有進入決賽嘅資格，相信佢一定會得到機構嘅認可，就有可能好似我咁俾人用高價贖出。但係可惜嘅係佢竟然入唔到決賽。阿文估得冇錯，我之前的確嘗試喺『U記』救佢，但係都係幫唔到佢走到最後。」她說話時，冷靜的臉上多了一份傷感。「你頭先提到『參賽資格』，呢樣嘢我同杜崇文都諗咗好耐。到底我哋係因為啲咩共通點而被帶入遊戲？」我再一次提出自己跟杜崇文曾經思考過的未解之謎。「你覺唔覺得，你問得有啲貪心？」杜崇文妻子似笑非笑地說。「我想知，杜崇文都想知。」我認真地回答。

「而家你有兩個選擇。一，係用埋第三個願望去知多啲關於呢個『尖東遊戲』嘅真相；二，許一個實際嘅願望，例如係

要十億現金、要幢獨立屋、要環遊世界嘅機票之類，然後忘記關於呢個遊戲嘅一切。」杜崇文妻子凝視著我，靜候我的答案。我深呼吸一口氣，緩緩地說：「我要真相。」「值得咩？」杜崇文妻子如同先前般反問了一句。「值得。」我相信，這個也是杜崇文和孫恩欣的答案。再多的金錢也不可能買到一個真相。即使我得知了這個真相後不可能公諸於世，也不可能為他人帶來什麼幫助。可是，我就是想知道自己為什麼被捲入了這場死亡遊戲，我更想知道到底為什麼杜崇文和孫恩欣要因此而喪命。「咁樣揀，你真係好蠢。」杜崇文妻子戲謔地一笑，然後抿嘴成一個認真的笑容：「不過，阿文冇揀錯你做佢拍檔。」

　　杜崇文妻子站了起來，在房間來回踱步，然後說：「先答你第一個問題，點解你哋會被揀選進入呢個遊戲。其實呢一點，我已經喺冧板度刻咗提示畀你哋。由於所有職員都有權觀察遊戲進程，我一直都有留意你哋。所以當時你哋喺宿舍飯堂討論緊關於點解會入咗遊戲嘅時候，我就刻意喺求其一塊冧板度寫低咗提示，希望阿文會發現同埋估到我尚在人世。我當時所寫嘅係『既知死，方知生』，呢句文字就暗示咗你哋所有參賽者之所以會被揀入遊戲，係因為你哋喺生命之中都有經歷過一次同死亡有關嘅事。」

　　死亡有關的事？我回想著杜崇文、孫恩欣，甚至是燒賣，以及我自己的經歷，當每個人的敍述拼湊在一起的時候，我赫然發現，我們之間確實有一個共通點。「我哋身邊，都有一個自殺嘅朋友或者親人？」我緩緩問出這個早就應該找出的答案。「冇錯。其實每屆『尖東遊戲』搵參賽者嘅原則都唔同，而今屆佢哋相信經歷死亡，尤其係突如其來嘅死亡，往往可以為人帶嚟一啲重要嘅改變。而呢種改變或者可以令人有非一般嘅耐力、意志，甚至生存能力，而呢啲能力就係遊戲機構所需要嘅。正如卡繆引用前人所講『重要的不是治癒，而是帶著

病痛活下去。』遊戲機構相信能夠堅強咁撐落去嘅人，或者就可以成為佢哋需要嘅人才。」杜崇文妻子解釋説。

　　「講咗咁耐，到底遊戲機構即係乜嘢？佢哋搞埋啲咁嘅遊戲嘅目的又係乜？」即使明白了自己被選到遊戲的原因，我仍是不太明白，如果需要人才，面試、觀察不就好了？為什麼要辦一場死傷慘重的遊戲呢？「佢哋係一個比你想像中勢力大好多嘅組織。佢哋所做嘅一切，唔係為咗一個人，一個地方，而係為咗整個世界嘅運作、平衡同進步而做。或者你會覺得我粒聲唔出就拋低咗阿文，甚至當佢入咗遊戲都唔同佢相認係非常冷血。但係由我明白咗遊戲機構嘅理念開始，我就已經決定要一心一意去為呢個機構付出。而我相信，如果阿文可以了解機構嘅背後理念，佢都會支持我嘅做法。」杜崇文妻子一邊説，一邊走到一個地球儀前，用手一拂，地球儀便緩緩轉動了起來。「你就咁講，我都係唔明到底呢個機構做緊咩。」我實在難以理解杜崇文妻子這番抽象的話。「正常吖，因為以你而家嘅資格最多只可以知道咁多。」杜崇文妻子的手依然在轉動那地球儀。聽了這話，我不滿地站起來並説：「咁你咪即係冇實現⋯⋯」我的話只説了一半就打住，原因是我看到了一個奇怪的景象 —— 轉動中的地球儀無聲無息地裂成兩半，然後杜崇文妻子打開了它。裡頭放著了一個她及一眾黑衣職員們衣衫上都有扣上的襟章。只不過比較特別的是，他們的襟章是混合銀色的設計，但地球儀中的襟章卻整個都是金色。

　　杜崇文的妻子輕輕將襟章取出，然後交到我的手中，並説：「呢個襟章代表你有可以繼續去尋找真相嘅機會。你袋好佢，時機一到，你自然可以繼續去搵你要嘅真相。」我看著手中的襟章，書框中的「T」字雖然同樣是金色，但看起來特別耀眼，讓我不自覺地思考到底這襟章裡頭藏著多少與遊戲機構相關的資訊呢？

276

「既然三個願望已經達成，咁你係時候要離開喇喎。」杜崇文妻子將地球儀重新合上，並望看我説了一句。我將手中的襟章放在口袋中，緩緩地走向大門。「臨走之前，我有一件事想拜託你幫手。」她走到書房的大門前，手握著門把卻沒有打開，只是默默地看著我。我看出了她眼神中的認真，所以便在門前停下了腳步。「我收好咗阿文嘅屍身，但係我唔可以離開呢度，所以可唔可以麻煩你，幫我安葬佢？地點冇所謂，我總有機會問返你。」杜崇文妻子表情木然，但語氣卻不如剛才的冷靜與理性，使我感受到她正在極力遏止著自己的情緒。「嗯，交界我。」關於杜崇文的事，我當然願意義無反顧地幫忙。「多謝你。」杜崇文妻子向我微微欠身以表謝意，然後突然低聲説：「為咗多謝你幫我，我畀多一個關於遊戲嘅提示你。」

　　我凝神聚目看著她。「你知唔知點解『尖東遊戲』要揀尖東呢個地方？」杜崇文妻子用試探的語氣問道。一時間，我想不出答案。「尖東，其實有一個最出眾、香港其他地方都比唔上佢嘅特別之處。只要你諗通咗，話唔定會更加容易明白我哋遊戲機構嘅目的。」杜崇文妻子雙目一眨，然後微微一笑説：「放心，來日方長，你一陣上車之後仲可以慢慢諗。」我還未會過意來，杜崇文妻子所握著的門柄突然放出了一陣白霧，在飄散的白霧之中，我就此失去了意識。

　　「先生、先生……」在叫喚聲之中，我緩緩張開了雙眼。在我眼前是一個年輕的男港鐵職員：「先生，純粹提吓你，南港島線尾班車準備開出，你需唔需要轉車㗎？要嘅，就要趁而家喺金鐘落車喇。」「哦，唔該。」我禮貌地向職員點了點頭，然後想要站起來，可是站起來時卻頓覺雙腳無力，有點虛浮，只好先扶住扶手站穩了身子，然後腳步緩慢地離開了車廂。我在車站拐了幾個彎，總算登上了南港島線的尾班車。坐到列車的座位上，我還是覺得眼前的一切，還有腦海中的記憶都不太

真實。杜崇文、孫恩欣、海薰城、K12 Musee、Miko、炎哥、燒賣、1887、列車隧道、尖東遊戲……一切，都只似是我幻想中的故事與人物，而不是我曾經有過的經歷。

我將手探進襯衣的口袋，掏出了那個金色的書形襟章。這就是「尖東遊戲」真實發生過的證明，也是一切尚未結束的提醒。不久之後，我回到家裡。打開家門，單是家裡久違的氣味已經足以叫我心生感慨。當我經過餐桌時，發現桌上放了一張紙條，上面寫著：「昭仔：唔知你幾點返，所以煲定咗碗湯放喺雪櫃，仲肚餓就自己拎去叮啦。」我打開了雪櫃。果然，一碗腐竹豬骨湯就放了在當眼處。

我將湯碗放入了微波爐，不消一會兒，微波爐內就傳出了撲鼻而來的豆香味。我小心翼翼捧出冒煙的湯碗，先將它放上窗台，然後我也盤膝坐到窗台上。是夜無月，街道上的路人相當稀少，為此刻倍添寂靜。在無聲的夜色陪伴下，我呷了一口熱湯，依舊是那令人懷念的味道。我不由再次想起了「尖東遊戲」中的每個人：吳秀嫻現在應該已經跟她的丈夫與女兒共聚天倫了吧；耀揚也許會接手了炎哥的社團，然後成為新一代的領頭大哥吧；桐桐往後應該還是可以勇敢快樂地成長吧；杜崇文、燒賣、孫恩欣，你們在天國裡快樂嗎？

「重要的不是治癒，而是帶著病痛活下去。」我突然想起杜崇文妻子提到的這句說話。我相信「尖東遊戲」的記憶不可能磨滅，所以，我注定要跟這道傷口共處、共存和共活下去。我再呷一口熱湯，感受著那一道暖意從咽喉流動到身體每一個部分。擁有傷口，其實也並無不可吧。有些事情即使再傷再痛，還是有值得記住的意義，記憶裡的傷口就是一個時代印記。那些逝去的、離去的人，彷彿都在這個寂寥的夜裡——回到我的腦海中陪伴著我。而我將會把他們收藏在心底裡，並且帶著與他們的回憶前進。

活著

　　離開「尖東遊戲」一個月後的某個大清早，我終於下定決心，根據杜崇文妻子給我的地址去探望桐桐。我之所以選擇今天才行動，是因為這一個月以來我都努力地讓自己放下「尖東遊戲」帶來的衝擊，並嘗試回到平凡的生活之中。如常地工作，如常地玩樂，即使明知道生命中已經出現了某些不可能逆轉的改變。

　　這一個月裡，我唯一做過與「尖東遊戲」有關的事情就是安葬杜崇文。他的葬禮就只有我一人出席，這是因為遊戲機構不容許高調。在墓地裡，我再次看見杜崇文的屍身。他臉上沒有特別的妝容，只是換上一套比較得體的西裝，擦去臉上的血跡，相信這一切都是他妻子所為。看著他平靜安躺的樣子，我微微一笑，然後將他妻子的下落與我所知道的一切都告訴了他。當所有的話都說完了，我便親手為杜崇文蓋棺。

　　蓋上棺木之前，我忍不住再看了杜崇文一眼。我不明白，為何這個只不過認識了數天的人，卻能使我內心充滿了複雜的情緒呢？也許，是因為我們之間的真誠？在遊戲的死亡威脅下，我們對彼此都沒有隱瞞，只有最真誠的坦白。我們熟悉彼此的願望，也為著守護對方的夢想而努力。在日常的社會中，這種關係或許用上三個月甚至三年都難以尋求，證明並不一定要用長時間才能建立互相信任的關係。「杜崇文，你咁醒，唔知你又估唔估得中我最後真係贏咗『尖東遊戲』呢？」我對著棺木中的他微微一笑：「答案，等我死咗之後，你記得話我知。」棺材蓋就此蓋上，杜崇文終於可以入土為安。當一切完成後，我在杜崇文墳前放下了一束鮮花，然後徐徐離開。

　　用了一個月整理思緒，我感到自己似乎可以如常地面對關於「尖東遊戲」的事情了，因此才下定決心去探望桐桐。雖說是探望，應該說是觀望。既然作為成年人的我都需要如此費勁來放下一段沉重的回憶，對於目睹雙親死亡的桐桐，她一定需要更多的時間和心力。所以我選擇不現身，就是避免再勾起她在「尖東遊戲」中的沉重回憶。循著紙上的地址，我來到一座大廈。紙張寫上了桐桐的居住樓層及室號，可是為了保持低調，我只打算在她的家樓下等一天。只待看到她現時生活安好，我便會悄悄離去。這也是為什麼我刻意選了星期一的早上來到，就是看準了她今天需要上學，所以必然會步出大廈。現在時間是早上八時正，應是一般幼稚園學生的出門時間，理論上我應該能跟桐桐碰上一面的。

　　時間過了十五分鐘，桐桐尚未出現，但大廈門口的人流開始多了起來。上班族、學生絡繹不絕離開大廈。而我也打醒十二分精神，以免桐桐從人群中經過而我卻大意錯過。說時遲那時快，我在人群之中察覺到桐桐的身影。她穿著整齊的校服，雖然只是過了一個月，但現在的她看起來比起在「尖東遊戲」時又長大了不少。她背著粉紅色的書包，帶著輕鬆可愛的笑容，連跑帶跳地走出了大廈的大門。看著她兩條辮子活潑地擺動著，我彷彿感受到，這小女孩已經有重新開始生活的力量了。這樣就已經很好了。遠看著她的笑容，我的內心也得到了一點慰藉，使「尖東遊戲」中的慘勝也多了一分甘甜。我多看了她的笑容一眼，然後緩緩地轉身過去，準備帶著這份滿足感離開。

　　「桐桐，小心唔好跑咁快啊！」在我身後響起的這一道柔聲的輕喚，將我準備離去的腳步硬生生定格。我在腦海中不斷地重播著那道柔如春風的聲音，而我的大腦同時浮現出一個跟聲音對應的臉孔。我立時轉身過去，並將眼光望向對面的大廈門前。在桐桐身邊，此刻多了一個牽著她手同行的人，當我看

清這人的臉孔，我毫不猶豫地對著相隔一街之隔的距離喊出：
「孫恩欣！」

　　一時間，正在候車的上班族、閒聊中路過的中學生、晨運後回家的老人家以及其他路人都紛紛將目光投向了我。我沒有理會其他人的注視，一口氣跑過了馬路，然後將目瞪口呆的孫恩欣一把抱了入懷，一個非常，非常緊的擁抱。「點解……你會……」孫恩欣仍然是不懂反應，任由我緊抱著她，似乎對我的突然出現感到相當意外。但與此同時，我感到自己的肩膀正逐漸被沾濕。「呢句『點解』，應該係我問先你喎。」彷彿為表公平，我的淚水也沾濕了她的髮絲。我們就這樣在原地相擁了好一陣子，直到桐桐輕輕拉扯著孫恩欣的衣角並說：「恩欣姐姐，我就快遲到喇。」我和孫恩欣一聽，尷尬地鬆開手，急忙地擦乾了臉上的淚。看著彼此狼狽的樣子，我倆又禁不住相視一笑，然後不約而同地從左右邊牽起了桐桐的手，就像當天在「尖東遊戲」一樣，陪著她前往上學的路。

　　將桐桐送進校園後，我跟孫恩欣在幼稚園附近的一個小公園坐下。我們才剛坐下，就異口同聲地說：「點解你……」，然後又一同笑著把話止住。「你問先啦。」孫恩欣向我送上一個溫柔的眼神。「點解你會冇死到嘅？我嗰日明明見住你俾架列車撞死咗㗎。」我問出心頭上最大的疑慮。孫恩欣側了側頭，一邊回想一邊說：「其實，嗰日我俾人包到實晒，講完我自己嗰段說話之後，四周圍都靜晒，我都唔知到底會發生咩事。當時好驚架地鐵會無聲無色咁突然撞死我。就喺我驚緊嘅時候，失驚無神有幾個人抱起咗我。佢哋抬住我一輪之後，就拎走咗包住我嘅黑袋，然後我發現自己去咗一間書房入面。喺間房度，有一個同班黑衫人著埋一樣制服嘅女士同我講，話我俾一個人用高價喺個遊戲入面贖咗出嚟，所以而家我係屬於遊戲機構嘅一分子。當時我仲未明白呢句說話，嗰位女士再補充咗一句，話有位嘉賓好欣賞我喺遊戲入面嘅態度，佢覺得我呢

類人雖然好難喺現實生活生存，但係呢個世界需要更多我呢種人，所以佢猶豫咗好耐之後，就喺最後關頭用高價贖咗我出遊戲。之後，嗰位女士就話會安排我去一個地方休息幾日，之後再通知我下一步。所以，我就喺一間類似酒店嘅套房入面住咗好幾日，中間我有問送嘢食畀我嘅黑衫人到底『尖東遊戲』點，你有冇事，但係佢哋冇人肯答我。

過咗幾日，我就再俾人帶咗去書房見返嗰位女士。佢同我講，嚟緊我將會重獲自由，不過由於我係遊戲機構嘅人，生死都係掌握喺機構手上，所以嚟緊我需要代機構做一啲嘢。本身我都擔心自己要好似啲黑衫人去殺人，我已經諗定如果係咁，就寧願俾機構殺死都唔會做。點知原來佢哋係要我成為桐桐嘅保母。佢哋話會有方法令桐桐嘅親人接受將佢交畀保母照顧，而我就係負責全天候去照顧佢直到十八歲。機構規定，我只可以同我嘅屋企人同桐桐嘅親人接觸，而且亦都唔可以提起任何關於機構嘅事，否則都係格殺勿論。所以呢一個月嚟，我都係陪住桐桐一齊生活。而佢都好生性，雖然經歷咗咁多，但係佢依然好畀心機返學，好聽我話。唯一令人擔心嘅，就係佢每晚都好易發惡夢，所以一定要我陪住喺佢身邊瞓。與其話我係保母，我覺得自己而家似佢媽媽多啲。」

由於先前杜崇文妻子已經提及過她被人以高價贖出遊戲的事，所以現在孫恩欣死裡逃生的經歷，我並沒有感到匪夷所思。本來我有想過為什麼孫恩欣尚未進入決賽，但她卻可以獲得贖命的機會。然而我馬上想起杜崇文妻子口中獲得贖命的條件是要「獲得進入決賽的資格」。嚴格來說，孫恩欣在「埋舟遊戲」之後已經獲得進入決賽的資格，只是因為參賽者人數過多，遊戲機構才額外新增一場附加賽。如果按照這個方法計算，孫恩欣被贖出遊戲是合情合理的。「阿昭。」孫恩欣輕喚我的名字一聲，讓我回過神來，續問：「咁你呢？你離開咗遊戲，係咪即係你成功贏咗？」為了解答孫恩欣的問題，我就將

「相撲遊戲」的來龍去脈說了一遍。即使此刻孫恩欣能看著安坐於她面前的我，但當她聽見我在遊戲中多次在生死邊緣的經歷，表情都不禁為之而變色。

「所以到最後，因為你先可以令到咁多人唔使死。」聽畢整場決賽的描述後，孫恩欣鬆了一口氣，然後展開笑顏地說：「多謝你有記得我同你講過嘅嘢，直到最後，你都成功守住咗自己嘅善良。」聽了孫恩欣的話，我也跟著她微微一笑，同時握住了她放在咫尺的手，認真地凝視著她的雙眼並說：「其實係我要多謝你，冇當初善良嘅你去救燒賣，就唔會有今日可以離開遊戲嘅我。」孫恩欣輕輕將手掌反過來，改為將牽住我的手，說：「其實善良係每一個人自己嘅選擇。所以除咗多謝我，你都要多謝你自己。」一時間，我和孫恩欣就像回到宿舍夜話的那個晚上，安靜地握著彼此的手，感受著環境裡的寧靜。在這憩靜而平和的時刻，我由衷地感受到「活著真好」的意義。

清風的涼快、鳥語的曼妙、落花的淒美、心跳的律動。世界在轉，一切在變。但有些事情卻又始終保持不變，幸好不變的事情也包括了美好的事物。世界千瘡百孔，但現實也不比「尖東遊戲」容易生存。「平時除咗照顧桐桐我都冇咩做，所以我聽多咗歌，有冇興趣聽首我最近成日聽嘅歌？」孫恩欣在我不知不覺間，已經將一邊耳筒遞到我面前。我笑了笑，接過它並放入耳中。「最初我離開『尖東遊戲』之後，我差唔多每晚都會發惡夢。但係而家我同桐桐瞓，如果我成日扎醒會嘈到佢，所以我喺嗰段時間搵咗好多首歌可以幫自己放鬆心情，而呢一首，係我覺得最有效嘅。」孫恩欣說完後，輕輕在手機上一按，音樂悠悠從耳機中傳出。我本以為會是一首慢節奏的輕音樂，但沒想到首先傳入耳中的，卻是輕巧的電音和活潑的節奏。歌詞，就如歌曲的旋律般跳脫。活潑，卻又滲透著一股對抗世界的沉重。歌曲完結，孫恩欣摘下耳機並說：「呢首歌，

叫做《我可以被這個世界淘汰，但不可以被世界擊敗》。唔知點解，每晚聽到呢首歌，我就可以好自然咁瞓得著。」「呢首歌的確好特別。」我點點頭，感受著這首歌與別不同的回甘滋味。「經過『尖東遊戲』之後，我開始明白，現實中有好多嘢都唔到我哋控制。但係亦有啲嘢我哋絕對可以控制，或者係堅持嘅，例如係初心同善良。」孫恩欣一邊說，一邊將頭枕在我的肩膊上。「嗯。」我若有所思地應了一聲，也把自己的頭靠在孫恩欣的頭上。

到底明天將會如何？到底世界將會有什麼不可預測的變化？到底 Vera 所說的，再度探索「尖東遊戲」背後密的時機何時再臨？這些問題，我答不了，但在此時此刻，暫時也變得不再重要了。「重要的不是治癒，而是帶著病痛活下去。」我們不可能治癒世界在我們身上留下的瘡疤，然而只要願意，無論身在何時何地，我們還是能夠找出忍痛活下去的理由。而且，是忠於自己地活下去。

未圓

一年後。佐敦谷公園。

「係啊……聽日代你更？哦……唔好意思啊,聽日我同屋企人有嘢做,所以代唔到你更啊……嗯嗯,好吖,咁你再搵另一個人啦,好,嗯,拜拜。」當手機另一側的同事掛斷電話後,我便將手機收起,同時為成功捍衛了自己的假期而滿足。畢竟,明天是桐桐的學校假期,而且也是她的生日,我早就跟公司請假要跟孫恩欣陪她慶祝。不再為他人糾結太多,嘗試多忠於自己,這是我從「尖東遊戲」中的其中一個得著。而另一個收穫,就是正在草地上奔跑的孫恩欣和桐桐。雖說她們是保母和被照顧者的關係,但事實上更像一對姊妹。二人在草地上邊笑邊跑,樂不可支,讓作為觀眾的我都感覺到心情變得開朗。

這一年以來,我並沒有將「重要的不是治癒,而是帶著病痛活下去」當成標語掛在口邊,但我們三人都在努力以這句話活好自己的人生。快將六歲的桐桐在幼稚園裡表現優異,不少老師都讚賞她有愛心,相信她一定能考到出色的小學;孫恩欣每天都無微不至地照顧著桐桐,閒時能與家人會面,生活也跟一般人無異;而我,依舊是一個機械工程師,依舊不時充當一個「濫好人」。可是,至少現在的我會為自己考慮,也會適時拒絕,抹去了往昔經常身不由己的感覺。值得一提的是我曾經在某間酒樓享用早茶的時候,遇到負責遞上點心的吳秀嫻。我們碰面的時候沒有過於驚訝,大家只是輕輕微笑點頭,然後我遞上點心紙,她蓋上印章,短短的交會就此完結。我相信那些在決賽裡的生還者應該也跟我一樣,努力地帶著沉重的過去展開新的生活。

至於我和孫恩欣，自從去年重遇之後，我們的手就不言而喻地牽在一起了。「幸得伴著你我／是窩心的自然」這是對我倆最合適的形容。跟孫恩欣一同生活，簡單而滿足。我倆都不是特別浪漫或重視儀式感的人，也不會刻意到主題樂園慶祝或到漂亮的餐廳打卡，單從日常的衣食住行之中，就獲得了最樸實無華的幸福。如果說每個人都有一個值得活著的原因，我想我終於找到了。若說到我跟孫恩欣之間做過最浪漫的一件事，應該就是一同買了一條情侶頸鍊。那一天，我跟孫恩欣和桐桐隨意在街上閒逛著。桐桐突然拉著孫恩欣跑到一個玻璃櫥窗前，並指著裡面興高采烈地說：「恩欣姐姐，好靚啊！」

我走近一看，原來是一條銀色十字架的頸鍊。「係啊，真係好靚，我返屋企陪你用珠仔穿一條啦！」孫恩欣溫柔地笑著，然後便打算拖著桐桐離開。「不如我買畀你。」我突然說出這話，讓孫恩欣愣在原地愣。「喺決賽我因為條十字架鍊而生還。而背後原因都係因為你救過燒賣。所以，呢條十字架鍊對我哋嚟講幾有意義。」我說出了內心的想法。「嗯，好吖，多謝你。」孫恩欣甜蜜地微笑點頭，然後就隨我走進了首飾店。

「嘩，兩位今日嚟得啱喇，呢條銀鍊其實係情侶款嚟嘅，今日一齊買仲會有八五折添，唔知兩位會唔會考慮埋呢？」店員聽了我想要的款式之後，馬上就連珠炮發，用熟稔的口吻推銷。可是我一向都是個不多作打扮的人，對首飾更是抗拒，所以就打算直接回絕店員的建議。誰知孫恩欣卻搶先我一步說：「好啊，就要晒男女款啦。」她說完了這句話後，將頭轉向我，嫣然一笑，說：「既然對我哋都有意義，咁不如一齊戴啦！」看著她笑逐顏開戴上項鍊，純良的她配上十字架，那刻的我似在欣賞世上最美的風景。而我戴上十字架項鍊的時候，感覺總是格格不入，但我身邊的桐桐卻一直笑著重複「超人哥哥好型仔啊」來安慰我，讓我最後還是哭笑不得地接受了這條項鍊。自那天起，我每天都會將項鍊戴在身上，而我還是用了

好些時間才習慣身上有它的存在。可是我從來沒有後悔過將它買下來。因為它就像一個印記，印證著兩個曾經受傷的人，如何從依賴與照顧彼此之中逐步重生。

「超人哥哥，你可唔可以出嚟幫我哋做評判啊！」桐桐跑到我的面前，熱情地拉著我的手對我說。看著桐桐的小臉龐像蘋果一樣紅，我不禁因她的可愛而失笑：「做評判？」「係啊，我要同恩欣姐姐鬥快接飛碟，你大力啲，你嚟幫手拋啦！」桐桐用哀求的眼神望著我。面對小女孩的可愛攻勢，我不到三秒就投降了，便乖乖從野餐布上站了起來，參與她們的飛碟遊戲。「預備喇！三、二、一，Go！」我用力將飛碟往無人的遠處一拋，她們便尖叫著向飛碟跑去。看著她們高聲笑著遠去的背影，我在原地也為著自己現時擁有的一切幸福而微笑了。畢竟亂世之下，能夠有值得讓自己幸福的原因，是非常難得的。就在我尚在感恩的時候，肩膊就被人拍了一下。我轉過身去，心情頓時一沉。

出現在我眼前的，是兩個身穿整齊黑色西裝的男人，而他們的衣襟上都扣上了一個醒目的金銀色書型襟章。他們的臉上沒有戴上浮誇的油畫面具，而是換上了一副黑色的太陽眼鏡，或許是因為他們需要出沒於市區。兩位黑衣職員沒說什麼，只是伸手指向一個方向，示意我借一步說話。我望向依然在遠處嬉戲中的孫恩欣和桐桐，為免驚動她們，便默不作聲地點了點頭。我跟著兩位黑衣職員走到旁邊的樹蔭之下，他們向我遞上一個全黑、以及跟黑衣職員的襟章有著相同的書形金漆圖章封口的信封。我小心翼翼地拆開信封，信紙的其中一面是空白的。我將信紙反過來看，上面只寫了兩句簡單的英文：

The answer is ready for you.
See you in the game.
Vera

「Vera」，是杜崇文妻子的名字；「See you in the game」，杜崇文妻子曾經在書房中對我說過：「以你而家嘅資格，你最多只可以知道咁多。」難道說，若然我想追求更多關於遊戲的真相，就需要重新回到「尖東遊戲」，並透過取勝來換取更高的資格？

「我幾時要走？」我問兩位黑衣職員。「而家。車亦都已經為你準備好。」一位黑衣職員向外一指，一部七人車正停泊在他指向的位置。「我可唔可以以同我屋企人講聲？」我低聲而誠懇地問。「好可惜，係唔得嘅。」黑衣職員面無表情地搖了搖頭。「嗯。」我明白，遊戲機構的規則相當嚴格，若是既定的規則，我再哀求也是多餘。我無言地點頭，表示接受他們的要求。臨行之前，我望向遠處已經將飛碟拾回來的孫恩欣和桐桐。她們四處張望，我知道她們正在尋找著我的身影，然而我已經失去了回應她們的權利。我貪婪地多看她們數眼，才動身跟黑衣職員離開。我希望她們在我心裡的殘影，能夠足以支撐我完成整場未知的新遊戲。

如同去年一樣，當我坐到車上，黑衣職員便遞上一個眼罩，而我也配合戴上。小睡片刻後，我就被喚醒並下車。大概步行了一百多步，一陣冷氣風撲面而來，我就知道已經進入了室內的空間。「彭啟昭先生，你可以除低眼罩喇。」聽到自己的名字後，我將眼罩脫下，而首先映入眼內的是一個酒店大堂，很可能就是我在去年決賽時所住的那一家酒店。一位黑衣職員正站在我的面前，禮貌地說：「進入酒店之前，要先 Check 一 Check 你身上有冇任何嘅通訊器材或者金屬，有嘅麻煩你交出嚟先。」我將手機放到黑衣職員提供的盒子中，然後舉起了雙手，示意他可以開始檢查黑衣職員用他手上近似機場海關所用的手提式 X 光檢測儀器把我從上而下檢查了一遍，確認無誤後便容許我繼續前行。沒錯，黑衣職員並沒有檢查出我身上的十字架銀鍊。因為銀鍊並不在我的身上。

在購入銀鍊後的那一個夜晚，我跟孫恩欣有過一席對話。「其實除咗你，我肯戴住呢一條鍊仲有一個原因。」我對孫恩欣說。「原因係？」孫恩欣如常地準備好作一個聆聽者。「杜崇文老婆曾經講過，時機到咗，我將會有機會繼續去搵出真相。而我唔知呢個機會會幾時嚟，亦唔知會有幾突然，趕唔趕得切通知你。所以，以後如果我真係遇到同『尖東遊戲』有關嘅事而我又冇機會通知你，我就會諗辦法放低呢條鍊，咁就代表我已經重返『尖東遊戲』。」我認真地對孫恩欣說。「嗯，好啊，我會記住。」孫恩欣伸出手，輕撫著我的臉頰，突然泛起了一笑，說：「你同我喺『尖東遊戲』第一日認識嘅阿昭真係好唔同。」「點解呢？」我好奇地反問了一句。「頭先講嘢嘅你，有啲杜崇文嘅影子。」孫恩欣一邊說，一邊依偎到我的懷中，她應是為免提及杜崇文會令我想起難過的回憶，提前送上安慰的擁抱。「嗯，為所有可能提前做好準備，將每件事反覆諗清楚，呢啲都係杜崇文留畀我嘅禮物。」我用溫柔的力道回應著她的擁抱，同時仰首望向夜空。曾經，我與杜崇文都擁有過比這夜更美的星空。

所以，雖然我未有機會跟孫恩欣交代，可是當她發現我留在野餐布上的十字架銀鍊時，她就會知道我的情況了。而我相信她一定會為我默默祝禱，好讓我能在遊戲中過關斬將，然後平安地回到她與桐桐的身邊。在兩位黑衣職員的引領下，我乘搭升降機來到了頂樓。他們把我帶到一間房間外，然後就向房門一指，就此停步。從他們的動作看來，應該就只有我一人能夠進入這個房間之中。於是我輕敲房門打算測個虛實，但沒想到未等到房中人回應，門就緩慢地自動打開了。房間是如此的熟悉。因為這就是我去年曾經到過的書房。有一個人正坐在房間中央，好整以暇、臉帶微笑地看著門外的我。

Vera——杜崇文的妻子。她仍舊像去年一樣塗上了神祕的暗紅色唇彩，而此刻的她嘴唇微動，對我說出了一句話：

「恭喜你，你要搵真相嘅願望好快就可以開始。」「願望……
開始？」我緩步走進房中，不解地看著她。

　　「呸！」Vera 不知按了什麼，書房的窗簾就突然往兩旁打
開，並呈現出寬廣的落地玻璃窗。蔚藍的天空、偌大的維多利
亞港瞬間出現在眼前。而令我驚訝的是，尖沙咀卻在維多利亞
港的對岸。如此說來，此刻的我並不是身在尖沙咀？ Vera 瞧
見我詫異的表情，微微一笑，然後雙手一展並說：

Welcome to our new game.

強者

　　凌晨三時，尖沙咀。平日車水馬龍的彌敦道，此時人車皆無，讓它在夜裡顯得格外空蕩。這時，一聲吆喝打破了路上的寧靜。「Open the door！ He's coming！」濃濃的南亞口音在彌敦道上響起，緊接著一連串急速的腳步聲。五個南亞人從中間道跑出，然後亡命地朝著前方的「重慶大廈」狂奔。而追在五個南亞人身後的是一個赤裸上身、露出後背羅漢刺青的年輕男人。雖然他肌肉盤結，但卻兩手空空，不知有何能耐以一人之力將五個南亞裔彪形大漢逼得落荒而逃。

　　不出片刻，五個南亞人已經來到「重慶大廈」前，接應他們的同伴將鐵閘打開，好讓五人能夠躲避進來。五人先後跑進鐵閘，然後才敢緩過氣來，臉上盡是死裡逃生的倖存表情。他們負責守門的南亞裔同伴見五人均已進入，正要準備把鐵閘關上之際，一隻大手突然攔在閘門。五個南亞人見狀，先是喊出一輪家鄉話，然後連忙上前想要合力將鐵閘強行關上。可是合六人之力，微張的鐵閘竟然紋風不動。六人面面相覷，對外面那男人的力量均感到不可置信。

　　就在眾人稍一分神之際，外面的力量突然急劇猛增，鐵閘也同時多打開了半分。正是這半分之差，赤身男人就從門隙中闖進了「重慶大廈」之內。六個南亞人見狀，不假思索地轉頭，拔腿就跑。赤身男人一邊從容不迫地追上，一邊從地上拾起各種硬物向前方擲去。從硬物霍霍破空之聲，可見他的手勁非比尋常。在他的投擲之下，有兩名南亞人被擊中腿部而倒地，就此一緩，他們就已經被赤身男人追上。赤身男人毫不留情地牢牢捉住其中一人的後腦，狠狠朝著他的鼻骨打了三拳，

然後照辦煮碗地處理了另外一人。赤身男人就這樣在地上留下了兩個滿臉鮮血的南亞人，然後繼續追逐其他人。

雖然剛才赤身男人稍停片刻，但他如獵鷹般的雙眼早已瞥見其餘四人跑到上層。他緩步走上骯髒不已的樓梯，準備將其餘四人全揪出來。當他踏足上層的一刻，左側已關門的商店傳來了細微的碰撞聲，這聲音當然逃不過赤身男人機警的聽覺。他冷靜地走到商店門前，緩慢而有節奏地敲著門。就在他敲到第十聲的時候，門打開了。迎接著赤身男人的是一把散發著寒意的開山刀，刀鋒直指他的面門。赤身男人果斷後退，但他同時發現四方八面正在湧出不下五十個南亞人，而且每人手上都拿著一把開山刀。瞬間，赤身男人已經身在刀陣之中，而身經百戰的他也明白，自己掉進陷阱裡頭了。

「耀揚啊耀揚，你知唔知我等咗你好耐喇？」一個身穿滿身名牌，口裡抽著一根雪茄的矮小男人從南亞大漢群中走了出來，似笑非笑地看著已成甕中之鱉的耀揚。雖然耀揚面對五十張亮晃晃的刀子，但他卻悠然自得地撥弄著自己的一頭金髮，臉上未見懼色。經過這一年的磨練，他已經不再是從前那個只懂躲在他人背後的小夥子。今天的他，已經成為了一個強者，不斷向更多人證明自己是無可匹敵。即使是炎哥再世，只怕也敵不過此刻鋒芒畢露的他。

「講真，其實我想見你好耐㗎喇。廿零歲仔，一年之內收晒以前炎哥剩落嘅堂口，轉眼就同成班大你一截嘅叔父平起平坐，幾做得嘢吖。本來你慢慢上位咪好囉，你咁後生，『同昇』話事人個位遲早都係你坐嘅。我就唔明，做咩要咁急住收其他人皮呢？兩個星期，你隊冧咗三個叔父，咁算點先？」矮小男人噴出一口白煙，用細小的雙眼凝視著耀揚。

「好簡單，我唔要遲早，我要即刻做話事人。」耀揚輕輕一笑。「世侄，如果炎哥唔係突然間交通意外走咗，佢一定會勸你小心駛得萬年船。有啲嘢急唔嚟嘅。你睇吓你，就係成日急住殺人，連馬都未班齊就一支公去劈人，所以先會俾我裝到彈弓咋嘛。你睇吓我，如果唔係我呢一個星期匿得咁好，我會有機會保住條命仔到今日去收你皮？話晒我都行咗三十幾年古惑，你以為我生蝦哥流㗎？」名為生蝦哥的矮小男人得意洋洋地笑著。

「嘿。」在刀叢中，耀揚冷笑了一聲。「你笑咩啊？你今次唔使旨意有命走出呢度啊，就算你戴住條十字架頸鍊，耶穌都保你唔住啊！」生蝦哥斜睨耀揚一眼。「你肯定而家係你裝我彈弓？」耀揚沒有回應生蝦哥的話，反而帶著笑意反問了一句。生蝦哥嘴唇微張，似乎不明白耀揚這句話的意思。「你匿得咁好，我唔入嚟，又點搵到你呢？」耀揚說出這話時，突然在地上打了個側滾翻。同時間，兩點寒芒在低空一閃，生蝦哥身前的兩個南亞大漢痛苦地慘叫一聲，倒在地上並按住自己血流如注的腳掌。耀揚手持兩把短刀，以動若脫兔的身法攻向南亞大漢的下盤。只要是耀揚所到之處，南亞大漢的開山刀尚未劈落，他們的腳跟或腳掌已經被短刀刺穿。

一時間，樓層內慘叫聲四起，各式各樣的南亞家鄉話猶如合奏般此起彼落。生蝦哥見勢頭不對，連忙在親信護送下轉身就跑。然而慘叫聲卻在他身後持續不斷，甚至愈逼愈近，而他的親信也逐一倒在他的身邊。直到連最後一個親信都倒下了，生蝦哥心知自己所下的這盤棋已經滿盤皆輸，所以他唯一可以做的就是保住自己的性命。「耀揚哥！」生蝦哥果斷地轉過身來，雙膝脆地，雙手高舉並說：「我生蝦唔識世界，唔知你英雄出少年。你咁好身手，我佩服你，遲啲選話事人，我一定投票畀你。」耀揚俯視著生蝦哥，將他口中的雪茄拔了出來並放到自己口中吸了一口，然後說：「我冇必要要你呢啲廢柴嘅

票。」一聽此話，生蝦哥登時氣上心頭。生蝦哥行走江湖至今三十年，雖說黑道向來「誰大誰惡誰正確」，但同一社團的人也有輩份之分。即使你貴為負責人，但若比其他叔父晚出道，見面時必須恭敬有禮。耀揚跋扈及目中無人的態度，當然惹得生蝦哥怒不可遏，只可惜他的性命懸在耀揚之手，怒氣自然不能表露。

「你唔稀罕我啲票，唔緊要。我生蝦行走江湖都三十年，一早對呢種生活有啲厭倦。當年我就係同你大佬炎哥一齊出身，我哋出生入死過，而家佢人都死咗，睇嚟我都應該退落嚟喇。」生蝦哥吐出一口悶氣，「我見你又戴十字架、背脊又刺咗個羅漢喺度，我估你都有返幾分仁慈。念在我同你大佬嘅交情，你今日放過我一條老命，畀我返屋企養老啦。」

「你講完嘅話，到我講兩樣嘢畀你知。」耀揚將右手的短刀收回褲管的內格，「第一，我戴十字架同整個紋身唔係因為迷信，而係我想話畀人知，滿天神佛，都不過係我身上嘅飾物，得個睇字，係廢嘅。」生蝦哥聽到耀揚的語氣，開始感到事態發展並不如他預期。「而第二樣嘢……」耀揚緩步走到生蝦哥的身畔，在他的耳邊低聲說：「你老死，即係我大佬炎哥，其實係我殺死喫。」生蝦哥震驚得瞳孔收縮，顯然是對所聽到的真相感到震驚。而他此刻的目瞪口呆也成為了他人生最後一個表情。因為，耀揚左手的短刀已經插進了他的心房。

「啪啪啪啪。」掌聲驟然在耀揚身後響起。耀揚猛然轉過身去，他對自己毫不察覺有人突然出現而感到意外。在他眼前是一個身穿一身黑色西裝，戴上了一副墨鏡的男人。這人的裝扮使他想起了發生在一年前的往事，一件使他人生完全改變的往事。

「耀揚你好，估唔到右見一年，你勁咗咁多。」西裝男人朝著耀揚微微一笑，語氣謙恭有禮。「我哋見過？」當西裝男人提到「一年」，加上對方衣領上有一個似曾相識的純金色襟章，耀揚已經可以肯定這人是「尖東遊戲」的黑衣職員。「當年你個兄弟燒賣喺尖東站打咗我一拳，搞到我連鞋都俾人偷埋。多得你哋，我後來苦練格鬥術，所以今年先可以升到職。」西裝男人微笑著說。即使已事隔一年，聽到燒賣的名字後，耀揚心中還是不免隱隱作痛。

「今次我嚟，係為你送上一封邀請信。」西裝男人掏出了一個全黑的信封，並遞向耀揚：「有人想邀請你玩個遊戲。」「我右興趣。」耀揚冷眼搖頭。西裝男人沒有將信收起，反而徐徐地說：「你唔係想向其他人證明你自己好強嘅咩？呢個遊戲就係一個踏腳石，畀你向你認識嘅人，唔係，係向全世界證明你係強者。」耀揚聽後伸手將信封接過。他尚未打開，就留意到封口上的金色印漆，也就是西裝男人衣領上襟章的書型圖案。「有趣。」耀揚嘴角一勾，然後將信封拆開，順道問了一句：「今次又去返尖東玩？」

西裝男人保持禮貌的笑容，客氣地回答了一句：「今次，係時候過海喇。」

（耀揚故事，未完待續）

RE：弱者

在風雨飄搖的六月，《尖東遊戲》完成了網上連載。而我則在休息數天之後，開始動筆寫下這篇後記。

《尖東遊戲》的寫作初衷，源自於自己對「生存遊戲」類動漫及電影的喜愛。《詐欺遊戲》和《賭博默示錄》等日本漫畫是我心目中鬥智故事的頂峰，而近年的《今際之國的有栖》和《魷魚遊戲》則為我帶來了對生存遊戲的另一番見解。

看著外國一部又一部的生存遊戲作品，身為創作者的我也不禁想，香港會否也可以擁有一個屬於自己的生存遊戲呢？於是，《尖東遊戲》就是這樣誕生了。

《尖東遊戲》發生於大家熟悉的尖沙咀，相信大家或多或少亦對每個遊戲場地有一定的印象。在此先感謝不辭勞苦的編輯們，有賴她們走訪各個場地，將故事設計進一步貼近現實，亦讓讀者可以更全情投入於故事之中。

生存遊戲，主題大多是人性險惡。但相比起這個老生常談的主題，我在寫作時不由地想，既然這個是以香港為基礎的故事，主題理應也要貼近香港。因此，撇開基本的人性善惡衝突之外，《尖東遊戲》的核心，其實是記錄我在此時此刻活在香港的感受。

網絡上有不少讀者批評主角彭啟昭實在太弱，而且大多數時候都是靠著他人和運氣過關。然而事實上，彭啟昭正是我期望中的主角，也是現實生活中大部分人的寫照。面對世態變換，還有每一個難以預料的明天，我相信大家都會認同，生活似乎逐漸

離開自己的掌握之中。我們都像彭啟昭，充滿掙扎、軟弱，以及無奈地面對突如其來的衝擊，以及一次又一次與親友的離別。然後，我們從掙扎中學會做好選擇，在衝擊中學會處世之道，在離別中學會珍惜現在。這種從逆境中習得生存之道的狀態，不只是《尖東遊戲》中的角色，也是每個香港人近年的日常。

故事想要帶出的想法，不再嘮叨地在這裡重複。可是我想強調，寫下這故事並不是想要説教。我只是想跟所有在生活中面對抉擇、面對掙扎的人分享，放心，世界上不只你一個有著這樣的心態。

分享過寫作的心情後，最後想留下一點感謝的話。

首先，再一次感謝白卷出版社。感謝再一次信任我、幫助我的編輯們。因為你們對文字的認真和重視，所以我才能放心將重要的作品交給你們。在文字愈來愈不被珍惜的年代，尚有一群願意守護和推廣文字的人，實在是太美好了。

其次，感謝一眾在網上支持我的讀者。轉眼間「默颺」（aka 黑犬風易）這個筆名已經出現在連登和 Penana 兩年，同時也留下了六個故事。感謝網上讀者日常送上的鼓勵字句，也為我的故事添上了不少修改建議，所以成書的《尖東遊戲》，其實當中也有不少來自你們的潤飾，並成為了今天最完整的版本。創作兩年，我感受到在香港成為作者之難，但慶幸有你們的支持，成為了我寫作下去的動力。

特別感謝為我寫下推薦序的做金庸的男人（金仔）。雖然很老土，可是我記得自己當年早就在高登年代拜讀過他的《是咁的，我嘅職業係幫人寫遺書》，還記得那時候初次看見他的名字，還覺得這人的名字如此奇怪，沒想到他的故事卻有魔力使我一口氣將他的故事讀完。時至今天，能夠讓一個自己喜

愛的作家為我寫下一篇推薦序，心裡有一份像獲師長加許時的喜悅感。而我覺得最厲害的，是多年之後，金仔仍然在艱難的氣候中堅持寫作。這一份毅力，又是作為網絡作者後輩的我值得繼續向他學習的地方。

最後，感謝將書本買下來並帶回家中的你。網絡文學曾經在香港盛極一時，近年卻不能不承認有回落的跡象。可是，這並不代表它將會消失。某程度上，我覺得網絡文學正是一道透過更貼地、更日常化的文字去吸引香港人重新閱讀的橋樑。所以，感謝你願意支持這本來自網絡上的作品。也許你並不習慣在網絡上閱讀，可是，如果你願意，歡迎到網上閱讀一下我過去的其他作品。除了留意作品之外，你也可以看到作者與讀者獨特而直接的互動，這就是網絡文學獨有的魅力。而我希望，你也可以享受其中。

文末，想趁機賣一下廣告。作為一位網絡作者，我到出版《尖東遊戲》為止寫了六個故事，其中有兩個故事已經成書，而其餘四個故事則於網上連載完畢，如有興趣，歡迎到訪我的IG（@windblowssilently）了解更多關於我的創作。而關於《尖東遊戲》，未能收錄於書中的〈外傳：炎哥篇〉亦已悉數上載於網絡上，如有興趣，也可以在網上暢讀一番。如果有任何關於故事想要與我分享的地方，歡迎在 IG 跟我分享，又或者加入我和讀者交流的 TG Group，那就可以跟所有讀者一同暢所欲言了。

《尖東遊戲》的故事只是整個故事藍圖的一半，餘下關於「遊戲機構」、彭啟昭和耀揚的故事，將會在故事的下半部再次出現。到時候，將會有新的地點、新的遊戲等候大家。

祝你能夠守護自己善良的心，在動盪的世代中好好活著。
期待跟大家在下一個故事再見。

尖東遊戲

作者 | 默颸

編輯 | Annie Wong、Sonia Leung、Tanlui

實習編輯 | Iris Li

校對 | 馬柔

美術總監 | Rogerger Ng

書籍設計 | Rogerger Ng

封面插圖 | Hiko Lai

內文排版 | Tony Cheung

出版 | 白卷出版有限公司

　　　新界葵涌大圓街 11-13 號同珍工業大廈 B 座 16 樓 8 室

網址 | www.whitepaper.com.hk

電郵 | email@whitepaper.com.hk

發行 | 泛華發行代理有限公司

電郵 | gccd@singtaonewscorp.com

承印 | 栢加工作室

版次 | 2022 年 7 月　初版

ISBN| 978-988-74871-1-1

本書只代表作者個人意見，並不代表本社立場。